会折纸的人

Origami person

张卫华 著

燕山大学出版社
·秦皇岛·

图书在版编目（CIP）数据

会折纸的人 / 张卫华著. —2 版. —秦皇岛：燕山大学出版社，2022.1（2026.1重印）
ISBN 978-7-5761-0306-9

I. ①会… II. ①张… III. ①散文集—中国—当代 IV. ①I267

中国版本图书馆 CIP 数据核字（2022）第 009971 号

会折纸的人

张卫华 著

出 版 人：陈 玉
责任编辑：朱红波
封面设计：刘 丹
出版发行：燕山大学出版社 YANSHAN UNIVERSITY PRESS
地　　址：河北省秦皇岛市河北大街西段 438 号
邮政编码：066004
电　　话：0335-8387555
印　　刷：廊坊市印艺阁数字科技有限公司
经　　销：全国新华书店

开　　本：700mm×1000mm　1/16　　印　　张：19.75　　字　　数：282 千字
版　　次：2022 年 1 月第 2 版　　印　　次：2026 年 1 月第 2 次印刷
书　　号：ISBN 978-7-5761-0306-9
定　　价：78.00 元

张卫华，笔名如如。河北作家协会会员，河北书法家协会会员，迁安作协副主席。曾在国家级、省级等几十家报纸杂志发表散文、诗歌及评论数百篇。获得过多种奖项。有散文收入《初中生课外阅读》（首都师范大学出版社），有散文入选《当代散文精选》，有诗歌入选《河北青年诗人诗选》，有评论入选不同版本的诗集、诗选、书画集。

目　录

contents

第一辑　会折纸的人

第二辑　吃茶去

第三辑　不如不说

第一辑 会折纸的人

本辑主要为回忆性散文和曾经发表的一些散文

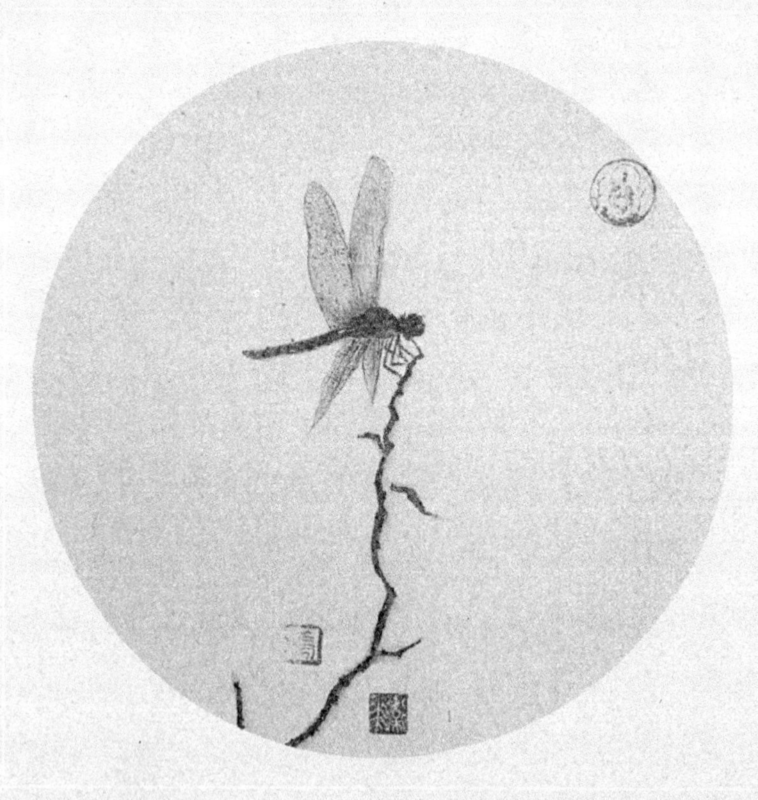

从前有座山

一

哼，就算我是多余的！我又赌气又黯然，坐在后房檐下一时茫然。四顾无人，眼泪噼里啪啦掉下来。嗨，咋滴啦？忽然从草丛里冒出一个旧皮球。因为是忽然，完全觉得是个旧皮球被谁踢出来的。我们常玩的那种皮球，红黄蓝绿花纹相间的那种，玩旧了就会皴裂出很多褶皱的那种。原来是后院的二姑娘，二田。她的冬天冻崩刺的脸到夏天了，还没有缓过来。我歪着脑袋，一时难为情懒得理她。

她一龇牙蹦出两个小酒窝，哎呀，又生气。走了，我领你到一个好地方去！她说的好地方是一个老麦垛，村子的几个小孩子已经在那里玩耍。天润喊，二田二田，过来！二田抻着我跑过去，天润冲我腼腆地笑笑说，来啦？然后把麦垛上他刚刚坐出的窝让给我，你坐着朝那边看，可以看见很多很多的山，很多很多的山都不一样。我坐上去，看见远山一个肩膀搭着另一个，另一个又搭着另另一个，有的是浅烟色，有的是深烟色，并无大异。

麦垛后边，天润和二田在吵架。二田撅着朝天辫鼓着嘴巴说，我也想坐咋不让我坐？那人家是客你懂不懂？不懂！俩人气鼓鼓的样子很可笑。我忽然发现天润的脸又白又净，想起他的名字好像也和别人不一样，有点好奇。二田，天润，我想下来，咋下来呀？他俩跑过来把我弄下去，说，咱们玩弹球怎么样？仨脑袋挤在一起，刚才的吵架忽就像飘荡在村子里的柳絮，飘飘的，走了。

五月的小村被柳絮包围着缠绕着，剪不断，理还乱。这有点像小村的心事，乱乱的，白白的。有点想象，又禁不住推敲。麦子正在憋足劲儿往鼓胀里长，麦芒一直往陡峭的尖处走。它要走过荆棘，完成一个芒点。带刺的成熟让人踏实。牛儿好像也被农耕闲置起来了，偶尔一声长哞，有可能是吃草吃累了。鸡鸭犬豕，鹅兔猫羊，飞的飞，跳的跳，归圈的归圈，入埘的入埘。五月，小村在秘密生长着。

四姨纳鞋底，大姐做饭，二姐去菜园摘新鲜的蔬菜，四姨父把小院子打扫干净，早早喷了井水，小方桌摆好。夏天的气息越来越浓。晚上邻村有露天电影。我们为这个好消息雀跃着，三妹我俩趴在桌子上欻骨子。三妹要赖，我不肯让，俩人如啄米鸡般啄起来。四姨说，别闹了，快吃饭，咱们看电影去。

走了好长时间才到露天场地。场地早被各式板凳占满了，高矮胖瘦，长短窄宽。板凳不够用，就用石块占。寻着一块地坐下，屏幕上唰啦啦开始上演各种黑白情节了。偶尔卡住了，大屏幕后就晃着一些大大小小的脑袋。困意渐渐，支千万火柴棍都不管用了。不能辜负看电影前的殷切，不能。可是，偏偏有万千的叫瞌睡的虫子从千万火柴棍架起的桥梁上过，毛茸茸、痒呵呵的。虫子一个个掉进黑甜的睡里。被叫醒时，腮边有道长长的盐碱道。

回村的路上要经过一片庄稼地。四姨四姨父有事早回了，二姐拽着我的手说，抓紧。她不说我也是要紧紧抓住的。我隐约感觉月色浑浊，晚风清洌。问，三妹呢？先回去了。大姐呢？二姐神秘地冲我说，小孩子别多问也别多说。我果真三缄其口。到家时四姨问大姐咋还没回，我瞅瞅二姐，忍住了出溜到嘴边的话。我想说，回来时我听见大姐说话了，和另外一个人。

我不开心，因为大姐恋爱了。大姐一恋爱就没时间给我们做好吃的饭菜。她做饭时老是心不在焉，连我最爱吃的素炒倭瓜片也毫无滋味。院子里的土茉莉已经抱朵了，指甲花也早就簇簇地开了。真正意义上的夏天到了。

晚饭后要到前面的平房上去乘凉。他们都上去了，我在梯子下彷徨犹豫着。四姨父在房顶一看，马上又下来，抱着我上去了。四姨在铺好的草席上招呼我，来，小老张。她搂着我，汗津津的，汗津津的还是搂着我。我说，要听故事。她就开始说："从前有座山，山里有座庙，庙里住着和尚和老道。和尚和老道在干什么？在讲故事，从前有座山，山里有座庙，庙里住着和尚和老道。和尚和老道在干什么，在讲故事……"净骗人，怎么总是这句话？四姨笑着说，就是这么回事呀。我怀疑四姨讲故事的能力，就望着夜空发呆。

夜像水那么深，夜空像竹篮提着水，水里兜着颗颗星斗。很想要到那一箩筐的星斗。我知道身边的四姨不能给，四姨父不能给，姐妹们当然也不能给。天空给了我一箩筐星星，我却因提不到，默默地流下了眼泪。我只能在那又深又高处徘徊，欣羡，身体却在不断地下沉，下沉。沉，沉到重，重到窒息。四姨忽然意识到我的眼泪，惶惶地说，咋啦，小老张？想家了？说完给我擦了擦眼泪又搂了搂我。我哽咽着说，没，刚才被胳膊压到了。很多年后，我才豁然明白，天不就是竹篮打水的一场空吗？

四姨家的门口有一个大碾盘。傍晚时分最热闹。人们聚在那里压碾，聊天，说笑。我被大姐放在横木上，她推着我和石碾子一起转圈跑。不一会儿就晕得累得不行。大家哄笑着，我被放在一个石头墩上。

天擦黑时，人们都散去了。各家的烟囱里都开始袅起一缕又一缕的轻烟。整个小村都被炊烟嘘暖着，仿佛摇一摇，晃一晃，才能醒似的。我在石墩上望着远处被山包裹起来的羊肠子小路，一截一截的，山回好几次，路才转出一小截。直到山影把路全都吞没，夜色又把山影吞没，才起身回到屋里。刚进门，就听四姨在说三妹，你就不能让着她一些？她是客，会想家的。三妹生气地说，那她还是姐呢，干吗让我让着她？

四姨经常搂着我说，傻丫头，以后再怎么生气也不能跑到房檐下哭。在那儿哭的小孩子都会被鬼捉弄的。鬼捏扁鼻子，扯歪嘴巴，耷拉眼睛，人就变丑啦！三妹再惹你，告诉我，我揍她！

冬夜的温暖是无法比拟的。四姨家的土炕又长又宽。四姨坐在炕头做鞋，大姐二姐撤桌子洗碗扫地，四姨父靠在被垛上说，小老张，小老张，你属啥来着？我翻翻眼皮反问，你属啥？马！趴下！四姨父咧开大嘴匍匐在炕上，骑到第三圈时，忽闻臭气起，马放老屁又失前蹄。四姨父哈哈大笑，震得房梁上的尘土都在一层一层往下落。三妹吵嚷着，我也要骑马，我也要骑马！忒累了忒累了，爬不动了。我故意用红色的头绳给四姨父束小辫，他就等着我搓棱，咧开大嘴哈哈大笑，完全是个小丑的样子。

很多年后，我站在后山的土丘上，还是看见他咧开大嘴哈哈地笑。声音震得尘土一层一层地飞。那么多的土在风中飞，没有方向没有归程。有的被树枝挂住了，有的裹住了枯叶，有的混在呛人的土烟中，有的被一片瓦撬起啪嗒入地，有的土盖住了土。四姨父就是自己把自己盖住了。他嫌尘世太疼，他嫌自己太冷，他用很多很多的自己盖住自己。四姨父罹患胃癌，葬在后山的那一边。

风一直在吹，吹得人摇晃。一粒小小的尘土忽入眼角。我揉呵揉，怎么都揉不出。

二

那天夜晚，姑和四姨说话。姑说，今晚我就把她带走吧，在你这儿也这么长时间了。四姨说，再住一晚上吧，不行的话明天我给你送过去。姑说，别了别了，就今天走吧。四姨说，这孩子愿意在这儿住，女孩子多，有伴儿。姑说，不能老让你操心，我带着吧。

我躲在门后不愿出来，不想去姑家，姑家有两个男孩儿。有一次听见姑父和妈妈说，要认我干闺女。妈妈婉拒了。我却怒不可遏，以为那样的居心一直在。我以为，那意味着被嫁接，从一个家庭里被连根挖走，嫁接到另外一个家庭。我小小的心里有很深的腹诽。

姑把我从门后拉出来，这已经是第六次来接了，似乎再无法逃遁。我低头不语，听大人摆布。晚上八点多了，姑背起我去她家。姑家和四姨家就隔一座山，翻过一道梁就到了。

在姑家还是蛮快乐的。不是因为被奉为上上宾，是因为姑养了一窝小兔子，全是八点黑。每一只小兔子都是纯白的毛，玛瑙红透的眼睛，四足，尾巴，嘴巴，耳朵，分别有八个小黑点。兔子急了也不咬人。我故意拿小树枝逗它们，刚到嘴边的吃食马上就拿走，它们都不急。急了只会蹦两下，疑惑地望着我：咦，怎么回事？

姑没上过学，不爱说话也不会说话。她表达爱的方式就是紧紧把我的手握在她的大手里。有时粗糙会扎疼，我就本能地往外抽。她丝毫不放松，好像一松就会把我弄丢一样。再有就是借自行车把全村的鸡蛋都买来，然后带我去几里外的集市买肉，买豆片、豆皮，买一切过年才能买的好吃的。

我有点内疚。对于腹诽，对于感情的不对等。

后院有一架葡萄。轻风吹来，枝蔓疏叶像敞开怀抱的母亲，母亲抱着那些蒙着白霜的孩子。颤悠悠的空气里流淌着饱满的汁水味道。姑剪下最肥硕的一串，隔开我巴巴望的目光，说，现在还不能吃，拿着玩吧。风再起时，一地小碎影中滚落着咬开的小葡萄们。姑嘿嘿地笑，和我并排坐着。光透过缝隙照进来，透过我们落在地上，有点酸涩，有点甜蜜。

姑熬的大米粥特别好，每次都从暖瓶里倒出来给我喝。一天，门缝里探出两个小脑袋问，姐，好吃不？嗯，好吃。他俩咽了咽口水。姑过来说，大小子家的，出去玩吧。

村里有一条河，浅浅的，清清的。浅到河石裸露，清到游鱼细沙都可见。姑洗衣服，我在旁边洗脚丫子。黄昏时她在前面抱着衣服筐子走，我在后边跟着跑。边跑边踩着她的影子笑。到家了，姑赫然发现我的后边还拖着一个小尾巴，一个小小的石磙子被我牵着。问，哪里来的？不知道。好好想想你从哪里拿来的？我低头不说话，也实在想不起从哪里什么时候开始拽着它了。姑俯下身子，摸摸我的脸说，出了这个院子，东西就都不是咱家的了，懂了么？姑带着我挨门挨户去问谁家丢了，问到第三家时，主人笑着说，是我放在大门口的。说呢，一转眼不见了。这个就是小孩子玩的，给她玩。姑歉意满满带着我回家了。

有时我会觉得姑是会施魔法的仙女。不是，长得不像，但魔法像。无论鸡鸭鹅猫狗兔还是牛羊猪，只要姑张开手臂长长一挥，它们都会从清晨里醒来。叫的叫，吃的吃，飞的飞，跳的跳。好像都是一夜之间从小院里生长出来的。它们在姑的指挥下，生蛋，产奶，脱毛，看家，捉鼠，有条不紊，各司其职，生气勃勃。它们的生气勃勃让姑喜笑颜开，让她顺利地把两个儿子从这个小院送到了大学门里。

晚上做梦，姑正坐在一架南瓜马车上，大南瓜和东院墙下结的那个一模一样。我喊，姑，姑！姑就真的跑到我身边，说，醒了？

三

爸用自行车驮我回家。坐在横梁上，屁股硌得老疼。爸的胡楂很硬，在我头顶摩来摩去。胸膛很宽很阔，足以安放九百六十万平方公里。九百六十万平方公里这说法是听二姐背书时听来的。总之，祖国那么大。猫在爸的胸膛里睡着了。

是被颠醒的。五月的麦芒刺破月色，空气里有初夏茂盛而青涩的味道。爸，想听故事。爸问，四姨和大姑都给你讲啥故事呢？从前有座山，山里有座庙，庙里住着和尚和老道。和尚和老道在干什么？在讲故事，从前有座山，山里有座庙，庙里住着和尚和老道。和尚和老道在干什么，在讲故事……自己这么念叨着，就又睡着了。

四

每年春节都要去探望四姨和姑。

每年都登上那座山，看一看，望一望。不说话坐一会儿，坐一会儿心里就踏实了。那年夜晚，姑翻过这座山，背着我走呵走。脚步很慢，山很高，天空很深，星星很亮。如今看山，很小，很小，春天梨花盛开时甚至圈不住那些旁逸的斜枝。

从前有座山，山里有座庙，庙里住着和尚和老道。和尚和老道在干什么？在讲故事，从前有座山，山里有座庙，庙里住着和尚和老道。和尚和老道在干什么，在讲故事……

教书时我说，这里修辞有顶真，实际上它是一种蒙太奇一样的表达。这种顶真式的回旋往复，构成一种抒情节奏。缓慢，悠长，单调，重复，没有始终，甚或有些许荒谬。可是这些都没有关系，因为它是我们每一个人。从开始时结束，从结束时开始。因为讲不完可以一直讲下去，这中间甚至不必发问，和尚和老道怎么在一起。因为以上种种，世间才获得了绵延和永恒。

不知什么时候，山上开始堆起了大大小小的土丘，每个土丘下都熟睡着一个灵魂。我合十躬身，祈求他们原谅我的打扰。

在旧柴垛上摘下一颗蒲公英。它被吹散时，山影倏忽，那个四岁的小孩子就又蹦蹦跳跳从山中跑来了。

己亥初夏于如如斋

九　儿

一

九儿不是谁的奶奶，也不是很好听的那首歌，是和那个奶奶年轻时同样爱穿猩红大袄的九条鱼。

从花鸟市场被装在一袋水里然后晃晃悠悠颠沛到家里的鱼缸时，它们沸腾得像团团火焰。水中火焰是那种游离的、挣脱的、透明的野性。这片水域或者太小了吧，对于圈养，不知它们有没有做好十足的准备。

静如处子的小客厅因它们的到来忽就生却一种动若脱兔。走来走去就是不去看它们，也觉得有一种生机在流动，很有一种既相濡以沫又相望于江湖的感觉。

鱼儿的江湖最是名副其实。当我发现这一点时，决定给它们分别命名，决定要对它们区而分之。

我在鱼缸前的蒲团上坐了很久，依然想不好怎么区分它们，怎么用名字隔开它们。它们都有一样的火红的鳞片，一双鼓眼睛，用来划桨的六鳍。就连美丽都是一样的，长长的松鼠尾上镶了银色的边儿。九条，一模一样的九条。既然它们都愿意一模一样地生活着，干吗要人为地给它们分开呢？就统统叫它们九儿吧。或者，它们也这样看我们，一样的一个鼻子两只眼，一个脑袋两条腿，干脆都叫他们人吧。

看久了还是发现了它们的差别。于是私下里给它们取名：九一、九二、九三、九四、九五、九六、九七、九八、九九，就像人取名王一、王二诸如此类。九四、九五不太好分辨，余则还是能分开的。我像一个好事者，好像不把它们区分开来，世界就是混沌未开，鸿蒙一片。

有了名字，它们就可以落草为寇，或者换个说法叫占山为王。我想虽然我也有名字，却不能叫占山为王。我的名字太普通又随便，居住的小城里就有几个重名的，大多是男士。教书时还有学生和我重名，我就和他开玩笑，嗨，那个我，要努力哦！小城之外，还会有更多的“我”，更多一样的普通和随便。一个名字就像一个山头，人占上了就可以做它的王。一个山头占的人多了，就很难威风八面、唯我独尊了。同占一个山头的人也自觉气馁，自己也做不得自己的王，大概生来即该是普通的吧。总是要尝试接受自己那种落草为寇一样的普通。所谓草寇，草，众也。寇，一直被追杀的苟活也。草寇就是说，像草一样从众的，普通的，一直被命运追杀的，但依然有生命力，平凡却可以不气馁地活着的人。人一出生就被标记了符号，人就一意孤行地按着这个符号去生去活。名字更像一种谶语，一种密码，一种圈套，愿不愿意都得往里钻。人是被名字泥封起来的一封密函，要投寄到哪里，归谁投寄，收信地址是否写清楚了，是否有人接收，人不知道，名字都知道。名字虽知道却从不明示。

有了名字的鱼儿忽然就像有了九条命，而每一条命又分别有了从一到九的使命。有了名字的江湖才是真的江湖。

二

有时候也懒得去区分它们。其实是不用区分。在它们制造和平假象的时候，它们都是一样的。彬彬有礼，谦谦君子，温文尔雅，温润如玉。它们一尾一尾荡起余波，余波又荡起另一重的一尾一尾。如此反复，首尾相接，构成一种嬉戏，嬉戏的和谐。互不相扰又能偶尔制造乐趣的水中江湖。

水质清澈，食粮充足，没有什么比安居乐业更让九儿们幸福的了。幸福感的提升，让它们对身边的水草产生了兴趣。它们逶迤其中，有时把一片叶子冲荡开来，又冲荡过去。半天就是这一个动作，让人怀疑它们是爱上了这一片叶子。因爱而动荡，因爱而目盲。有时把雪白的石头垫在鳍下，站立着假寐，很有倚石临风的高士姿态。它们不知道，那些花草是假的，那些石头的白也是可疑的。不过它们好像懂得假作真时真亦假，真作假时假亦真。或者，真假都毫无意义，纠结于真假的人太可笑了。它们对幻境的追逐执着而认真，它们因此而获得了形而上的幸福。

三

那天画了鱼缸里的两条鱼，鱼缸外是一只猫。题是“隔岸观火”。那是我替九儿假想了一只猫。

所谓居安思危，就是在自我繁荣之中要有假想敌。只有这样才能使鱼队充满战斗力。战斗力就是活力。那只猫蹲守在暗处，因为不想让自己体积过于肥胖而被发现，就变成了一只小猫。倚靠在铜钱草里喵喵叫的小乖猫。

九儿过于硕大，比猫还大。它们活得像火，蒸腾如焰。一个盛满水的玻璃缸是鱼儿和猫的此岸和彼岸。此岸是不知凶险的骄傲，彼岸是碍于主人的恫吓或其他因缘种种的觊觎。这觊觎里有不敢的贸然，有丝丝不为察觉的嫉妒，有心有不甘的试探。一只有九条命的猫对自诩为九条命的鱼有着天然的不忿：它们是如何化无形为有形，把自己分缕成九条不一样又一样的自己的？

在猫心中，那鱼充其量不过只有两命。一命是鱼自己，一命在猫自己。

四

清晨第一缕光透过窗帘，迈过高高矮矮的家具，落在鱼缸上时只剩微微的一瞥。一小团阴影忽上忽下，仿佛有预感，夜里一定发生过什么。鱼缸，鱼缸在夜里好像发生过什么。

鱼儿们鲜妍，明媚，欢畅。和它们睡觉时的警觉完全不一样。它们的舒展很能让人锁紧的地方不用输入密码就会缓缓地打开，它们是一尾尾的舒缓剂。但是它们也常常最是容易被忽略：它们自由，美丽，有水，有草，有着形而上和形而下的自给自足，人自然不必多加关注。只需偶尔投放少剂量的食物就行了。人都是喜欢舒缓的，但是却没有余力让自己一直处于舒缓的状态中。舒缓只是人的焦灼紧张中偶尔飘过的一尾鱼。

总之有预感，要到鱼缸前看一看。

出了事故的是清缸夫。肉身褴褛，斜斜地挂在水中，历历白骨清晰可见。这场杀戮发生在万物都粘糯在黑甜乡里时。除了尸骸残留，余则毫无异常。作案者没有留下任何作案线索。水依然清澈着，水草依然假假地茂盛着，碎石依然雪白着。众鱼安然，各游其游，仿佛发生什么都和自己没有一点关系，一副副摆脱追责的坦然。

但是清缸夫就是死了，死无全尸，死无对证，稀里糊涂地死了。我迅速搜索着关于死亡的种种可能：绝非因病，身上的撕咬痕迹明显。是因饥饿而发生的暴动？这很有可能。民以食为天。在人类历史上，因饥饿而揭竿的事件不在少数。但是它们揭谁的竿呢？很显然在这片水域，它们还没有形成自己的王。但是它们自动达成了一种默契，生死攸关时一致对付异类，干，吃掉它！

是的，人群中也总有这样被孤立的人。小时候家属院的孩子群里就有被孤立的小鸥。她是因留短发穿高跟鞋甩喇叭裤被孤立。刚刚上班那年，单位里有个女同事，她因懦弱而被孤立。还有一位皆因她与生俱来的气质里给大家带有一种不安全感而被孤立。这是我历经过的她们，皆不同，相同的是被孤立。

在以人数为绝对优势的世界里，大多数的样子就是好样子，少数的就是丑的邪恶的样子。机会到了，就该杀之。

要么被改造，要么被干掉。饥饿是压死骆驼的最后一根稻草，清缸夫就是这样被绞杀的。在我得出侦破结论时，一个问题又来了。

丑貌清缸夫怎么改造才能变成一条美丽的鱼呢？鱼以为自己是美丽的，连人也附和鱼是美丽的。可是清缸夫也这么想么？

五

九四生病了，或者是九五。九四、九五我一直分辨得不太清楚。生病的九四总是爱躲在角落里，静静地立着。尾巴和头的摆动有时不协调，频率又慢又低，恹恹的，缓缓的，仿佛生病让它对世界有了更多更缓慢的凝视。

我的心情有点低落，却不知怎么拯救它。消毒液消炎水该放的都放了，可又总觉得它吸收得很少。它好像一天比一天衰弱，连抢食的兴趣都没有。我能做的就这么多，很有无力感。我觉得自己是爱它们的，对于生病的尤怜。可是这分明就是一份隔着玻璃隔着水的爱，是隔靴搔痒，甚至比隔靴搔痒还假惺惺。我为这种假惺惺而羞愧，我为曾经给它们杜撰过猫而羞愧。

我的羞愧和难过那么渺小，一点都不能改变什么。有一天却发现九四一直被追逐。先是清缸夫，它寻味而逐。病鱼分泌一种特殊气味的丝线，清缸夫就一直追着病鱼的尾巴咬。后来是形体硕大的九一，它狰面獠牙，不，它的獠牙长在骨刺里。它直指病灶，饕餮鳞肉。它的愤怒仿佛终于可以在这个时候投下狠狠的石头，落在病鱼几近枯干的井里。还有一条看起来最是娇小无害的小美人鱼九九，它对病鱼的追咬非常优雅。它先兜几个圈子，吐出几个好看的泡泡，曲折迂回，趁其不备狠狠咬上一口。然后甩甩镶了银边的大长尾，昂首游开了。好像从未作恶的样子，干净漂亮地游开了。好像别的鱼生病，它就该理直气壮生咬一气。

九四还是死了。死亡像一块无形的秤砣系在鱼尾上，让鱼儿彻底失重，它斜立的样子有着说不出的不甘心。

我用薄薄的捞鱼网把它捞出来，把它从那个又爱又恨的江湖里打捞出来。上一次它也同样是被网着，网进江湖。这一次不同了，它终于赤条条来，赤条条去，再无牵挂。

九儿，它们在一缸水里，水分子一样，水的正负分子一样，水草一样，照亮水的加热棒也是一样，它们共用一个小太阳。它们什么都一样，五官一样，颜色一样，如果数一数它们的鳞片也该差不多吧？它们都是一样的猩红的命，可是为什么要煮豆燃豆萁呢？不是还说过，它们是共享一缸水、同呼吸共命运的一条命吗？

我有用网罩网起大鱼的冲动，还想把那条小美人鱼一起捞出来给九四殉葬。清缸夫却是可以被宽容的。它不是鱼界之鱼，它的使命就是逐臭啖污，它也曾被鱼们围攻和猎杀过。不过这都是一念起，一念即灭。怎么的，都是命呵。它们的存在就是它们的存在，它们的存在也是在渡劫。到底是在渡谁的劫？一时尚无法眼不得而知。

忽觉自己是菩萨。一下子就高出鱼界很多，众鱼众相，不垢不净，不生不灭。万事万物，自有因缘，自有因果。静静地看吧。或者，连看也不必看。

有时候，我会为蒙在真相上的假象而悲伤。有时又为在假象蒙蔽下的真相而悲伤。我的悲伤那么没有来由，那么杞人忧天。对于九儿，我真的就是一个杞人。

心情忽然就像徒长的多肉，茂盛而散乱，不成型。

六

九四死后，九一、九二、九三、九五、九六、九七、九八、九九先后都殒命了。把鱼缸的水全部换掉，又静静搁置两天。鱼缸清澈，空寂，透明。没有鱼的鱼缸不能称之为江湖。

又请九条来到鱼缸里。鱼缸一时活泼、新鲜、有趣了起来。我有时恍惚，这一缸鱼是九儿走过了九九八十一难而获得了重生。

七

年轻时喜欢读庄子。在庄子的世界里，大鱼一会儿变成鸟，大鸟一会变成鱼，自由自在，逍遥翱翔。人变不成鸟，也变不成鱼。于是发明了飞机，制造了船只。人类实现梦想的执行力是决绝的。

自从养了一缸鱼，就一直有一种梦想：总也不会死的鱼该是多好呵。或者，怎样才能尽量推延鱼的死亡呢？

一缸又一缸的鱼在历劫，我总是凡心摇晃，干戈大动。后来忽然想到有两条鱼是不死的。一条白，一条黑。首尾相连，很难区分谁黑谁白。你是我的黑，我的黑又是你的白。因为它们一直游动，使游动获得了静止的美感。因为它们一直静止，使静止获得了流动的美感。它们因此而获得了一个永恒的圆。

或者，在心里设置一个这样的虚圆，卧上这样的两条鱼，即可获得永恒。或者说，永恒的安宁。或者，这是个好办法？

己亥初夏于如如斋

合欢树里的钥匙

一

绿纱窗上有一个小窟窿，像只猫眼。猫眼有时光力十足，瞪得我心慌。有时慵懒，弱弱地忽闪着我的眼皮。一阵风过，疏叶散乱。纱窗上的小黑猫一会儿拧歪了鼻子，一会儿又吹掉一只耳朵。时常脸就花花的，时常猫眼就被吹到了脑后。

夏天太漫长了，夏天的午睡太漫长了。父母轻微的鼾声此起彼伏，流槌般捶在心上时，我有点烦躁。像被束起爪子和尾巴的小猫，捆绑着，捆绑着。和绿纱窗上的那只对着眼，看它被风撕扯着变形。两只不想睡觉的小猫发呆对峙着，动影婆娑。笃笃笃，笃笃笃！六下，每次三下，一个小黑脑袋瓜在窗户上晃一下就下去了。

我立刻兴奋起来。瞄眼瞧去，父亲睡得正香，母亲欠欠身，翻一翻接着睡了。蹑足绕过各种障碍，轻轻一下跳下去。冬子早就绕到前院门前候着了。我们对视一下，吐舌头甩开脚印就跑。觉得足够安全不会被发现时，额头的汗把头发都贴住了。扭头一看，那条通往一中的深胡同像块长长的醒木。啪！说书人醒木一拍，别的还睡着，小巷先醒了。

二

县社院门口不远有一棵高大的树。高到足以遮蔽小孩子的天空，大到我和冬子两个人都合抱不起来。它是自带光芒的神树。至少我是这么认为的。在树下朝上看时，花叶交错，密密攘攘中有银色的小碎光在上面一张一翕，像呼吸的鳞片在闪烁。呼吸落在有锯齿的叶子上时，羽毛叶片就飞起来，有簌簌的错落声。呼吸落在花朵上，粉色的绒毛扇就把风丝丝缕缕地扇开，风就香起来。风一香起来，落在鼻子上就痒呵呵的。它们一起把我的目力所及处罩成一个天堂。我不知天堂是什么样子，大概就是那天那个样子吧。

夏到浓深时，粉色的花扑扑地落了一地。我和冬子可劲捡，攒了一手又一手。树下水泥板上摆了一层又一层。风一吹，层层的花又一下子都被吹到地上。我们就接着捡新落下的，重新铺。铺满了做什么呢？我们也不知道，乐此不疲。如此往来，一个夏天那个水泥板忽然就香起来。我说，嗨，冬子你快来，水泥板发酵了！冬子顺势躺在我身边，凑下鼻孔闻闻，真的好香！她忽然无比怅然起来，望着缀满花叶的天空出神。怎么啦？没怎么。我觉得她是被粉色的香染得忧郁了，取笑她：我就是那多愁多病身，你就是那倾国倾城貌，然后哈哈大笑起来。笑半天冬子依然安静得像空气，扭头看她时，她的眼角竟是湿湿的。

三

冬子绝不是那种多愁多病身。我俩同岁，都是属于提前被扔进学校的人。她高我整整一个头，短发，白皙的小脸上有几个小雀斑。她爬树上墙、掏鸟窝、折笛子无所不能。她的神勇是她从来不怕虫子，专门捉虫子。她捏着绿色粗壮的大芝麻虫在我的鼻子前晃呀晃，芝麻虫在她的操纵下，晃呀晃。无数条小虫子开始在我的皮肤上晃呀晃，它们又变身小米粒在我的皮肤上跳呀跳。但我就是不叫嚷，瞪着眼睛瞅着冬子，找揍吧你？她撑不住哈哈大笑起来。知道我天生怕虫子，她在故意捉弄我。

放学时我们都要排一会儿队，只是不待走到校门口，也就是刚刚走到校门口，老师就走掉了，执勤的小队长也不管了，大家一哄而散。大门口有一块大石头，我需要爬上去然后坐在上面等冬子。她总是慢悠悠地走过来，什么也不说主动蹲身下去。我伏在她的后背上，晃悠悠地走上一段路。发现了什么新奇事、新鲜东西时，她就把我忘了往地上一扔，俩人就飞也似的跑去看。我一直没想过，后来想也没明白，为什么每天放学冬子都要背我一阵子呢？为什么我又总是那么坦然让冬子背呢？

春天尚嫩时，很多小音符雀跃在柳条上，叮咚叮咚地跳。我们按捺不住小雀跃，想要一支支长长短短的笛。冬子顺着城墙的土坯砖爬上去折柳。我在树下喊，这边，那儿！她抹抹脸上的汗，到底要哪一枝？话音未落，脚一滑，她哎哟一声从树上掉下来。我以风一样的速度想要接住她时，沉沉实实的大地先我接住了她。她龇牙咧嘴，揉腮搓耳，哎呀妈，疼死我了。

急煎煎，意迟迟，我还呆呆地闭口藏舌时，冬子的长短笛都拧好了。她在我的左耳吹，又在右耳吹，那断续的笛声像是从左耳穿过右耳，因路途崎岖，跑出来的音是七扭八歪的。

四

黄昏时分，我和冬子总是要到大榕树下兜一圈再回家。我们是要亲眼目睹树的枝叶怎么一下子闭合起来的。它像倦极的飞鸟，翅膀微合。天越来越暗，枝叶抱得越来越紧，像受伤的小孩儿，只有把自己抱得紧一些才有安全感。白天里，那些飞翔着的叶片，像羽毛一样舞动的叶片，啪地一下全合上了。或者，夜晚适合祈祷或忏悔，那合起的掌心还有太阳的余温。

冬子说，看，这些小钥匙都打开了它们想打开的门。不然，它们怎么都开始把自己合起来了呢。冬子是在说那些叶片，她一直说树上的那些叶子是一把把小钥匙。

我们不出声，在大树下静静地听，听叶子合起的声音。

很多年以后我一直葆有一种习惯，听叶子打开合起的声音，并确信真的听见了。很多事物不用耳朵都是能听见的。

我们一直管它叫大榕树的树，叶子在夜晚会闭合的树，扇着粉色纶巾的树，后疑谬误。这对我是个小小的打击。好像一场记忆深刻的梦游，觉意未尽，人家要拼命地叫醒，嗨，醒醒，回到正常上来。我不服气，反复佐证。一个人不愿承认和面对的事情，一定不是事情本身，而是人的情感本身。去鼓浪屿，去桂林，去南方的很多城市细细观察甄辨，它的确不是榕树。它叫合欢。就此明澈，就此放下，然后接纳。

合欢，合欢，还是挺好的。

五

整个夏天，我和冬子在中午在黄昏都会在合欢树下逗留很长很长的时间。有几次我俩都在水泥板上睡着了。

故国神游，暗香浮动。待睁眼时，天地恍惚，多情笑我。快起来快起来，迟到啦！我和冬子撒腿就跑，狂奔去学校。

其实也没有那么可怕。自从升入四年级以来，老师们好像都变成可有可无的影子了。午后第一节通常是数学课，是实习的代课老师。他腼腆又敦厚，说一句，下次别迟到了就算了。迟到总还是迟到，又因中午贪玩不午睡，下午的课堂很有天堑无涯醉听箫鼓的味道。

课间我们在乒乓球台子前玩跳绳，丢沙包，欻骨子。正是酣畅，班主任斜倚在门框边说，唉，你还有心情和别人一起玩呀，看你数学考了多少分？我一下发起烧来，站也不是坐也不是。羡慕地下的蚂蚁能一下钻到缝里去。紧接着她又说了很多话，我全没有听清，脑袋里嗡嗡作响。在这之前，我从来没有挨过批评，在家没有，在学校也没有。要有，也都是好听的，我是全优呵。冬子拉着我的手，我的尴尬仿佛稀释了很多。但是依然成河，汩汩地流着，流了一年。从此以后我很怕见到班主任。她在班上绘声绘色地朗读我的范文，都不能消除我对她的敬而远之，都不能让我再次把头抬起。

我很沮丧。冬子也不说话。后来她说了一句，嗨，别不开心了好不好？风吹过的时候，好像再没有比合欢更香的花了。它们扑扑地落地，像是一层叹息又一层叹息。

冬子说，她也不快乐。我不信。我俩并排躺在树下，她说，她从小在姥姥家长大，她想姥姥。她有四个姐姐，父母很想要一个男孩，偏她又是女孩。父母的严厉要求和她的不被重视，让她常常觉得自己是个男孩子，她要把自己变成男孩子。

如果想姥姥了，放假就去看她呀。我歪头冲她说这话时，她出神地望着天，天被合欢树遮蔽着，叶子呼啦啦地响。她说，姥姥走了，没有给我留下打开天堂大门的钥匙。我一时语塞，不再说什么，把一朵没有沾泥巴的合欢花别在冬子又白又软的耳朵后边。

冬子说的像钥匙的叶子们唰啦啦地响，无缘由地唰啦啦响。

六

四年级一过，她被分到了大五，我被分在了小五。那是第一年的六年级，大五就是六年级。冬子从四年级一下就跳到了六年级。我怏怏地不开心，因为我和冬子要分开了。

暑假快结束的时候，合欢的花都快落光了。我遗憾一个假期都没能见到冬子，她被父母送去参加集训班了。我一直猜想，是不是使劲喊一喊，那满树的花朵就能再开一次。

家里养过一盆七里香，因为不开花我腹诽得紧，浇水时嘟囔，再不开就把你送人。夜里，它忽就开了，大把大把地开。香得让人想流泪。

我对着合欢树任性地喊，再不开花，我就走掉！大概是我在心里喊，合欢树没听到，或者是假装没听到，总之它不动声色。我果然扭头走掉了，像负气的少年和不堪的青春说，再也不见。

七

我要努力读书了，为了曾经的自尊和荣誉而战。冬子后来搬家了，我们真的再也没见面。后来我参加数学竞赛、语文竞赛，准备冲刺一中。我想，会在一中再次遇到冬子吧。但是很奇怪，真的一次也没遇到。

很多年后遇到时，我立刻认出了她。显然她也认出了我，但是眼神恍惚一闪而过了。我的一团忽而燃起的火被夏天的风吹得东倒西歪，笼不成形，渐微渐弱。冬子！她淡淡地笑，弱弱的，怯怯的。她的短发变成了长长的直发，那个鼻尖冒着小碎汗的、捏着虫子吓唬人的可爱的冬子已全然不见。我欲言又止。说，还好吧？她说，挺好的。我很想说的许多话都噎堵着，我很想和她有个热烈的拥抱，却像夜晚的合欢树，我们都彼此各自紧紧抱拢着。因为夜，因为深，而无法打开。简短问候再无他话，冬子走时，她的背影消失在夏日的黄昏里。我远远看着，看着。看她烧成一个小黑片。黄昏把整个小城都要烧透了，那个小黑片烧在其中像一只翻飞的蝴蝶，忽起忽落，渐行愈远，在我的眼前彻底消失了。

听人说，她嫁给所爱，却遇人不淑，又极自尊，熬着，坚持着，不说破。熬，有时会熬出出其不意的精彩，一锅毫无形状色彩的食材放在一起有着意想不到的好味道。有时会抽筋吸髓让食材本身失却本有的味道，却不能共生出一种更醇更厚的新味道。我忽有所疼。

黑蝶飞不高时就落在眼底里飞，扑啦扑啦，人看世界就充满了玄幻。后来黑蝴蝶飞进了冬子的眼里。据说，她得了一种叫青光眼的病。这是生活对冬子开的一种黑色幽默吧。不过，这也很有可能是生活愿意给冬子一份看不清的美丽。

八

时间真的不经磨。当我在回忆里再次寻找那棵合欢树时，它竟不知在何时何境中隐去了。

我听见树心里的波纹，一圈一圈像涟漪一样漾开。树厚厚实实地把它们围住：亲爱，别流走。

亲爱的时间，亲爱的人，别流走。我在水流密集的方向找，在舒缓的地方找，我变成一颗叶绿素在树里找。泛着涟漪的时间和人都别流走，我喊你们亲爱。

亲爱，是七十二大盗的密语。

凡是没有流走的波纹最后都长成了树，树生发了无数的眼看世间。想到这，我没有缘由地泫然眼湿。

总会无端想起冬子，不知她想要的那把钥匙找到没有。据说能找到钥匙的人就能得到欢乐。我想告诉她，如果没找到也没关系，那就再配一把吧，用记忆里的温暖。如果配钥匙的技艺不成功，也没关系。你看，夏晚的合欢叶总是打开又合上，合上又打开，它们都在努力对抗进而成为，成为一把真正的钥匙。那么多的它们都在努力对抗，进而成为。是不是，亲爱哒？

亲爱哒，没关系。冬子，我们拉起手，一起说。

己亥初夏于如如斋

会折纸的人

一

大院里空荡荡的。蝉鸣一点点坠进来，又会被这空荡反弹出去发出金属撞击的声音。这声音再落到耳膜时，就使人产生金星般的眩晕。眩晕先从斗室开始，然后冲破斗室，辐射到整个空荡荡的大院。小时候常常产生一种眩晕感，这种眩晕感完全是由于空旷。

家里太空旷了，父母都在忙生计。箱子、橱子、柜子上的金属锁已全被我摸光摸亮。那个老木箱子上的环已经坏掉，就是被我无聊时拽坏的。玩遍屋子里能玩的，就只剩下墙上的钟表滴滴答答。连时间都在忙。我忽然对忙碌有一种破坏欲，把钟表拆下来，按住它，不让它流动，让时间静止下来。

我的破坏欲把我解放出来了。先是被反锁在屋里，然后被锁在屋外，脖子上多了一串钥匙。那钥匙完全是搭配，我几乎没有一次主动用它开过门。屋外的前面是门房，确切说是厨房。厨房对我是敞开的。把小板凳按照高矮胖瘦依次排开，游阵蛇形像一列开来又即将开去的列车。躺在列车上，身体轰鸣，头顶冒烟，整个人在飞。还是眩晕，整个家属院也太空旷了。没有大人也没有孩子。只有几排低低的黑屋檐和一层又一层跃起的青苔。偶尔有麻雀充满好奇站在列车上，倏忽又飞走了。弹跳力出奇的好。我的列车开不出这空旷。飞累了就去厨房找吃的，转了几圈除了几个西红柿、几根黄瓜，就是大葱。因为吃了还青着的西红柿中毒了，又因为黄瓜每天做面条就放，一闻到黄瓜味就恶心。唯有大葱，只要不层层剥茧，它就不辛辣，就不会让你流眼泪。大葱不是用来吃的，是用来当拐杖。我那时是这么想的，那是魔法拐杖，它可以帮助人实现梦想。

母亲下班回来，见我躺在小板凳上，怀里抱着一棵大葱睡着了。嘴边流着长长的哈喇子。她不说话，紧紧抱起我。我也假装没有醒，愿意母亲就这么紧紧抱着我，多抱一会儿。

二

后来父母上班前把我送到门卫木头六那里。说是门卫，空荡荡的家属院也没啥可看的。他在大门口放把椅子，终日坐在那里。夏天穿白色跨栏背心，摇着大蒲扇。天凉时就在外边罩上一件灰色的长衫，不摇大蒲扇。冬天坐在有着长长烟囱的炉子边烤手，一边烤一边用炉钩子翻开炉盖反复看。他整日笑呵呵的，像圆圆的佛陀。是的，如果不是他穿得太朴素，我就以为那里坐着一尊佛。小孩子总是以为佛陀是和普通人不一样的，至少穿戴是不一样的。

木头六不是佛。我更加肯定这一点是因他总是出洋相。他教我折纸飞机时，我问，飞机还能飞回来不？他大笑说能能能，然后举起折好的飞机，不待飞时就从手的后面折戟沉沙了。他教折纸船，我想折一艘不会沉的大船。他说好好好，一下雨放在浅水湾里，船一下就瘫软下去。他说他折的蝇子罐里有蜜蜂，然后非常神秘地让我听，嘤嘤嘤，听到了没？净骗人，根本没有！他用四根手指捏着纸的四角说，嗨，喂小兔，信不信我说到东南西北东的第五下时，你妈妈就来接你了。我才不信呢，你又不是神仙也不是佛。不过有一次，真的就如他所说，恰恰好母亲就来接我了。我疑惑地冲他笑笑，莫不是他偶尔也能当上一两回神仙或佛？

木头六是我见过手指最灵活的人。不管我说出什么，天鹅小鸡小鸭，小狗小猫小兔小老鼠，还有稻草人大轮船小帆船大飞机小飞机，他都能从床板上取出裁好的小方纸来，三下两下万物就能停靠在我的手心。那一叠叠洁白的小方纸是我见过最神奇的雪片，仿佛对着手掌吹一口气，念两句木头六，雪就化掉了，万物就自现了。

也不是所有东西都能变出来。我说，海！怎么念木头六木头六也没能变出来。我说，风！也不能。渐渐地就觉得无趣了。我恹恹的，甚觉夏日又闷又长。

嗨，喂小兔！你看你看，墙上有天狗！循声望去，墙上果然有一只大狗龇牙走来。我一下来了精神，又循着影子望去，木头六在做手影。从此各种手影变化不断，配上故意的尖牙利嗓，每天上演不同的小戏码。我至今还会那个“上打锣三通，下打鼓三通，锣鼓一起打，中间开大缝”的小手戏。

我问他，为啥叫木头六？他笑着说，俺爹妈想叫啥俺就叫啥呗。是不是你会折纸就是因为你叫木头六？鬼丫头，告诉你一遍就记住纸从木头里来的了？不知道，俺爹妈没说过，俺爹妈早没了。那你想他们不？想，不过很多时候想不起来了。都三十年没喊过爹妈了。我忽然不想说话了，我不想说话的时候，木头六好像很不安。

三

路过木头六的门卫室时，好像听见里面有动静。趴着窗户往里看，木头六正愤怒地把手中的陶瓷缸子朝墙上砸去。先前上映天狗吞月的地方“咚”的一声，把白缸子弹回来，在地上又跳了两下落定了。木头六伏在桌子上，肩膀抽动着久久没有抬起头来。

我惊呆了。从来没见过木头六不笑过，也从未见过他发火。或者他也不是发火吧，好像比发火更让人悲伤。他好像在哭，无声地哭。我一时茫然，不知所措。

母亲走过来往里望了望，抱起我说，走吧，别看了。

一直不停地问，发生什么了？母亲只是说，小孩子别问了，以后也不许和木头六提此事。他哭一哭就好了。

我一直不清楚那天在木头六身上到底发生了什么，但一定是有事。我不懂成年人的世界，却懂得那悲伤，那无处发泄的悒郁。

四岁时给心爱的猫洗澡，猫死了，我不敢说。挖坑葬猫时，悲伤压得我很沉很沉。我却不知怎么说，和谁说。木头六的悲伤或者也是这种不知怎么说和谁说的悲伤吧。

四

她叫麻五。

据说她家是做剪刀的，世代做的那种。传到她这一辈，因为都是女儿家就失传了。她排行老五，脸上有麻子，名字由此而来。她家卖剪刀，剪刀铺就在小城最繁华的那条街，东侧右拐第二个门就是。

我对她印象深刻并不是因为买了很多剪刀，她的邻居是卖字母软糖的。那种一排赤橙黄绿青蓝紫七种颜色七种字母七种味道一律沾满白砂糖粒的软糖，那是一种甜的诱惑，和对于回忆所有甜的支撑。有很长一段时间我拒绝甜。味蕾上的甜，听觉上的甜，视觉上的甜，眼耳鼻舌身意所能触碰的甜都让我充满警惕。喝茶久了就觉得苦中作味才是人间至味。齿序徒增，又轮回来了。据说甜食能让人产生愉悦感。因重拾而重新审视甜。甜只是味道中的一种，甜就是甜，和酸和其他诸味一样无谓好坏。若失宜当，皆是人之欲加。和甜又有什么关系呢？是呵，我不该心怀偏见。尤其不该妄自菲薄。甜，从童年开始对我就是一种诱惑，且会成为一种终极诱惑。像电影《甜蜜的事业》里唱的那样，甜蜜的工作甜蜜的工作无限好喽喂！

攒够了一毛钱就去买一排字母糖，捂在口袋里舍不得吃。从A吃到G需要好几天。先是舔掉白砂糖粒，然后一点一竖一撇一捺全部化在口腔心坎里。小心翼翼而又充满虔诚，生怕一道虹风一吹就散去。那些化去的甜在心里跳呵跳，构成一种憧憬。大概是对于喜欢就紧紧握着的姿态很不好看，难看的吃相被麻五见到了。

她扑哧一声，忍不住笑出声来。平时根本不笑的她一笑起来很出乎意料。我本能地恼羞成怒，白了她一眼没说话。其实麻五长得蛮好看的。头发梳得一丝不苟，用桂花油把一个圆圆的黑亮的发髻拖到脑后，上面罩了一层黑网，黑网上有隐约的亮星星。我用小孩子的审美评判她的头发，觉得不罩那张网会更好看。话刚出溜到嘴边，又被舌尖按下去了。怎么？小毛孩还不让笑了？不让！麻五便咯咯地更加肆无忌惮地大笑起来。然后扭着屁股大摇大摆地走了。

麻五走后，留下一团若有若无的香粉味在空气里飘来荡去。像一团雾，看不到又轰不走。她对小孩子从来不屑，大概是真的。家属院里晓红的妈妈就讨厌我们小孩子到她家里玩，每次都是假惺惺地笑，然后给我们轰出去。可我觉得晓红妈妈非常爱晓红，只是不喜欢我们而已。但是麻五是从骨子里对所有小孩儿不屑，从未见过她抱一抱哪个小孩，或者俯下身和小孩子说话。不过，她好像也没有小孩子可以抱抱，我确实没见过麻五家的孩子。麻五的眼皮一直是低垂的，偏偏眼眉高挑着。这构成一种拉力，力气均衡时还好，不均衡就变形。或者，她大概觉得自己是跌落人间的天使吧。凡是肉眼和凡胎都不配让她睁大双眼，透彻而温情地注视。每一个觉得不配的人生里都会茂盛地生长出许多尖刺来，这刺先是疯狂地刺向别人，然后又无声地刺向自己。

有时候我能从小巷的窗户下看到屋里的麻五。她多半在揽镜，左瞧右照。魔镜呀魔镜！然后放下镜子，轻轻一声叹息。或者她的悲伤是脸上的几颗麻粒。那麻粒像溅落在春天里的几个小泥坑，水洼洼的，带着扑扑的土星子味。她的装满春天的心因之而坑坑洼洼起来。这让人忧伤，忧伤得有些寂寞。我仔细观察过麻五的麻子，是完全可以忽略的，几个细细小小的坑。甚至有时我还会觉得那些小坑很可爱，要是贮满了笑意的话。但是我没告诉过麻五，她会不屑的。我好像也从来没有和她交流的欲望。

更多时候觉得麻五是个隐形人，她的存在缥缈，像个影子。像谁的影子呢？说不清。说不清也看不清。不在眼前的时候，觉得她的脸有一种冰冷的杀伤力，带着棱角泛着铁质的冰凉。和她家卖的剪刀好像有一种说不清楚的相同属性。她在眼前时又觉得她真的蛮好看的，脸很白，很圆。不是我喜欢的那种好看，但也绝不锐利。

五

磨剪子咧锵菜刀！磨剪子咧锵菜刀！磨剪子咧锵菜刀……小巷里回荡起这声音的时候，我总会问，妈，啥叫抢菜刀？为啥要抢菜刀？母亲总会大笑看着我说，不是抢，就是刀钝了要磨一磨。

我总要跑出去，看着那人骑着破破烂烂的自行车，后座驮着长长的布袋褡裢，背影摇摇晃晃消失在小巷的深处。

妈，木头六和麻五在抢菜刀！

母亲飞跑着冲向警卫室，那里正开着一锅粥。沸点是高高低低的争吵声。这日子没法过了！麻五涕泪交流。木头六闷头闷脑地说，不过能咋的？那把麻五要自裁被木头六抢但没夺过去的刀，被母亲夺了过来。母亲说，有话好好说，别动刀动啥的。小小的警卫室因为拥挤了争吵声、哭声、叹气声，显得更加逼仄和昏暗了起来。

哎，实在是缺了一个孩子！母亲在回来的路上自言自语。我不是很懂，默默地跟在母亲的后边。母亲又说，不是在抢菜刀呵，是刀钝了要磨一磨。好像是在自言自语，又好像是接着先前的话茬说。我忽然觉得木头六很可怜，麻五也很可怜。

原来，麻五和木头六不是在抢菜刀，他们只是在看不见的磨刀石上磨呵磨。我有点看不懂，却觉得木头六很可怜，麻五也很可怜。

不过，我刚刚知道木头六和麻五是一家。木头六是麻五家的上门女婿。在我心中，木头六的家在警卫室，麻五的家在剪刀铺。

六

我被父亲提前塞进学校里去了。我很高兴，放学后每天都去木头六那里说学校里的趣闻。木头六每次都笑呵呵地听，好像他一下也生机勃勃起来。问这问那，好像他从没上过学校。

中午放学时，大风雪裹挟着整个马路。商业街那边堆满了人。听说死了人。忽生不祥，跌跌撞撞跑过去，是麻五的剪刀铺。麻五正神色麻木地出来进去。木头六死了，没有人说起死因。毫无预兆，他亲自把自己折在一片白里，在一个大雪纷飞的早晨。他乘着一架纸飞机，或者是坐着一叶小渡船，顺着东南西北随便哪个方向就走了。他没说还回不回来，什么时候回来，或者说也白说，他说了不算。

雪积过膝，每走一步仿佛都需要有力拔山兮气盖世的气魄。不若此，人就像种进去的雪萝卜，拔不出来。木头六是把自己种进去了，他也曾用尽平生气力，用着力拔山兮的气魄对抗最平凡最普通的生活。现在，他忽然不想再用力了。他选择用雪埋葬自己来自动退出这场雪。或者，会折纸的人有着天生对纸的信任，对白的依赖，所以他用白来交上自己。

到家属院门口时，我的眼泪忍不住扑扑地落下来，砸在雪里，狠狠砸下去。那眼泪仿佛是一个人怀着满腔的热，对生道不尽的幽怨。

母亲说，木头六死了。我说，嗯，在路上听说了。

己亥夏日于如如斋

猫　事

苇岸说，他印象深刻的一个妙喻是危地马拉作家阿斯图里亚斯的小说《总统先生》中的一句：“无数条河流注入大海，像一只猫把胡须伸进牛奶碗。”此刻，一只正把胡须伸进牛奶碗里的小猫，懒洋洋，大摇大摆，理直气壮地端坐在我的面前。

忍不住“扑哧”乐了。一次在飞机上俯瞰，无数的河流细细胡须的样子。平日里走在沙滩上，以为浩瀚无边的海，真的像一只蓄满水的碗。那时曾猜想过，定是有一只大馋猫，于大的天地间，一副生死契阔天荒地老的模样匍匐在哪儿。我看不清它的眉眼，找不到它的踪迹，只见它长长的、浅浅的大胡须正安逸地游着，似乎还可听闻幸福的呼吸。

哪来的一只猫呢？

一、爱它

上世纪七十年代末，四五岁的光景，随父母租住在一个极简陋的土坯房里。父母奔波于生计，时间总是安排得满满。大多时候，我是和房东爷爷奶奶一起耗磨时光。他们身体硬朗，性情慈柔。儿子异地，偶有来望也是匆匆。老人们总是有一搭没一搭地逗我说话，说，妈好还是爸好？或说，今天吃的饭到哪个小牛肚子里了？偶尔摸摸我的脑袋壳，捏捏小脸蛋。我觉得无聊极了，望着窗外的树。那树下的影子，总是一团一团的，天上的云那般大。可天上的云是白色的，它们是黑色的。看着，看着，影子就像被小猫舔光一样，渐渐小了，没了。于是开始无端兴奋起来，爸爸妈妈要下班回家了。不久，他们会像抱着小猫似的，把我抱还给妈妈。

后来，果真来了一只猫，一只流浪的猫。眼睛里被丢弃的惶恐和哀伤，一下攫住了我。不知那时候是否知道疼这回事，总之我一直央求房东爷爷，留下它。房东奶奶显然早已给小猫洗了澡。再见时，它雪白的毛，湿乎乎的小鼻子，软软的小爪子，我一见爱不释手。很像当年，宝玉初见黛玉，这个妹妹我见过的痴魔样。很快，每天和小猫腻在一起。小猫也同气相求的模样，乖巧地依着偎着，仿佛人世猫世就此可以相伴一辈子。偶不见猫，或不见人，都失了精神头似的。房东的爷爷奶奶，也因它的来临，多了些趣味。是的，它好像比我更懂得交流。我们管它叫小白。

那天，长我两岁的姐来做客。八月的天，酷热难耐。知了扯锯似的叫，空气里酝酿着一种单调、乏味和小小的不安。夏，总是热得很乖戾。大家都在午睡，姐把我叫起到院子里玩。可是，又有什么可玩的呢？世界除了静谧还是静谧，除了知了冲撞着衬托着院子里的静，连树叶都懒懒的，一丝不动。“喵……”小白从哪里袅着尾巴走来了。一向比我聪明的姐姐灵机一动，咱给小白洗个澡吧！不由分说，她跳着脚，蹦着从压水井压了一盆凉汪汪的水。我端来，她随手拎起小白往盆子里按。我想小白和我一样，都有点不知所措。它叫着，挣扎着往外跑。姐一向执着，说，乖，咱洗洗澡就凉快了。我还没弄明白，我参与了什么，小白已经落荒而逃。我的心突然有些空落落，莫名不安起来。想到小白刚才的挣扎和挣扎时的叫声。

姐小住两天就走了，小白却一病不起，蔫蔫的，见我也提不起往日的热情。我心里难过得说不出，觉得这里面有我的罪责。只得悄悄祈祷：小白，好起来呵！房东爷爷问奶奶，小白怎么了？着凉了？奶奶说，也没见它怎么着凉呢。奶奶于是问我，小白这两天怎么了？我羞愧难当，却说，不知道。

第五天，小白死了。爷爷有点可惜，把小白从屋子里扔出来。我远远躲着，悲恸不已。这是我第一次面临死亡，且这死亡，和自己有着脱离不了的干系。还有一层更重的砝码压在心头，我不敢承担，这难以承受的罪责。

我悄悄抹眼泪，不敢让别人看到。捡起小白僵硬的身体，在街口拐弯处的城墙根下，埋了，堆起一个小小的坟头。

总在寂寥的时候，躲开人，独自去看小白。我见小白的坟头，多了些小野草，小野花，蚂蚁也在上边做窝。每次我都泪水涟涟，仿佛看见小白清澈的大眼睛在望着我。

自此，不再养猫，甚或其他任何小动物。那心情总是难以言喻。不光害怕死亡带给自己的感伤，还由此折射自己内心不可战胜的种种弱和小来。甚或，在以后很长很长一段时间，我都害怕和任何品性的一只猫对视。

那一年，我五岁。

二、不敢爱它

结婚时候，有一块特别喜欢的纯羊毛地毯。后来搬家，用不上，又舍不得弃，就洗干净，卷起放在地下室。那天，天气晴朗得让人无由地欢喜。晾晒衣服的阳台，飘着熏衣草的味道。看会儿书，喝了些茶，就想到那块老地毯。晾一晾吧，阳光这么好，怎好辜负呢。

推开地下室的门，惊呆了？

一条箭影嗖地一下穿过，继而“嗷”的一声，撕心裂肺般嚎叫。唬得人头皮乍起，手臂一层小米粒。一只硕猫站在离我最近的窗台上，怒目金刚式，生死捍卫状。这样一惊一乍，不免让人有点恼怒。站在自以为可以防范的距离，冲它跺脚，龇牙，咧嘴，也是一副张牙舞爪的模样。如此这般，硕猫反倒沉着起来，似乎一下看出我的虚空，不动声色地看着我，目光凛凛。我实在没有勇气用任何一物件赶它走，一时也不明白它为何如此剑拔弩张。罢，罢，罢，它不跑，我逃。它是为正义而守的喋血老将，我是不义而退的入侵者。

任它东抓西挠我的毛毯吧！或者它会在我去冬的新棉鞋里做窝吧！或者高高低低处，这一片那一块，是它舒服后染了腥臊味的地图吧……

总是想到那只悍猫。不断猜测，它是怎么进去的呢？是自己推开窗子吗？它是从哪儿流浪着来的？如果饿了，它自己会跑出去找吃的吗？它是因为贪恋这楼里的灯光吗？流浪的荒原属性，让它对人还有信任感吗？

忍不住，又去地下室看它。壮着胆儿，开门。呀，屋子里开满了白色的棉花朵朵，是一群小猫花。一朵一朵的小猫，这儿一个，那儿一团，伶仃着可爱。原来，是因为做了母亲。种种蛮横强悍，不可理喻的疯狂，高度紧张，设想敌人，自设城池地守疆卫土，大大杀伐，厮杀乱战得不可思议，原来，都可原谅。她做了母亲呵。

老悍猫开始温柔起来了。时常，见它率领一干小众，在墙根下晾晒一溜。眯眼，挠耳，舔爪子，有时甩起它的长尾巴，无限自足与惬意。小时候看过老电影《甜蜜的事业》，觉得老悍猫在唱那里面的主题曲，“甜蜜的工作，甜蜜的工作无限好喽喂，甜蜜的歌儿，甜蜜的歌儿，飞满天喽喂……”

我却一点儿不觉甜蜜。远远地，对着一屋子的猫发愁。痛感远比快感更具有穿透力，无论岁月如何厚，都能听到它微微的战栗。对于猫，甚或其他小动物，我已然丧失了近距离爱它们的能力。我对这种宿命既悲哀又无奈。

那天中午，趁着它们出去晒太阳，关窗，锁门。如释重负，又重负如是。进进退退，这样反复的情感很恼人。谁会对这样一群流浪的野猫负责呢？愧责，却又不知，该如何解开这样的一段孽缘，又该如何做到心不歉疚，给流浪一份并不奢侈的温暖。

六月的天，孩子的脸儿，说变就变了呵。电闪牵雷，雨潜入夜。我的心再次被悬起很高，我不知怎么把它放平放稳。

夜更深，雷越响，雨愈大。夜色迷茫。

三、还是母性

本以为，此生际遇，很少再遇猫。远远看着，就很好了。相忘于江湖，更确切地说，既是一份悠游，更是一份安全感。

异乡陪读，虽有孩子相依相伴，却也不免时起莼芦思。稍稍思起，便觉身体孱弱，日觉心身老迈，头顶芦花总是白了一层，又一层。

冬日阳光懒散，窝在书堆里，却听凄厉的叫声于窗外，一声比一声高，一声比一声惨。是猫叫。我试图说服自己不去看事情的因果。实在搅得不行，就小睡一会儿。小睡也不行呵，感觉心脏被叫得突突的，跳得加剧了起来。心脏犯病了。吃了药，准备去书房燃一炷沉香。抬眼却见，一只小小的猫儿，静静地端坐在儿子软绒绒的床上，无辜地看着我。我一惊，呀，从哪儿进来的？环墙而视，窗户半开，窗外有半高的空调主机。一切条件具备，哪怕是一只刚出生不久的小猫也能进来。

明白了，为啥有只猫叫得那么凄厉。她找不到自己的孩子了。

我一时手足无措，不知如何应对。把它抱起，放到窗外吧，不敢。拿一件什么东西赶走它吗？又仿佛不忍。它那小可怜见的眼神，让人疼惜。于是，我站在床的这边，抻抻毛毯，说，乖，听话，下来，你妈妈在找你呵。它根本不为所动，还是静悄悄地瞅着我。又急又不敢急，手心渐渐有了汗。电话给楼上的丽娜，丽娜没听明白，赶下来了。她听了缘由，把小猫抱到窗外，然后哈哈大笑。我知道，她在笑我。

四、又见，又见

自此我发现，窗下真的又多了一群小猫儿。

一只猫妈，四只小猫儿。一只纯白，一只条黑，一只杂黄，一只浑灰。邻居家的，猫就下榻在两家之间的窗户间隙里。主人在那里搭个窝，絮得软软的，有专门吃食的地儿。如果算星级，该够五星了吧。读书写字累了，就望望窗外。它们活泼泼，萌得人心软软的，一塌糊涂。

有时，小猫学爬树，老猫远远见着，急了，就去教，示范。有时小猫自己玩，怎么也抓不到自己的尾巴，急了，喵喵两句也就忘了。有时，小猫会追着一个影子，煞有介事认真得不行，追到了，抛开了。有时，会有几只猫挤着一起午睡，你的爪子搭着我的脸，我的屁股对着你的头。有时，会有小孩拿绑着红布条的小柳枝来逗小猫。小猫闹得欢，小孩子咯咯地乐，一时倒也分不清，是小孩在逗小猫，还是小猫在耍小孩。

下雨了！反应快的猫迅速找准窝，钻了进去。也有性急的，却撞来撞去，找不到窝口。有慌不择路，跳上窝顶，恰好又有一只命运同此，两只又挤来挤去的。有沉稳的，虽然被浇到几滴雨，却也很快进了窝的。

在它们那里，见到了人情。我突然对它们又起惺惺之情，相惜之意。而这喜欢，是隔着玻璃的喜欢。

是呵，这世上的很多喜欢，不都是隔着玻璃的喜欢吗？

五、尾声

此刻，一只正把胡须伸进牛奶碗里的小猫，懒洋洋，大摇大摆，理直气壮地端坐在我的面前。

隔着玻璃。

是呵，它是从哪里来的呢？

以后，会到哪里去呢？

它是否会明白人类予它们所有的美好譬喻，以及内心的善意呢？如果允许，人会大方地拿出牛奶，和它共享。就像河流与大海，高山与人，人与万物，一起共享宇宙。人与猫是否可以共赴不可或说的命运和不可或说的选择呢？

在猫的眼中，我是人。在我的眼中，它是猫。可是谁又说得清，孰猫孰人？谁又是谁？

那天，我听一档原创歌曲里唱一首写给小猫的歌，“再见了，喵小姐……”我的眼泪忍不住流下来了。

甲午年于客轩

闻　法

一、引子

总有什么会是不动的吧，面对流逝。

对于流水，那些河底的泥沙、石头，就连石头上长出的草也是相对不动的。对于时间，我有那么多的泥沙、石头、潦草、沉疴在不知所以的地方，会在不经意的某个瞬间，异常疯狂地茂盛起来，闪亮地刺起眼来。哪怕是在有阳光的白昼，有月光的夜里，有雪的纯粹里。它们都会固执地提醒你，它们是存在的。你需要有足够的耐心和宿命体纳它们，并且不要试图掩盖，要一遍遍地用疼来提醒，直到麻木。或者也试图把它们扔出体外，试图彻底摒弃连根拔起，可那是你的宿命，你永远摆脱不掉。只能暂时扔了，掉在你暂时体感不到的地方。等待下次毫无征兆地再次被提醒。

很多年来，我经常会被一只恶犬撕咬而醒，醒后才知是做了梦。继而是肉体说不出的疼。是真的那种疼。

生命是动荡的，而这种动荡别人看不到，你也看不到。别人感知不得，你却总处于风口浪尖。比如这撕咬，这疼。仿佛唯有死亡，才能得大安稳，大平静。你生命的元素和机密早早就镶嵌在你的骨骼里、血脉里、皮肤里、毛发里，你无法改变和解脱。只能试图找到密码，打开它们，认识它们，让自己不再过于慌张。

二、恶犬

上世纪七十年代，这个小城南北均有高高的土城墙。城墙上长满了各种野草、野花、野果子。记忆最深的几种都是关于味觉的。一种绛紫色的管状小花，揪了根蒂，顺嘴一吸，甜甜的。我们管它叫马奶子花。还有一种黑紫色，里面有很多籽粒的小果子，甜味更胜一筹，叫野葡萄。有一种叫蓖麻果的，几乎没有味道，但口感圆润，色彩洁白，状如莲花座，也是我的喜爱。草高树茂，哥经常带领着一路人马，去那里打仗。我在墙根底下，仰望着他们雄赳赳气昂昂旌旗飘展的架势，还有不时的呐喊鼓荡在耳膜，想到他们会分享胜利的果实，那些好吃的野果子，羡慕而又无比惆怅。我是被哥甩掉的小尾巴，他从来都是不屑于我的存在的。他倔强的眼睛里总是冒着火，仿佛我一出现就会被点燃。他一直觉得有我在，父母就不会更爱他。所以，他仇视我的存在，又把仇视慢慢转化为不屑。

我只能呆呆地仰望着他们，呆呆地，无处可去。

那时父母的单位都还没有家属院，我们租住在附近的农家。房东家有六个孩子，两个女孩都是窈窕年龄，余则都是次第排下来的青愣子少年。他们都有着天生的优越感，且有着和你不是一路人的防备和戏谑。他们是他们，我是我。仿佛来自两个世界，两个星球。我生性胆小又固执，不会主动讨好与逢迎，自然他们依旧是他们，我依旧是我。

那次，哥终于肯带我玩了。他们这次从城墙转移到房顶。我是断然不敢上房的。看他们一个个顺着梯子上去了，眼瞅着又都跳过一道“鸿涧”（那是柴房和主房之间的一道空隙），转眼就要跑没影儿了。心一急，一横，颤巍巍爬上梯子居然到了房顶。举目茫然，再不敢挪一步。他们全都跑掉了。我却不知是该接着跳过那条鸿沟，还是顺着梯子再下来。房东家的孩子们这时候站在房下，嬉笑着，嚷着，“跳，跳过去呀”，声音此起彼伏。我犹疑着，眼睛一闭，向低处的柴房迈过去。“咚”的一声，掉下来了。霎时我晕掉了。确切地说，是晕了一霎时，就醒了。地上堆的柴草救了我，未损毫发。这时我依然听见他们起哄着大笑。这笑声于我格外刺耳。

世间没有哪一种痛比羞辱感更让人沮丧和幽愤了。

晚上母亲抱着我睡觉，我大哭不止。任她如何温柔地安抚我，都不管用。她不知详情，我也不知怎么告诉她详情。那年我五岁。

后来，有一次我要出门。房东家的四儿子截在大门口，说，不许出！我说，必须出！他说，那你告诉我，你为啥叫“卫疆”？（行伍出身的父亲为我起的小名）我说，为啥要告诉你？这时候哥来了，挥着拳头冲房东家老四打去，嚷着，你再敢欺负我妹，我打死你！他们扭在了一起。哥从来都是只允许他对我吆三喝四，不允许别人欺我半分。此后，他们之间有了战争，且这战争一直持续到我们搬进了家属院。

而我的代价是，再不敢独自出门了。老四经常把他拴着的一条狗放开。那狗和主人一样，很有主子的自豪感，忠实地服务于它主人的嚣张。从那时起，我便生出一种偏见，狗是凶狠的，有着凛冽的强势和低眉顺目的奴才相。

在单调而孤寂的童年里，我看了大量的童话书。那是因为从不敢出门到习惯不出门，唯书可伴。我已习惯了孤独，内心却也住下了一条恶犬。它时时会跑出来，咬我，撕我，而我连一点回旋的力气都没有，甚至挣扎的本能都是徒劳的。我的潜意识里，有着不可克服的软和弱。这也让我更加愿意低下头来，亲近和体味那些和我一样，不曾说话，不愿说话的蚂蚁，狗尾巴草。唯有它们，和默默说话的书，让我更放松，更安全。

很多年来我悲哀地发现，我与人群与世界是隔阂的。

三、刘毛

刘毛终于被我嫌弃走了。

其实刘毛长得蛮好看的。浑身雪白，毛长无杂，眼睛黑白分明，有着炯炯的神采。它在婆婆家时，有一个很文雅的名字，叫巴图。表姐一儿一女，分别叫刘伟、刘丽。表姐视巴图为亲儿子，到表姐家后，巴图排行老三，叫刘毛。

我怀孕了，婆婆心胜，非要我来和他们一起住。我婉转拒绝，没好意思道出真相。婆婆家里养了一群“飞禽走兽”，有彩斑鹦鹉，有荷兰猪，有地图鱼，有狮子狗，有波斯猫，还有一条大藏獒。我喜欢植物，对一切动物都有着天生的恐惧。婆婆知道真相后，送人的送人，借居的借居，只留下了巴图。巴图是她的心爱。她说巴图性子柔和，不伤人。我亦无话，只好随了婆婆的心意。她一心想着我肚子里的孙子，特意提前退休，说要等着大孙子降生。

一次，表姐来。巴图施展它所有本领，作揖打躬，上蹿下跳，逗得表姐哈哈大笑，给婆婆挣足了面子。吃饭时候，表姐把假牙摘了，放在碗边。饭后准备清洗再戴却无论如何找不到了。我在门后发现了巴图。它正兴味盎然地啃着假牙。好难啃的骨头呀，居然食之有味而无肉！我乐得不行，把大家引来，都开始毫无节制地乐。

可是，无论巴图怎么可爱讨喜，我都避之远远的。它换毛时掉下的毛，总感觉落在我身上，指甲缝里，清不好，理不出，有说不出的难受。这心理暗示渐渐让我形销影瘦。婆婆见了，狠狠心把巴图送给了喜欢它的表姐。

对于一个心有芥蒂的人，乖巧和讨喜不仅是徒劳的，更是一种讽刺呵。

巴图走了，开始叫刘毛了。我浑身轻松，却一点不高兴。我总担心婆婆会想念巴图。

四、阿顺

尴尬。

阿顺是婆婆后来养的另一条大狗。体毛油黑，身材健硕，性情却是温顺的。虽然我不在婆婆家住，也从不靠近它，它也知道我是家里人，不对我狂吠。有时又想对我表达出那么一点点善意来。

我们急着去北京，我要做个小手术。车在家门口，车门开着，婆婆不断往车里放一些她觉得用得着的东西。又怕我冷，说，快坐车里去。我刚抬腿上车，便觉后背热烘烘的有些诧异，没等回头已经瘫软吓晕过去。阿顺正举着它的大长爪子，伏在我的后背。没人注意阿顺什么时候出来的。阿顺却认真地听从婆婆的话，急着要上车。

由于惊吓过度，到北京医院里，居然发起烧来。发烧，手术又是做不成了。婆婆恼恨成怒，小叔子要惩罚阿顺。

能怪阿顺吗？世间的事，哪有对和错那么简单？不要打它。

五、流浪狗

我发现世间事情是很有趣的。越怕什么，你就会越遭遇什么。

譬如，经常在开车的时候，路遇小狗。它就横亘在路中间，你躲不开，冲着你的车叫。通常情况下我都停下车（那时候还没堵车之说），等着它叫够了，走开了，我再走。有时会心生顽劣，打开车窗。冲着狗说，喂，知道不知道？好狗不挡道！

一次，我正冲着狗龇牙咧嘴，说，好狗不挡道唉！只听后边喇叭声刺耳连连，有车被挡住了。司机怒目。我自知理亏，赶快错开车道。那人错车而过，临了回头瞅我一下，恨恨的。我明白他的意思了：好狗不挡道！

唉，有的时候你都不知道啥时候你也当了狗。

后来索性不开车了，反正自己一直对这些机械的东西很笨拙，走着吧。走着，也经常有小的流浪狗跟着。我不敢加快脚步，也不敢用脚绕开它，非常谨慎小心，内心哆嗦地一直走，希望赶快到目的地。一次，穿的是肥腿裤，一只小狗就叼着我的裤脚不放。我是又怕又怜，心想要是有卖馒头的过来，一定要给它买一个。

可是无论如何，都不能抵消我对动物的陌生与恐惧。

六、闻法

清晨醒来，推窗，雾霭沉沉。太阳被裹在里面，雾也被染得一层层透出红晕来。山高千米，我在千米山上的庵堂里，像一只蝼蚁，仿佛随时都可被一阵风或者窗外飘过的云驮走。窗棂上几蓬竹影，寂寂无声。有水珠子悬在叶尖，剔透的阴影。是的，我觉得那影子是毋庸置疑的剔透。用手碰了碰，没有落，怎么会落呢？茶园在远处，殿角悬檐的风铃在近处。

不久，雾渐次淡去。一行飞鸟斜过，晨钟幽幽而起。诵经声时隐时落，早课也快结束了。闻法一直蹲坐在禅堂外，甚或姿势都未动一动。我看不清它的表情。

闻法是一条狗，年近中老年的狗。在它很小的时候，比丘尼师父抱来，养在禅堂，取名闻法。

我来时，它对我并未表示多大的热情，也并未对我睚眦以示嫌恶。不过，它仿佛对同来的友态度亦如此。友是它的老朋友了，多次来。友说，你看闻法日日听经，也得法理了，所谓不远不近，不增不减。你摸摸它，它很温善的。我怯怯的，又不想表现出怯怯的，淡淡一笑。没有上前，也没退后，和闻法保持安全的距离。一连几天都是如此。

晚上我们去喝茶。得山岚之气甘露之味的九华佛茶于我们这些茶虫们诱惑是极大的。茶，人，谈兴淡而远。夜色渐浓，小巷里大团的白色荼蘼也嗤嗤地吐着香气。一行人散淡着走出来，空气潮湿而温润。红灯笼因太过雷同而显得俗气，在这样的夜晚，却别有晕黄渐染的温暖。兴致大好。我们要步行走回山上的禅房。不知不觉离开昏黄的小镇，已经蜿蜒在山路上。

山风松爽，清冽冽的空气让人忍不住大吸几口，又贪婪地不想松出来。顾不得路窄，举目神往。哦，这一空无法抵达的深邃的蓝！我有一种无法拒绝的被吸引又被抛掷的空荡感和渺小感。小时候曾寄居在四姨家，就是这样的蓝，这样的夜，让我耿耿不眠不知所以。不明就里，我被耽溺了。耽溺于这一夜的空，空处沸腾的星，无法自拔。仿佛一举手，就可以摘下一颗、两颗、无数颗，像小时候站在四姨家的苹果树下。栽苹果树的四姨父，古怪讨人嫌的四姨父，疼我经常举我高过头顶的四姨父，此刻在苹果树的什么方向呢？漫天的大苹果树枝繁叶茂，我仿佛看见四姨父在天的那边，冲我笑。那熟稔的毫无拘谨的笑声，一波一波，鼓荡在耳膜。

他们大声说笑已走远，而我固执地站在离天空最近的那个羊肠小路上一动不动。

前边不远处，闻法在叫了。每次茶归，闻法都要出来很远，在必经的路上等我们。我缓过神来，循声去了。不见人影，只见闻法依然蹲坐在路边。直到我来了，方起身跟在我的身后。我不作声，它也不再叫，始终和我保持着一段距离。仿佛它一直懂得我没有恶意的拒绝，仿佛它也不需要我无距离的亲昵。它只是要守卫着，守卫着它觉得该要守卫的东西。漆黑的夜里，天很高，星星很多，我听见闻法均匀的呼吸。

很多次，闻法都悄无声息地等着我。不靠近，不远离。它像一个绅士，给我足够的空间和余地。而我无时无刻地不在黑暗中感受它鼻息所散发的温热。我开始认真地打量闻法。它的眉眼，它的耳朵，它的四肢，它的足蹄。我看它怎么吃饭，喜欢吃什么，我看它怎么卧在经堂外静默不语。有时我试着把手伸过去，摸摸它的脖颈。几十年来，除了亲人和植物，从未用手真正感触过任何一种生物，包括人。我对他们充满了陌生和惊惧。闻法一动不动，漆黑的大眼睛宁静而安详。那里透出的光仿佛从前生走到今世，丝丝缕缕开始落在我的心上。

我们去肉身殿，去九华街，去天台寺，去拜经台，去寻觅凤凰松，闻法都在。我已然习惯了它的伴陪与等候。

闻法，你是不是在很多年前就潜伏在我的体内？从童年，就开始在我不为人知的黑里，撕咬我的种种偏见和不能言说的小。你还扮作刘毛、阿顺、街道的流浪狗，给我种种提醒与认知，让我彻底与世界和解，让我放下坚硬与孤僻、固执与偏见。如今，你从我的体内跑到我的体外，我可以轻柔地抚摸你，蹲下身来对视你。世界明亮，心底无比柔软和安宁。

临别的那个曦光里，你默默地送我们很远，很远。山路窄，你又不肯停步，我无法看见你的样子。只是在我扭头的刹那，寺边，你蹲坐的影子绵长，凝望不动。

闻法，闻法。喉咙发烫，眼睛润湿。

七、后记

九华归来，再无被狗撕咬之梦。疼我的已去天堂的四姨父也不再进入我的梦乡。冥冥中，他们以另一种方式来爱我，让我放下。爱放下，恨放下，惊恐放下，欢愉放下，羞耻放下，幽愤放下，疼痛放下。给我安怡，柔软，信心，勇气，爱的信念。他们要用时间，把这些一一奖赏给我。

只是我依然舍不得删掉手机里闻法的照片，猜想闻法是不是和我一样，在慢慢老去。每每翻看，静默无言。

甲午冬大寒日于如如斋

跳上篱笆的影子

一

我家在小瓦房的最里端，回家就有一条长长的小胡同，小胡同里铺着长长的铺满青苔的小巷。小巷的砖是青的，绿苔深深浅浅，晃晃悠悠，有时从地上晃到墙上。放学时就用自带的扫帚在墙上扫呵扫，苔色扫不动。有时黄昏的光斜照进小巷，青砖上的绿苔就泛着毛茸茸的金色的光。忍不住光了脚踩上去，像坠进绿罗帐跳不出。黄昏，小巷，青砖，绿苔，这些记忆后来一直有一把扫帚在心里摩荡，却是扫不净。

扫不净干脆就种下吧。于是一直想在不大的书房里种苔，却屡种不活。我想，有可能是小时候踩踏的苔太多了，它也是记仇的。也有可能是我俗浊之气太重，它是需要极幽静的深心才得以相许的。总之，一直养不活它。那把沾着水的扫帚扫呵扫，苔色一直扫不动。

那条胡同大概住着十多户吧。每户两间，门前都有相配套的一排小棚子是厨房和堆杂物的。家和家是互通的，每户都从住室到小棚子之间扯上一道铁丝，是晾晒衣服的。户户如此，远远望去天在西边，那些铁丝像一截一截登天的云梯。谁家做饭了，谁家洗衣服了，谁家两口子吵架了，谁家孩子挨打了，谁家来亲戚了，消息都和风一样出入自如，邻居间彼此畅通无碍。

和我家隔着两家换了新主人。新主人一到，旧格局发生了很大的变化。他家用篱笆把自己圈起来了。这样一来，外边的倒不以为意。我们东边的三家反倒像一个除了他家之外相对独立的一家人了。自动生成的小院子倒像一个世外桃源。我的欢喜在此，我的不欢喜是放学时再也不能从各家穿堂而过，而要走小棚子后面长长的小胡同。夜晚，我都要在胡同的这边，先顿一顿，然后鼓足勇气撒开脚丫子就跑。跑呀，快点，马上就要被黑捉去了！快点快点！黑是什么呢？有时是一团影子，有时青面獠牙，有时巨臂高擎，有时什么都不是，就是克制不住的砰砰砰砸门声。快到家门口时，立定。回头望一下，黑，除了黑还是黑。

二

中午放学早，家属院里一片寂静。寂静得让人倦怠又慵懒。偶有麻雀从世外桃源的拐弯处扑棱棱飞出来，像从热锅里溅出的小沸点。太静了，静得让人怀疑。这似乎都是表面现象，这世界一定在发生着什么。

果真，刚刚迈进世外桃源的小进口处，忽闻动响。我吓得缩回脚步，探头往里一望：一个人正拿着铁锹往我家的小棚子里探。小棚子的门，就是简单的几个木条钉起来的，中间缝隙很大。别说一把铁锹，两把进去也有余，绰绰阔阔。他的衣服分不清什么颜色的，帽子是黑蓝色的，鞋后跟一只提着，一只半提着。

他在干什么？是贼么？莫非贼也喜欢世外桃源？不是，贼会更喜欢闹市区吧？小棚子里除了剩菜饭，就是旧纸箱子。能偷到什么呢？所谓鸡犬相闻，美池桑竹，怡然自乐哪一样能偷得去呢？更何况那桃源也只是我的桃源未曾向外人道也。那桃源于外人，也只是一个普通的小院子。能偷的没有，不能偷的偷不去，可他要干些什么呢？那他是收破烂的？也不是，收破烂的都是扬着高高的调门：收破烂喽！收破烂喽！充满着悠然自豪和趣味，绝不局促紧张和隐蔽。无数的念头在我的脑海里闪现浮过，再看时，他忽然冲我一龇牙。黑呀！

我扭头就跑。上气不接下气告诉门卫木头六时，那个人大摇大摆地从胡同里走出来，经过我们时冲我们龇牙一乐，狡黠地笑笑。夜晚在胡同里追赶我的那些黑忽的惊现，我瑟瑟地说，是鬼吗？木头六却大笑起来，哪里有鬼！不过以后见到他要躲远一点，他的精神有些问题。木头六的话还没说完，那个人又转身回来，突然出现在我们面前。木头六什么都没说，进屋拿了一个馒头给他，他才走掉了。我的手一直拽着木头六的衣襟不放开，木头六说，他可能是饿了。

三

由我们三家组成的小院子，鸡和犬自然没有相闻的辽阔，良田美池桑竹之属自然也都是从感觉意义上说的，怡然自乐是有的。夏日黄昏，父母们下班了，就各自在院子里支起小小的柴油炉子做饭。一边摇蒲扇，一边看着锅里的粥，一边又相互说着笑。

“嗒滴嗒，嗒滴嗒，嗒滴嗒—嗒—嗒—，小朋友，小喇叭节目开始广播啦！”我拿起收音机放到篱笆墙下的小矮桌上，把音量调到最大。今天，曹灿叔叔接着给大家讲《木偶奇遇记》！收音机说到这里时，哥和彦鹤哥还在舞枪弄棒，飞上爬下。吵死啦！我冲他俩喊。他俩冲我很不屑地看了一眼，然后悻悻地说，走，去外边玩！我趴在桌子上听故事，看着柴油炉子里的蓝火苗幽幽地舔着锅底。风一吹，火苗一扭，余韵又一下在锅底散去，火把锅底抱住了。空气里弥散着淡淡的柴油燃烧的味道。那迷人的味道呵，和黄昏夕阳的味道搅混在一起，竟让人产生微醺的恍惚感。这让我一直对柴油燃烧的味道着迷，一直觉得那味道有颜色，是蓝色添了晕黄色。篱笆墙上爬满了紫色的喇叭花。在早晨，那些藤蔓使出了牵万千头牛的劲儿，扯出一篱笆的花朵来。那些花朵使劲吹呀吹，听呀听，使劲紫呀紫，到黄昏仿佛是赶了一辈子的路。太累了，偃旗息鼓都歇了吧。它们全都合上了，然后萎成一个个小绒球。我看得出神，忽然一个黑脑壳从篱笆那边顶过来，又黑又硬的头发扎在丛叶里。显然身体失重，屁股朝上头朝下，咕咚一声跌倒了。紧接着他爬起来，摸摸脑袋，瞪着大眼睛忽闪忽闪地看着我。我忍不住乐了，原来他在篱笆墙的那边听广播。

后来一到听广播的时间，我都会看见一双睁得大大的眼睛充满渴望。我冲他笑，举举手中的收音机，示意他一起听。他很快乐的样子，什么都不说也趴在篱笆墙的边上听广播。我在这边，他在那边。一直都没有听他说过话，疑心是哑巴。有次我问，你几岁了？他看着我还是不说话。后来，他偷听广播的事被他妈妈发现了，她举起手就给了他两巴掌，谁让你出来的？他哇的一声大哭起来，韵调起伏，高低错落。我这才知道原来他不是哑巴。

有时我会呆呆地望着他家，隔着篱笆墙想，是呵，好像从来没见过他出来玩，是妈妈不让出来吗？可为啥不让他出来呢？不过，他家从出现就是很奇怪的。他们很主动地用篱笆把自己和大家隔离起来，过自己的小日子，深居简出，不和别人有半点瓜葛。仅从地理位置上说，他们就是家属院里可圈可点的中心。

不过，我的疑惑总是一闪而过，仿佛也没有过多的心思探求什么。

四

篱笆墙那边的小男孩长得很快，几日不见好像又长高了。这让他显得更加孱弱，细细的豆芽风一吹就晃悠。黄白脸色让他显得怯怯的。最近，他家的篱笆墙好像围不住他了。我见他像个小牛犊疯也似的往外跑，他妈妈边拽边骂，把他往屋子里扯。

他还是忍不住要出来。显然还没学会怎么和大家一起玩。他总是显得很笨拙。不是搅了别人的局，就是挡了人家的路，要不就是不懂守规矩。很显然，篱笆的作用威力巨大。他左突右冲，跌跌撞撞，又不得法。这让我很同情，小伙伴们群起而攻时，尽力维护他。大约他的妈妈也明白儿大不由娘吧。或者，她真的以为以她之力再也不能把儿子拽回篱笆里了吧。总之，她好像心有余力不足了。有次我听见她深深的叹息，充满着深深的无奈和忧虑。

那天伟光急促地跑来说，快看快看！

她像只老母鸡一把把儿子拽到怀里，举起手就打另一个小男孩，边打边骂。其实我一直听不清她到底在骂什么，一直是叽里咕噜，叽里咕噜，很像吃了米被噎住。

我们一时都愣住了。我们在外边玩，无论对错，只要有告状的回家就挨打。父母都是首先教训自己的孩子。她在我们看来很另类。是呀，他们不是一直都很不一样吗？

她终于以这样的方式把儿子重新圈回篱笆里。

五

嗯，离婚了。

那孩子怎么办？

她想把孩子带到天津去，孩子奶奶说啥不让带，留下了跟着奶奶。

唉，也是可怜人。不过也好，半辈过了，终于能回到自己父母身边了。

听见大人们议论，知道说的是她。心里有些难过，又说不清为啥难过。再隔着篱笆往那边望时，更加冷清了。夏天的草像长了短跑冠军的腿，一下就窜出去老远。

后来知道她是下乡知青，她的家在天津。我问母亲，啥是知青？母亲说，一些城里的孩子响应号召到农村里去锻炼。那他们都回去了么？大部分都回去了，一部分留下来了。

一粒沦落天涯的草籽终于回到了自己的土地，找到了自己的根。它被风吹到这里，试着扎根却终无果还是被风吹回去了。我忽然明白理解了她，她的特立独行，她的孤独警惕，她的篱笆是她的自我保护。她连说话都一直竭力保持着她的乡音，虽然我一直也没有听她说过几句话。

大家都说她有些智力缺陷，是个半傻子。因为大城市人的身份被婚姻圈留在这个小城里。

篱笆墙里换了新主人。新主人并没有把篱笆墙拆掉。几经变迁，大家反而都在院子里架起了篱笆，每一户都独立而隐蔽起来。

那种一望无际，晾衣绳架起天空的景象再也不见。

六

家属院要拆了，全部拆掉，要建楼房。我的那个世外桃源自然也从地理位置上消失了。

我们搬到附近一个农家，是父亲的朋友慷慨借住给我们的。那是一个宽敞的大院，院子里可以架很多篱笆。可以种菜、种花，有压水井可以浇地。清晨有鸡鸣，黄昏有狗吠，走出去有旷野。我一直念想的阡陌交通、鸡犬相闻、良田美池桑竹之属真的就如画卷，一一自由地展现在眼前。我陌生又新奇，开心又感伤。我知道，有一块儿，小小的一块儿从地理位置消失的土地，已经移居到我的心里。

夏天，喇叭花又都开了，纷纷跳上院子里的篱笆墙。一朵朵，影子和花一起跳上篱笆墙。风吹，有的影子从墙上跳到了墙下。还有一些站在墙上，踌躇着不知往里跳还是往外跳。

七

上师范时我迷上了唐诗宋词。彻夜地看呵，记呵，写。那天看到一句，“小楼一夜听春雨，深巷明朝卖杏花”，无端心动。如今小楼春雨，那种很深很长的小巷却并不多见了。那种盘桓在小巷中的各种叫卖声也许久不闻了。那些青砖瓦房，那些扫不净的苔影，开不败的喇叭花，那低矮错落的篱笆墙，都不在了。家属院拆之前曾特意走了走，那小胡同好像也没记忆中的那么深，那么长。

有时候，墙拆了，篱笆还在。有时候，篱笆还在，墙却早已拆掉了。人到中年的我，忽忆那个知青邻居，也不知她是否过得无碍了。

一道篱笆墙，谁又说得清谁是谁的障碍呢？墙里是被困住的人，墙外的又何尝不是呢？不过是“相对”决定了所困的内容和维度。那些花朵，那些花影，一天即一世，一世即一瞬。不管是墙上还是墙下，有的选择是主动，有的选择是被动。有的有光有影生动活泼，有的无光无影寂寥黯然。想到这儿，无端泪涌。

或者，真的不该轻易嘲笑一个中年人的泪流满面。

己亥深夏于如如斋

此情无计

一

一头白色的小象把它的长鼻子钩在树枝上打秋千，风托着它，它有多重，风就有它几倍的重。后来一缕风失神了，又笨又拙的它突然就被卡在那里了。晃不上去，又撤不下来。树上的几片绿眼睛，弯弯地笑。惊恐和笑意同时弥散在那里，我一时错愕了。

在那一刻仿佛有什么被打开，混沌鸿蒙中，清浊忽然分明起来，一部分在下沉，一部分在上升。下沉让我确信不是梦中，我在尘世。上升让我觉得世界是第一次出现，而这种出现也让我因光和美而被打开。如果惊异是一种敞开，那么美则是一种无言的裂缝。

上世纪七十年代，一个四岁的小孩怔怔地望着一件黄色条绒的小袄，小袄右襟下有布缝的打着秋千的小白象，竟有流泪的冲动。

喜欢不？石叔问。我含着眼泪使劲点头。黄是那种小鸟嘴那样的嫩黄，带着棱棱的条绒布是小鸟羽毛那样的软，襟角是关于春天的小故事。穿上这衣服的人，会不会就是一粒鸣叫的小春天？

傻丫头，咋还哭了？说完他大笑着摸摸我的头。那时那地一切都是灰蓝的，灰也不是那种干净的灰，蓝也不是那种纯粹的蓝，是灰的蓝，蓝的灰。是灰中隐约闪耀着蓝，蓝中又深坠着一种灰。有跃动，有沉寂。在那样弯在半山半水里的小城，很难见到一件有色彩的衣服，很难见到一件有色彩又贴着故事的衣服。一个四岁的小孩子被美哭了。或者，那也是一种委屈，替万物皆灰蓝的委屈。万物只是想要回自己的颜色而已，无端蒙灰，怎么会不委屈呢？

石叔是父亲的拜把子兄弟。他们是一中同学，父亲因家境困窘被迫在高考前当兵去了。他把薄薄的津贴分为几份，其中一份就是寄给上大学的石叔。毕业后石叔先是留在一所院校里教书，后来因为结婚回来了。回来后石叔把父亲当作亲人，把父亲的老人当作自己的，把父亲的孩子也当作自己的。

他拉着我的左手近瞧远观，又举起在太阳下看，笃定地说，不行，还得去医院。发现我的左手背有一块白色的地图样的东西，他有些着急。医生说是胎记，他才长长地松了一口气，自言自语，这丫头的胎记怎么是白色的呢？石叔是那个年代的大学生，是彻底的唯物论者，自然不会相信：有胎记的孩子都是被神吻过的孩子。我也不信，我是不那么彻底的怀疑论者。不过也正是石叔的提醒我才真正关切地注意到自己，我和别人好像也不是太一样吧？不管是谁留下的符号，胎记于我是完成了一种无端被重视，让我想起我就是我的独立意识。

家属院里的晓燕姐拿回了从学校里拍的照片。那是在宿舍她们几个小伙伴的合影。那种涂着蓝漆的双层学生铺很是诱人，还有她们的笑，很灿烂很灿烂的那种。我一下心驰神荡，我也要上这样的学校。晓燕姐上的是中师。是呀，当老师不也是自己一直的梦想么？考上师范后父母才知道，父亲埋怨，平时那么没主意的，居然这么大胆子，自己报志愿不和父母商量。母亲倒是很欢喜，女孩子当老师蛮好的，应该知足，她倒是没报医护。母亲总是担心自己的孩子很辛苦。

父亲和石叔一起把我送进学校。父亲一再叮嘱我的日常起居，石叔则把我拉在一边说，一条红线，绝不许谈恋爱！从明天起，准备参加自考。态度强硬，不容拒绝。

没过几天就收到了石叔邮寄过来的复习资料，厚厚的几本。那时我正沉溺于看小说，古时的，现代的，然后又从国内看到了国外。里面也夹杂着些许的倔强和叛逆，嗔他强制于我的选择，嗔他的自以为是。总之，那时总是对别人的不容拒绝产生深深的怀疑和戗拧。他尽管一遍遍邮寄学习资料，一遍遍敦促，我依然秉烛夜读，看那些他看起来非常不屑的闲书。很显然，他对我渐渐失望。我结婚时，他依然不高兴，吹胡子瞪眼。嫁的又不是他的标准。他对我，一直是恨铁不成钢的急切。他的“恨”又激发我的愤懑与不平，我在他眼里就是这么让人不放心？

春节相聚时，他把我拉在一边深切地询问，过得好不好？婆媳相处得好不好？人家有没有欺负你？我有些好笑，说，好，好，都好。那时，他反倒再不关心我的学业和事业。总是说，不必那么认真，差不多就行了，要注意身体。而我正憋着一股劲，要证明给他看。那时正集中火力一猛气学习了大专、大本，读了研究生。我总是在他希望我时，和他背道而驰，总是。他的辕在南殷殷，我的辙在北历历。

看石叔每年都去。前年要去时，哥说石叔在儿子的家里没回来，就搁浅了。去年再见时，他已经瘦得不成形。罹患肺癌正在化疗。他拉着我的手，召唤我的乳名，眼睛红红的。我用自己生病的经历安慰他鼓励他，他脆弱得像个孩子，点头，不住地点头。从没见过倔强的怪老头如此听话，我的心忽然一下就空起来，空得让人心慌和害怕。在那种无涯的空中，我仿佛又看见他一进家门就抱起我，丫头，丫头！然后高高地举过头顶，转起来。

石叔躺在水晶棺里时，是我见过最安详的他。我在心里默默地和他说话，不流一滴眼泪。听说，人的魂魄在离开自己的肉体时，非常疼。亲人的眼泪如果再砸上去，他的疼痛会加深不知多少倍。石叔是唯物主义者，他不信。我是不彻底的怀疑主义者，我信。石叔是在故作安详吧？他是故意的，就像这么多年来，他总是故意地用倔强和不信任来遮蔽爱。这一次，他是用信任和爱来遮蔽死亡。

如果想哭，就哭一哭吧，不用担心砸疼他了。回来的路上父亲说，我们都要学会慢慢接受，身边的人一点点地离开。

二

辽宁的二舅妈给哥邮寄了一件上衣，白纹格衬底，上面布满了各式几何小图案。母亲说，这衣服男孩子穿太花了，还是给丫头吧。我不愿意。但拗不过，穿上了觉得万分不自在。果真，同学们纷纷围观。一个人说像是小流氓的衣服时，我的脸嘟噜成一团，捏一捏都会“吧嗒，吧嗒”出水。母亲不知我为啥不肯上学，我说，不穿那件衣服我就去。母亲说，那衣服多好呀，还挺贵呢。不穿就是不穿。在我还没有足够的力量摆脱别人的言说，也没有足够的力量说出自己时，母亲说，这丫头犟得让人心难受。

快过年了，母亲说要给我做件新衣服。许下的诺像吊起的高粱饴，我的欣喜每天都要跳上几跳，跳一跳仿佛就舔到了甜。哥的新衣服大姨姐早给做好了，小杰的新衣服也做好了，伟光和晓红她们的新衣服都做好了，数一数好像还有两天就过年了。我的呢？母亲总是忙得匆匆成一个身影。和我商量，等妈忙过了再给你做新衣服行不？失落，更多的是愤怒：我的那么多的欢喜和甜蜜等待都是空的，那憋足劲吹起的气球因为用力过猛，“啪”地一下碎了。我低头不说话。

母亲赶了一个通宵做件橘色的小上衣让我试穿。小圆领，两排扣，还有两道别致的小吊带。小杰说，呀，真好看！我却怎么也高兴不起来。那是牺牲掉母亲一个通宵，更主要的是因我生气才得到那个许下的诺，那好看，那欣喜，早已减去了多半。我那曾经巴巴跳着的心也有了一些无理要挟的味道。要挟和不满而得来的总是让人气馁。这种气馁足以翳蔽任何喜欢。很多年后我都一直回避那橘色，似乎那种色彩总是让我想起我的自私和虚荣。

三

草和树在夏天都像蒙着头，不管不顾地用蛮力疯长。很快，小的路，矮的墙都会被绿漫过去。被挤歪篡改的路已经七扭八歪，倘不是熟稔常常会迷惑：是不是走错路了？

围着家属院的短短矮墙被一排开着的蜀葵遮住了，偶尔露出来的白石头反而有欲说还休的怯。那花开得大而单薄，黄色的蕊直白地露出来，很像傻笑时露出的牙。我一直以为蜀葵就是那种傻乎乎的花，简单而直白，有着毫无心机的灿烂。

蜀葵顺着墙根一直开，开到警卫室的门口停下了。警卫室在夏天显得格外小，被草树烘托着像沉浮的纸船。木头六死后，门卫换了一个口袋插钢笔的年轻人。他总是把头发梳得溜光，蓝色中山装最左边的口袋里插着一支钢笔。有一次我和小杰经过，一个白色的纸团从窗口扔出来，差点砸在她的鼻子上。打开纸团，那上面好像是写了一首诗，用了很多惊叹号，我们都看不懂。

她爱穿花衬衣，扎粗粗的麻花辫。大眼睛大鼻子大嘴，有一颗翘出来的虎牙也显得格外大。她的脸有些黑，黑里染着那种叫高原的红。她逢人便笑，嘿嘿嘿的。大家都说，别人的心数是十个，她只有七个。她是顶工进厂的。我却以为她又勤快又手巧。

她是警卫室的常客。她经常端着长方形的铝饭盒对他说，快吃快吃，刚煮出来还热乎！他通常眼皮都不挑一下说，放那儿吧。她就又说，韭菜鸡蛋馅可好吃啦！你尝尝，尝尝，嗯？她还经常给他洗衣服，洗完挂在窗户外，水珠就扯开长长的一道线，嘀嗒，嘀嗒，有时落在窗下的蜀葵上，有时落在草叶间。他说，没事别老往我这里跑。她答，怕啥，谁爱说啥说啥，我就稀罕你了咋的？他又着急又恼怒说，别天天瞎说八道！你看看你，吃饭吧嗒嘴，穿衣服逛荡带风！她不生气，反而哈哈大笑。

她知道他喜欢那种把衣服包在身上，走起路来扭来扭去那种。二车间里有个学徒工一下班就换上那种紧身衣服，扭来扭去走出去。那天经过她时还冲她一笑，眼眉吊着，嘴角翘着。她觉得很不舒服。她也替她不舒服。她试过他给她买的那种衣服，把她勒得出不来气，人被捆绑得快窒息了。

夏夜总是闪烁的。闪烁的有星星，有皱起水波的池塘，还有池塘里的蛙鸣。每个蛙鸣都像装上了软弹簧，苏醒在水面上跳呵跳。人们晃着大蒲扇，轰不走这些闪烁的声音，索性就在自己的舌根上也启动了软弹簧，搅动夏夜的热。

我说过的嘛，她那是剃头挑子！我前天看见他给那个学徒工买新衣服着！真的看见了？看见了，清清楚楚的！唉，她可真够傻的。她们的声音时隐时现，晦明交替，一起和其他在夏夜里闪烁着。

我和小伙伴们捉住一个萤火虫就放在玻璃罐里，玻璃罐里嘤嘤嗡嗡的像一个移动的小森林。很快我们都被父母召回了，早晨还要上自习，洗漱睡觉啦！

四

小杰我俩上早自习刚出家属院，那边被绿掩映起来的矮墙头忽然“咕咚”一声跳出一个人来。墙里的她披着头发，身影一晃不见了。险些摔倒的他站起身，左右瞧瞧往警卫室走去了。

我的心跳得厉害，直觉很别扭。拉紧小杰的手，她的手心也出了汗。我俩啥都没说，不由自主跑了起来。

没过多久，听说她自杀了。还好发现及时抢救过来，后遗症是她再也不会笑了。是别人说的那种十个心数，她只有三个了。再后来她被父亲领回家，随便找个人嫁了。

她也终于从人们的谈资中消失了，就像屋檐下飞走一只麻雀那么自然。人们不愿看到东西被打碎，碎裂感给人惊惧的同时是对自身的一种深深哀戚。然而很快这种哀戚被一种侥幸所替代，还好，我还是好的。那不是我。于是从自嘲到嘲他，人们有一种麻木的自得。尽管外人看来，这种自得多么没有根据。

绿丛中的警卫室总是显得有些寂寥，有人曾把这纸船当作了泰坦尼克号。情节不太一样，结局一样，就是沉船了。

再见他时，他有些颓唐。头发凌乱，人也好像老了许多。不变的是那口袋里依然插着一支钢笔。那支写过很多感叹号的钢笔还在那里皱皱巴巴地插着。

她终于彻底脱掉了那件衣服。他也一样，脱掉了一件衣服。

五

发现这个隐喻时，竟然是在中年。中年是发现很多修辞的尴尬年龄。比如隐喻、夸张、反讽、象征、借代、反衬、歧谬、飞白等诸多以前不甚理解的东西。发现了理解了也愈发觉得尴尬了。因为理解了彼此的尴尬，也更平和包容了。

一件衣服要反复和身体磨合，人才能真正地认可它，接受它。它的优缺点，它对身体的适应度，它由新得扎人到褶皱，柔软，熨帖，人才会觉得它是自己的了。这有些像婚姻，也有些像肉体和精神。

从某种层面上说，人的肉体很像灵魂的一件衣服。灵魂经常被肉体所奴役，所以要不断和肉体讲和：算了吧，听你的。肉体也经常被灵魂所折磨，直到褪去扎眼的纯色变成灰色，好吧，让我来衬托你。灵魂和肉体不再对抗不再博弈，一切才捋顺，一切才刚刚开始。这种关系，适宜于一切需要长久纠缠或彼此依靠在一起的关系。

人是大江河，衣服是兜住流水的岸。有时候，衣服兜不住汩汩而逝的水，就像被水冲垮的岸。那天，我站在小城的河水边叹逝者如斯夫，叹自己的老迈。

哎，不过是一件衣服而已，哪里来的那么多修辞。忽然又觉得，万物言说着自己的美。不过，那是无言之言。人可谦然任之。当人对其付诸情感，那些物即是人的语言了。那么这语言，也是书写者的外衣。可真是剪不断理还乱，想来，此情是无法消除的。

是才下眉头，又上心头。

己亥深夏于如如斋

往前走

一

暑假后就到一个乡村中学教书去了。心有小鹿撞，有暗含的欢喜。当老师是唯一的愿望，做中学老师也是斟酌后自选的，是语文老师更是最好不过。还有更重要的原因是我厌恶极了学校的考试。毕业，意味着相对的自由。我的忿忿然总是很多，又觉得很多喷薄欲出的东西在哪里堵着，又迷茫又怅惘。说怅惘是对的，极符合那个阶段的彷徨。隐隐觉得在高处有光亮，那光亮有时化作微笑一闪，说，来吧，我在等你。一闪真的就过了。我不能切实地抓住，也没有勇气真正地确认，那束光到底是什么，对我又意味着什么。只是觉得有些熟稔，像那位翘起神秘嘴角的佛罗伦萨女子，恍恍然，又不是。

1991年，我刚满十八岁，师范毕业窝在一个小村子的学校宿舍里，趴着读书。听那种少年昏罗帐的雨声。我完全没有信心当一个好老师，又非常倔强地想：不当一个好老师，怎么叫老师？我常常急于树立威严，又常常威严扫地。那天，一个比自己还大一岁的学生“呼”地从板凳上站起来，说，咋的，找挨打吧，你？

小学校坐落在小镇的路边。常有过往的大卡车隆隆地过，扬起巨大的干燥的飞尘。一年到头嗓子干干的，总觉得有飞尘卡在嗓子的一个特殊空间里，上蹿下跳，它们出不来，我进不去。学校里有十二个教室，三个办公室，两个校长室，一个主任办公室，一间储藏室，一间厨房，一个操场，一个大烟囱，余则几排小瓦房就是家属宿舍区。三十多个老师，大都是本地的，下班了就回家了。只有我和其他几个住在学校里。

厨房大师傅不错。不错是说利落干净，吃饭放心。我们每次打饭，他都笑眯眯的，热情和我们打招呼。不过仔细看，每人碗里的又不一样。吃肉的时候，小C碗里都是瘦肉。吃菜的时候，她碗里又都是嫩叶。有人说，他是她舅。有人说，啥舅不舅的，斜眼撇嘴的带着酸味。有一次我到厨房里找热水，他俩相互撕扯着逗笑马上就僵住了。回来的路上觉得被水噎住了，很想再吃点什么往下压一压。后来经常被水噎住，慢慢才知道那是因为吞咽肌出现了问题。

校长说，下午第几节有你课？第二节。好，准备听你课。心里着急，课，好像还没准备充足呀。心一横，听就听吧。《老山界》里说红军夜宿山顶，往下看时，弯弯曲曲的山道上，火把星星点点排成一个“之”字形。这描写太精彩了，我用表示时间和地点的词语从捺的最右端蜿蜒直上，沿着红军走的山路也一直走到了最高的一点。高处风寒，随时都有坠崖的危险。那最后的一点，居然就像一块顽石。我的课讲完时，黑板上写了一个大大的“之”字。手心汗津津的，真是一场漫长的跋涉。参考书里有现成的板书，我只把自己觉得好的大书而特书。有点忐忑，怕挨批评。

没有批评，也没有表扬。校长只“嗯”了一声再无他话。有一次挨批评了，我不服气，甚觉不公。办公室门前的花池边上，他一边严厉说，我一边严厉哭。有本事长本事，哭啥？他拍拍裤腿上的土扭头走了。我还是不服气，暗下决心。

到底也没能当上一个好老师就倒下了。我用十五年的中学教书生涯，一直在努力践行和探索着：一个语文老师，终身所肩负的使命不仅仅要有个好成绩，最重要的是要在学生心中埋下一颗文学的种子，让他们具有感知汉字之美的能力。

我的倔强和认死理儿总是不合时宜不够实用，从而让自己郁郁寡欢。当然也让大家不够开心。不知怎的，总是搞不好和人类的关系。索性放弃努力，一任自然。

学校不远处有一片田野，最让人神驰，泥土的味道最是迷人。等泥土彻底柔软起来，冬天才算是真正的缴械投降。坚硬只有放弃得彻底，春天才算过了青春期。

草儿漫过天际时，忽然意识到一年已经过去了。我对自己的干瘪充满了愧赧而又无可奈何。像一棵不开花也不结果的树，是那种歪歪扭扭不能成器也不能成材的毫无用处的树，枝棱岔角捋不顺。

低头吃草的牛啃着它的那一小块阴影，优雅而执着。又一头向它走来，它显然意识到距离的问题，摇尾转身离开了。后来的又跟上时，它长哞一声抬腿即踢，那阵势完全是捍卫尊严和命运的斗士。

看着看着，我在心里大笑起来。

二

她比我早来两年。

刚分到办公室，我红着脸和大家打招呼，没怎么注意到她。确切说是谁都没敢多看一眼。半天我只是把桌子蹭得透亮，发现桌子靠的那面墙，白石灰变黄，脱落的部分有点像吹着气泡的嘴。

一直习惯房间里只剩自己。可以看书，可以写东西，可以不看书也不写东西，静静地坐会儿也挺好。不过我发现这个癖好正在被人注视。一位长得很洋气的大姐，声音脆脆的，笑起来有玻璃碎感觉的那种。她拉住我的手，眼神一递，嘴角一撇，说，看见没？她刚刚从办公室出去，背影还在窗下晃，大姐说的是她。我惶惑地点点头。大姐说，你小又来得晚你不知道，她呀，离过婚，这次找的对象是当兵的。你看着吧，指不定这次她又得挨骗！大姐神色飞扬，滔滔话语泛起水波，溅起飞沫。不等我说什么，就罗列种种迹象力图证明她这次会和上次一样，是被动的失败者。仿佛要不失败就对不起那么符合逻辑的判断，也对不起对她明明暗暗的关注。仿佛，无论怎样，她都是要做生活的傀儡，不然人们的那一声哀叹，不就白白地浪费了吗？人，总是能在别人的境遇里找到自己的优越。这一点据说符合社会心理学，也是在戏剧里人们喜欢看小丑的普遍心理。

忽起同情。虽然知道自己没权力也没资格对人同情。是的，没有谁需要同情，同情不是一种平等。但是依然觉得心有戚戚。不是同情她的婚姻顺不顺利，是同情她被人同情。同情皆因他情作了己情。

知道自己毫无道理，却变得谨小慎微起来。

她也爱坐在办公室里，也爱看书。她的书都是经纶样子的正经书，都是备考的。我的就相形见绌，都是“无用”的自由书。黄昏的光通过玻璃窗反射进来走到她脸上时，我发现她平时苍白的脸有点生动。她忽然抬起头，大眼睛大眼皮都在眼镜下闪烁不定。那里是深渊，是苍白的空洞的深渊。那里有断崖，有人飞起又坠落。尸骸满地，碎骨嶙嶙。她是她自己的见证者目击者，她看到了自己，她被她自己吓蒙了。她的苍白和空洞都是应激反应。

她白了我一眼，说，小孩子还不回去？那语气有教训还有一丝丝狡黠。

一直觉得我对人充满了恐惧和戒备就是从那时开始的。而我后半生都是拼尽全力在克服这种恐惧和障碍。

在读书上她是极聪慧的。上世纪八十年代末九十年代初，自学考试特别红火。谁要是逢考就过就对他刮目。她总是一下就报二三科，每报必过。

其实大家对我是友好的。他们把我当作小孩子来照顾来教导，我的烦恼是小孩子急于想证明自己是大人的烦恼。因为大家对我好，就觉得不能辜负，要顺着大家的目光走。

却觉得辜负了一个人。我没有勇气向她表达善意和温暖，哪怕一点点。如果那时，哪怕我只做个倾听者，陪她度过孤寂，让她觉出人性的暖来，也是好的。

有一次，我觉出她想靠近我的意图，但是我本能地把目光躲开了。为此我一直内疚着。

三

那座学校，离开后就觉得再也找不到了。明明很近，说找怎会找不到呢？但我就是觉得它隐匿起来了，构成一种神秘的记忆。只在某个瞬间才会亮起来。幽幽的，既不觉得美好也不觉得怎么不好。它就是一段时间里的一个空间，一个空间里被截断的一段流水。

那流水声只有我自己听得到，少年是浮在上面的一截朽木。

四

那些年我一直披着星光，戴着月色离开家又回到家。我的想法很简单，要对自己的选择负责。我自己为自己构建了一种虚渺的情怀：要当一个好老师。

小学、中学、师范，我都遇到过好老师，他们对我的启蒙构成了一种线条。这线条就是我所选择的路。我从未获得过什么荣誉，哪怕觉得自己理直气壮应该获得也没能获得的时候，也从不绝望。然而还是败给了我自己，体力不支中途退出了。

那你去什么地方呢？这么多年从未真正享受过寒暑假，不是无偿补课就是进修考试。我想我也该歇歇了，去一个能享受假期的地方。

第一次下班时能够被夕阳照着，觉得很幸福。拨开爱人的电话，他在电话那头眼睛竟湿润了。早晨的太阳和黄昏的太阳各美其美，都那么美。我第一次发现，原来太阳也是美的。举手捂住眼睛，夕阳的光从手指的缝隙中漏下来，汩汩地流。

忽然想起年少时就在心头无数次出现的光，会微笑的光束。是它吗？

五

我终于能够从读开始到边读边写了起来。

2007年，不经意去了人民大会堂领到了一个写作奖。这也本不值得说起，说起皆因此而形成了一种良性刺激和循环，继而成为一种生活方式和生命状态。你要找的东西，是可以作为一种生活方式而不受鄙薄而存在的。

写作于我是什么呢？它既不高于生活，也不低于生活，它只是生活的一部分。它自然而然地发生了，我要接受它，接受它也是一种宿命。写作的人并不比旁人高贵，当然也不必低劣。高贵和低劣绝不会因为写不写作而改变。那些标榜写作的人道德是高人一筹的说法是可疑的。那些嘲笑写作的人无疑又是功利而无趣的。

汉语之美对我有着天然的没有抵抗力的诱惑。不能传道授业解惑，那就让写，成为一种梳理、一种拷问、一种自我解答和自我救赎。

我想我开始切实明白了少年时代那常常高悬梦中的一道光。那光，如今提在手里是灯盏。一定要顺着光走，向光走，向明亮处走，往前走。

而人却是不必顺着大家的目光来走的。

己亥春日于如如斋

不舍的纸心

山静日长，铺一展素怀，寻一派烟云。这个夏日，重温宣纸，拙笔笨磨，消情遣意，亦是怡乐哉。

那年冬境，窗外的雪簌簌地落，恩师案上的墨梅扑扑地洇染着开。茶香暖着，刚刚好。师问，想学？狠劲地点头，想学。且去读书吧，书读好了，画的事也就明白了。转身离开时，恩师满含笑意的眼，意味深长地让人不解。书，总是读不好，恩师却不在了，留下了一沓沓宣纸于我，轻似蝉翼，绸白若雪。

翻检旧物，那沓沓宣纸蒙尘而出，原来它们一直在，隔了时光，静静地，似乎在等。绸白若雪，轻似蝉翼。我迟到了，眉蹙间，尘世黄粱，一晃二十多年。恍惚，恩师含笑的眼，少年时蠢蠢的热望，都回来了，湿湿地打翻着什么。轻轻抚摸，物在，人远，一曲微茫，此生沧桑，哪道得天上人间！想起恩师常常教诲的“敬惜字纸”，一种悠远，不舍，岁月绵软的知心幽幽地弥散开来，于是言止，只把虔敬捧在手心。

是呵，我是爱着这纸心笔墨的，从未远走。

雪夜闭户夜读书，三更有梦当书枕。亲泽这笔墨纸香，远比那女儿家胭脂粉扣来得熨帖和舒适。一直素颜，见淡妆浓抹亦是觉得好看，却一点不羡不慕，心境在书中的清风流水间，在自然的草木鸟石中，清静无扰，踏实润泽。

只是，那搦管临墨，于宣纸中游走的梦，一直睡着。月光，花草，清风，雪竹，它们从宣纸上逃离，留得一片空白，似是不小心就会弄皱的灵魂。

此时，篱角黄昏，如客里相逢，拄杖天涯的，可是彼时的心？

重新拾起，熨平，把那些逃走，一点一点找回。泼得夜色，漫地梨花雪。人生水墨呵，就是要铺展自己的气息和向往。

……

尚不知画画之法之难，和师友信誓旦旦，要学水墨。真真应了无知者无畏之鲁之莽，心浮气躁可见一斑了。呵，这草率与轻慢，会不会如劣墨般，对宣纸是一种无法挽回的刺痛和伤害？

宣纸是一沓月光，清风入得怀，方可有画有情有心。等待，是宣纸的宿命。好笔好墨好情怀，方可霎时即永恒。素雅隐忍安静的心，才配它。它的等待恰如一颗上好的茶心。

青檀木树皮、稻草、杨藤汁，蒸煮日晒，溪水静涤，亲泽光滑的石，沾染帘之竹气，宣纸是大自然最纯净的表达。在这无声与空旷中，隐约而来的，是勤劳的脚步声、捣汁声、晾晒声。从古至今，笔墨临场，从未消失。人生该有的淬炼、润和、敦厚，都蕴藏于生命中的静默，讷言无辩。

承载着文化、思想和美的，且不说触月敲冰的澄心纸，锦男玉女在大观园中赞着的“雪浪纸”，单是那浣花溪边，木芙蓉下，捣汁而就的薛涛笺，都让人心思漫长，神驰不已。恨不得，做古人一日，此间情愫亦是可慰了。

宣纸留住的水墨，浓淡焦枯，轻重缓急，起落飞旋，都是个中块垒。得见的，谁又是谁永恒的微笑？

溽热难挨，走过一丛文字的村庄，不若在这宣纸中，就一把菊花老酒，且去醉吧。

2011年7月18日

发表于2011年8月22日《文艺报》。

冬天，看海去

总是执着于冬天里，去看海，去看北方的海。

一年四季里，唯有冬天的海最庄严，最肃穆，最纯粹，最清醒。春的海，总是涌动着初发的花，懵懂的草那般躁动。夏的海总是喧腾着人们的闹，总是太急于表白，表达自己翻天覆地的情绪。秋的海，虽有明月为伴，却让人徒生水月镜花的无限感慨和落寞。似乎只有冬天的海，能最真切地听到自己的声音，能做最沉静的自我检省。所有的语言，沉在心怀里。能懂的，不必说；不懂的，不需说。

是呵，看海去，北戴河。远远地拢了一耳涛声，细冷的风，抚摸过云，抚摸过海鸟软软的翅，抚摸过叠浪翠绮的波，此刻，抵达我的鼻尖，我闻到了一种静冷洁软的呼吸。没有人，只有海的尘烟。概或，冬天的海，需要的是知己，而不是客人。那么我呢，是知己吗？

海，总是一涛又一涛涌来，退去。退去，涌来。一涛，又是一涛。周而复始，声声如约。这样的平静似乎可以想象可以抒情的篇幅出奇的大。这样浩大无边的清寂里呵，它曾如何甩开凛凛征袍，裹挟激越，呐喊，雄浑着苍凉，声嘶力竭，破坏力也达到一种纯粹，不容忍一点暧昧和似是而非。它叫嚷着，砸碎，砸碎一切因风而起的波澜，甚至不怕对抗岩石的痴顽。碎玉而起，勃然而怒……而此刻，它寂然而不动声色，所有的战争，都在它的心里。这真是一种让人心悸的平静。真正具有杀戮能力的，不是惊涛骇浪，恰恰是这面无表情的无涯呵。坐穿在这日复一日里，我们会被时光杀戮得片甲不留吗？

还是不要试图去理解海吧，没有一个英雄能够伟大到拥有一片海。魏武挥鞭、东临碣石的枭雄不曾，写这挥鞭魏武、知向谁边的伟人亦不曾。如此，刚刚言说海的所有形容，岂不尽是一片虚无一场空？可是，那又有什么关系呢。靠近海，就如有一只温慈的手，声声潮，梵音般抚摸你的心灵。轻轻地，那么沉静而有力量，那么深刻而又温凉。这世间，温凉如此对立和谐呵。只这一瓢饮，足矣矣。

是呵，唯有北方的海，懂得清冷地婉拒，喜恶分明，四季表情总是忠实于自己。南方的海在冬天也温润，让人觉得不够真实。那么明丽，那么安适，如在童话般。可是，童话距离真实，到底有多远？

小时候，坐船看海。海天那么茫远，一叶飘零，却如何也飘不到岸。只这小小的一叶，却不知被天吞，还是被海噬。仿佛被抛掷在生命边缘，抗争却没有任何意义，只能等……于是眩晕，开始呕吐。父母说，这孩子晕船。

还是到岸上来吧，轻轻地走过，沙滩上的脚印再走再冲，不留一点痕迹。仿佛，这个世界，我不曾来过。或者，海已经悄悄纳藏了每个亲近它的脚印吧。那海里，注定也留下了你的气息。疼痛的、孤独的、忧郁的，那一道道被扔在沙滩上的褶痕，是大海的筋骨，还是层层年轮？

一只海鸟，静静地，站在岸头醒了的浪尖上，怔怔的。无数只的鸟，在飞，飞在海天、海心……

取一罐儿冬日里的海，那里面一定有涛声，有鸥鸣，有帆影，有月光，或者还有腥咸的海风吧？这样的一罐儿海，不会因为我的囚禁而变质。是的，不然，如何在耳畔，夜夜涛声，在枕边，飞影浅浅？

2011年2月18日

发表于2012年9月16日《菏泽日报》。

流　觞

流觞，一副沉静恣意的模样，读来心动。款款，洋洋，音节顿挫，抑扬出流光一脉而又深情无限的美感和态度来。

1600年前，觞浮曲水。会稽山阴的兰亭下，惠风习习，清流浩荡，一觞一咏，幽怀古今。诗酒趁年华，嬉戏于天地间。一群人，那么快乐。

呵，有谁能够阻挡，春天的欣悦呢？

一个人用极美的艺术形式记录下此间乐。蚕茧纸，鼠须笔，一气贯通，寥寥324个字，妍美流便，倾国倾城。黑白世界，跃动着生命的节奏感，自由流淌，如行云流水，骨力追风。一种赤墨情怀在苍茫雪地上舞之蹈之，灿烂精神跃然纸上。那种生命的暗示和充盈的力量之美，让人惊讶到无言。

《兰亭集序》于后世只能是一种遥想，一种情往。

概或，当年澹斋先生醉意醺醺，捻虬髯，呵成一气，书毕，纵笔酣睡。醒来亦惊呼自己的天助之书。慨叹，此生终莫能及。呵，俯仰一瞬，便是一世。刚刚墨端发芽的疼痛和悲欣之幽，是否亦是恍若隔世？

读澹斋先生之圣书，无觞无咏，唯一灯耳，图得琅琊王客一笑。

人生境遇种种，或静或躁，生发老死之所慨则是必然。皮囊受损，自是有疼痛之患，则不是大痛。人生最大的痛感，莫过于这生死之痛。无能为力，束手就擒，总是让人哀哀而鸣，伤怀不已。是呵，古之圣者论生死，坦然出入于生死间，总是令人生疑，那是一厢情愿的憧憬也未可知。自然，吾之无知与小知是也。人生本质的漂泊感和抛掷感，总会攫住人，生生地痛。茫茫荒野，一虬，病瘦老枝，无限蜿蜒，直指天空，莫可名状。所有的召唤都在不可知的远方，生命的寓意都在那无限的空中。陌生而亲切，孤独而荒谬。

曲水流长，从何而来，去向何往，不知，不止。

然则，世殊事异，兴怀情致古今若同也。今时之气息，此时之驰怀，亦可鼓荡在这一脉的流中，漾漾开去。如此，何不，极视听之娱，信可乐也？

如此转念，平生玩事，从头细数，便觉山川历历，生之趣味了。呵，风来，试醺手。像抚摸自己的孩子，抚摸春天，一颗心，交付自然，便是妥帖了。

呵，春水涣涣。千年，曲折至今。那打着转转的双耳觞，在自己面前徘徊不已。何不，效古人，举觞尽，词曲歌赋，为着这一脉相通的心意，痛痛地饮将开去。

笃信，上游放觞的，定是一双诗情雅逸的手。千年优雅，就是这了。

只是，下游是否有人闻得今时这沐手濯足的心跳？

三月三，古时的上巳节。这一天，男女倾城而出，水边浣洗，祓除不祥。亦有曲水流觞的游戏。上游漂置酒觞，至下游，杯至谁前，不走，谁便喝酒。遥想古人，花覆茅檐，疏雨相过，曲水流觞，真是奢侈到家了。风雅和趣味，羡煞今者。就连守正的孔老夫子，亦是性情趣味，“暮春者，春服既成，冠者五六人，童子六七人，浴乎七沂，风乎舞雩，咏而归”。大叹，真是好呵。

尘不动，依依柳。如此，酹古临风，这三月三，于我，或可纪念。

该是，佩兰餐菊，钓得一溪，曲折心水中，记取鸥声一片。

一笛水声，一觞一咏，奢侈。

2012年3月21日

发表于2012年8月9日《菏泽日报》。

母亲的包裹

母亲的包裹里呵，两块上好的大红缎被面，牡丹正艳，水鸟正欢。一块浅粉的梅花素色同底短袄缎，梅羞涩，朵朵，跳着开。几层床单，鹅黄浅绿，格格圈圈，一派春天的野外。枕巾毛巾，山水幽兰，吉祥如意。

母亲总爱在没事的时候，打开它，一层一层看过，又叠过，再小心地放回老红木箱中。十几岁的我，巴巴地看，也一一地用手摸过，用脸蹭过。母亲总是嗔笑着说，丑丫头，都是你的！呵，我的，那真是一种神秘的味道，有无名的憧憬，有鹿撞的惊喜，还有淡淡的别离薄凉。

是呵，我是从这包裹里开始云走天涯的。十五岁异地求学，从带走毛巾枕巾开始，到带走大红的缎子被面，做了幸福的新娘。一点一点，包裹空了，越来越瘦，就像母亲日渐矮小的身影。

如今呵，我也要准备一个厚厚的、满满的包裹，给远行的孩子。我的毛孩，十五岁，异地求学，扑棱棱小翅膀，亦是提前练飞了。

毛巾、床单、薄毯、厚被，还有那张我上学时铺着的狗皮褥子，林林总总，堆起老高。离开学还有很长时间，反复清点，一层层看。呵，也像当年母亲那样吗？拽来毛孩看，儿子，这些都是你的。哦，好。眼皮没抬，言他左右。臭小子！是呵，他是男孩子，他的世界不在这儿。

那一年，我就是跳着笑着义无反顾地飞了。母亲惦念，耳背发惊，吃饭的当儿，洗衣的当儿，择菜的当儿，总是幻觉谁在瓦檐下喊妈，总是急急应答，又沉沉失落，牵念泛起，眼底湿湿。那几年，母亲曾无数次呢喃着我的乳名，只是，不见人，意空落。老房子下，苔藓总是绿得急，燕子总是归来得迟。

如今，我的毛孩去学校了。心，一下就空了。不见苔藓绿，不见老房子，被空悬在楼阁中，像那冬日里，荒寒林影，那只伶仃的巢。家人嗔笑，你呀，孩子早晚要飞，不属于你。属于你的，还得是俺，嘿嘿。道理懂，情难却。总是多梦，孩子冷，又是黑瘦，再或打篮球受伤……念及，夜夜失眠。友取笑，真是杞人忧天。亦自嘲，如果是，从来没有这么理解过杞人，那杞人定是怀有一颗母亲的心，她的孩子就是她整个的天。

担心和毛孩交流少了，那根线会断。于是，自作聪明地给毛孩写纸条，譬如，“真正的强者，都是那些能够克服对慢的恐惧，一步一步达成人生目标的人”“把心放平，放低，放稳”“健康和快乐，永远是第一要位的，儿子，加油哦”“最值得骄傲的骄傲，就是内心力量的足够强大，相信自己”“爸爸妈妈永远爱你”“不要为了一滴水，迷离了自己看海的权利”……然后，从电脑里学折纸，把这些句子折成不同颜色的纸鹤，悄悄在临别的时候给他。毛孩满不在乎，心不在焉，接下，面无表情。那天，偷偷问，打开纸鹤没？毛孩嘿嘿笑，落在车上了。失落，黯然！原来，一直都是俺自作多情，一厢情愿。俺这长大儿子的妈！尴尬，苦笑，转而又欣慰。男孩子，就该是大气不拘小节才好呵。

毛孩似乎很适应住校，很少主动打电话。问及，总是说，好。冷不？不冷。伙食如何，还好。和同学老师相处，还开心？开心。一次噩梦惊醒，心跳不已。急着听他电话，他说，一切都好。后来方知，那时他正脚伤，上课吃饭都是同学帮忙照顾。毛孩怕我担心，只字未提。呵，我的毛孩，真的长大了。

期末，毛孩成绩下滑，心焦。看他依旧不在乎，更心焦。几次想批评他，不忍。临行前，忍耐爆发，干戈大动。送毛孩到校门口，看他背影消失在小路尽头，滋味难辨，万千言语，凝噎。孩子，你可理解父母的心？

晚上整理毛孩房间，都是毛孩的气味，从来没有这么念他，心疼他。母亲，那时的我，是否，也是让你如此忧怀伤心，惦念不已？

别离，意味着成长。和亲人的自己别离，和自己的自己别离。那么，为着这成长，一腔啜饮。

心性急了，念想重了，放放，松松。喝茶，读书，写字，走走河边的草，遛遛天上的云。退守田园，静泊港湾，耐心地等待孩子长大。宁静，鲜活，知性，温暖，这些概或比焦急和牵挂，更能让孩子轻松和骄傲吧。舍此，母亲还能做些什么呢？是，退守田园，储备仁爱，自尊，宽广，博厚，感恩……孩子呵，你会一样一样内化为自己的一种力量和属性吗？天下所有母亲的储备，都是为了孩子一次又一次地逃离呵。

母亲当年那个小小的包裹，为我贮藏的是疼爱和善良，它是我一生的营养和力量。我的毛孩，你什么时候会收到那一只只飞翔的纸鹤？它们一直在老妈的包裹里，展翅欲飞。相信，总有一天，我的毛孩会在某个时刻，接收到所有有关血脉延伸的信息和爱的感应，七色的纸鹤，舞着阳光的味道，刹那莲花。

念及，眼窝一软，似乎听见，“老妈！”，转身，空空。

臭小子，是不是该来个电话了？

2012年2月13日

发表于2012年3月4日《菏泽日报》。

哦，茑萝

“你看着星么，我的星星？我愿为天空，得以无数的眼看你。”冉冉秋风中，茑萝正眨着眼，赤着心，吟哦着柏拉图哲学的诗情。茑萝，是思乡的星洇染了殷殷乡情吗？那霜白的秋月还没有泛圆，便星泪花雨，散落在人家的翠篱小院里。安然静好，一颗一颗，无数只眼，看炊烟弯了又直，直了又弯。

茑萝，好动听的名字。草字顶头，一派葱茏，绿意盈盈。一定是美羽的鸟雀临溪照影，月光轻轻梳理，一叶一羽。不然，茑萝柔软的叶怎会如此轻灵含蓄？躲在星星点点的红背后，柔软地绿着，三缄其口，小心托举着不能泄露的一个又一个小秘密。其实，五角的花瓣早就撑不住，准备在秋风中开怀大笑，一朵一朵的笑脸茸茸着红。可不是么，笑声未落，满把的一捧，满墙，满院，满篱笆，一派快绿嫣红。或者说，这有点像吴冠中水墨画里故意点红抹绿的写意？哦，不，茑萝不够阳春白雪，它或者更喜欢土拨鼠，更喜欢外婆种在它旁边的蔺蔺草和牵牛花。是呵，茑萝少见于浮华的城市，我一直固执地以为，它只属于乡野，属于我的外婆。

“曲栏小院添花障，细叶柔藤绕竹篱”。花障，竹篱，柔藤，这样的诗句背后，一定还藏着一股欣欣然的风情。叫茑萝的女孩子细眉喜眼，袅袅婷婷。袭了绿旗袍，隔了红窗棂，眸子被秋风洗得亮澄澄。或者茑萝的风情就是欣喜和期待。

一顶花轿，几曲唢呐，外婆的麻花辫便挽成了小巧的髻儿。“茑与女罗，施与松柏”，枝枝蔓蔓的藤，终究牵牵绊绊缠绕在青松绿柏上。这样的纠缠，就是清心素淡的一辈子。

茑萝的多情和缠绕不够遗世独立，不够冷艳孤高，不过也有小家碧玉的可爱和动人心肠。一枚熟透的种子，被鸟雀被风儿随便地衔起，随意地丢落，它便生了根发了芽，执着地开出自己的花。随遇而安，粗服不掩丽质，淡茶不漫水香。有隐忍有坚强。它常常在大捧大捧的簇拥中，隐去了个体的形象，以整体的气氛烘托或温和或宁静或热烈的美感。愉悦耳目，却永不故作姿态。一花一世界。哦，茑萝，你总是这样灿然而笑，可亦曾苦过，痛过，无奈过？

那时，外婆整日里都安详地坐在午后的秋阳里，扬起一针一线，纳着永远纳不完的鞋底。青白的大衫，肥阔的裤脚被白布利利落落地缠住，白头发闪着银亮。目光偶尔落在钻花墙穿绿树的外孙外孙女身上，满眼都是温和慈爱。茑萝，在外婆的身后，在重重叠叠的花影中开得正盛。

如茑萝盛开般单纯，孩子们的心总是有说不出的快乐。飞翔的翅膀在外婆用慈爱烹饪的日子里，渐舒渐满。在一个个湛蓝的晴空丽日里，翅膀都作飞扬之旅了。

或者是在一个多梦的清晨，或者是在某个徘徊的黄昏，蓦地就邂逅了茑萝。于是便听见时间猝不及防的碎响，青春脆弱得只是光影中一地精致的瓷瓶碎片。记忆便哗啦啦地解冻。

那纷披而下的茑萝花障，在青石古旧的小院里还在，依然繁盛如初。只是，那锦绣屏风前，那慈祥的脸，温暖的目光呢？

天上人间，哪一颗茑萝是外婆的星？哪一颗星是外婆的茑萝？

2009年9月24日

发表于2012年12期《山东文学》。

青灯有味

据说，念楼主人有闲印两枚，一曰“青灯有味”，另一曰“依然有味是青灯”。真是荧荧然，心有戚戚。

读唐诗百家全集，偶遇“白发无情侵老境，青灯有味似儿时”，便知这青灯之味的出处原是陆游的《秋夜读书每以二鼓尽为节》。师范毕业那年，恩师曾赠一联：“读书原有福，饮酒亦须才。”不喜饮酒，然知读书确是有福之事。而最大的福气该是这青灯荧荧的夜读最见境了。秋雨之夜，冬雪之夜，光想想，便也足够佳趣。这时节，溽暑难挨，虫鸣蝉噪，热腾腾，沸了似的煮，哪有读书之趣？三国时，有叫魏遇的人，说“三余”读书最是妙的了。即，“冬者岁之余，夜者日之余，阴雨者时之余”。清人张潮则独独说：“古人以冬为三余，予谓当以夏为三余。晨起者，夜之余；夜坐者，昼之余；午睡者，应酬人事之余。”如此看来，于真正喜读之人，无论春秋冬夏，夜昼星辰，都是清淡有味，时时之乐也。唐时文宗李昂亦曾联句柳公权：“人皆苦炎热，我爱夏日长。”

我亦是爱夏日长，青灯有味是书时。

旷世灵犀，倾心相与。漫漫长夜，一寂青灯下，能与古人如此这般，怎说不妙。其实所谓冬宜读，概或因冬是清净无扰的，更广袤更宁谧更趋于一种心灵的诉求。寂，是读书之境。然则，心境入冬，溽暑奈何？恐怕人最难说服的是自己的心灵。灯，也未必是青色，然味道却是清寂的。有灯相伴，有书为偶，怀抱长夜，如此美好熨帖。

《宋稗类钞》中有记载，说古人读书，“必先几案洁净”，足见读书之庄重之虔敬。心底里喜欢这样的姿态。是庄重和虔敬本身，让人肃然起敬。但很不喜欢悬梁刺股之艰，读书乃最大的乐事，何故要如此这般干戈大动？为名利所累，趣味全失。想想也是，古人如陶翁般，“好读书，不求甚解；每有会意，便欣然忘食”，如此得读书之要旨，得读书之大乐的，能有几人？也有读书读得特别浪漫的，“绿衣捧砚催题卷，红袖添香伴读书”，只是这浪漫是可遇不可求。我等俗人，孑孑然自读才更觉稳妥和惬意。儿时母亲的一杯豆奶，年轻时爱人的一杯咖啡，中年时自己的一杯淡茶，轻轻一呷，便随意把自己扔在汉字里。这样裹挟在言辞之中的游走，并不见真实人生里的尴尬难挨和人声嘈杂。倘若有幸，得遇怦然心动，自是疏络五脏，澡雪神经。一方畛域，可以史海钩沉，可以中西对撞，可以诗词行吟，可以文赋慢品……唯有忘掉自己，才是更深层次的韵味无穷。这样的凝神遐思中，感觉的触角才更能接近生命的本质，才更能和那些含而不露的深埋的一些根须会知，才能更真实地聆听点什么，哪怕是自己孱弱的声音。如一尾深潜独欢的鱼，搭乘夜的航船，顺着清清水路，抵达心之故乡……

读书有福也有累，或者说是一种极大的诱惑。似乎总有不知源自何处的耳语：总在前方不远处，一片缀满青果的梅林正郁郁而葱。

合眼片刻，窗外夏虫正唧唧复呜呜，在夜里窈窕成原创的小夜曲……突然幻觉无数，纵驰的马儿被驼铃轻解，静静地牵入皓空长夜。黄花被孤寂软泡，洇染着开，心又被折成长短句，平平仄仄地跳跃。恍如又游进白石老人的画里，静卧成一只清透的虾……

幸甚至哉，仿佛已经把自己种植在这夜里，有发芽的声音，有拔节的声音，开着的是这青灯般的盈盈光靥。

2010年7月28日

发表于2010年11月4日《菏泽日报》副刊。

荏 苒

我想，如果赐我女儿，一定给她取名，荏苒。

呵，有这样名字的女孩该是如何的素淡静好。她该是微微地笑着，默不作声的。你偶尔发现，想说与她和她一切有关的美好，她却浅浅地笑，倏忽不见了。如一切旧时光，岁月流貌，留给你的，始终是淡淡的喜悦和淡淡的怅惘。

时光荏苒，阒寂的时间里，仿若能听到滴水观音滴答滴答悬落叶尖的水声。

喜欢把大把大把的时光扔在书房里。什么都不做，有植物和书的气息，便是妥帖和安适了。小巧的椰叶，垂了满架的绿萝，吊起一蓬两蓬的兰，厚厚实实的龟背竹，因着它们，心润泽欣然了许多。那年，用养水仙的心情，清养白菜根，唤它“清白婉儿”。有朋友一直关心它，问开花了吗？长得如何？只得据实相告，它夭折了。没有失落，因着它的青白和简单，在心头油油地绿过，已记取它的动人之处，足够了。今年，突然想起婉儿，翻出旧文字，不想邂逅了一位清清淡淡的女子，喜摄影，好清音。当她把自己的白菜花拿来分享，心，一下温热了。她说，把你的“清白婉儿”借我如何？喜之不胜。清白婉儿，其实一直在喜欢它的一颗颗心中，从未孤独。独乐乐的清许，未必不如众乐乐的相知。呵，清养。这字里有祥瑞，是一颗素心。那年，案头还有一钵白鹤芋，如今已被我清植到两个水罐里，一只只白鹤，来过，又飞走，不曾留恋，不曾迟疑。

呵，喜欢植物。凡是和草字沾边的，便有着无端的亲切和归属感。在民族诗意的源头，草木总是葳蕤着的。似乎不曾摇落，氤氲的始终是清气。《诗经》中，萱，蓝，茅，艾，莼，蓬，薇，萍，呵，不用再清点，清露盈盈，白茅苍苍，纤细的手跳过，清凌凌的目光抚摸过，田畴唱和，竹排号子，隔了千年，吹拂在心上的，始终是清新而素朴的田野之风。那么遥远而又切近呵。生活是明丽的，脚步是欢快的，植物里所生长出的爱和追求是美丽的，思和向往是美丽的，连恨和离愁也因纯粹而是美丽的。

无端邂逅荏苒，是在那个午后。在那些零乱的文字中，蓦然心动。荏，是一种植物。小花淡白，也叫白苏。苒，是说草木柔嫩而茂盛。

喜欢，或者真的是有前缘的。它在你尚不知觉的情况下，早已埋伏好，只等刹那错愕。相遇，是如此美妙！是呵，荏苒，也是有着清气草味的。

重又翻遍《诗经》，想从这最远古的诗意中，觅得一点缥缈孤鸿影。终是未得愿。那些可觅得的叶、花，和连带的明明暗暗的情感中，始终没有荏苒。

原来，它坐落在人们的识见外，安然于时间里，以无限恒常的姿态，保持着自我的葱绿和纯白。在时光中，默默而幽幽地散发着植物的气息，不作表达，亘古不变……

呵，她该如何不叫人疼惜，该如何不叫人虔敬！

是不是，她亦惶恐于被知？那么，请让我用另一种生命方式表达念喜：来生赐我女儿，一定，唤作她，荏苒。

今生，莫若不言欢喜吧，只安然地欣赏，一切美好，一切流逝。喜恶之外，方得自然。

初稿于2009年1月

发表于2012年4月《哲思》。

十指秋水生

有友爱古琴，说，此生寻不得绿绮焦尾了，一架普通古琴，也定是要的。纵是不得琴技要法，当一次叶公也足矣。心里暗笑友风雅，有附庸的嫌疑。却也知，那份情切，是喜那古琴之韵之境之意之德也。

古有八音，金、石、丝、竹、匏、土、革、木，其器为钟、磬、琴、箫、笙、埙、鼓、柷。此八音，正是动荡血脉，通流精神也。于我，却也是更钟情于丝音琴韵。

红楼中，黛玉为古琴知者。她对操缦的事，甚是熟稔。那份不负琴意、择地择时择人择情择境之种种虔敬，让人心生柔软和恭顺。近似茶，人敬它，得大自由大自在的，是人。万类一道，人，事，物，大凡此类，则是道中了。

听老唱片，傅雪斋之《梅花三弄》。呵，漫弹绿绮，清迥处，幽奇横生。声摇月落，弄月，弄云，弄江，风荡落梅，魂已飞，魄已散，欲罢，却是不能。孤秀处，泠泠一个清字！怔然，虽向往之，实不能。落寞处，又怎能不起对月邀弦之遐思？款款真意，又该是怎样隐隐于指下。呵，音远处，人徒作山林之想。

羡煞古人。此番曲谱，虽是后人撰添，却也如此动人。惜那原汁原味的古谱，被古人听去，澄心、缓度、远神，一而诗再而词地几番咏唱。今人，却无福洗耳亲聆，真真撩拨人的心怀。难怪，古人抚琴，定是要鲜花供养，盥手焚香，选清雅之地，体态尊重，徽心对己心，卷舒自若，身心俱正方可。如此，倒不知是羡人还是慕琴了呢。

实则，抚琴之人，指下之曲，聆音之耳，有幸为哪一个，都是一种上好的机缘呵。这么想着，心如甘饴。

琴为雅乐，之古之淡，声稀得只能静处方能拨听其音。俗曲多繁声，入众耳，喜凡心。不过，能尽这高逸的，恐怕唯至人耳。而这世间配得上至人的，寥寥又无几。有趣的琴事，秦人徐珂最会讲。

有乔山人，善琴。常叹，有高山，无钟期之流水也。是的，与之相鸣和的，只有禽鹘。一日，于断林荒荆间，鼓之。有老媪枉自嗟叹。乔山人且惊又喜，呵，终遇知音也。欲详谈，老媪说，此声和先去老伴儿之弹絮音，相类也。

呵呵，好玩。世有佳音，又何必执着于知而音呢？琴音之淡，又何劳人来听？看来，这乔山人未必得琴之真髓，温润调畅，不艳不伤得还不够。意趣在老媪说得那么笃真，于她，高雅之琴，弹絮之俗，均无二样。

实在是高。自然而真实地贴近人心，拨动人最普遍最柔软的那根弦，俗和雅，异曲可同工，才是最高妙呵。

读古书，自是趣味横生的。

《清稗类钞·音乐类》中，亦有记载，有女儿家徐映玉，字若冰，生亦奇异。其母曾于她出生时，梦梅坠庭。长大后，喜读书，常吟诗于梅下，风雨至，又往往惜梅而伤。天就生得一副清骨冰聪。琴学，又得虞山指法，钟灵静庄，好生了得！既嫁，却说："此非妇人事也。"断然弃之。

本来，抚琴和婚嫁该是两码子事，可在旧时纲常的网中，却为两种心念纠结在一起。惜哉！如此通透慧警之女子。另作他想，女人顺乎世，牺牲性情，择稳妥安全之选，又怎可厚非？谁又能说，这不是生存之大慧呢？

琴棋诗书画，余事，实乃消遣。徐家女儿如此决绝而弃，这于当世艺术之功利汲汲者，又真真境界也。

听曲说琴，胡说又乱话罢了。古人，亦是不必歆羡。从古于今，总有不变的，自可凝神南窗，阳关弹尽。变的，尚可捻一念，那花底曾经酡过的旧颜。

此刻，无老松亦无云雾，无山巅亦无水涯，尽在层楼。唯提香一壶，清念匀息。想起陶翁无弦之琴说，心动蔼然。呵，十指下，恍惚竟是生得秋水一湖了。

深念于时，毛孩正吵吵，老妈，我饿啦！惊然，浩浩之汤汤，峨峨之巍巍，琴鸣韵尽散。

呵，红尘灶瓦，锅碗瓢盆之俗器间，能得心闲手敏，弹得无弦一曲，才是心趣。

2012年10月6日

发表于2013年《唐山劳动日报》副刊。

屋顶上，繁星满天

这些天，竟总是得梦故去的人。

小时候，姨父极疼我。别人说他古怪自私，于我，却不然。

晚饭，他戏笑，吃猫食的人，若肯再多吃一口，便可骑大马。灯，吊起昏黄。驾，驾！土炕好长，从这头，爬到那头，再到这头。我兴高采烈，骑在后背，扬鞭，拍“马屁”，嚷嚷着，不许停，不许停！他大笑，小祖宗唉，我得歇歇。好吧，饶了你。坐起擦汗，又趴到后背，给他中分梳小辫。“噗”——，突然，有声音缭绕起来，那调值竟也铿锵婉转了好一番。他，怪笑不止。意识到“马屁”放气，臭味已迅雷不及掩鼻。哎呀呀，哼！

他总是起得很早，很早。院子收拾停当，泼了井拔凉水，牵牛，上山，喂草去。回来，见孩子们都还睡着，一个个吆喝起。咋能这么懒，这么懒。姐姐们不忿，为啥，不叫起“小老张”？

“小老张”是他们送俺的昵称，“小老张”是临时寄养在姨家的俺。

夏天的黄昏，真是美得夺心。

夕阳足足蓄了一天的红。山，用肩头扛着。别说醉酒，那酡红是窖藏的离情。腾起的烈焰晃动山头，坛子烧翻。无数的灰烬，纷纷散落，落成漫坡的树影。远远望着，山脚的那羊肠子，小路太窄。

门口碾子空空地闲着，草茉莉巴巴地开着，指甲红艳艳地抖着。细长的芸豆垂绦倚门，顶刺黄瓜翘首以待。姐姐们摘了新南瓜，四姨熬了渣粥，素炒，啧啧，那叫一个香。“小老张”无趣，懒懒的。姨父忽忽地摇着蒲扇，问，一加一等于几？翻白眼，懒得理。不甘心，还问，还不答。

红彤彤的太阳，咕咚一下，掉进黑暗里。心，也沉了下来。羊肠子也望不到了。问，我爸接我回家么？

小姨妹嘲笑，“上来呀，没事！”，说着，故意炫技，从高处房顶，蹦到旁边的偏房屋顶。我恐高，说啥不敢上梯子。晚饭后，眼瞅着大家都到房顶上乘凉，低头不语。他从房顶上下来，说，没事，我抱你上。

夜，清凉若水。

躺在房顶，不敢妄动。生怕，一失足，万丈深渊不复归。星星，像烟花溅落的火点，噼里啪啦，燃烧。明明是跳动着闪，却清冷又不及。眨眨眼，它也眨。恍惚，又似是在海上，那海上粼粼的，都是光。而我此刻，是躺在一条船上吗？多想，掬一汪星光，多想。就这么漂荡开去，夜色，天空，大海。突然，无端恐栗了起来，层层叠叠的压迫感攫住自己。如此浩荡的神秘，让人不知所以，不知所踪。竟起黯然，泪流不止。四姨慌了，小老张，好外甥女，想家了？

四姨善讲故事，于是，夏夜的房顶总是那么令人神思邈邈。总是在故事中睡去，又在故事中醒来。倒是如今，不知自己是睡还是醒。

在故事中，谁又能逃脱呢。

姨父罹患胃癌。很多年后，当我站在四姨家后面的那座山上时，姨父早已是一抔黄土。我却总听见他笑，嘴咧得老大。白色的，黄色的，红色的，紫色的，那么多的野花，像星星，开呵，开。

此生，注定是流浪的。人是地上流浪的一棵小野花，小野花是天上流浪的一颗星。

那次，把自己扔在异乡的路上。接近茶马古道的盘山腰时，堵车。时久，人们开始躁动，不安。有笃信佛的弟子，开始口念大悲咒。枯燥难耐，下来，透气。

呵，漫天的星呵。夜，款款水色，流动在山腰间。清冷冷的山风，吹得人，襟抱大开。天，举手可及。摊开身心，可摘星入怀。怔怔然，跳着，嚷着，雀跃的，始终是一双眼，一颗心。滴答，滴答，星子滴落夜色，童话样的水声。把自己想象成一颗滴落的星子，融入夜色，浑然无迹。竟不知，来处，去处。

静静的。幼时，那房顶上无数的夏夜，无数夏夜无数的星星，竟，一碧倾开，绝美地流荡开去。登时，泫然眼湿。

想念那些在我生命中陪伴过我的人。

这世上，那么多爱我的人都化作了星星。有一天，我也要化作星星，去照着我爱的人。如此，是该落泪的，不为别的，为了爱。

从此，不再空无喟叹。

归鸦之翼原是可数的，徒生，也只是倦客之心呵。天水悠悠处，不倦，不悔，以此终老。

呵，真好。

又是夏夜，屋顶上，繁星正是满天。

2012年5月20日

发表于2012年6月3日《菏泽日报》。

雪　夜

呵呵，冬，真的舒蕊展花了，静静的，尚不知晓，它就到了。踏月相携，绕过天涯，轻轻地落在我的窗。小雪的心思细密柔软，来不及躲闪，就化了。

手受伤了，“扑扑”地几滴殷红，心下疼了疼。呵呵，真真应了“今夜雪，有梅花”了。风拍小帘，窗外雪飞，室内梅开，心，竟是几处凉。清人围炉可夜话，却如今，一个人的夜，炉在何处，话向何边？

那日，芦花正茂，访友，不在。于附近河畔，摘了蓬蓬的芦花。施施然，比之见友更是可欣。念及古人访戴趣味，和雪无关，和人无关，一份兴致，一颗心足矣。河畔有吹萨克斯的年轻人，幽幽地，旁若无人。不时，竟是满塘忧伤。如飘荡的芦花，是等待，是呼唤，是怀念，或者，什么都不是，他只是偶尔，偶尔响起。芦花飞在秋季里，一生的梦想就是若雪一般呵。努力地生长，花白自己的心事，遥想寒彻，那一份扑面而来的从容，就是隔季而望的祈愿。

此刻，芦花了却寒梦，如愿地开了，悄悄地，漫天轻柔。呵，那消瘦的背影，却一直站着，可到底站成了谁的往事和忧伤？

莫说忧伤，伤会断肠。想来好笑，年岁一把，如何却似小儿女一般，耿耿灯影寂寥说愁？且不管它盈盈，片片吹尽，趁着雪，读书写字看画不枉这夜色罢。翻看白石老人的水墨，纵是趣味。两只小鸡争食，题款曰：他日相呼。莞尔。《蛙声十里出山泉》，最是素日里的喜欢。小蝌蚪畅快可爱，不染尘世，一派天真。墨石点点，溪水绢白。涧水声，蛙鼓声，就那么清冷冷的，此起彼伏。画里是孩子，画外是母亲，十里蛙声，是呼唤。呵呵，此刻，自己的蛙鸣亦是泠泠地响。孩子，但愿你别听到，兀自畅快地游去吧。

愣神的当儿，书散了一地。雪夜闭户，拾字取暖，该是惬意的了。案头，枕边，总有翻到半截的书。不求甚解，潦草而读，不得要领，但有会心便欣悦不已。读到伯牙学琴，师成连告诫曰：虽技熟，却无神。琴声太飞扬，无空旷落寞之神气也，琴之道，尚不通。天地自然之情怀，若不能“移人情”，发于琴，岂能悟得琴之生命意蕴？遂，师独放逐他于孤岛中。海天澄色，苍廖空阔，天地之寂寂，生命之困窘，全在一时涌来。伯牙方悟得师之苦心，意旨在于深彻体悟寂寞的大境。茅塞顿开，之后，伯牙七弦琴上始有高山流水声。

心动，拊掌而笑。伯牙师之空寂移情，以无为师，以空为师，真是大妙呵。身在浮尘，心在净瓶，是一种孤独。今夜，不再心生慨叹，但开茅塞。

嗨，是不是，此时的窗下有子猷这样的友，风雪而来，却又兴味而去，不留痕迹和声色呢？倘若果真，就隔窗沏茶，亦无语，只微笑。且：夜雪初积，竹炉汤已沸，客来否？

2011年12月6日

发表于2012年3月《哲思》。

雨夜，这一束清音

夜来了，和着雨。

总有一种冲动，如此丰沛，如此明澈。绵密，无形，柔软，却是缄默。就如这披了夜的雨。雨倚在夜中，最是放松，无拘无束，像是投进了母亲的怀抱。大声叫，低声喃，都是无羁的潇然。就这样，闻到了雨的自由和细软的呼吸。至凉、至清、至暖。

渐渐，天地无觉，浑蒙蒙一片。

湟湟的，天上人间，被雨拉扯得如此之近。

把目光放逐在这夜里，雨里。渐行渐远，便寻它不见。于是，扔自己于音乐中，直到满目泪光。

谷村新司，这个名字是纯然陌生的。直到上海世博会上响起他的歌，才知晓了他，知晓了他的歌。《星》《风姿花传》，百听不厌。

把自己放逐于夜里，那是最遥远而又最切近的迷失。在异乡的荒野上，秋风卷走月光的皎洁，只有孤冷的星，不容置疑地悬看大地。大地上游走的魂灵，都是无涯无际的流浪。不知方向，千里独行，是无尽的凄清彷徨呵。披露而卧，枕霜而眠。不，任何生命，都不要成为大地的赘累。团起希望，采集漫天的星，囊成一盏温暖的灯光，前行，前行，到不可知的远方。命运之冷，让我用梦想和憧憬把它暖亮……这就是《星》，当谷村新司用深沉、忧伤、辽阔、挚情的声音诠释它时，心，疼了又疼，热了又热。《风姿花传》亦是秉承了谷村新司幽深凄婉、饱满深情、跌宕有致的风格特点，犹如空寂的旷野里，一朵朵的花被灼热地吹开，然后又被无声地熄灭。希望、幻觉、哀伤，一切都在风里……

还有什么，比这心灵之契更让人心怀感恩继而热泪盈眶呢？谷村新司的声音，是人籁，是地籁，更是天籁。人，总是不能忘其所忘，而忘其所不忘，总是“惑”。于是有疼，有爱，有纠结。当这种感情复杂难言，不期然碰撞了这样的声音，便是以为找到了“家”，因“知”而感慨良生了。

在所有的艺术中，或者真的只有音乐，距离生命最近。文字，很多时候受到阅读者阅历和文化区域限制，有时候很难做到作者、读者和文字的一脉相通。而音乐，可以打破国界，打破种族，超越一切隔阂，直抵人心灵里最柔软的地方。音乐，是淌在生命里的一条河。当人在河边濯足提履时，心是清清的，眼是亮亮的。

这夜，这雨，因了这音乐，愈发让人神思了起来。

是谓，能听见自然的声音，曰聪。能看见自然的色彩，曰明。能顺着自然的性情，曰善。

这样想来，且既不聪又不明，只能感动于人为之声。那么，就把目光放柔和，再放柔和些……

听，这窗外的雨声。

2010年5月16日

发表于2010年7月18日《菏泽日报》副刊。

云　朵

得赠普洱五子，泡得一粒，水暖茶温，莹透滑润，绵软醇厚。颊齿间，人心感念，便觉人生好时节，莫过如此。

又逢一年秋，炎阳依然火艳艳的，“梅花”尚未席卷小城，雨还在路上。听友念及人世恍惚，人被时光终究抛弃的悲慨，便自觉心境已秋。忆及童年，秋初凉时，那一份独独的落寞，总是凄惶着无助。无意碰触，却也总是漾了一下似的疼。这疼，恣意而蔓延到血脉，甚而一生。

些日里，听歌曲《云朵》。不期然思绪神飞。仿若，自己便是那邮寄于空中的一朵云。飘忽无踪，偶尔的叩问，却发现始终不知投信的地址在哪儿。倏然间，却早已山水几程，竹外疏花，心意泠然。

吉他的简单音色，是少年肩上的背囊，是义无反顾闯天涯的野心和单纯。歌者的行吟，于天地间，归乡的途中，鼓荡着青春漂泊的冲动。年少轻远别，如今西风残叶，寒霜尽染，却道天凉好个秋！

马头琴响起，炊烟的尽头是阿妈深情的呼唤。声声袅袅，不绝于耳。顺着乡音，寻着母亲的味道，抖落战马征尘，回来，回来……行吟的歌者开始衷肠翻卷，跳宕的情感像黑夜里无数隐匿的鸟鸣。刹那月光，便舞起了恣意的曲步。深沉，空灵，浑厚、淳美，马头琴潇潇然，索动弦飞。流浪与远征，负重与疾驰，沉默与悲悯，低沉与宽厚，人生，如此丰满明亮，如此激越高昂。情感与旋律，如高山流水般契合。苍苍，茫茫，越是剽悍的流浪，向远方的倾诉越是柔肠……

静静地，听《云朵》的回归，有温柔在流淌，泫然眼湿。

喜欢民乐，喜欢那种个体独吟的落寞与清愁。那种自在不羁、与天地为襟的灵魂飞升，让人纯净。或粗犷，或细腻，或深情，旋律在广阔自由的时空里，让人接近长天和地平线，那种和自然天人合一的悠远和空旷，久违的庄严和肃穆，会生发生命的愉悦感。人在尘嚣之中，又在尘嚣之上。

愿意把《云朵》理解为一首母性的歌。在所有的母性里，母亲是宗教，是孩子永远的滴水观音。她引导着每一颗流浪的心，走上圣洁的琉璃天台，让灵魂归于安宁。她温暖的召唤，纵使万水千山，游子的心也将此生不离不弃。追寻，成为生命的全部意义，成为精神上永久的皈依，成为疮痍过后舔舐伤口的栖居。妻子和女儿，也是母亲，她们都是漂泊着云朵的那朗朗晴空。

每个人的心中，谁能没有这样的缝隙？

……

茶下听曲，一抹时光，倏忽便旧了。童年的苍白，那些微的疼，突然也就淡了。呵呵，流浪，早在童年，早在出生之际，便已经开始了。人是天上飘浮的一朵云。

那年在云南，淘得一幅布画。一朵朵的云。卷舒间，有女子蓦然回首。此刻，忍不住，轻轻抚摸。

旧人，新茶，曲调中，这轻轻一抚，沧桑无数。

2011年8月8日立秋

发表于2011年8月22日《文艺报》。

母亲，来世做您的观音

盛夏，恹恹的总是难挨。要完成这个季节的迁徙，要有足够的耐心和安详。母亲电话过来，“怎么了，又不舒服吗？中午过来，做你爱吃的饺子。”踏过小巷里细细碎碎的槐花，香砸了额头，零乱出淡绿的心情在肩头足下。母亲的家一晃就到了。是呵，似乎离母亲从未远过，哪怕是空间上的。

母亲正在忙碌，见我进来，问早饭吃没？絮絮叨叨地说不爱惜自己之类的话。这边桃，那边李，恨不得全填进闺女的肚。马上又想起，这样会影响午饭，又忙不迭地说，哦，别吃太多，别吃太多。我哭笑不得，见她低头擀饺子皮，心竟酸酸的。老妈，我来帮你吧！母亲连忙说，不用，不用，哪里用得着你！从背后环住母亲的腰，突然很想靠在她的肩头，贴着她，闻她的味道。丫头，怎么了？我故意顽皮，嘻嘻，老妈，我小时候真的很乖巧吗？母亲立即眉开眼笑，絮絮不止说那些早已听腻了的陈谷子、烂芝麻。闭着眼，思绪飘得很高很远……

母亲说，我刚刚出生的时候，皮肤是透亮的，能透过小胳膊见到下面床单的花纹。不信，以为那是母亲因疼爱而恍惚了的错觉。母亲黯然，真的呵，那时你是严重的营养不良，要不，健壮的孩子哪能那样呢？说着便把白眼瞪向了父亲。父亲气短，不吭声。见他们这样，呵呵想笑。心想，多亏这样，才更接近修得个内外皆柔软。呵呵，没准这是上帝的旨意。

抑或因了孱弱，母亲对我格外小心和疼爱。小时候，她会精心给我梳各式各样的小辫子。会亲自絮了新棉做鞋垫，一针一脚地缝，我冬天易凉的小脚从未挨冻过。她会早早准备好学生凳上的小棉垫，引来同学羡慕的眼光。和哥同时犯了错，她会嗔怪哥没照顾好我。一起去看电影，被驮在肩头的永远是我，哥常常愤愤不平……母亲呵，用长长短短的爱，网罗了她所能够得到的阳光，荫蔽着我的成长。我也就那么细细地、没有选择地，在母亲的大树下安静而幸福地长成一株草，一棵苗。直到有一天，突然伸伸腰，觉得应该去感知阳光和风雨，亲自。而母亲用目光栽下的大大小小的爱，成了篱笆。左突右冲，却始终是母亲篱笆里一株孱弱的植物。十五岁，决心一定要自己的生活。偷偷报考师范，完成我的教师梦。母亲失落，父亲亦失落。最后为我默默收拾行李。想到可以过集体生活，想到可以有自己的天空，心快乐得像云。母亲舍不得我汽车火车的辗转奔波，找了专门的车去送。我幸福满满的，乃至竟忘了回头看母亲一眼。汽车绝尘而去，偶回头一瞥，母亲还站在院门前，风起衣角，母亲不知是风迷了眼还是泪迷了眼，在揩眼睛。我，突然深深地自责，眼泪唰唰地流下来……母亲新做的棉被软软的，新买的狗皮褥滑滑的，而我从此是要离开母亲，过自己想要的生活了吗？

其实自己的所谓生活并不是很美妙。没有可口的饭菜，没有母亲温软的喊起声，不会缝纽扣，不会刷鞋子，一切的一切都要自己来，从头学。夕阳薄暮，就想起眼泪打转转寻找母亲的羔羊……母亲的信总是暖暖的，像她温暖的目光，来得那么及时。不懂让母亲放心，只说着自己的种种不适应，不愉快。没想到，那边电话响起。辗转了几处，才能到这里呵！听到母亲不安的询问，满是急切，恨不能马上飞来的样子。忽然意识到自己的无知和自私、莽撞和愚蠢。母亲终是来了。记不得她带了多少东西，满满的几个包。转瞬，我和舍友稀里哗啦地搜刮完毕所有的吃食，母亲满意而又心疼地笑了。随手又掏出一条软软的乳黄色的长围巾，围在我肩头，看看，喜欢吗？镂空雕花的那种，很新颖很别致。欢喜得不行。那线很细很细，表姐说，是母亲花了几个晚上织成的，常常是半夜累酸了腰跪起来织。这围巾到现在我仍然珍藏着，想到母亲坐久灯花直到开尽，女儿的心便沦陷在她网织的所有爱里。逃离，何曾逃离过母亲的视线？又怎么能逃离用这视线编织的爱之网？

曙色用绵长的手指敲了敲窗，眨眨眼，醒了。母亲早就打好了水挤好了牙膏，准备好了早餐。她还要把我的自行车擦得雪亮。年轻时，气盛好强。眼中只有我的学生，对他们倾尽了全部的心血。却常常忽略母亲的付出，以为那是再自然不过，太习以为常了。就这样时光瞌睡一下，我便也成了母亲。可是更累了，更忙碌了。单位里工作的骨干，咿咿呀呀缠在身上的孩子，学本科上研究生，总有忙不完的事。母亲就那么默默地帮我做事，承担本应该属于我的生活担子。还是那么天经地义、习以为常。她这样以为，我亦这样接受。

终于一天，当我迈上学校楼梯最后一个台阶的时候，累得睡着了。再醒来是在医院的病床上。当母亲猝然知道我的先天疾病时，也生生病了好些日。一向刚强的她很自责，把我的病因全归结于她自己。她叹息，流泪，恨不得替我生病。好在人家都说我是福大命大之人，一切很顺利，身体渐渐康复。我知道，那一定是上天怜悯母亲，还我健康。母亲却依旧不轻松，操不完的心。见脸色稍稍差劲，便揪着担心，怎么了？有没有不舒服？别做饭，到家里来吃……

姑姑说，母亲年轻的时候，是难得的大美女。雪肤，腮红，眼睛透亮得像含着水。找来母亲年轻时候的照片，深信姑姑的话是真的。嗔笑母亲不把她的美遗传给我。只是这笑还未结束，又蓦地深深自责起来。母亲的哪一道皱纹不是挤干水分来滋养我的？哪一根白发不是由我而起的牵挂而渐渐褪了颜色的？正正是我呵，生生在母亲的脸上踏出沟壑，把母亲的黑发走成白发。想到这儿，心里有难言的痛和忧伤。

巨人安泰，在传说中，只要他的身体不离开土地，也就是他的母亲地神盖娅，就会汲取无穷的力量，无往而不胜。每一个母亲都是庇佑我们的地神呵，是的，她永远给予我们力量和勇气。每一个母亲又都是自己孩子的观音，滴水净瓶柳枝一点，点点滴滴便是爱的佛光普照，母爱便是这永恒和温暖。我们所有的膜拜和敬虔先要献给的，应该是自己的母亲。

有点惭愧，这憬悟有点迟。或者无论怎样孝敬母亲，都永远报答不了偿还不清母亲的深恩。永远也不及母亲所给予孩子的。如果还有下辈子，那么让您做我的女儿，让我做您的观音，可以吗？今生今世，我能做的，就是认认真真地生活，健康快乐地生活，唯让您安心放心地度晚年，才是我最大的孝敬，可是？

忽然想起，母亲的生日怎么那么巧，和观音娘娘是一天呢。二月十九。

2009年8月6日

发表于2011年12月23日《文艺报》。

第二辑 吃茶去

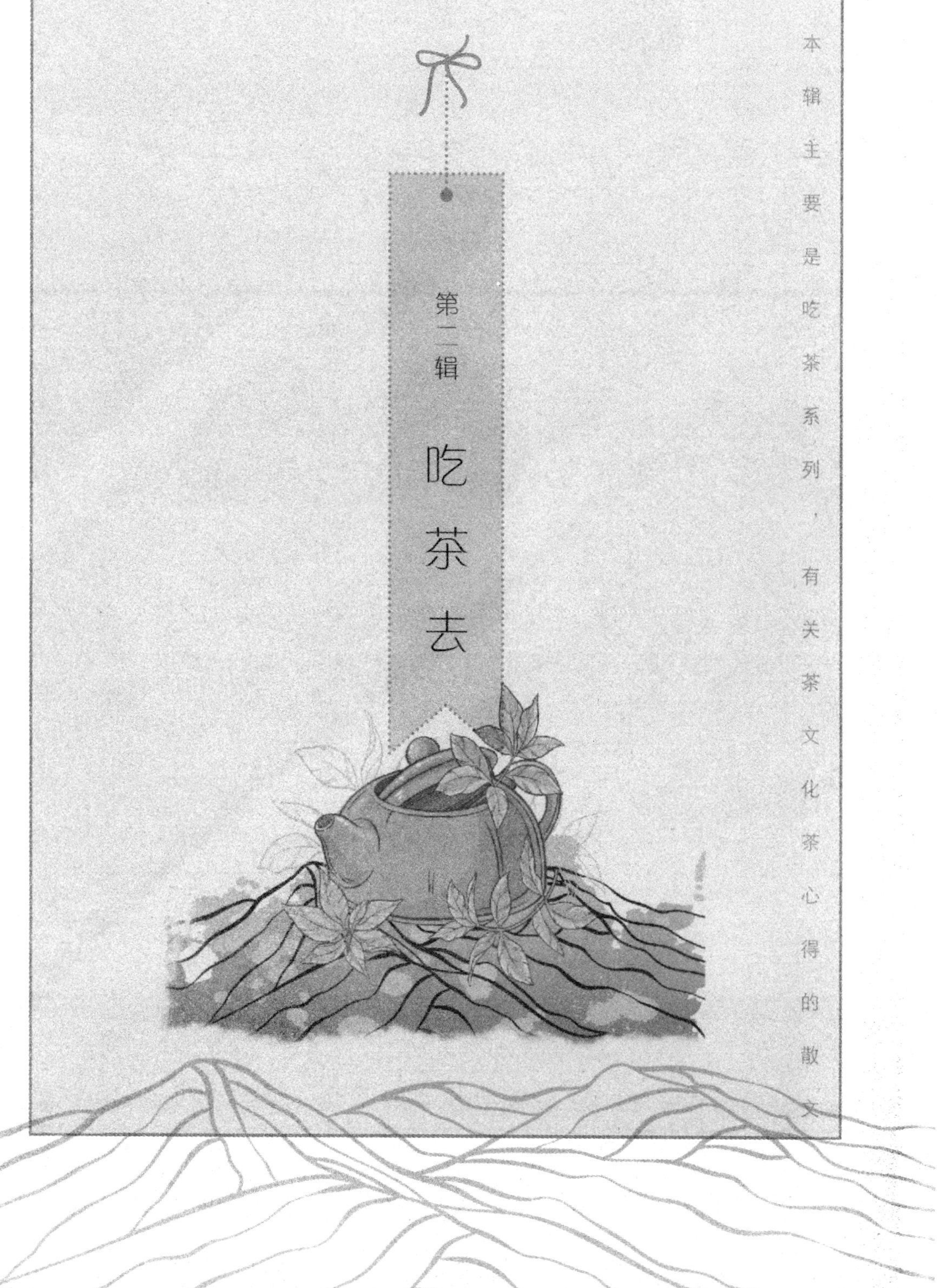

本辑主要是吃茶系列，有关茶文化茶心得的散文

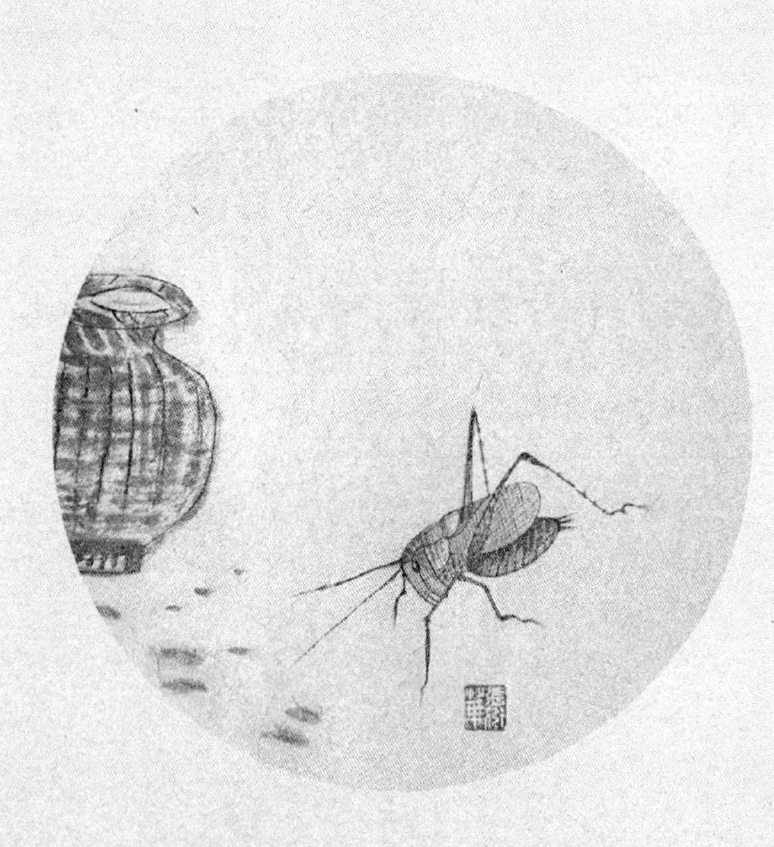

安

一、昔归

雪山在上，白头覆顶，江水在下，万古奔流。这是历经多少年了，忙麓山就这么眺望着对岸的镇沅和景东，江水日暮，落花逐舟。相约一起归渡头的，来了，又去，去了，又再来。松涛月影中原嘎里古渡泊在山脚，安静得像熟睡的婴儿，笃定得像舒展自如的一个怀抱。要来则来，得去则去吧。等待即是修为，是圆满和失去的轮回，是人于素世的一个常态。陌上花开，缓缓归。原嘎里古渡，也叫昔归渡口。

有人说澜沧江是普洱茶的母亲河。江水奔流至此，水渐缓，沙益平，是茶马古道必经之所。古老的昔归渡，渡着古人、今人、古时的马、今时的马，渡着我们看到的一切，看不到的一切。马帮驮来松香、货物，驮走茶和另外一些货物。和这古渡口一直见证这些来来去去的，是忙麓山上的古茶树，昔归。

知道昔归是在老茶人那里。那日午后倦怠，我们去喝茶。熟普时间喝长了，渐渐依赖的同时，又觉得少了点什么。少了什么呢？仔细想想，就像老婚姻。彼此熟稔，默契，不仅有身体上的舒适和依赖，更有一种安全和平淡。但是却少了一种层次感，那种意料之外的相遇。对，层次感。我们决定尝试一下生普，虽深谙生普对胃之孱弱的我们有些刚猛，却想体感滋味一番。茶人说，那好，我们今天就从好的生普开始。

班章。班章有大江东去折戟沉沙的刚烈。主人刚把第一泡分享于我们，便觉香野之气高昂，微涩之中有回旋不去的余味。几泡下来，汤色越发明亮见性。汤水入喉，回甘霸气，生生把人的口腔弄得像旌旗招展过后的古战场。有些微的亢奋，莫名的失落，甚或有一种隐忍的痛感，还有一丝和天地同悲的细腻和柔软。很快，背颈微汗，茶气散佚出来。待茶味淡下来，却有一种说不清的什么梗在胸中。那种块垒很像大敌压境、四面楚歌的乌江边，项羽无声的叹息。好则好矣，只是太刚猛，自觉体轻身弱，有不支的遗憾。

冰岛是班章的虞姬。也是大叶茶，醇厚，高香，这和班章很相似。只是冰岛化香于无形，入口无涩，香亦柔和。那香沉入汤里，相生，相随，相伴，待到喉间再缓慢弥漫于口腔，沉静而又内敛。三四泡时，喉间似有泉，有叮咚的清澈和凉意。茶尽水淡，香犹徘徊。是虞姬别后，项羽思念的味道。情深则不寿，果真如此？可世间唯有情深不可负也。

我们最后喝到了昔归。昔归，不知缘何，听到这个名字心里竟起绵长不尽的幽幽情意来。尘埃落定是因为有美好的等待，一定是这样的。傍晚时分，鸡鸭归圈，牛羊入坳。远在他乡的人呵，无论多晚，天黑时候也一定要回到原来的地方，那里是家，是故乡。像年少时我们一意孤飞的心呵，永远不知道在更为阔大的背景里，有母亲那目送和等待的身影。这样沉思入茶，不觉别是一般滋味。

通常昔归茶树比冰岛茶树的树龄要长一些，干茶的色泽要比冰岛老青一些。盏入沸水，茶汤金黄明亮，香气醇厚，回甘和生津瞬时满喉。十泡下来依然甜润，香厚，有他味不得入口之感。无论是色泽和滋味，昔归都比冰岛深了那么一点点。而叶底，昔归也是更加圆厚，筋骨突显。想来，昔归和冰岛都是具有阴柔之美的茶。可是昔归更具有母性的坚忍和笃定，更深的幽寂、沉静都沉淀在性情里。外化出来的是素朴，亲切，随和，以及永不隔世的母性温柔。她更像从少女真正成长起来的女人，更像披了烟火气隐于闹市的大隐者。她需要阅历和齿龄足够丰富的人，来体认，来回忆，来一层又一层的挥之不去。

天边落雁，树梢云停。万事萦怀，一洗尘清。一个午后，又像几经轮回。身体轻了，松了，竟有心隐秋江一点沙鸥的忘机和悦喜。

“君看渡口淘沙处，渡却人间多少人”，突然很想去昔归渡口走一走。不为别的，只是想走一走。生之浩瀚，我们永远不知道此岸到彼岸的距离有多远，可以走多久。或者在很久以后会想起这个午后，我曾一叶茶芽，渡江于中。我曾，沉美其中。

二、止沸

窗外霾沉，晨起至昏，所应之物，一律不见，不免心忧。书房里的草编灯一直开着，映窗之上，竟如圆月。室有草缸，草缸有石，石有空孔，孔有流水，似有泉声。日听泉声，空邀明月。仿若如此才可缓解焦灼和忧虑，不然，又奈何也。

煮茶来喝。白泥陶煮器，火山岩粗碗，糙麻茶旗，都让人无端安静下来。不多时，白水沸，如洪波涌起。水里有细小的沸点落珠而出，七情六欲，爱嗔忧恨俱满矣。这样的水不能灌茶也。用备好的水扬汤止沸，待它不再飞扬，神心俱安时，再来洗茶，泡茶，煮茶。一切都要按部就班，不可操之过急。实则，止沸的过程，止的不是水，是茶者的心。倘若此刻，你的心还没有沉静下来，准备泡一壶好茶，那么，敬请缓下来，慢下来。焦躁的水会破坏好茶性的，这是对茶的不尊重。唯有当我们都心意安然下来，才是滋味时。

水安，茶安，人安，愿我们和万物一起万世永安。

三、小心肝

古人茶里加姜盐，今人有茶里加牛奶或糖的，也有癖好加白兰地的，据说巴尔扎克即是也。而我只喜欢清饮，加了红枣的，各种花的，填入任何佐加之物均觉梗喉，被扰而不得饮。

那次我们围炉夜茶。人说，尝一尝这小心肝。一下子好奇起来，小心肝？还有这样的茶？是的，把没有成熟的柑果果肉掏去，添熟普，果皮作盖，干仓陈放即可。但见小巧玲珑，青褐色的一枚果儿，油油地散发着一种青春的甘洌味道，香甜但是不羁。友用茶针钻九孔，投壶，冲沸，茶汤茶色慢慢浮出，像夕阳落在湖里，不用多久即是壶满乾坤。清透的汤呵，透明、澄亮、无杂、无碍。闻一下，清幽，通透。茶香，果香似乎并无截然，也并不相隔。低眉入口，滑爽自然，浑然一就的醇厚。原来那不羁不过是装装样子，或者确是不羁但也掩盖不得骨气里的香。还没成熟的小果子，遇到了普洱茶，遇到了时光，遇到了我们，还有我们面前的水，居然可以窖藏和激发出这么美妙的味道来。青黄红，无论哪一种柑皮，放空自己，再回来，都是腹有诗书气自华的气象了。

好可爱的小心肝。

很多年前，曾做过柚子茶。把柚子的果肉掏空，在空壳里装满了铁观音，然后在阴凉处背干。想法总是高过实际，我的柚子茶全都霉掉了。腹无诗书却糟糠，满心期待是黄粱。是皮未干透？还是茶不对？还是观音娘娘脚步太轻，轻到我的柚子茶根本没听见？一切都说不好。索然无趣就放下了，概或这也是我力所不及的吧。

小心肝的叶底也是无杂柔韧，鲜活而有弹性的。毋庸置疑，一款好茶呢。

什么？你说什么小心肝？这么喜欢它呀，谓之心肝。

哦？不是你说的，这茶名么？小青柑。

原来，小心肝是小青柑也。

众笑。笑我耳背，视短，闻陋。我也笑，能博大家一笑，也算功德。这世间不就是偶尔笑笑别人，又偶尔被别人笑笑，更多的是自我嘲笑。不然生之浩荡又尴尬，又该如何化解人之存在呢？

哎，小心肝，小青柑。这么糗的误听，想来也是有因缘的吧。倘若我的小心肝也真的不在我的味道之中，我会不会也这么包容呢？会不会试着从另外的角度欣赏他，肯定他，等待他？

后来，又煮过一次小青柑，滋味又涩又冲，全然不是在友那里的味道。看来，习茶漫漫，我还需要各种尝试和因缘。

哎，小青柑，小心肝。

四、洗心

很多人都去日本京都习茶道。据说，京都的建造全部模仿七世纪的西安城。日本茶道即是从大唐西安传道而去的，这是有史可载的记忆。想来，茶道至日本，被发扬且推而广之，深之，是茶道之幸。我们躬身学习的同时，也不免心生憾意。还有多少属于我们这个民族的记忆，正在被悄悄地瓦解，抑或门庭易主呢？很多美丽的记忆在沉睡着，潜伏着。我们，我们的孩子，还都没有能力把它们一一唤醒。我们，还都缺少一些什么，缺少什么呢？比如情怀，比如悲悯，比如自律，比如，比如。可是，这些词语又似乎那么大而空，我们能做的，仿佛就是细微处的那点小小的自省。

在京都修习茶道时都要进入一个草庵。草庵无门无窗，需要爬行而入。进庵之前需净手，净手之水经由石上流到下边大小不同的缸上，形成高低不同的水琴乐音。乐音清脆，如入自然天籁。这即是以水声涤浣将要进茶之身，滤去尘埃，再次告诫，安静下来。谓之洗心也。

必要的仪式感，是提醒，是规矩，是告诫人的渺小。人需要低下头来，需要躬身以对，才能得到相互理解和自然的庇佑。

五、余味

世间海错江瑶，殊滋异味，又间或食鱼遇鲭，到头来都敌不过记忆里深情辗转的余味。余味是滤过时间，滤过酸辣苦，剩下了甜，是不腻人不齁人的甘。是安然的，不冲突，不决裂，无嗔，无虞，坦荡无疑。是细思量，自难忘的绵长。

朱光潜看书有个习惯，新书在手，先翻二三，入味不能，便不读了。我也如此，一本书别人无论怎样言之凿凿的好，于我却不能触类旁通，让自己的神经末梢有火花，有闪电，有着微微的毒麻，便放下了。放下的书，有的一放就是经年，而后再无拾起。有的会蓦然回首，却见到了灯火阑珊，赶快找来读。沉吟，拊掌，颔首，微笑，其中姿态神色可一一略过，只是那滋味却总是又上心头。是那种失而复得，只记取巴山夜雨的悄悄话，果然动听的庆幸与清醒。读书的余味在此也。较之一直喜欢看的书，多了辗转，多了山回路转，多了柳暗后花明自现的惊喜。还有一种终于被时间犒赏的小滋味。

动墨也有余味。是那种深潜其中、悠游自在而不愿出来，又不得不出来的那种怅然若失。然而也没有遗憾，是回味青春、中年听雨的那种超然和怀想。我是那种进墨很慢的人。像骑着瘦驴，行走山间。一路颠簸，屁股硌得生疼，又紧紧拽曳缰绳，恐失方向，恐临崖涧。哪里还有心情看山花如何烂漫，看溪水如何自东向西。只有走得安静了，沉寂了，才发现哪有那么多崎岖。春风无限，守仁先生的小黄花正在山的那一边粲然。铃铛低垂，山风微醺，仿佛就此可以一路走下去呢。一支狼毫小楷，我原是把它当作了一头蹇驴。待我人驴合一，忘却时空，却有电话惊起，该做饭了。可是那种骑驴山间、悠然而得的自在，却容人一想再想下去。等到再动墨，依然需要，慢慢走呵，那崎岖。驴蹇更需人耐心。无论深山，还是大漠，叮叮当当的铃声，既是孤寂又是孤寂的破坏者和维缮者。

白灼是庖事术语。这种加工方法能最大限度地保留材质的最初本味。近日自觉虚火日盛，就想煮一壶老白茶，除清火，祛毒邪。没有预设地竟想到了“白灼”。大概煮一壶老白茶，和白灼该是异曲同工，妙处在于，对安于清、止于味的最初心跳的一种珍视吧。起火，入水，投茶。出汤的老白茶明净，温婉，剔透的橙红色像午后临窗的妇人。润滑，细腻，却无奢香，有一种沉淀的安然和久而不去的药香。淡淡的，不为刻意营造，也不为铺展情绪。如果你不够敏感和喜欢，竟也闻不出那草木里、山河间弥散的淡淡药香。醇和，柔软，那滋味是渐行渐近，又渐行渐远。余味在喉，山一程，水一程，到舌喉之外的汗毛孔汗毛尖儿，又是浸泌到眉头心间。山回路转不见君，雪上空留的是放空之后的从容与平静，安然与澄澈。

刘勰说，深文隐蔚，余味曲包。这是隐秀之动心惊耳的逸响呵。

六、静也

说文解字里说，安，静也。是说一个女子在屋里，娴静的样子。

安静，安详，安然，安谧，安康，安宁，安恬，安泰，安居，安好，这些词语，该多美。它们的属性，虽多是中性，却更多让人想到美好的女子。有一种非常流行的说法，说中性的雌雄合体的人才是最好的。比如，女汉子、小鲜肉的流行。而我一向对流行保有审慎的态度。不是讨论女汉子、小鲜肉的是与非。而是想说，无论冠以任何称号，女人如水，男人似山，都该是最美的，是天地阴阳的自然造化。在人类的母系社会，男人似水，女人如山，也是美的。因为那也是遵循自然之道。所以，不要定义，不要妄加判断，不要以静止对运动。凡是尊重自然的，不戕逆本性的，几乎都是符合美感规律的。

静心以对，回到原点，我们出发又曾拼命逃离的地方。那里是我们的根脉，有一种温柔在等待。昔归。

丙申深冬深霾中于如如斋

变

一、云纹

“天油然作云，沛然下雨，则苗渤然兴之矣。”几千年了，土地上的人总是这样热切地望着天，祈求云行雨沛，让天地之间的生灵万物都得到滋养，都得到活泼泼的自由，茂盛，成长。眼看着行走于万物中的雨是从云中垂落下来的，人们笃定，云就是能带来风调雨顺的祥瑞。人们还发现，麋鹿的角，飞禽坚硬的喙，叶子的纹脉，树的年轮，贝壳上的弧线，都有着循环往复的螺旋上升，这样的花纹都有一种无限的延展性、可能性，像极了天上的云！更为玄妙的是，当人用手做土陶时，指纹印在陶泥上，竟也呈现了这种旋涡的云线。人们从万物的存在中不断发现自己，印证自己。愈发认定，人和大自然一定有着千丝万缕的联系，有不可言说的玄机和密码。于是人们让一片云落在衣食住行上。房屋顶上的瓦当，吃饭喝茶的杯盏，雕梁画栋的床，袖口衣领的彩色丝线，目之所及，用之所到都有祥云的模样。青色的云，彩色的云，让高高在上的那个神（总该有那样的一个神吧）看到，人的臣服之心。人们祈愿，会不会因此就有了接近神的最大可能？人的一片热切而虔诚的心就不会落空，是不是呢？有着落是一件多么让人踏实而熨帖的事。

小时候喜欢天上的云，却不喜欢云落下来的样子。

奶奶去世的时候，大人们不让我看。其实我也不想看。我对奶奶没有太深的好感。只知道她总是蓝布褂，脚小，娇小。父母回家探望，有时会带上我。远远地进入村子，我总是最先看到那一排石头砌起的墙，不整齐，却好看。说不出为什么好看，却一直觉得被这样的墙围住的鸡鸭牛羊猪狗兔都该是幸福的。不高，它们可以随时跳出来，或者不跳出来，就站在墙头，或者把头伸出来向远方望，谁都管不着。它们被这样的墙围住，让人觉得是心甘情愿的好。奶奶在井台边洗好了一小筐白薯，我喜欢呀！飞奔过去，就喊，有白薯！奶奶见我们进来，慌忙拦住我，恨恨地说，就知道吃，白薯不是给你的！另一手高高扬起，父母带来的小点心包上是一块红色的纸，在空中晃呀晃。天空蓝得有些刺眼，我的眼睛被刺酸了，忍了忍，眼泪没有掉下来。小孩子的羞辱感是最强烈的，人大了老了，什么都钝了，反而降低了对羞辱和自尊的敏感。我总觉得，那个被叫作故乡的小村庄，最好看的不是人，最可亲的也不是人，是那样好看的石头墙。

后来，奶奶老了，不断病着。父母把她接来送医院，每天轮流陪床送饭。让我和哥去医院看她。我们都不想去，非得去，就背着父母说，“老娘子干儿，上树尖，树尖有火炭儿，火炭儿专门烫屁蛋。”那时表达不满最恶毒的话，就是这样吧。其实奶奶老病之后，心境大变，对我们也越来越慈善。不过是那种谦恭的、胆怯的，并不亲切的慈善。我和哥不领情，我们只对爷爷有天生的亲和爱。父母管束，我们不得不近前。

我是先从奶奶那里知道死亡这件事的。奶奶死了，我并不悲伤，也不哭。婶子说，这丫头没良心，奶奶死了都不知道哭。我心里想，为什么要哭，又不真的想哭。那年，我和婶子家的姐姐玩游戏，正在争抢一个草甸子。她走过来，一下子夺过去给了姐姐。那年我还亲眼看见，她把父母买来孝敬他们的好东西分给姐姐们吃，见我瞅着，马上登板凳又放在房梁上吊着的一个筐里。房梁空荡荡的，那只盛着好东西的筐晃几下就不动了。那年，那年。我是那么爱记仇，芝麻粒大点的事都记着。或者因为她根本不是我们的亲奶奶，或者她是婶子的亲姨娘，她也只喜欢婶子家的孙子孙女。总之，不想哭就是不哭。奶奶死了，我说不上难过，也说不上不难过。听人说，该去火化了。我的心一惊，火化？忍不住看了看那个静静躺着的人。她怎么一下变得更小了呢？真的就像一个小小孩子一样，那么小，那么乖，那么顺从地躺着，一动不动。任凭人们喧嚣，摆弄，不做一点表情。这就是人死了的模样吗？人死了，意味着什么？和树，和草，和猫，和虫子死了一样吗？瞬时，我泪如泉涌。心底里轻轻喊着，奶奶，奶奶。我宁肯看她跋扈的样子，脚底生风藏东西的样子，一把推开我转身走掉的样子。我想喊一声她就能答应的样子。可她什么都不会做了，不愿做了。她放下了尘世，都放下了，安静了。最后一眼，我在众人忙乱的缝隙中看到了她的小脚上的鞋。藏青色，上边的图案，有云纹。

很多年后，才明白人们让云落下来，不仅落在生上，也落在死上。死和生是一样的大事。都需要被祝福，被隆重的仪式接待和远送。

因为喜欢茶，就同样恋上了各式小茶具、茶宝贝们。闲时爱逛它们，看它们，买它们。很多烧制的小陶器上，也都会看到云纹。曾经有一段时间，怕看这样的纹理。后来不怕了，胆子越来越大。发觉云纹有着曲折之美，是流动的时间和空间。一生流变，没有什么不可以面对和拥抱的。对生的渴望，对死和未知的恐惧和讶异，都像极了对美好事物的好奇之心。因为好奇，这世界又神秘又可爱。也越活越胆小了，知道一定有什么是不可抗拒和改变的。挣扎和抵抗一律无效，缴械投降是对生活的尊重和热爱。人定胜天，听起来信心满满。可是人越来越不自信，反而惊惧，反而不安，人的存在是不是大自然的一种耻辱呢？一声叹息。

唉，皇天后土，还是请相信人的孺慕之情吧。

二、窑变

听画瓷的人说过窑变。

大瓶小罐，异形各种，却是同质、同色、同炉。一天一夜，一千三百多度的火烧过之后，命运却有了云泥之变。这种不能预测人力不及的变，叫窑变。

她说，她曾很用心地画了浩荡一泓秋水。打开窑炉的一刹那，她完全傻掉了。胎身裂断，涸泽水干，她的秋水不仅没有波光潋滟，还一时完全不知去向。而后释怀，她说，这么小的一个瓶子，又如何能盛得下如此浩荡的秋水呢？我竟忘了，天意难为。

我静静地听，不说话。是的，天的意愿，人是无论如何都左右不了的。

《南窑笔记》中说："釉水色泽，全资窑火，或风雨阴霾，地气蒸湿，则釉色黯黄惊裂，种种诸疵，皆窑病也。必使火候釉水恰好，则完美之器十有七八矣。又有窑变一种，盖因窑火精华凝结，偶然独钟，天然奇色，光怪可爱，是为窑宝，邈不可得。"

或病或宝，窑变的结果不过这样吧。

可人不信命，偏不信，不甘一心扑去的好，就这么没有把握地落空。仔细观察，研究规律，人们在某一节点上，甚或发现破解了一些奥秘。调控温度，配制釉料，让釉色顺着人意走。大清康熙朝时，创烧一种小器豇豆红，滑如童面，艳若桃花，四月春水流目一笑，美兮，醉兮，美人霁是也。纵有七十二变也在佛祖手掌之中，倘若豇豆红再生变数，那也在预料之中。不妨桃花春浪间，浑然苍生数苔点。就这样，珍奇的苹果绿又问世了。

人们在永恒的静穆中，运动着，变化着。自然有多少强悍的不被了解，人们就有多么强悍的愿望了解自然。尽管，这多少有点像蜉蝣撼大树的雄心。人们以不变应万变，对抗着不可知，不可控。渺小而又顽强，在某种程度上，又似乎有着西西弗斯式的悲壮。在万变的浩渺中，人是沉浮其中的一粒静静的尘埃。

三、忍冬纹

忍一忍，冬天就过去了。

可是为什么要忍呢？心上横一把刀得多疼。我不喜欢把刀放在心上，如果有刀，就亮出来。或者是执剑天涯，恩仇快意。能斩断的就斩，斩不断的，就把刀剑扔掉，绝不放在心上。放在心上，多疼啊。我对自己长久忍耐疼痛缺乏信任，也对别人长久微笑着疼痛缺乏信任。总觉得那是可疑的。更何况，无论冬天的霾多么严重，我都不觉得是冬天的过错。

忍冬，却是绝不颓唐，反而清丽的一种植物。曾在"草木无言"系列里写过忍冬。它花开金白两色，体有幽香，久而不散。写它，写恩师，写到最后才发现，我是怀念那一段青葱岁月。青涩，幽闭，紧紧抱着自己的影子，不愿打开。一个人的过往，就是自己的故乡。好与不好都是自己的，是别人参与不得、行踏不得的禁地。

不知什么时候开始，更愿意回忆了。总觉得有一块空荡荡的岁月被朦胧的玻璃纸蒙着，用铅笔在上面轻轻擦过，那过往就会立体起来。松垮的老屋，屋后的葡萄架、麦地，院子里的鹅、鸡、牛、羊，只要涂下去，它们就会都回来。它们叫着，嚷着，连同西红柿、茄子、辣椒都一起吹在五月的风里。忍冬花开在院墙的篱笆上，风把它的香扶起，又吹走。吹到牛的鼻子上，狗的耳朵上，鹅的脖子上，鸡的尾巴上，又吹到我的眼前。九曲十八弯，还香着。我不觉得它有什么可以忍辱负重的，它只是倔强。不把香送达到可以理解它的人，绝不松口。那天，我看了一些青花瓷器。瓷器上那些枝叶缠绕的花纹，让我一下洇开记忆。让我想起我曾被寄居过的小小村庄，小小院落。我是它们中的一个、一棵、一枚、一朵，什么时候散佚出来的呢？

那些青花线条婉转，曲折。有曲径通幽、小桥流水一样的抒情性。不高昂，却回旋流动，直抵人心。前有抑后定有扬，左有顿右定然是挫，外有虚内一定有实。回旋往复，虚实相生。这种流动、变化却让人静止，静得像一滴水掉进海里。

唐五代越窑瓷器上有一种卷着枝叶的花纹，很像忍冬，是从忍冬纹抽象简化而来的。忍冬纹盛行于南北朝魏晋江浙一带，至隋，线条更概括。唐以后被卷枝卷叶的纹络替代了。

忍冬纹现在已经很少见了。无论那些枝叶再怎么繁茂，都被抽象概括得几乎找不到忍冬的影子了。一出生就老了。

小时候我在四姨家住，姨姐们都叫我“小老张”。是呀，有谁不是呢，一出生就老了。

四、兔毫盏

兔毫也是窑变的一种。至今尚未一睹真正的兔毫盏，也并无遗憾。所生有限，不能看到、不能听到、不能闻到、不能尝到、不能想到的东西都太多了。不必求得，所有的得物最终也会一样一样都舍掉。只是那些幸运的人，能够历经。历经的多寡，决定人是否足够丰满罢了。

那天我们一起喝白茶，主人拿出一盏，说此物最相宜。蓝兔毫。

呀，这样幽邃的光和芒，像儿时夏夜的天空。釉面幽幽地泛着蓝光，纤毫可见的纹立体，生动。一只蓝色的兔子卧在盏里，我看不见它的耳朵、眉眼、胡须、尾巴、爪子、牙齿。它只把自己最柔软的部分打开让我看。不得不说，我一时陷在它的温柔里。

知道是后人粗制、仿赝之品，依然看着欢喜。符合自己的购买力，果断收了两盏。超出购买力的奢侈器物，一两件就够了，可供闲时赏玩。更多时候喜欢那些简单、方便，符合自己审美想象的器物。不必过分担心它们的残碎，器为我用，我不必为器奴，才好。

忽而想笑。人亦为器，是贵赏好，还是贱用好，还是既能贵赏又能贱用才好呢。唉，人太复杂，想得过多，欲望也多。

我的卧在茶盏里的蓝兔子多好呵。光滑，洁净，不想贵贱。

五、汝窑

喜欢汝窑的天青色。粉青，天蓝，葱绿也都好看。

“雨过天青云破处，这般颜色做将来”，实在是一种有底气的温润阔朗之气。像如玉的君子，不张扬的谦谦之风中，自有凛然。有人喜欢汝窑，不仅仅在于它的天青色，还在于它的开片之美。友说，他只喜欢汝窑，所收茶器也尽然。说年轻时候，为了尽早看到汝窑的开片，就把盏泡在普洱茶里。果然片开阵阵，无数纹络枝错相交，很有美感。可是很快便兴味索然，总觉得缺了些什么，不过如此罢了。于是耐下性子，每天泡茶用盏，仔细观看它的细微变化。有时变，有时不变。直到有一天，发现小小的盏里纵横交错出一片从未有过的新天地。盏里乾坤那么不可思议，是一种既在意料之中，又在预知之外的美。这样的美，可以细品，耐琢耐磨。仿佛一直把玩下去，对其中的深意也总是自觉不尽。原来，只有慢慢等，缓缓行，我们想要的一切美和好的感觉才能一点点渗透出来，延展出去。仓促而就，急于打开，立马呈现，都会丧失一种时间之美，而对空间的延展辽阔之美也产生不及不达的憾意。

我有几个菊花盏。一盏一茶，开不同的片。绿茶生绿线，乌龙生金线，红茶生褐线，熟普生黑线。曾不喜欢开片，觉得是茶垢渗透到茶盏里，却不能清洗完全，总有些异样。而我对光洁、单一却有情钟。在养盏的过程中，才发觉洁癖为病。凡病者，皆有疼痛。而我又生性胆小懦弱，但凡感知到了疼和痛，总是很敏感地就收回触角，像小孩子第一次摸火一般。唉，小孩子哪知不垢不净的深意呢。

六、报春鸟

《锦绣万花谷》里说有一种苍黄小鸟，体类八哥。每到正月二月就啼呼，春起也，春起也！三月四月就叫，春去也，春去也！采茶人把这种小鸟叫报春鸟。

春节将至，听听，会有鸟儿在报春。

丙申冬于如如斋

沉

一、瘾

有时候，也会心意阑珊，一心放任自己日渐消沉的心。因疾病用药头发落得仿佛比灰尘快，有些细细地再长出来，也是一层雪落在另一层雪上，沉沉的，却并不刺目。第一根白发才是最刺眼睛的，还能咋咋呼呼惊叫，哦，白头发！该是如日中天之时。那全然不是千军万马的倾覆感，反倒有柳暗花明的诧异，兴许还是一种前有田园的隐隐期待。如今秋意渐浓，半老半病，心意的沉却并不哀伤。每天午后坐在阳台上，写字，读书，喝茶，一直黄昏来临，落日来临。自己就像黄台湖上的水，微波粼粼，这一天全是等待被落日沐浴，沉香。然后切入黑夜，涅槃。这几乎是不变的姿势和习惯，几近成瘾。没有什么比衰老和疾病更可怕的了（因为死亡是留给生人的痛苦），可是也没有什么让人对衰老和疾病如此信任。许我一座城池，也宁肯不再回去，不再退回青春。青春只适宜怀想和回忆，而皮囊的干瘪和累累伤痕更接近生活，更让人信任。信任曾经，也信任未来。城堞戍守，老将犹存。

觉醒于自己的幸运。虽然用药，尚能用茶。茶于我是瘾爱盛欢，一日不可无。无了就会失魂落魄，像宝玉失去了通灵之石，黛玉失却了宝玉。仔细又想，哪有这么严重。人在尚有退路之时，就爱矫情，说极端的话，表极端的情。真正极端之时，哪有什么不可无的东西呢？只是，尚在之时，就缓缓享用，深躬于生活吧。近一年来，习惯煮茶。白泥陶的茶器煮老白茶，敞口适宜冬日。适宜干冷和热燥时，茶气氤氲，香入肺腑。宜人，宜雪，宜冻僵的空气。再冷的心情，再冷的四肢，再冷的话语，有火，有热，烤烤就全化了。倘若暖气热燥，有茶气蒸腾也是好的缓解之法也。盛夏一帘时，喜欢用玻璃茶器。观汤察色，葱茏辉映，有着感官的相宜相契。煮茶头，红颜醉酡，心中悦喜像无数的小气泡在心头“咕咚，咕咚”翻滚着。窗外的绿和盏中的红，有时绿肥红瘦，有时红肥绿瘦，都不觉唐突，反而冲撞出一种好鸟相鸣、翠袖佳人的意境来。不意而为，蓦然低头，惊鸿一瞥而现，乃意境也。立秋过，暑气尚在。不过天好像一下高起来，云也更舒淡了些，西山秋湖更坦荡，令人惺惺又惺惺起来。黄昏时分，落日在茶盏中，有时竟恍惚：我的那一盏茶，是秋湖的水，还是秋水一泓，尽在我之盏中？也不全是无尽的好。煮茶时，纵是轻拿轻放，心神稍微愣一下，跑一遭，便要惹出祸端。那日烹煮，壶盖脱落，蒸汽把手烫伤了。痛，比做骨穿还痛。痛有十级，已然抵达七级浮屠之感了。大病尚未动摇心智，小痛竟然让自己大汗淋漓。看来，煮茶之事，更需心境观照，才得护卫周全，才得大自在。春宜绿茶，但因脾性寒凉，四节是红茶或熟普，间或生普，岩茶。总之，戒茶不得。

心里清楚，过犹不及。瘾，病字加框，是一种心理暗疾。既然戒它不得，就要更懂它。尽量不让茶过于浓烈，不与药服，忌冷忌热忌隔夜，忌生理期。习修每一种茶之性情，既完全打开，又不用之过度。说过，茶是故人。也曾戏谑，所有疾病都是自己的茶故人，我要像爱茶成瘾一样，试着爱它们，和它们一一讲和。我需要拿出更大的耐心，于时间之中，时间之上。

瘾，是生活一再冒犯，依然对生命一往情深。是隐入病中，心意孤行，一心持走。有时，忽然觉出自己是大漠孤烟，有着纳接落日的沉郁和无限欣慰。

二、野丫头

那天在茶友那里喝茶，见茶架有茶曰野丫头。一时兴味盎然。却原来是凤凰单枞的一种香，柚花香。友见我好奇，笑着说，尝尝？干茶形色紧实，条索肥硕，乌褐有油，是老树茶。白瓷盖碗一道道泡来，汤色渐浓，盖香也依次厚起来。轻漾一晃，汤色有落日初沉的明亮和橙黄。是那种透明的黄，不和余色有一点拖泥带水的黄。香气也渐缓高昂起来。未见过柚花，不知其香为何香。主人说，这就是。五六泡时，香气最浓，是那种不管不顾野起来的香，盖碗盖它不住，纯然一个家法驯服不得的野丫头！野得理直气壮，就是这么香，你喜欢也好，讨厌也罢，和我有关系么？滋味却一层比一层醇甘，爽口，有一种不熟悉却亲切的味道。忽而感叹，野，该是多好的一种生命状态！没有预设，没有羁绊，自由蓬勃之气幽然于天地间，有着最本能最自然的自我打开。不矫情，也绝不妄自菲薄。

六岁，我回到父母身边上学了。可在寒暑假时，依然被送到四姨家。四姨家于我是乡愁，是不属于根的乡愁。就像清晨和黄昏青白的炊烟，有来处，无归处，却固执地绕梁环檐，在一片不属于自己的土地上袅袅又袅袅。小姨妹和我争宠，嫉妒姨父、四姨对我格外关照和疼爱。她怒目而相，撕毁我的东西，嘲笑我不会自己上房顶。我也睚眦必报，绝不示弱，不作瓦全状。用自己的招式摧毁她，打击她，坚决不让她看到我寄人篱下的虚弱来。只是她不在的时候，会独自坐在屋檐下，望着一重远似一重的山，想父母，想他们什么时候会接我来呢？有时坐着牛车上山了，被颠得上气不接下气。姐姐们放牛，我放一群小野花。指派着哪一朵可以值夜岗，哪一朵会在黄昏就举着小灯笼熄了，哪一朵适宜跳上鼻尖昵一阵。草厚厚地埋着我，不知不觉睡着了，灰蚂蚱，绿老扁，在手上跳过，又跳来。我有时知道，有时不知道。有一次，她们把我弄丢了。山就在眼前，走就是了。可是怎么走，山一直和你保持同样的距离，像一个不爱你的人，你怎么努力都没法走到它跟前。眼看着天色渐暗，一阵慌神，绝望之后，不再乱扑腾。瞅准一个方向，爱走到哪里就走到哪里。走着，走着，竟然从山上走了下来，竟然发现这条路通向四姨的家。没人知道，一个六岁的孩子刚刚经历了绝望，一种巨大的被世界抛弃的恐惧。四姨根本不知道我被丢掉这件事，我不想告发她们，也根本不想讨好她们，对她们保持着天生的警惕和戒备。我呀，原本就是个野丫头，固执、倔强、自我，有着不容侵犯的小小自尊。我更愿意看山、看天、看炊烟、看野花野草，看星星和脚下的小石头是不是一样，怀想天上是不是有个小孩子也正踩着星星看大地。我更喜欢自己追问自己，它们从哪里来，会到哪里去，它们到底是谁。它们，他们，我们，有着怎样千丝万缕的联系。想着，想着，在夏夜房顶的夜晚，看宇宙浩瀚，就会默默地流下泪来。如今，已被驯化。有些伸展的枝柯再也不能让它旁逸斜出了，适时地敛一敛，让它们往土地里扎，越沉越心安。如今，有着世间大同的乖巧模样，桀骜和锋芒都化作根根白发，只有它们替我作着毫无意义的诠释。我被时间和世间烧成一段段灰白的烬，风一吹，或许就断了。如今，我依然追问，却不再那么迫切地想拥有答案。如今，只有怀念。念及于此，眼睛忽有潮润。

眼下这盏茶，不知多少泡了。味道浅了，汤色还在。察看叶底，青蒂，绿腹，红镶边。鼻底一闻，有着温润的香。茶事尽了，暗香入骨，绝无狼狈状。叶底也渐渐冷却，一闻，有冷香。

嗨，野丫头。

三、稻花香

立秋过后，几场大雨，几场小雨。草木依然葱茏，繁盛之势并不见颓唐。它们在湖里倒垂着，有着影叠千秋的样子。窗下喝茶，想到父母已入老境，自己怎敢轻言老病。急处宜放宽心，缓时当自立强。偶尔置简易小茶席，插干花，燃沉香，煮老茶。茶旗冷深色，与葱茏初秋趋于平衡。若冬日，则宜暖浅色，中和冬之萧瑟也。

只是蛙鸣，一阵高过一阵，白天夜里都不停歇。晚上躺在床上想，南方的稻花是不是该吐穗了？北方的蛙又在鸣叫什么呢？丰年，丰年，赐我谷，赠我衣，愿万物都得到自然的庇佑，愿一切可丰之衣皆丰，可足之食皆足，愿万物安有居，乐有业。心里这么默念着，竟安稳睡着了。一夜梦丰足。

知道有一种茶叫稻花香，只是没喝过。据说稻花香的茶香又叫鸭屎香。凭直觉，该是一种大观园里李纨式的抱朴守拙之类的香。可是，什么又是抱朴守拙之类的香呢？初闻并不惊艳，再试也无他趣。需要时间，慢慢静下来，才发现它的好。安静，默然，自闭锋芒，有着素朴的踏实和安稳。茶到最后，才发现真的是值得回味的一款好茶。我们平素里常常忽略，却极为重要的世俗温暖的味道，都在其中。叫作稻花香的茶，不是这样的味道，还会是什么呢？平日里一味吃茶，全然不知，我们用尽一生想要的，不过如此呵。我全部的努力不过完成了普通的生活。这话，记不清是谁说的了。用小楷把它写在小书签上，好像是好久的事了。

那天，画了两只飞上竹架的鸭子。草丛里有飞起的两只小昆虫，一只就落在半空，不仔细看，像一片飞着的小鸭屎。老伴儿说，你那么精致的一个人，别天天张口闭口屎呀屎的。我笑，可是我们真的都有这东西呀，不光我们有，生物甚至微生物都有。鸭屎会不会真的那么香呢？

反正有一款茶叫，鸭屎香。

四、松尾壶

有两把最喜欢的壶。一是松尾壶，一是西施壶。

松尾壶是老壶，跟随我有六七年光景了。壶钮处是葡萄浅紫砂，壶把是翘起的大大的松尾。造型可爱，盈手可握，一只壶一盏茶，宜小酌独饮。古人说，壶以砂者为上，既不夺香又无熟汤气。所以可以持原味，蕴色香。松尾壶专门侍熟普，一茶一壶，是为尊重也。我当它是老朋友。想它还是一团泥巴之时，就在冥冥之中酝酿着一团欢喜和喜欢。修持它的匠人一道道，一刀刀，琢之，磨之，烧之，最后辗转到我的手上，我觉得是人壶对赏。只是遗憾，不知什么时候，壶盖处掉了两小块。心疼不已。后来慢慢习惯各种喜欢的各种碎。各种小茶器，总是越小心，越容易碰了，磕了，碎了。又常常迷信，像个小脚女人一样，阿弥陀佛，阿弥陀佛，碎碎平安，岁岁平安。各路神灵，如果有冲撞，还是让我一个人来代过吧，让我的父母、孩子、亲人都安康。

曾有把西施壶，气盛不知珍惜，什么茶都用。没有被善待的东西自然不会散发美好的光泽。搁置起来了。又添新西施，专门侍生普。开壶之后，静静地养了起来。我想，多年以后，我也会像信任那把松尾壶一样，觉得它中有我，我中有它。

人们总是偏爱旧物，倒不是新的不好。反而可能是新的太好了，让人觉得不踏实。沉淀下来的东西，有共同回忆，共同体温，共同心跳，会让人产生近似虚幻的依赖感。

五、秋风辞

古人多悲秋。而我以为，秋冬时节，才是最丰满最富足最内敛的节气。秋之敛，冬之藏，都是大境界也。春之涌动与勃发，夏之生长与茂盛，都是外求，都是进攻与侵略，是内心不够丰足的不安。

秋天到了，到林子里去，听听果实落地的声音。“嘭”的一声，是瓜熟蒂落的自然，是和大地衔接的声响，是种子落入母体的安静。

秋天到了，到田野里去，是铺展的金黄暖香。大地炊火，一脉流传，有着生生不息的愿望和未来。

秋天到了，到一片叶子之中去。凭着一叶的敏感，更多地理解枯萎和新生，来龙和去脉，因和果。

倘若心还在浮沉，秋天到了，那就到林子里去，田野里去，一片叶子之中去。沉下来，和最接近土地的事物说说话，拿不起的，放不下的，沉一沉，就都静了。

还可以什么都不做，静静地在窗前喝一杯茶。人行草木中，行脚历程，都在一盏好汤色里了。

六、夜来忽卷雨

正说着，雨又来了。雷声，闪电，蛙鸣，连同好脚力的雨，一起在夜幕中行走。天幕高远，一只小飞蛾在檐台的玻璃窗上避雨。清洗茶器，听雨，全是云外歌声。

丁酉初秋于如如斋

丰

一、不二

“君但倾茶碗，无妨骑马归”，呀，您来，我不在，好遗憾呢。好在您可大碗喝茶，恣意尽欢，骑马而归。王维回复友的消息，让人莞尔。酒独酌会愁醉，茶却不同，独饮亦可尽欢也。俏皮有趣的回复中，有着洒脱不着相的深深情意。

王维有很多让人张口就说出的好诗句，我更爱“青苔石上净，细草松下软。窗外鸟声闲，阶前虎心善。”“我家南山下，动息自遗身。入鸟不相乱，见兽皆相亲。”轻柔，细软，有毫不设防、把自己泼出去都很安全的倾心。人越来越文明，与世界与自然与人类自己与万物的隔阂却越来越深。自由和安全都需要付出昂贵的代价。这是怎么了？

“行到水穷处，坐看云起时”，这是中国传统的美学思维。水穷处即是云起时，行坐是人处其上的态度。人囿于困境时，不作此想，不如此自我标榜，不给自己一点点信心，又该如何呢？

传说古印度有位叫维摩诘的人，是释迦牟尼佛门下的大居士，有《维摩诘所说经》遗世。他有良田眷属，又虔心侍佛，身行体践出家和在家同得般若的不二智慧，深得释尊称许。王维以维摩诘作自己名和字，或有禅机和深意？

心有福田，佛在心中，拜与不拜，都生如如之意，是谓不二也。人不居高于物，物不低就于人，我看青山多妩媚，青山看我亦多情，两两不厌，如如平等。彼此无别，是谓不二也。

总是痛憾自己的痴顽，我想我之一生需要改造和修为的，就是自己。我是我，我亦非我。一片茶芽也如此，茶是茶，茶亦非茶。我是茶眼中的茶，茶是我眼中的我。拆除篱笆和自诩的距离，需要无碍和平等的胸怀。每日须饮，却无道心。想到公道杯中茶予人的公平，觉醒，便生无尽的惭愧。倘有慧念，若有如如智，如如境，喝茶，喝白开水又有什么差别呢？

妙玉是人世妙绝女子，自恃也是绝妙孤高。她爱茶，懂茶，恐怕大观园里无人可比了。一干众人栊翠庵喝茶，贾母用过的那只成窑小盖钟只因刘姥姥尝了几口茶，妙玉便弃置不要了。如此想来，妙玉可是真的懂茶么？

说到底，茶心之道可是“不二”？何谓不二？茶里滋味简检之丰道不尽呵。不可说。

友送梅占茶于我，一时茶静，烟笼陶盏。一不小心，黄昏跌落进盏。半晌光阴倏忽即过，一时欲言难辨。想起那日在九华茶园，俯身与茶对视良久。依稀觉得，很多年前我就来过此处，仿佛我曾和茶芽上的一只小青虫细细交谈过，仿佛茶叶子上的风也娓娓道来过。

也许，我从来没有离开过。

二、苦谛

那年在云南的茶马古道，结识了一匹叫作“黑风”的骏马。第一次那么近距离地亲近一匹马。它体型彪悍俊美，眼睛的黑与亮那么纯粹，纯粹得让人信赖和感动。坐在马背上，牵马的人和我说茶，说茶马传说。一时觉得，内心的芽叶，可以安心泡在这里的山水、草木、空气里，可以舒展，可以生长。

在傣家的竹楼见到了茶人手制的普洱饼茶。细细地听他们如何采茶，炒茶，储茶。竹楼幽暗，有光直射斜射平射而来，有着蓝烟的味道。一桶桶的茶安然，静默。不温不火熬着时光，这性子多像人到中年。曾听一茶人说，焙茶需要十多个小时，只为“清澈”。他说，所有的美好都是从干净里生长出来的。一时心动，却不知为着什么。主人用现成的粗朴茶具款待我们，端起透明的杯盏，一时错愕。这茶汤怎会如此醇厚！醇到打着漩涡，厚则如潭，深到无以表达的透明。举起茶汤放在阳光下，仿佛云、风、水、草、露，还有阳光都从茶汤里生长着。那里沉淀丰藏了太多的故事和曲折，从古至今，从远到近，仿佛茶马古道的征与尘早已埋伏好，所有的颠沛和颠沛辗转之后的沉静都消弭在这样的一泡茶汤里。尘埃落定，光芒尽褪。是的，很多东西看清楚了，经历了，光芒就会消失了。不忍入口，入口浓醇之苦。却异常饱满，有高卧望云的疏阔和静笃，那是岁久无人扰的端庄和大气。蓦然有泪，回首即相遇。

就是这么爱上普洱的。普洱的苦不极端，不浓烈。所有不完善的，不完美的，不恒久的，都可谅，可爱，可含纳。所以普洱就有了那种寂静，素朴，谦逊，自然的质地与心性。

《佛遗教经》中，“苦，集，灭，道”所说四谛中有苦谛说。苦有八种，生老病死苦，怨憎苦，爱别离苦，求不得苦，诸苦聚集。

诸苦聚集。不知缘何，我总觉得春天所有的好都是危险而脆弱的。春天更善于制造假象，它比冬更冷漠和荒芜。午后，泡一盏诸苦聚集的普洱，一餐子烟霞都在盏中，身体就轻了。茶，初为药用，后作饮品。对缺憾和苦有一种殉道般的推崇和膜拜。我想，那是一种温和、安然、平静相待世界的审美态度。

每在茶中，都忍不住猜想：万云竞过时，山巅的一棵茶树会是什么样子？而我低头清心、抬头仰望时，可不可以把那团月亮的圆在我的钵里清煮一番。可不可以身化轻寒微微一剪风。片刻，也是好的呵。

三、余地

黄金桂？这名字有着俗世的富贵气和桂花香。桂花，散散碎碎的小花，并不张扬，香却极其浓烈。那年在西湖第一次遇到就被它的香绊倒了，昏沉半日，溺而不醒。后来就怕了这种香。去桂林的时候，桂花是不可相避的。它是桂林的市花，当地人介绍它的分类以及如何区分，我都提不起兴趣。桂花的香于我如耳边之风，痒痒一下就过了。

友拿着仅有的两包茶，让尝尝时，我的轻慢与疑惑已然其上了。不知过了多久，翻冰箱看到这两小包茶时，心一动。尝尝？不然要过期了。

取白瓷盖碗，洗，滤，落在盏中第二泡时，眼睛一亮。汤色金黄，圆润，明亮，犹如旭日落雪。静谧的，柔软的，万物具备，光明待发。心忍不住晃漾一下，轻啜。香而不袭人，有着透天之香。透天香，是它的另一个名字，极好。一径泡开，七泡下去，仍有余味。

我的愧赧在于我的执念。我认定的，纵是一头撞在南墙上也不想回头。目送归鸿，空留背影亦不转身，一地翎毛也想用无形之索捆绑成形。很多时候，那是对自己羽毛的爱惜，和归鸿无关呵。痴执，我时常觉得它是可耻的。我毕生要挣脱的都是对满的痴顽。唉，一盏好茶，差点就这么擦肩而过。

转身一念，转念即余地。余地从来都是自己留给自己的呵。好的茶岂不都是在等待那个懂它的人？尊重，理解，契合。知甜懂苦，余味都在岁月里。苦是甜的余味，甜亦是苦的余味，彼此互为岁月与余地。

清李密庵写过《半半歌》，如字：

“看破浮生过半，半之受用无边。半中岁月尽幽闲，半里乾坤宽展。半郭半乡村舍，半山半水田园。半耕半读半经廛，半士半民姻眷。半雅半粗器具，半华半实庭轩。衾裳半素半轻鲜，肴馔半丰半俭。童仆半能半拙，妻儿半朴半贤。心情半佛半神仙，姓字半藏半显。一半还之天地，让将一半人间。半思后代与苍田，半想阎罗怎见。酒饮半酣正好，花开半时偏妍。帆张半扇免翻颠，马放半缰稳便。半少却饶滋味，半多反厌纠缠。百年苦乐半相参，会占便宜只半。”

半半为余。好可爱的诗，好可爱的人。

倘若，一盏茶后，舌尖泛起微微的一点苦，这是不是觉知的快乐和清甜呢？

四、静闲

据说，不到百年历史的古琴，其声的清浊缓急常常随境而变。大自然寒暑雨晴不同，发出之声也各异。晴时清越，雨时沉郁。概或，那是因为桐木的记忆还在，其心其性还在惦念吧。

茶亦然。常听饮茶人说，茶性俭，却挑剔。之具，之造，之器，之煮，之饮，常常因周遭的人、物、环境的不同，而出味道不同的茶汤来。纵是同一人，在同一境地，心情不同，泡出的茶汤味道也竟是不一样。

概或，茶的挑剔是不怨不悱，不谤不辩，只是安静等待吧。等待属于自己的那一泡。等到就会刹那芳华，等不到被轻视忽略那也是宿命。一盏上好的茶，需要金木水火土都相宜，远恶水敝器，庖厨市喧，近清风明月，明窗净几，才得烟霞之气，甘洌馥郁之茶香。你以什么心情待它，它都敏感而惶恐，全都以同样的茶气回馈出来。坏心情时，茶气势必仓皇焦灼。好时，势必清澈安宁。

因常常昏沉，午前，午后，乃至深夜，都要彻饮一番。近觉此番无度，无度即伤，所以开始忍茶。午前戒茶，深夜淡茶，午后可彻饮。昏聩时，便燃一炷香。要知玉雪心肠好，自是不必脾寒不胜，耽弥之甚呵。尊重它，就把最清明的心留给它。

茶若有思，其念在于风中松林、月下竹影之时，该是如何的静好之时、闲静之际呵。

五、澹远

“草堂暮云阴，松窗残雪明”，这个时候，恐怕缺的就是一茶一良友吧？若均不得意，“柴门反关无俗客，纱帽笼头自煎吃”也可无碍。

明人许次纾在《茶疏》中提到三巡茶，说初巡鲜美如豆蔻，“婷婷袅袅十三余”。再巡甘醇如“碧玉破瓜”年。三巡则是意味尽，“绿叶成阴”矣。所以煮茶的壶要小，以便候汤。茶过两巡即可结束，宁肯使剩余的芬芳留在残叶中，饭后漱口尚可用呢。

说的是品茶的道理，煮茶时器皿的规格。譬喻也不算失当，苏老头不是也说过“从来佳茗似佳人”。可我却一直喜欢不起来。莫非是想到己身，儿女成行，青春已逝的蠢妇故？

窗台上卧着一只猫，隔着玻璃冲我“喵”一声，冲它笑笑，无他。

茶就是茶，和人有什么关系？倘若人自多情，借茶事来说人，这是人从古至今的老毛病，可谅，可宽，可以。可为什么偏偏佳茗似佳人呢？性别的强调和突出，从来都不是一件好事情。强调谁，突出谁，就意味着谁处于弱势。

从故纸堆里翻翻看，男为臣，女为妾。男可妻妾成群，一堆女人围着一个男人转，女人自然要各施伎俩讨好男人，唯恐失宠好日子不保。自是要屈尊称“妾”，把自己下降到女奴的状态。而男人自古以来养成了一种骨子里高高在上的优越感，随便把女人当个猫呀，狗的，喻作佳茗的，那还是风雅之士，出类拔萃的好男人呢。

习书人很多喜欢临写赵孟頫法帖的。赵孟頫为宋王朝宗室，自号“松雪道人”，诗书画均有很深造诣，写过很多持荣辱、守贞洁的雄辩之词。后来元世祖忽必烈下诏江南，他一召而起，在元朝的仕途中做得风生水起。因为这个，也让很多人对他心怀芥蒂。是那种卡在喉咙的小刺，不吐也罢，吐了就觉得说不出来的不舒服。

可见以妾身居世的，并非都是女人。也并非都是无知无识的田间耕地人。在一个强有力的中心下，覆盖和网罗了许许多多的依附和依附下的媚颜媚态。臣和妾那么气味相投，自降为奴。最为可怜的是失却想象力和创造力的读书人，稍有风动，便是：陛下，臣妾知错了。

如此遑论古人，偏思狭念，哪里有澹远无碍之清态呵。春天来了，需要自省。天空在一点点让自己变得蓝些，再蓝些。像我这么一个曾对春天抱有偏见的人，也应该让乱筝悠游一些，蓄养足够的风，蓄养节制的风，让手握风线的人收放自如。

人若相爱，人若自厚，蔬食简，菜羹淡，经案床绳也是好的呵。好吧，吃茶去。

六、丰美

想到很多关于茶的丰美之说，欲言又止。已然说得太多了，噪音愈发大了。不如听听大自然的孔窍之音。

千山答响，天籁、地籁、人籁、万籁俱寂。这，才是名副其实的丰与美。

曾有舟人去黄牛峡访茶。见一老妪笼新茶而卖，与草叶无别。说，“山中无好事者故耳”。想来确是如此，爱茶者，可谓好事者也。一笑。

初稿于丙申三月如如斋

和

一、缓缓归

据说钱镠相貌奇丑。本来貌丑之事不值絮说，偏又粗服但见丽质，莽汉却见柔情，就分外让人动容了。夫人戴氏回娘家，眼看着春已渐老，人怎么还不回来呢？牵之念之不免心念浮动，提笔“陌上花开，可缓缓归矣”。情切且柔全在这缓缓二字。花事正好，可任情任意赏一赏，可尽着自己的好心意，玩够了就回来，等你。

花在缓缓开，我在缓缓等。

世间最美好的情感大概就是，无论多晚，都有人等，而等的那个人又恰好是你愿意的。冬夜里有万家灯火，万家灯火细小如米开，温热之心也全在这踏实笃定的缓缓之中。

那天，有云南普洱茶老师来泡茶说茶。见其淋壶侍盏，行云流水间，端然气和，貌清神朗，温润朴实。一盏茶来到面前时，就知道对面坐的，一定是真正爱茶的茶人。茶人都是喝茶的人，喝茶的人却鲜有茶人之心。茶者，是人行草木间，带有草木气息的。同气者，一闻便知。因着初见的好感，便更加伏心聆茶，一心一意耽溺茶中，觉知滋味时，方知早已生却一番清澈的欢喜心。我们喝的是亲王谷。初闻干饼，说不清是哪一种幽然之气，可解为百花香。杯底蜜香，茶汤黄亮，清洌断腭。十几道下来，茶汤黏稠如一。香沉入水，水含香，又升香，水即香，直至水无香。这次第，怎一个香字了得！舌面先是飞雪扑扑而来，那香平铺下去，继而又在舌面散开，如雪后初霁。茶气在周身游走，弥散于每一条神经，人像一棵大树，叶绿素充盈着你，饱满着你，你丰稔而自足，世态安详，你觉得自己有力量可以很平和地看待世间。这茶，喝对了就无须多言。问，为什么不用茶漏呢？说，避免异味对茶汤的影响。另外防止茶汤的撕裂，减少程序就会减少伤害，愈简单愈接近它的本性。好的茶，不用滤，静静等它就行了。心下蔼然。体茶之心，如此细敏而微妙，淡然而情深，冷暖自知如待已肤，非至静和缓虚中不留，亦不能察物之情至此也。一款好茶，就是这样被温柔相待出来的。当它所有的好慢慢渗透到你的每一个毛孔、发梢、嘴角、眼神时，那全是因为，有一双懂它的温柔手在缓缓化开它的块垒和全部。前世，今生。而缓缓，是我们看待世间时，最深情、最平静、最笃定的眼神。想起武野绍鸥说，放茶具的手，要有和爱人分离的心情。纵是这清澈的出离心，也全在这缓缓之中。

古人曾哀叹世之可悲事有三：慧徒被庸师之教耽误，雅画被庸俗之眼污染，佳茗被愚拙之手糟蹋。想来心虚，再泡茶时，纵是不能外清肌骨，内通仙灵，也定是要谦恭谨慎，持怀一颗温柔之心。静，缓，定，柔。

茶从一片叶子到水里，是从一场旧梦中缓缓归来。归来，是一种圆满的完成，是一种宿命的轮回。它需要仪式来庄重，需要以赤心相待。而持盏喝茶的人就是那个一直在等它的人。

忽然想到钱镠，便觉愚心可鉴，一笑。叶已落水，炉火俱足，可缓缓归矣。

二、紫羽鹤

拾乐堂主人新做了一款紫茶，说，取个名字如何？

紫茶？确是没喝过。听闻多在茶书茶诗里。据说，清劳大与记载过一种紫茶，色红紫，味好气清，取茶名为玄茶。但此茶极为难种，偶有种植，都是相熟之人取去了。还有一种紫茶，叶萌时呈紫色，形又似笋，故而曰紫笋。其滋味香滑而味长，是贡茶，为宗庙祭祀、颁赐近臣所用。《群芳谱》里说，这种紫茶就是安吉州茶。蜻蜓点水，余则就不曾听说了。

但观这眼下茶，叶条紧实，色如云墨，形细若鹤。素瓷盖碗冲之，茶汤隐约生却紫气。几道下来，有紫气东来的氤氲醇古弥散于公道杯里。这紫，应该是花青素。一时心动，想起一逸事来。

庐山天池寺里居一道人，徐姓。日食松果，夜饮清露，不吃饭食已九年。想来是月出东斗，好风相从。是虚伫神素之气貌，落落然也。驯养一鹤，墨羽，亦有抗心乎千秋，高蹈于八荒之姿。逢主人采新茶，鹤若童子，叼松枝烹茶。但凡同道者，则共饮之。

这事在《禅玄显校编》里有过简单记载。鹤煮之茶，该是如何的滋味呢？恐怕是鹤中有茶，茶中有鹤，人端然于其间，不知滋味吧？

不如这茶叫“紫云鹤”或“紫羽鹤”吧？

好。就叫紫羽鹤。

迷来经累劫，刹那，一只紫羽鹤竟翕翅而飞。莫非，煮茶之鹤原就是紫鹤之茶？说不清。刹那三世，现一刹那曰现在，前刹那曰过去，后刹那曰未来。刹那语，都无暂住，都无故实。一弹指，六十刹那。六十刹那，一瞬三世。虚实俱往中，那鹤早已衔茶待水，人枉自生念罢了。而一念噙住的，却是无住，无心。

主人又问，品感如何？

我笑，太和之气，仙气太足了。我的俗浊之气太重，需要慢慢来体会，不能妄下断语。但凡同道，尽可饮之。

三、茶水太多

西方雕塑之爱神，男女眼睛都是盲的。抛开希腊神话里怎么说，细忖下来却很有趣。眉目最为传情，而每一种眉目所传之情，所达之意又会千姿百态，动如流水。如何雕刻得入神而活起来呢？不妨静若处子，化繁为简，以静制动，全为目盲。那眼神如何流转，任你去想好了。这就像中国画里的留白，不是讨巧，不是懒惰，是为一种思维方式，处世哲学。再仔细想下去，更有趣。什么是爱呢，神的旨意就是彼此目盲，不要睁大眼睛挑战瑕疵。于人是乎，于世亦是乎。这也近乎茶里的“残心”说。所谓残心，是对世间不完美的肯定和接受，而人却需要把心放软，放轻，放和缓，对完美进行温柔的追求和试探。

时下进入头伏。雨，一会儿下，一会儿停，天一直不是好脸色。溽热潮湿，把人和人的心都弄得疲沓沓的。在窗下看书，见目盲这一章不禁莞尔，随手写下此眉批。好吧，喝一款茶，看水火相战，听松涛阵阵，你要的酣畅淋漓，你要的坦荡辽阔或许都在一盏茶里。

《晏子春秋》中说，“和如羹焉”。调好一羹，需要不同的有鲜明个性的调料和材质来完成。不掩其心，不蔽其性，大丈夫立于天，自然要生发冲突和摩荡。而和，就是要仁爱和秩序，需要节制和适度，在大道面前消弭掉自己。着眼于群体的和谐。而恰恰是这种消弭，才得以最大限度地葆有自己，好味道的羹才可以调出来。儒家讲究如沐春风，重视个人与外在群体的关系均衡。是守中处和，是敦和之气，是人与自然社会的融合。是由天及人，踏踏实实地回归到人所能看得见摸得着的地面上来。简单说，就是接地气，过好自己的日子。儒家的和是人和，中和。

道家的和是天和，冲和。道家更追求空灵，更注重人的精神世界。强调人性灵的平和。强调超越美丑、好恶、情感、技巧，而忘我地与宇宙融为一体。是人在与宇宙的关照中，达到一种无别、无为、自由、逍遥的至乐状态。大智若愚，自然无为。强调的是由人及天，由肉身到宇宙的个人心灵体验。去我，成空，成无，到达人的精神宇宙，臻于化境。着眼于个体的清绝。简单说，就是注重个人的精神修为和追求，超凡脱俗。

释家主张不争、无碍、平等，皆为和心。世有冲突，于外没有什么关系，那皆来源于你自己的一颗心。而修心的实现，不是要做到去我，而是在日常的琐碎里，一箪、一饭、一食、一草、一花、一木、一水、一柴中，修理自己的心。在凡俗中孤独，在孤独中凡俗。

有人说，孔子亲切，老子辛辣幽默，释迦牟尼优雅，茶呢？

但观眼下茶，有无言之美，渊默而雷动。而饮者，是瘾者，是隐者。有的隐于闹市，有的隐于巷陌，是儒释道之和。独饮的人，是试图和自己慢慢讲和。茶喝得多了，倘还是不能在俗世中体味俗世之乐美，喝再多，也是“没有茶水”。若只知自沉耽美，却看不到你之外的人，则是“茶水太多”，都白喝了。

雨水多了，溽热和潮湿多了，人不免牢骚抱怨，是不是茶水太多的缘故？这么警醒一下，看远山如黛，烟雨迷蒙如画中。随手记录，《2018年7月15日，雨，欲雨，雨》：

摆脸子给谁看？要下就痛快下一场

不下就彻底蓝起来。这才是快意恩仇

扭扭捏捏使小性，动小气，疲沓沓地耗着

让人潮湿又懊恼。远山烟眉似蹙，目含情

泪光点点弱柳风。哎，其实

这个妹妹好像在哪里见过

对呀，如果你有宝玉的光泽，那你眼中即见的，就是那个纯粹而至性的林妹妹。

四、莲花茶

最是爱倒腾。

冬天的时候，做过柚子茶。把整个大柚子掏出来，然后把柚子罐烤干，里面放上茶。那时候还喝铁观音呢，心想，茶还是别放太多了，万一做坏浪费了。果真，因为柚子没干透，再去看时，茶已经霉掉了。

那年夏天，经由湖畔，菡萏尤美，心动如鹿撞。第二天清晨太阳刚出来，早早把装在绿纱袋里的白茶放在一朵花苞里。然后用红丝线做了一个小小的记号。准备第二天来取。次早寻时，花朵连茶都被人摘走了。不免懊恼，又之怜惜一朵花平白殒命，再不可造次。只心里祈愿：摘花的人，是因为喜欢茶吧？或者和我一样，想做一款莲花茶吧。总之，它要有个好去处，不枉我的一时心动，花的一世美好。

后来才知道，做莲花茶的事，非我独创。

《云林遗事》中就明白记载：就池沼中，于早饭前，日初出时择取莲花蕊略绽者，以手指拨开，入茶满其中，用麻丝缚扎，定经一宿。次早连花摘之，取茶纸包晒。如此三次，锡罐盛贮，扎口收藏。

对照古人，今人总是少了一点柔软之心、和合之气。也难怪，好东西前人都说尽，好情趣前人都做绝，我们连心意也都是模仿的。着实令人气馁。

五、生花

壶260毫升，茶10克，瑞贡天朝的茶，头品贡（2005），矿物质桶装水。

放假第一天，决定款待自己一下，撬了款头品贡。易武的茶，有着典型的甜糯之香，是我喜欢的。净手，撬茶，洗茶，醒茶，泡茶。到第六泡时，滋味依然，一致性很好。汤色醇亮，幽深。素色盏和深色盏都极相映衬，不掩其色。茶汤由壶至公道杯时，可见其黏稠汤路，不分叉，不散碎。黏，所含果胶多，春茶尤甚。稠，指所含物质度高。汤入喉头，二气交汇，吸凉吐热，再呼出时，香扑舌面，粒粒徘徊，久而不去。七泡时开始煮。100摄氏度的沸水恒温，水过茶面刚刚好。汤色更加沉静醇厚，是黄昏落日色。汤感越来越强烈，万般涩碍都被疏通了。发光的，是心。五煮过后，尾水依然很甜。

戊戌朱夏，7月16日茶记。

喝茶喝到无言，于寂静中生发出一朵、两朵、无数朵小野花来。簇簇的，洞然而发出清响。虚室生白，吉祥止止。

那天有幸得见车顺号第五代传人车智洁先生，洗耳听茶。听得最多的是其为普洱茶摇旗呐喊。聪慧之语，见耿介，见率真，见桀骜。忽然想起王禹偁的话，“沃心同直谏，苦口类嘉言”。有玉笙吹老碧桃花之感。

在好茶面前，好性情面前，好笔墨面前，好的心境面前，一切好的面前，花是可随意春芳歇的。

六、崂山茶

来之前并不知道崂山茶。主人好客，敦厚，热情，是地地道道的山东汉子。他带着我们参观茶园，制茶流程，也毫不隐晦流入市场的喷药之茶。因着他的真诚，平生很多好感，越发对其尊重和体谅。他也越发撑不住似的，恨不得把家里的好东西都拿出来分享给我们。他家的园子里，有黄瓜，有茄子，有樱桃树，还有几小片茶。

昨天喝的，就是这里长出来的么？嗯，是的。紧接着又热情地介绍，以后怎么规划。他眯起眼睛说，做的茶只给远道而来的朋友喝。看他随手掐掉一芽，就向他请教采茶的事。他说要在日出时采，太早了，水气重，太晚了，又不新鲜了。另外，采茶的手法很重要，需要大拇指中指食指三指合拢，轻轻一提就行了。万不可用指甲硬掐，这样一掐，就把茶掐苦了。是呵，茶也是有知觉有呼吸的，它疼了，也会滋生戾气。

舌根未得天真味，鼻观先通圣妙香。早晨的园子里，真的有一种香，一时还说不清这香来自哪里。

草于戊戌朱夏如如斋

滑

一、不喜欢

在我的语境中，滑，极少用。光滑，油滑，滑行，无论是做形容词还是动词，都极少用。如果不是刻意回避的话，想来便是我极少批判不喜欢的，也极少提到我的不喜欢。字无善恶，不垢不净，喜欢与不喜欢都是人的沾惹。说来可笑，我的名字中偏偏有同音“华”字。是小时候看童话书，非要吵着把名字中的“疆”字换作“华”。或者，冥冥之中但凡你不喜欢的，都是自己。是那个潜意识隐藏起来禁锢起来的另一个感性的自己，是你要理性批判的、逃避的另一个自己。如此说来，还说得动“不喜欢”么？可说得动，说不动，又奈何呢？

实则人是喜欢茶中的滑感的。汤入喉中的润滑、醇滑，乃入肺腑的熨帖和冲击，都有一种线性的流畅让人莫名舒服。世上万千的阻碍，凝滞，险绝，苦涩，都在那样的一刻，大江入海。平阔，宁静，豁达，辽远。无须多言，只静静低头，喝下盏中的一半茶即可。

那天喝苦竹寨，有轻微的秋霾。初饮，便自知挑错茶了，当日不宜苦竹。汤色入口，苦涩锁喉，久不见甘。无苦不涩不能称之为茶，而我喜欢的那种苦尽甘来却久久不回。舌尖，口腔，牙龈，软的硬的都没有等到那种回来的香气。缓慢的，激荡的，都没有。汤入肺腑，也不见胸中丘壑，大江大河。时下明白，这茶，非我杯中物。或可他日，当选丽日喝苦竹。阴霾之时，当选高香红茶。如此，可遑得刚日读经、柔日读史之趣也。也未可知。

想起很多年前喝苦丁茶，只浅浅一口，便苦不堪言，自觉不能负重。味蕾喜甜，自喜茶来，曾恶甜，拒甜，喜欢丝丝缕缕的苦。但觉过苦，亦不能负。如今老境徐来，重又喜甜。喜安乐，喜糯软，也喜大开大合的从容。

或者，还是不够老。人书俱老时，当是一团欢喜，无不喜欢。

二、太阳味

从云南茶人那里购得一款新茶，麻黑晒红。

麻黑是易武茶区的一个寨子，晒红是一种制茶工艺。经过鲜叶萎凋、揉捻、发酵、日晒这几个环节，省略了其他红茶的炒制杀青。所以，茶中的活性酶得到了很好的保护，茶会越沉越香。初见，干茶褐黑，间有浅黄条索，陋貌而粗犷。初味却知，是执板唱大江之样貌，性情却是红牙晓吟风残月。没有火气，温润清丽。再味，再观，通透而不艳灼，清幽而不浓烈。口感自然而内敛，一层一层荡漾开来，坐久如沐春风，恍在一种甜润丝滑的空气中，被香蜜住了。是那种香而不袭人，老茶客喜欢的自然草木之气。是被太阳反复抚摸而善待过的香，是太阳味。是甜蜜蜜，邓丽君的味道，是邓丽君唱甜蜜蜜的味道。是少年听雨歌楼上，红烛昏罗帐。

这茶是可以存一些，作为普洱的间歇。轻轻抿一口，全作少年忆了。金风荡、雪梢梅的季节里，一盏晒红，最是宜人。遇到对口味的茶，心便痒痒，想与友一起分享。分若干小包，一一分之。这茶虽是红茶，却可壶泡。他日，泥炉相约，雪饮一杯无。

少年时，只爱月亮。月光一遍又一遍温烫，还是凉。可就是偏爱这份寒凉，清凉。老境时，少年不爱的几乎都爱了。也更爱太阳，爱太阳照进骨头缝隙的味道，爱太阳给予出来的力量，爱有太阳味道的一切味道。

因果种种，现在的太阳越来越矜持了。突然回忆年少时，不曾珍惜过的太阳那种大把大把的慷慨，那么明朗，那么阔达。

三、就不告诉你

茶人最快乐的事，是茶聚，说茶，聊茶。那种相知与互动的人情之美，有着温润的暖意。

古人说，“一色一香，无非道中”，茶之道，赖以境显，全在行茶之中。在行茶体践的形而下里，体悟不同的形而上。茶事由形而下到形而上，形成一种茶文化，是一片叶子馈赠东方的生命智慧。或说，东方的生命智慧在行茶中的道显。

据说，在余姚田螺山遗址出土了一棵古茶树，距今六千年久矣。茶之根脉在中国，汉文化有极强的消解力和融化力，有着渊深的根基和活泼的生命力。茶被载之于礼道，是一叶方舟在汉文化里浮游和滑翔。行茶在中国，重在艺。茶人在茶事中，追忆一片叶子在山川河流、烟霞雨露、水火涅槃中的前世今生，使心得游于天地。山水有情，生命得到犒赏和平衡。人隐山水之中的孤独、柔韧、持久而不竭的生命动力都在啜茶之间得到疏解和放松。“有物混成，先天地生。寂兮寥兮，独立而不改，周行而不殆，可以为天下母。吾不知其名，字之曰道。”深刻的自然主义。

茶在韩国，重在礼。茶壶，茶则，茶海，茶客，重在秩序、礼仪、规范。更多体现一种人伦，亲疏尊卑，井然有序。在日本，更接近禅。和敬清寂，入于三昧，契于一如。

茶艺，茶礼，茶禅，恐怕最高境地是无作意，是道在其中而不言。是温润的人情关照，是神思逸发，是性情丘壑，是茶人的定静体贴。

那日，茶友远道而来。带着他的私房茶，先是倚邦，莽枝，刮风寨，一道道冲泡下来。秋日午后，有淡淡的光斜洒进来，很有人闲玉簟小窗幽梦的感觉，人已微醺。友说，再来一道茶。啥茶？不告诉你。先喝。主人行茶，茶汤浅黄清亮，杯口蕴香。香气霸道，入口奔喉。二盏行来，唇齿昂香，喉底鸣泉。三盏，茶气直逼脖颈，四盏五盏六盏，入肺腑，入颈背，入腋窝，乃入四肢。人被茶气冲撞得飘飘，有响遏行云的不胜之感。于是停盏，静静地看友继续喝。老伴儿赞不绝口，一直把茶喝淡，掉了水色。摊开叶底，柔韧饱满清晰，茎叶断处呈马蹄形，叶芽长短参差，是古树茶。好奇，又问，啥茶呢？友说，就不告诉你。这下才明白，原来这茶名就是“就不告诉你”。回来几日，老伴儿一直念叨这茶，有再寻无果的憾意，憾意慢慢地成了一种念想。友临行赠我熟普茶砖，和我说好的刮风寨，心躬，黄昏有香。

世上有许多的好，是就不告诉你。是呵，凭什么非要告诉你真相呢？那许多的真相，也只是相对的，相对于自己一段时空的物质与精神的还原，那于整个世界并不代表什么，更不代表世界的真相。不必全知全觉。

可是，世界的真相是，无论如何时间都坚定不移地往前走。真相是，无论如何人都要在时间中款款而行。

四、远幽

忽然对刮风寨神往起来。

我对孤独和偏僻的人、事、物，都有一种本能的亲近和敬重。刮风寨是易武茶区的一个小小寨子，远人近云。据说那里的古茶树生长在原始森林里，水甜，树高。任性而生，恣意而活，有无人叨扰的优雅安然。做那里的一片叶子真是幸运，刮来的风也是清洌的吧？有风的地方，更容易听见大地的喘息。稍微静神，就能听到自然界中的各种小秘密。风过树林，一片叶子先告诉了另一片，另一片又告诉了紧挨它的，消息从高处到低处，最后连根也知道了。根不动，枝叶俱摇，它也不动。如果有一天，空中有闪电和雷鸣，也有可能那是地下的根在动。刮风寨，是一个经常刮风的寨子么？

痴意来源于最近对比喝了不同茶人提供的茶，刮风寨。那滋味渐觉渐出，不免心意沛乎浩然起来。倚邦也好喝，是二八少女的感觉。而刮风寨，姿态沉然，宁静饱满，馥郁陈香，有山野气韵。非脂粉弄妆、徒虚作态可堪比也。像历经世事的中年女人，闭口藏舌，暗香盈袖。如果你想走近她，需要躬身慢行，细品啜之，才得惊艳之美。她的美是远幽之美。刮风寨属于大叶种型，叶长齿浅，其色墨碧。品相朴素，毫无张扬。汤色清透，滑润甘醇。初入舌喉，如梅怦然枝头。再入，三入，如满树古梅瞬间乍放，奔涌的香迅速在口腔打开，然后静静地沉在舌底。四五六入，香入肺腑、脊骨。然后漫溢开来，渗透到你的每一个细胞。七八九入，大开大合，像橘黄的灯光落在雨夜。十入再入，渐生不舍，有眠花卧柳不必再醒的一世恍惚之感。叶底黑长粗厚，像沉实的土地。

这茶，对味了。实则，茶贵对味，与古纯有关系，又绝非唯一。如今，茶市混乱，那茶树是否古树，那茶是否纯料，不喝上半年几载，很难甄辨。爱茶者，就是这样反复比较，反复验证，反复体味，来获得好滋味的。可什么又是好滋味呢？能让自己安静下来，找到自己的滋味，且念念不忘，就是好滋味。世之滋味，莫不如是。

不仅有远幽之茶，水为茶母，取水之道也全在一个远幽之境。煮茶所用，山泉之水最佳，其次是江河之水，井水最差。山泉之水最好是从钟乳石上流下且从石池中慢漫而出的为最好，取涓涓之流动为最妙。这是远毒之幽也。江河之水要到离人远的地方取静幽之水，这是远人之幽也。井水，则非古井之水，取人之常汲，这是远死寂之幽也。今人泡茶煮茶，多取便途，矿泉软水即可。古人称雨雪露之水为天泉，妙玉拢翠庵泡老君眉，用的是旧年蠲的雨水，是从蟠香寺的梅花上收的雪，是窖藏了时间味道的清醇之味。今人之心之境备受污染，全无风雅与纯净，只能故纸堆里寻幽思了。

古人有赌书泼茶之趣事，听说今亦有听音辨茶之乐事。众品一道普洱，持琴者弹清音暗合茶韵。每一泡茶的滋味不同，所取之琴，所弹曲目亦不同。一饮，二饮，三饮，梅花三弄，潇湘水云，平沙落雁，阳关三叠，乃至六饮七饮，阳关三叠，渔舟唱晚。仲尼，伏羲，蕉叶依琴色更之。茶至最后，琴音，茶色，弹者，品者，俱忘矣，得意妄言。世间哪里还有什么恩怨，得失，荣辱，归于一如也。

家里挂着一把古琴，却天性拙笨，习它不得。那日看琴史，觉得山河岁月，盈一寸，断一寸，都是柔肠。远幽之思，曲终裂帛，天边雁落，万事尘轻。据说，明有古琴曰“一天秋”，如美人在云端，特别想看一看。

像对刮风寨向往一样。

五、不知春

“不知春”是岩茶里的高端茶，产量极少，很少流落到百姓茶案上来。自然也是尚无口福尝上一二。不过觉得有趣的是“春过始发芽，真是不知春哪”，想这茶也是一款特立独行一心一意活出自己的茶。

贾平凹说汪曾祺是“文坛老狐狸”，初看一惊，再思生趣。汪曾祺无论小说和散文在他于世时并不被重视，反而这几年一版再版，会心者越来越多了。这和他为人为文的追求莫不相关。他远离文坛，不为潮流所左右，默然而笃定地坚守自己的文学主张。该是余霞成绮、澄江如练的定力和自信。他相信汉语的独立性和因之而该得到的尊重。在他的立场里，汉语之美不可替代，却可传承。他尝试化古为今，化异为同，使汉语在他那里呈现出一种平常而古雅、世俗而诗化的浑然来。他是一个走在寻常烟火里的寻常老头，见面打招呼，吃饭，喝茶，并无仪态。走近方知，山河锦绣，铁骑鹤唳，儿女私喁尽在胸壑。是平静下的汹涌，是劫难后的干净和疏散，是知而不语的莞尔一笑，是多舛之后的温暖，是悲悯对绝望的内化，是远离和坚守，是让人读一层、会心一次的“老狐狸”，是万象枝头、我独冬色的装糊涂，是春风叫不醒的一枝白梅。是文，是人也。

春风多妩媚呵，百般缠绕，千般哄劝，万般柔软，嗨，醒醒，醒醒啦！任春风怎么叫，也不醒。春风哪里知道，睡着的，是不想醒。该醒自然会醒了。不叫，不闹，也会醒。世之任何都不能叨扰到自己的节奏。可又不能支出棱角，伤了春风，只好装睡了。外是圆的，内是方的。

这茶和人怎么就这么像呢？概或，这世上所有的美和好，都有着相同的属性吧。

六、与壶偕老

蒙田说：“人生最艰难之学，莫过于懂得自自然然过好这一生。”那天，我见黄台湖上有白鹭飞起，又落下。心莫名又开豁了一层。想起蒙田说起的这句话。湖上曾翠枝昂昂，且今秋雨袭袖，是天寒远放雁为伴的时节了。

手里西施，壶中有茶，茶里有水，有旧林故渊的好。

是真的越来越喜欢圆的东西了。

丁酉深秋于如如斋

活

一、雀舌

春天时候，是要喝一杯绿茶的。我总是来不及味出绿茶的好，春便一晃而过，从不等人。就像青春。一直觉得自己的青春不够美好，至少不像别人那般心心碎念。那时青涩，别扭，紧张，打不开自己又消化不掉自己，有着心怀美好的空洞。对，空洞。或者，我总是这样吧，对于现世的自己，有一种隐形的厌弃。

可是无论如何，都要在春天里喝一杯绿茶。

雀舌吧。先是盏泡。取素洁白盏，洁器，热杯。茶则备茶，形若巧雀，亦似巧雀之舌。有着油绿的亮泽和蓑衣的明褐。母水为矿泉之水，扬开，止沸，折水入空器，待水温下来，静气凝神时，入茶。一泡揭盖，闻茶香。清泉，高野之味，一时竟辨不清是哪一种香，只觉空旷。雀舌好多种类，眼前这盏是哪一类呢？需要仔细记下，来日请教方家。是花飞佛地有三千的空旷，松爽，高昂，又沉寂。二泡水厚，香幽。汤色清浅，明亮。是烟自幽谷的冉冉之气。三泡入喉，回甘自颊边生，人在遥峰之轻也。四泡下去，已然味淡至无。像旷野里刚刚刮过一场风，只留淡淡的青草气。一时怔神，仿佛来不及再多想些什么，就倏忽而远了。后知后觉的人甚至不清楚，一盏茶就这么结束了吗？

不尽兴，再又杯泡。取玻璃高脚杯，净器，净茶。旋即，一汪浅绿的春天就在我的水罐里涣涣又漾漾了。杯壁注水时，茶芽浮沉，恍若天地。那些昂扬的激情的叶片浮在水面，那些羞涩的内敛的则迅速沉入水底。生命之轻重，于水之两极。渐渐又缓缓，那些漂浮的茶芽在水的激发和唤醒下，舒展，打开，几乎同一种姿态，悠然而下，沉沉地落在杯底，静默，开花。仿佛先前的伶牙俐齿、铁嘴钢牙都经过了一场漫长的时间修为。放弃了大声说话和喧哗，让自己的舌头变得柔软，再柔软，可以和世界轻言细语了。沉下去，在杯底落地生花。是的，杯底的茶芽呈莲状一瓣瓣打开自己，托着一汪江，一汪海，一汪湖，一汪浅浅的眼波。每一小小的叶片里，一定藏着许多想对春天说的话。想对某一棵树，某一片叶，某一朵花，某一缕风，某一片停留的云，那些想想又咽下的话，那些深埋己心不易相与的话，那万千的话，好的，坏的，都说不出一句。想到这，不禁情意万千起来。或者此刻，那个对人事葆有本能的退缩和慌张的人，可以听到这些小茶芽的啾啾鸟鸣，可以听听它们所有沉默里谜一样的色彩和记忆。可以听它们说说，从二十岁到四十岁的人生。

我相信雀舌是有着一颗玲珑心的，遭遇春水，就像鸟鸣找到了春天。回家了，须臾即永恒。一直觉得自己是个背叛春天的人，享受春的眼耳鼻舌身意，却从不肯好好听春说那些动听的话。那些娇艳的，粉嫩的，软糯米一样的话，都是从柔软的心底里说出来的。而我却心怀偏见，笃信冬的冷峻和严肃，明澈和高傲。我应该在春天里，心怀忏悔。

趺坐时，窗前小麻雀啁啾，啁啾。它们从嘴里一粒一粒吐出春天，柔软，亲切，明快。觉得它们一定是收藏了整个冬天的阳光，整个秋天的色彩，整个夏天的茂盛，所以才会如此丰满地吐纳春天，如此平凡而快乐。

一盏雀舌，顷刻间让我也觉得自己有一窗子鸟鸣，一篮子春水。天地大壶，添炉烹茶，拆骨为薪，旧时光、新时光一并温柔地舔着炉底。

二、空绿

“卷帘天自高，海水摇空绿。”清晨南眺，远望黄台湖，便泛起“空绿”一词来。春天的水呵，绿。黄台湖水的绿还算不得空，可是要绿到什么程度，才会空起来呢？

那年初遇九寨水，一时讶异，错愕，旋即热泪盈眶。怎会有如此浩荡的绿呢？嫩绿，翠绿，润绿，鹦哥绿，艾叶绿，竹青绿，青碧绿，静绿，颓绿，甚至绿到伤心，绿到绝情，是那种丝毫不容人的绿，一下全落在水里。人多么渺小和愧赧，为自己不够完整和洁净而没有勇气多看它一眼。又为因看了它一眼而有近乡情怯的温热而不知所措。又怎会有如此浩荡的清澈和澄明呢？人的胸腔里装不下了，什么可以容得下呢？恐怕唯有天空，不，是天的空可以容纳。这样的水绿，才是空绿吧。

谷雨已过，时近暮春，花褪青杏小。我们在山里行走时，已然满眼绿色。却不是空绿，是一种有着野心生长的绿。环绕几个盘山道，就可以俯视它的绿。人可以把它融为己身，却不能被它融化掉，缺少的是一种澄碧和千丈见底的危险。过于澄明也是一种危险吧。

偶尔想起这种空的绿，便有怀念。是那种远远望去的怀念，是蒹葭苍苍，所谓伊人的怀念，是只赏不胜得的怀念。

喝茶去。每到暮春，轩辕阁南侧便被层层的色彩包围起来了。一圈灼嫣的美人梅，一圈灿眼的连翘，一圈嫩发的绿，由外及内，圈圈漾开去，和湖水相接，像是湖面排遣不开的春情，逃逸到山坡上。人在坡间，倘有一颗轻盈的心，可以把自己当作一只蜻蜓，翅膀微翕，凌波花海。白色的石桥随意一弯，簇簇的梅斜逸其中，并无花开无主的寂寥。倒是有一种阵势，不开到你心软绝不罢休。这些色彩，这些隐秘的细语，就在脚下，又仿佛那么远。远在另一个世界与国度。它们都和你保持着若即若离的关系，你想身在其中了，你就是它们中的一员，你想孤独，它们就在天边。寻一棵大些的花树，树下有落英，择干净鹅卵石处，铺开茶席。看书，喝茶。龙井，熟普，有时生普。眼酸时，便远望，或凝神眼下的茶。发现有轻云落在盏里，花影，树影，随手可及的景都会自然而然地落在盏里。我所忽略的是，趺坐半晌，我竟可以把这个世界，我愿意的世界，统统喝进肺腑里。我竟不知不觉。心如老井，桃花开了，阶痕绿了，游子返乡了，一切美和好都在悄悄地发生着。一盏茶里是乾坤。无量的须弥山呵，尚能纳入一芥子，我的小小一盏茶，为何不可放乾坤呢？

忽而心境极清极凉，像极了眼前盏中缥碧的茶汤。不垢不净，心若澄碧，一切都可自喜圆融，一切都可来去映照，不必憾生得失。空绿，空绿，我念念所牵的空绿，原来一直在我的自心。它原也只是一种心境。

心里放一泓清碧的水就行了。什么都可以落下来，都可以融化掉。什么又都可以不留下，连影子都不必，像天空一样。

三、六安瓜片

习惯一个人喝茶。也喜热闹，但更多安于自处。一个人喝茶的时候，最得意处是透澈，透彻。能把茶喝到汗毛尖，微微散发出汗气，耳聪目明，身轻如叶。六安瓜片只喝过几次，都是聚茶，得众。仿佛一直不得要领，并未喝到心上。实则茶无好坏，只待有缘人。

友曾送我一小包，午后，细细品啜。走近才知，这茶，无芽无梗，只是单片。因其简单，最大限度地葆有了茶之本味，去了青草味。比之龙井，茶味更老些。友说，这茶在一千多度的炭火上过老火烤过的。一千多度？绿茶也能这般千锤百炼历尽劫难吗？在我的印象中，绿茶一直是二八少女柔弱无劫的。那年我们在云水谣看茶人焙茶，炭火悠然，烘笼自在，笼里一点点散发着幽幽的茶香。经过时，并不觉得温高难耐。友说，六安瓜片在炒青过程中，要经过炒生锅、炒熟锅、拉小火、毛火、老火诸多工艺。天将降奇香于人间，必先锻其骨，清其经脉，才有奇崛之说。

一时不知说些什么，那就不说，静静喝茶。谷雨茶，有暮春的袅娜却无青涩，回味有甘。清汤绿液，万顷风情，一碧澄静。看来，岁月的好，不在序齿，只在历经。铺展几片叶底，筋骨依然，翠色依旧。回头再看看干茶，简单，利索，干净，身披霜色，毫无枝蔓。从叶面初开到叶底铺展，除有老色，余则皆一，来时未有，走时未带。心里一动，这茶，好似个赤条条来去无牵挂。

来去两极，都是这么简单而纯粹。可是人世要在这两极之间给我们披挂多少霜色呢？需要多少霜色才能皑皑无碍，大地一片真干净呢？或者也不必有奇崛的香吧，只要能够最大限度地舒展自己，体验我们丰满而残缺的一世，就是终极使命吧。若赋奇香，那么请给生命信任、尊严和勇气。愿世间苦难和幸福都被温柔相待。心疼世间一切苦。一切的眼泪，温的，热的，凉的，都让人疼。

愿我们都得到救赎。

四、药香

茶到老处有药香，是说老白茶。一年的白茶，香郁其内不可闻。二年，茶尾有淡香，丝缕中须提鼻相辨。三年，香在幽处，有氤氲之感。不同品类的老白茶，其香也类属不同。不过，它们到底都是一种什么香呢，依然懵懂，辨不出其中的滋味来。

对于“药香”一词，有直觉上的亲切感和归属感。这种香，是植物的香，是有着自己天生属性从不人云亦云的香，是从不媚人有着清奇骨骼的香，是自由活泼的冷香，是欢快舒适的暖香，是人不辨其味而不忧，人慕其好而不骄，自然而然散发出来、流淌出来的香。是医人而不袭人的香。

百合的香就袭人。很多年来一直爱百合，觉其德清，色洁而幽。曾有人说，“你呀，百合一样的人”，亦有欢欣。一日，室内插百合几枝，未久，香溢满庭，袭人眩晕，渐觉不能胜之。移月下光中，方觉清爽了些。自觉对百合敬而远之，不敢近之过甚。袭人之香于我都不可受用呵。后来，听编写百花谱的森川许六说百合是俗物那是一定的了。看了，不禁莞尔。想来说它俗，也是说它太过浓郁的香吧。友来探访，也经常有带一束百合的。虽不若先前那么爱百合，但想起友人素洁的好心意，便也欣欣然。把百合分枝水钵中，书房、厨房、卫生间都放上几枝，香亦浓也，但不至于把人呛到，绊倒。反而若隐若现的香淡淡飘着，甚或在出门前、进门前，楼梯里都有了淡淡的百合香。或者，本也不该责备花香之浓，我们需要关照的是自己的心，如何去妥协和欣赏他处之美。

可是说到底，人会在自然中找到自己的至亲和灵犀相通处，这几乎是本能。怡红公子给大观园各处题名，潇湘馆，蘅芜苑，藕香榭，芭蕉坞，荼蘼园，无不有着药香之美的动人处。秃头和尚给冷美人开的药方是冷香丸，取自世间最美的白和二十四节气中的各种水秘制而成。以花为药，天机妙趣，专治热毒。可谓，“香可冷得，天下一切，无不可冷者”，是一味见素抱朴之心肠呵。想到这些有趣处，每日吃药便又多了一层心思。病似久矣，西医针治，中药辅之。仔细看那药理，竟然也是清淤解毒之理。卡佛说：“我这一生从未许过虚妄的承诺，也未做过逾矩之事。我的内心尚且纯净。”我的内心尚且纯净，说得多好。但凡病者，概或都是受到毒邪之气的侵扰了吧。既如此，去热毒就是了。药丸吞服，总有中药的味道再顺着食管到口腔反流过来。食果蔬，冲淡药味，每每如是。后来竟不觉味苦，想起药香之说，竟私下里玄想一番：此刻反流回来的一味，是白芙蓉的香，还是白荷的香？

是女人哪有不爱香的呢？沉香，木香，药香，皆是我所爱吧。实则还有一种医人的香，是为更爱。是我求其一生都不得的书香。

后来听说，老白茶的药香真的就叫什么藕香榭、芭蕉坞、荼蘼园之种种，一时说不明白，心意通畅起来。谷雨过，夏天说到就会到了。是时候，该煮一壶老白茶了。

五、燕归来

听说有一种老白茶叫“燕归来”。想起年轻时候非常流行的一首歌《雁南飞》。第一次听人家唱，“雁南飞，雁南飞，雁叫声声心欲碎……”，心有忧伤，却是那种轻飘飘的忧伤。年轻时候，被父母宠爱，被命运宠爱，连忧伤都是浮泛而轻飘的。现在想想，此燕非彼雁，我的不由自主式联想，不过是一时思绪、毫无根据罢了。

这茶中飞燕，是属于寿眉系列，三年老茶。据说，比白露茶更是香上一筹。或者，他日有缘会遇到这廊前飞燕。燕子年年飞，归来的不管是不是去年的那一只，这老檐只会瓦色渐浓，一直不变地等。

归燕似曾相识，落去的花和无可奈何都是去时的。但可一曲新词，一盏老茶，就这样。

六、碎银子

那天在茶友那里，第一次喝到碎银子。是那种无法说出的好。像冬夜里的灯光，细碎，温暖，悠长。对于好和不好，我都无法彻底说出那种真正的感觉来。这要留给时间，他日再说。或者，这名字先是吸引了我，既美好又碎裂。我需要先行记下。不是么？

时光，一地碎银。对于一切的碎，我总是无话可说，或是说不透彻。

丁酉暮春于如如斋

劲

一、金圈

金圈常常出现在红茶里，它是茶黄素和茶红素氧化比例得当时，茶汤在盏中出现的一种光晕。总是习惯在上午喝些红茶。喝条形细紧的小叶种居多。一次喝到壮硕密实的大叶种，茶条上沾满了金黄的毫毛，总觉得那是“知了猴”的近亲，或者和花果山有什么关联也未可知。总之联想颇丰。或是想得过多，喝到嘴里的口感反而差了一些。差在哪儿呢？仔细想来，是它太甜了，甜到发腻。不知怎的，我对太甜的东西都抱有敬而远之的距离。或是岁齿徒增，甜一入口，牙上就有雷霆，闪电扫过，痛啊！我对苦的信任甚过甜。但我知道，那是一款好茶，而我不过是无缘无福的过客而已。泡红茶的壶是美人肩，盏是白瓷壁的小盏，公杯是玻璃透明的。美器，朱颜，或者才搭调，才得益彰，才能见出相互的好来。

红茶的美色在于它的清透明亮，是干净而纯粹的艳，是艳而不妖。坦坦荡荡，所有的美和好都一览无遗地呈现出来。绝不屑于蝇营狗苟，耍些小聪明，玩些小心机。不喜欢的就不喜欢，反正也不是要招所有人欢喜。喜欢却不能达而暗藏居心别有的，那暗藏的就是茶褐素，茶褐素多的红茶定是暗沉而不明亮，喑哑而不透彻的。而真正绝有佳色的红茶，一派天真大气，非要斗吗？那就上角斗场，对手相惜的那种斗。一些阴暗是不配与之相斗的。斗茶自古有之，始于唐，盛于宋。茗战之事颇为有趣，酣畅淋漓。斗汤色，斗汤花，临水也好，幽胜也罢，一派趣味。茶的角斗场都那么风雅、幽静，斗茶人之品貌也不会有云泥之别，这样的劲敌之斗，想来也全非是一件不美好的事。不过，从心而论，为什么要斗呢？各自喝自己喜欢且适宜的茶，不好吗？万物非主，唯有真主。

红茶的美色皆因茶黄素的缘故。茶黄素多了，口感会更趋于醇和甜润，汤色清美稠厚。茶黄素进一步氧化就是茶红素，茶红素进一步氧化就是茶褐素。茶黄素年轻貌美，与茶红素相糅合便呈现出中年丰韵，会散发醇厚的光晕。这光晕就是“金圈”。尘世浸染发酵过头，便会生成茶褐素，很像人性中的暗。

哎，茶就是简简单单的茶，喝就是了。哪来这么多曲径？

而享受红茶，很多就来自于那汤色。当金圈出现在素色盏壁上，总是不忍一意入口，神思总要沉意荡漾一番。

那年，长满金毛的石头猴用一个圈子把师父和师弟圈在里面。他是好心意，是保护。圈中人因为不具天眼，认为是被禁足，被囚禁，是牢笼，一心一意踏出去。小时候看电视剧，急呀。分明见到那圈子会熠熠发光，具有金光护法的威严和神奇。仿佛电视外的人都是得道的神仙，跳出三界，天机已露，里面那一心取到真经的师徒怎么就看不见。司马迁在《报任安书》中说，“故士有画地为牢，势不入”，他们是一意往牢外逃呵。那圈子里的是欲念，是扑扑而生的人性之弱呵。当欲念突破了界限，麻烦和厄运就来了。看来，这金圈既是牢笼，又是保护，更是自我克制的自律，是不可逾越的界限雷池。有经说，摄心为戒，因戒生定，因定发慧。而唯有勤修戒定慧、熄灭贪嗔痴，才能渡过“魔难”。

呵，金圈。实则是那道看不见的金光护法，醇亮而温暖的人是因此而葆有真身的。宗教常常警醒我们，人类如果有机会，是在撕裂的现实里把偶尔瞥见的灵光转化为永久的光明。有人说，上帝在三个地方和我们说话：经文中，最深的自我里，陌生人的声音中。

而此刻，我似乎是在聆听一盏茶的教诲。

所有的曲径但可通幽，有柳暗但最后一定要有花明。

二、用力过猛

凡有痴爱处，就有用乱用猛了的劲儿。

从老友那里购来一壶茄段，侍生普，心里雀跃。总是不待它歇养生息过来，就又忍不住摩挲它。或是心有所喜，那段时间喝生普豁然多了起来。爱它多因有牵想。每日抚玩总是想起小时候在四姨家。四姨家有一个菜园子，各种菜蔬朴茂丛生，半天饿极无聊，就绕过石头矮墙，饕餮一顿西红柿、小黄瓜、嫩茄子。时常在墙根下，吃着吃着，吸饱了阳光梦就发酵起来。大白鹅走过，小黄鸡跑过，老黑牛“哞哞”地叫，我们那么切近又那么遥远。野蚂蚱蹬鼻子上脸，哧溜一下，一激灵梦醒了。壶嘴碎了。擦壶时用力过猛，手上的玉镯磕碰到壶嘴，玉不碎，泥断了。沮丧直抉肺腑，穆穆然不知所以。唉，时间就是不断地来夺走你所爱的一切，最后是自己。一把壶只是其中之一。罢了，小楷遣情记之，了却一段念想吧。

再怎么喜爱，壶也是用来碎的。想到这，痴念轻了很多。平时所用之力也缓了很多。但凡爱壶者，劲儿搂不住了，常常会千湖失翠，满身花影。

有壶的地方，也常常有江湖。关于养壶说，就有污衣派和净衣派之争。净衣派从不用茶汤淋壶，净壶之茶巾也分干湿粗细，那壶是有洁癖的。污衣派则洒脱，茶汤刷壶，手抚玩壶，却极少细致擦壶，想尽快外养达到温润的效果。想来都是爱之切呵。

我之爱在争斗之外。一壶一茶，水之矿泉，暖壶，润壶。第一泡隽永汤淋壶，再热水淋壶。谨记：凡有茶汤淋壶处，紧跟就有热水淋壶时。茶至无味，茶渣尽倒，内外清洗，茶巾擦干，摩挲宝爱，软巾再擦。掀盖搁置，自然风干。这样每日抚壶，是最心足惬意的时光。时日久了，哪把壶上有美人痣，哪把壶器型还不够完美，哪把壶样子好看一些，出水不够利落，都了然于胸。壶和人一样，都是有缺点的，这更加让人信赖与踏实。

一把养好的壶，是内外兼修的。外养是淋茶勤擦，内养是一壶不侍二茶。倘若急功近利，茶水煮壶，浓茶泡壶，抛光布擦，都会有用力过度的印迹。那壶，倘若侥幸不受伤，纵是华丽也定是不耐看。就像不被善待的人，刻意光鲜，也少了一种温情，少了一种恩泽回馈的柔软。摩挲把玩时，壶已不是壶，人也不是人，是一种对觉性恢复的曼妙时刻，是彼此的给予与空得。人与壶相互传递的信息不可语却情深。时光最是好，当人付出了深情，壶不行的，却是怎么也养不出雍容而沉静的脾性来，泼妇之品貌不小心就会端倪百出。一把好壶是不惧岁月、不负深情的。外不夺目，黯然而有神采，内敛而庄重，香自溢来。壶里涵养的是人之乾坤。是呵，我们为什么要那么着急盛满呢？好的壶，是一种志气和平、不激不厉、风规自远的气度。

哎，不过是放下拘牵。昨天的月亮照过古人而不觉其远，今天的月光洒在脚下也不觉其近，千年唯一刻尔。

三、月光白

十六岁那年，我第一次对文学真正地动情。其时正上师范，囫囵读小说，是觉得有趣。背唐诗宋词，是隐隐觉得有优越感高人一等的小孩子虚荣。而对文字欣悦、刹那心动的一瞬是在看“水生嫂月下编席”的那一小段。恩师在课堂上丰神晔晔地说，这么美。或者也正是那一刻奠定了我对美的理解基调，自然，纯净，深情。至今想来，那堂课是月光课，而我笃信月光是一种教育和启蒙。

友送一款叫月光白的茶时，我一愣，想起往事种种，心意荡漾了一番。以前写茶时，写过月光茶，那是我的杜撰，觉得自己是灞桥风雪中的驴子，驮着诗思。我说，月亮是盏，月光是飘逸的茶香。不是么？

而今一团月光白的茶就在手上，一时恍惚，要不要尝尝呢？

以“月光白”为其茶命名，想来是怀着一种温柔的情愫，那情愫里住着一位美人。据说，清代《大白茶赋》中说：“世之茶，洋洋大观，普洱茶为茶中奇葩，普洱茶上品乃大白茶。”说的就是这月光白。书中说，须于“月下采，月下收，月下晾，月下制，月下喝”，茶之一生不能日曝。月曝之茶，该是冷香清越、绝自可人吧？所谓佳人，所谓“绿云轻绾湘娥鬟”吧？这让人惶恐，此茶非我瓯中物，不能得以尽其灵矣！倘若阳光也是爱极了这茶，怎么办呢？或许会悄悄多洒些光给月亮吧，直接照耀会伤其筋骨，断其性命。洋洋洒洒的月光下，指尖与茎叶的拈提，衣衫摩擦，筐箩摊晾，炒揉烘焙，做出来的茶面青黑，背披毫，青白相间，该是修得如何的美意灵心才能在月下啜饮茗品呢？

不用尝，这茶该是养在闺阁尚不知人世之苦的“娇小姐”。就连沏茶之水，也不能温度太高，它需要方济各式的温柔。有真香，有佳味，有正色，只是缺少了一种晏坐行吟、清谈把卷的舒服。或者，那皆因它还未具足对月照沟渠的理解和深情，对席散人尽客去主安的笃定。

不尝也好。摆在茶架上，就像搁置起来的青春。却并不妨碍我带着扑扑的尘土味，礼拜和怀念。

印度教经文里说：“我想要尝尝糖的味道，但是我不要成为糖。”

如此思虑周折，都是人的枉自多情，和那茶又有什么干系？

年老耽弥甚，脾寒量不胜。或者，是真的越来越需要太阳，需要热入筋骨了。如今更喜欢把自己一下扔进阳光里，让光一层又一层地絮着，茶神未发，妙馥先消都无妨了。

想来，那月，原是一枚闲章。它全部的深情不是照耀，是遥想。

四、鹧鸪茶

清晨，听见鹧鸪叫。

刚刚画完一幅小山水。山是小山，是家乡的那种山。不高不陡，不峭不丽，却连绵起伏，是一种自然呈现的干净和从容。为了画好它，我不断把墨稀释，再稀释，最后淡到几乎只有轻轻的水一层又一层地晕染开去。心里静得像这一座座空山，风一遍又一遍吹，直到把最后一片叶子也吹走，了无挂碍地空。山脚处绵荡出一片水，那水有着柔软的曲线，不仔细看，那水就是水。若再定睛，那水线是一张美人侧目的脸。山有绵亘而持久的孤独，水有柔韧而永恒的流动。山和水之间既构成一种对峙，又构成一种缠绕。胸臆从笔端逃走了，千年的人歌人哭和铜锣笙鼓也都仿佛被这一场空白按下了，动弹不得，却又蠢蠢欲动。

放下画笔时，我努力跳脱出来，远远地看。华严丰富的世界，既安放饮食男女诸事诸求，又能够延伸出一种旁观者清的况味，就让人凭生一种隔岸看花、雾中见山的新奇来。这画，以《江山美人》作题吧。

或许真的是太空了吧。推开窗子就听见隐在花草丛中的鹧鸪，嘟哒，嘟哒哒，咕咕，咕咕，对啼着。鹧鸪是南方常见的鸟，就像我们北方的麻雀，都有布衣的本色，让人亲切。瞬间，仿佛有开花的松果落在空山里，咚的一声，有什么漾开了。我想，我是想起了我的小城，我廊前的麻雀，我目力所及的小山水。而我不自觉想要表达的，都是我潜意识里所有的小。是呀，有什么在漾开。

这些撞进我山水里的鸟鸣，简直就像小小的沱茶，一点点在洇开我的空白。一会儿，茶汤澄碧透亮，心意盎然。我俨然是酽念俱得的老茶汤了。鹧鸪茶？

早餐时，桌上真的就有一壶茶。问，什么茶？说，鹧鸪茶。

我哑然失笑。端起尝了尝，苦。等了半天，那甘也没有走回来。不好喝。

五、茶则

会买各种小茶器，唯有茶则少。

有一款白瓷画蝉的小则，还有一款竹制竹则。或因色或因质，当作小宠物买下的。则，是规程规范。茶中亦有，习茶之人是要熟稔其中的。可是，茶中之则却不为表演，不为桎梏，而是通过熟悉它，懂得它，让其承载，然后再来打破，从而获得一种形式上的自由，内容上达到一种无为的冲和。这或者也是茶所希望的吧。老茶客常常不用茶则，心有分量，茶就直接入壶了。而茶则荷茶，不过是为空其所荷，承载就是为了倒掉。

或者，我的内心是秩序感和规则感很强的人，内有秩序，则不必用则了？总之，我也很少用茶则。

茶则和焚香的炉一样，都是流逝之物的载体。

石叔是我最尊敬的父辈，前不久走了。他的去世，让我悲恸了很长一段时间。他那么快就解除了和我们所有人的联系，一意孤行，绝不留恋。他那么快，载满一生，又决绝倒掉自己，让我们找不到他灵魂的皈依，肉体的呈现。那么快，盛满，倒掉。一瞬的事。像茶则一样，装满为清空，而人生来就是为了死亡。而我总是对茶则空起来的样子不知所以。我们对死亡之后的事模棱两可，我们对活着时候的事依然模棱两可，我们来到这世间，不过是尝试表达点什么。

有时候，我的脆弱是看清了事情的本相，却还依然执着于它，介怀于它。像一个不用茶则却被茶则羁绊的人。

六、当下

周末清庭扫尘后，坐下来喝茶晒太阳。随手发了一条朋友圈，“人和白薯一起在阳台上晒晒。白薯吸足了阳光再烤，甜。人吸足了阳光，困。”画家张铭紧跟着说，“听说人晒太阳咸”。回复，“所谓闲中有味，是也！”有相互认识的学生一起笑。

喝的是亲王谷。初入口，是那种松野的香。虽奇却未必觉出亲切之好。阳光汩汩地流入骨缝，静谧又汩汩地从体内流动出来。空间静止，岁月朴素，时间一点一点沉下来。再觉知口腔，有甜静静地滴下来，不齁人，心怡而自知。

喝到一款好茶，闲却一段好时光，想到一期一会。蹚过这条河便不会再有第二次，那就好好珍惜吧。身边对你好的人，你一定要珍惜他（她）。或者这是他（她）用尽了所有的好来待你。用尽了就没有了，是真的没有了。我们因为短暂而珍惜，也因为无常而豁达放手。这是属于我们的选择自由，为此我们获得了一种体味生命丰腴的快感。

选择当下，这也是一种选择的快感。

戊戌深秋于如如斋

空

一、浅茶

经常意识到自己的衰老。白发，皱纹，耳背，日渐虚胖的体形，在一种叫“美图秀秀”的软件里呈现出种种虚幻。秀场空旷，不必秀，妍丑悲欢有时最终也只是你自己。它们是一种有效的提醒，远离幻觉。此番种种也不过是消弭一种春上好的野心，却从未有过回去的痴念和心向往之，对于“老了”自然也不必栗栗危惧。倒是时常警惕“少女”之类的夸饰，我对此词的隔阂不知缘起，却一直在。让人忧怖的不是时间刮骨，而是在刮骨声中保持那个恒定如常的自己。静穆，自由，万叶尽散的一树站立。春天了，那些又轻又浅的小嫩叶开始跳上枝头，开始从母体内出离。让人想起轮回，和因之而不起绝望的淡然。就在昨天，它们不是纷纷从秋风中落下的吗？

叶子在宿舍里非常热情，常让人觉得她是一个重情意的好女孩儿。不过有时她的热情又像一股旋风，让人猝不及防。晚上熄灯了，她塞着耳机听歌，跟着哼唱“热情的沙漠”。我的耳膜爬满了黑蚂蚁，有时还有蚂蚁队长用它长长的须狠狠钻洞，无尽的黑暗和呼啸而过的轰鸣让我焦躁不安。和她头顶头睡着的我像一块乌云，想浇灭它，又发不出雷霆下不得雨。嗨，还听呢？她茫然地抬头，哦，打扰你了吧？我放小点。接着自嗨。如此三番，我放弃了努力。用被子把自己隔绝起来。冬夜真静啊，烛光很小很弱，捧书的手很凉很凉，书却很厚很温暖。

放假回来，大家分享带回来的好吃的。叶子把她的茴香馅饼子热乎乎地让大家吃。都说，好吃好吃。她挑了一大块放我饭盆里，快吃快吃，咋不吃呢？我盯着你，必须吃掉。我红着脸说，我不吃茴香呢。这么好吃咋能不吃呢？必须要吃。“隔色”！隔色就隔色，隔色我也不吃。怨气凭生，一赌气扭头走了。隔色是方言，意思是不合群。

年轻时总是怕被集体抛弃，心里极度渴望融进去，得到友爱，被接纳，不受排挤。却常常表现得不合群，不将就，不妥协。岁今却是根本不想融入，却常常表现得很合群，矜平躁释的世故让人很讨厌的模样。

那时我对叶子爱恨交加。关于叶子的故事，先不说，或者有一天专门写一篇。

可是为什么忽然想到了叶子呢？是因为春天吗？还是一树老迈自然而然的回忆？回忆即是打翻一树飞叶？

或者是，或不是。我正和友对酌山花开。新得一款老茶，滋味好到不忍独享。因之情切，每次都倒得盏满钵流。友连连说好，却见其盏久久不动。心下喟然，我之失当了。茶需七分满，再满就欺人了。七分即是盛情，是尊重，是满盏的好心意。那留下的三分，是余地，是含蓄，是克制，是人心里的柔软和懂得，是作他想的换位思考。太满了，容易烫手，流洒败兴。饮者自觉失礼和慌乱，是倒茶之人不够体贴。今我之扑扑热情和昨日叶子之盛意有何而别呢？让人不舒服的好心意也不是好心意。好心意是你愿意给，而我愿意接受，缺一即是一方面的太满，而得不到相互的映照。映照是相互的，光才不刺目呵。

茶要浅，不能满。是一种冷静和克制，再饱满的情绪都要轻轻倒，慢慢酌。删除横生的枝蔓，那些欲加的，经过自己美化的，感动自己的，简就而成的是轻松自然。是我在人群中默默地找，而你就在灯火熄灭的地方静静地等。等到的即是蓦然回首的一瞥惊鸿。人与人，物与物，人与物皆然也。

浅茶是一种放空自我之识的过程，是破执我的修行。想来，热情的叶子原本也是一款好茶，只是年少的我不懂轻啜慢品。

那天捉刀刻一闲章，“余地”。刻得太丑了，却有岁物丰成、自宽怀抱的窃喜。

二、婴儿沸

古人说，水有三沸。一沸如蟹眼鱼眼，嫩若婴孩，所以叫婴儿沸。三沸腾波鼓浪，老如百息，叫百寿汤，或白发汤。一沸之水嫩不及性，不能激发茶味。三沸之水几逾十沸，汤老失性，亦不能泡出好茶汤来。唯有二沸之水，“水面浮珠，声若松涛”，游乎其中，刚刚好。

今泡茶，简省了很多。水又不是古时所用水，自然可以斟酌来泡，不必拘泥。但见的是趣味和态度。

古人泡茶以为山中水最佳，江中水次之，井水依次。山中水顶泉轻清，下泉重浊，石泉清甜，沙泉清冽，土泉浑厚。江中水取去人远者比较洁净，井中水取深者则鲜活。流动的，负阴的良胜，溪水无味。更有胜者，取雨露冰雪之水，窖藏，清滤，种种优雅闲适，把喝茶这件事做到了极致。小时候看红楼，说妙玉从梅花萼上取雪，用鬼脸青的罐子藏着，有“心上人”来，才舍得拿来泡茶。就曾疑惑过，梅花有香，雪水有甜吗？下雪时，经常用舌头舔雪。还真是，雪是甜的，凉丝丝的甜。遗憾的是北方没有梅花，名字里带梅的也大多和梅无甚干系。但是毫不气馁，踮起脚跟，瓦上，叶子上，石头上，够得着的尝个遍。这样的经历从未提起过，怕是一提就被禁止。我总是要做得很乖很和大家一样的样子，却时常有疯起的野念头跑呵跑。埋猫立碑，梦死恸哭，自己在自己梦里死了好几次，都是小时候干的事。好像很小，四五岁时就开始思考死这件事。那时候不懂得人求一生，皆是向死而生。死是结局，生是明知山有虎，偏向虎山行。

不知从什么时候开始，对万千物事的讶异渐渐淡了，虎虎生气渐渐散了。容量不大的肉体里塞满了道德，经验，经纶。如久沸之水，稚嫩欢忭不见，是一泓沉暮之气的百寿汤。清晨生普入壶，喝到三道，停下来了。午后再喝，本觉得正该好喝的茶，仿佛顺势颓老，水也老废，茶味索然，提不起精神。全然失味的茶让人想到绝境。

倏然一惊。既然觉悟明白，不必讶异。那就更应该“未许木叶胜枯槎”。哪怕是一片小小的叶子，也要有浩荡而活泼的味道，虫子一咬就会溢满叶绿素。是处有知而愿意自失成空而成其无知。既是对无知的跨越，又是对有知的跨越。放空沉疴旧识，发出婴儿一样的光亮。

放空，是一种自我放逐而灵魂在高处的有氧呼吸。是能够从万物出发，又回到万物。万水千山，沧海桑田，此时已经能够从万物中抽回自己。我是天空，我是大地，天空是我，大地也是我。清晰可辨，又恍若无界。我们都在。只是你在看我时，我还是我，又已不是我。

从惊异世界开始，再逐渐远离惊异，总有一天我们还是要试图回来。凡是曾经开始的地方，都是最后试图逃离的地方。试图逃离的地方，最终又会是我们回到的地方。兜兜转转一大圈，又回到了起点。却不再有冲突有矛盾有彷徨，我们要回的，是家园，是自己。

梅在北方早就不稀罕了，雪呢，也早就不尝了。唯一遗憾的是鬼脸青的罐子不得见。看过无数人考证鬼脸青的文章和图片，都不是自己想的样子。或者全是曹公逗乐子呢，也未可知。

午睡一会儿，听见窗台外面有鸟叫，唧唧啾啾的。眯眼猜想：是麻雀还是燕子？是说话还是吵架？起身看时，鸟踪无迹。只有阳台上前不久刚烧出来的大瓷瓶上，一只大胖鸟呆呆地看着：傻了吧？你。

好吧，老老实实喝茶。用最平常的水，泡最好喝的汤。

三、息心

一段时间迷恋用小楷抄禅诗。读到唐守安禅师的句子，心下蔼然。“南台静坐一炷香，终日凝然万虑亡。不是息心除妄想，只缘无事可思量。”真是迷人。

不是煞费苦心动意而为，是自然而然。那种普遍的、常驻的东西已然化为血液。风过一角时，自然能感受到你的战栗，那么我就是你。而无须再问，那些花叶因何而起，又因何而灭。此时无我，是空。是一汪明镜，可以映照万千，稍微晃一晃，又可万象尽失。即来则来，去则当去，物不累形，心不形役。当人和宇宙万物一气贯通，游乎其中又超出其外时，人因无我而自由，因精神而无限，从而获得了永恒。人之永恒，岿然不动。

身外之事纵有万千，那还是事吗？

想来，昭昭察察者自是清醒，却蹈于锱铢必较的聪明。昏昏愚人混混沌沌，却醉在超于物外的智慧。

茶是通道之器，心清自清，意净自净。息心除妄，得以空字，正是进茶时。不要说了，还是喝茶就好。此时，我即盏中茶，而不是别的什么。倘若再问，已经忘记要说什么了，又到底是谁了。

若问茶，茶也会视我：无他。

四、茶是什么

茶就是一片叶子呵。喝茶就是用水唤醒它。一个小婴儿就开始了从无我，到有我，最后到忘我的旅程。茶是一叶不系之舟，颠沛，空蒙，飘荡。是人的全部。

幸运的，也是人的体察。

五、虚室生白

有僧问从展禅师："古人道，非不非，是不是，意作么生？"从展禅师举起茶盏，以无言作答。午后喝茶摊卷，看到这一机锋时，火已煴煴然，茶似瘠老了。心想，好茶绝非只有香甜之气，一定要有一些凛冽之气，一些含而不露的威严。再一盏才是。一只鸽子倏然而过，透过玻璃窗仿佛见到它划破空气的飞翔，和一团轮廓清晰的影子。仿佛，飞走的是一团雾气，那一道长长的抛物线还在。

一时以为自己目明眼亮。

那样的一道优美弧线既无声又无息，割破天空又马上愈合。来不及叹息，来不及悲伤，也来不及愉悦。仿佛一个影子被抛出，又重重落下，落在哪里不知道。而这种痕迹恰巧被我看到了，这本身就构成了一种存在和意义。鸟过有痕，是生命线，是奔走的印证，是一瞬也是一生。是对空的一种冒犯。是的，万物存在都是对混沌虚空的一种冒犯。人也毫无例外。

这种冒犯却是荡气回肠的。就像写字画画，对一纸虚白的冒犯。点点淡树，轻抹云帆，是一种有痕的表达，是荡开虚白的一种生气。它让虚白化无情为有情。它是空出来，让风流过，让月照过，让草长起来，让芙蓉美起来，让松树挺拔起来，让河流渺阔起来，让山峰俊朗起来，让奔马驰起来，让蹇驴驮起来，让一切皆为可能，一切可能的想象疏绝为一种美感体验。留出来的白更像一种万物的出离，一触即有，一放则无。是一种空间意识，更是一种思维意识。它不仅仅是作为背景而存在，还是抟虚化实的一部分，是生命实体的一部分。是漾晃在生命之上飘忽游走的精神。

瓷器为有用之物，却在于是空器，仰仗着无。空因器而存在，器因空而有流荡有气息有吞吐，有活泼的生命精神。器与空是虚实相生，阴阳化育，相互依赖而得光明。人为器，空为虚，人与虚空的合体正是“虚室生白，吉祥止止”。人对虚空的冒犯应该理直气壮，人是生而壮丽的。

忽然想起禅师举起的茶盏。哪里来的目明眼亮，分明酸涩肿胀。心念如驰，腾猿奔突。当是止语。

止语。围炉嘘烟，我之须臾此在仿佛就是摩荡这满室虚白的一个墨点。黄昏的光把影子静静地沉放在墙壁上，满室空漾的是一株木棉桃淡淡的香。

六、空是什么

空是茶不满溢的盏，空是孩子的气球瘪了，空是雪中一点红，空是山中的一粒鸟鸣，空是等待归鸟的巢，空是鸟儿飞过却不见划疼的伤口，空是抓紧的沙从缝隙渐渐溜走。空是头发把自己走成了一段雪，空是烧光时间的一炷香。空是阳光照耀在雪地上，茫茫遇到了茫茫。空是人走了，茶凉了。空是人满着，却孤独着。空是一只手找到了另一只合十的手。空是空气，空是天空，空是空。

空好像什么都是，又什么都不是。

己亥春日于如如斋

敛

一、鹧鸪茶

“看哪！正如一阵风一样，凡人的生命皆是如此：一声呻吟，一声叹息，一阵风暴，一场争斗。”在《南传法句经》里看到这句话时，有些黯然。这话，多像荒原上默默舔舐伤口的狮子，偶尔抬头，目光茫远而又忧伤。一定是有什么出错了，人类不能达到自我救赎，一任默然地绝望。

人类需要获得一种持续不断的祝福，得到一种方济各式的温柔，来温暖自己，取悦自己，从而得到宁静与安详。而最深的温柔恰恰来自，我之中的那个沉睡的我。

我需要唤醒我，对，唤醒。

那天，我们在小岛上静静地用简单的晚餐。高大的椰子树、棕榈树，逆着光，割据天空。一小块一小块的蓝有着无可救药的固执，蓝，怎么割就是要蓝给你看。低处的大叶榄仁在微微的风中婆娑。有两个西班牙流浪歌手，弹着吉他，摇着沙锤，轻轻地唱。唱什么忘记了，只记得他们的笑容很干净，眼神遥远，声音很轻。再抬头，竟然觉得天空像一块透明的琥珀，浩荡的蓝，时间的蓝，汹涌的蓝，裹挟着各种树影、飞鸟、远山、帆尖，连同时光中的我们，他们。天空环绕万物，涵容万物，没有什么能割裂它，没有什么可以让它永久受伤，撕裂出血淋淋的伤口来。那一刻，仿佛万物都得到了宽谅，得到了祝福。那一刻，天空慈悲，万物慈悲。我的目光柔软，小草的目光柔软，蹲在旁边的小狗目光柔软。

小姑娘端来了茶。微呷，浓浓的中药味道。苦。问，什么茶？鹧鸪茶。鹧鸪茶？嗯，是鹧鸪草泡的茶。蓦地欢喜，这名字好可爱。我是那种买椟还珠的人，常常被讥笑为蠢愚的人。此时愈发痴顽，鹧鸪茶该是一道好茶呢。那里面一定有可以细细探寻的意味，有不为人知的小情节，有苍郁茂盛的草叶香，有盘旋其中、“扑棱”而出的鸟，有身在其外、意在其中的人，有小喜乐，小悲伤，有清晨阳光的余味，有夜晚月色濯洗的味道，有海的咸，有船的流浪，有帆的归航。有，有我不能言说的一切命运。这么思味烂漫着，再尝，竟有了似曾相识的亲切感。仿佛，人从来不曾孤单。仿佛，在清晨，那么多青青的草，那么多沉沉的人，都会一同醒来。

唤醒如果有意义，那么它的意义在于发现吧。发现永恒的喜乐，发现光芒于心，发现那个隐匿于众生中的我，那个隐匿于肉身之中的我。习修和自己最近的属性。看草叶的纹路，闻草叶的香。如果有一天我要和它们相认，我们彼此都不会那么慌乱。

第二天清晨起来时，各种鸟鸣在栏杆上跳跃。仔细辨识，哪一种是鹧鸪呢？人是不是可以攘及毕生的清露和鸟鸣，在静静的苦谛中敛出温润的一壶茶来呢？

这个清晨，要是能找到鹧鸪草就好了。

二、望舒草

每到黄昏，我们便溜达到海边。走一走，听一听。空气里的涛声由远而近，由近及远，像喘息的巨人，病了，需要稍微的休息。或者，也没病，只是漏掉了标点符号，一句又一句的叹息接踵而来。我们全然不知海的滋味。我们站在陆地上，多像漂在海洋里的一片叶，一片叶上的小蚂蚁。我们对未知的一切，怀着遥远的念想。迷茫，无着，和隐隐的期待。

等海水涨到我们的脚下，再回吧。爱人说。

你知道吗，月亮也叫望舒。爱人笑，说，我知道一个诗人叫戴望舒。不过，望舒的名字真好听。嗯，一本很有意思的小集子里说，望舒也是一种草。色红，叶似荷，近卷远舒。月生渐舒，月落渐卷。卷舒间，就是短短的一生，长长的一辈子。有人见过这种草吗？没有。可是谁又见过谁的错落有致、卷舒自如呢？哦，那多半不过是拾遗而来的逸闻轶事罢了。可是很多的有趣往往就在于拾遗中，在于不是那么正襟危坐中。这么说着，天渐渐暗下来了。灯开始远远近近地扯起来了。

正是十五，皓月东悬。

海敛起了涛声，有谁披起了夜。月光滴答滴答地顺着蓑衣落下来。万物隐匿在黑暗里，万物都有着明亮的水滴声。心轻得不能忽闪一下，怕是一动就会霓裳羽衣。洁白得不忍在此刻落下一颗尘埃。一颗不忍落下尘埃的尘埃，该是多么可笑又可爱。此刻，我和过往冰释前嫌，我和未来意见统一。此刻，是此刻，是明亮。

很长时间以来，每每独饮，都要挑选那套白瓷的茶碗。纯白的瓷，不要纹络，不要花饰的那种盏。或者，我在留恋那样的一刻。那个黄昏，那个瞬间明亮的时刻。我怕自己定力不足，雕饰扰乱，那样的心能多葆有一会儿，是一会儿吧。我被无序无情地扔在尘埃里，尘垢满面，脚步踉跄，多么堪怜。曾说，云卷是诗，云舒是画，卷舒间，是境界。可是更多时候，我是那么褊狭，局促，毫无境界可言。我在喝茶，仔仔细细、认认真真、轻拿轻放的，都是纯白的瓷，空中的月。我的盏里，可以有江湖，有落日，有朝阳，金木水火土，该有的，都有。出水快了，慢了，烫手了，分神了，水老了，茶淡了，都不必说。心，一一对应足够了。我需要修习它。

或者，一颗心，需要真正地舒展开来，才能真正地敛起来。月生是舒，月落是卷。望舒，多好呢。多想得到这样的一颗茶心，卷舒间的境界，万物皆可入水，万物皆得乾坤的自由和自足。

三、茶辨

古人煮水辨汤皆有学问。

比如，烹茶煮水时有三辨，即形辨，声辨，气辨。形辨分虾眼、蟹眼、鱼眼、连珠、腾波而后水汽全消来区分。前四种为萌汤，后一种是纯熟。声辨分初起、旋转、振动、骤雨，直到无声达到纯熟。气辨分水汽一缕，二缕，三缕，汽缕混乱，水汽氤氲，直到水汽贯冲方为纯熟。

水汽全消，直至无声，贯冲无碍，方是纯熟。这是大剑客敛气于内、无剑胜有剑、羚羊挂角的境地呵。

读书，写字，为人，大道一统，概莫如是，如是。

四、茶白

毛孩儿最爱送我小书签。有流苏簪，有木雕签，有金属叶，有叶脉画，有二十四节气。都是我喜欢的样子。今年生日，他挑了色谱系列的小书签送我，精致的象牙白小木盒，用粗麻的小绳、印叶宣纸包裹好。好到舍不得打开。

真正好的是色谱中的那些名字，矜持，素雅，有着古典的美。黛蓝、靛青、鸦青、黯、黝、玄青、赭、缁色、青碧、水绿、缥，陈述不尽。仿佛每一种颜色都是一种女子，有着深深浅浅的世间情意，世外前尘。

茶白，好惹人。茶白的白不那么纯粹，也不是那么黯然。不那么亮丽，也不那么渊沉。是一种安然素朴低调的白。白得太纯粹了，就会明晃晃。白得太剔透了，也容易折射光芒。玉龙雪山的白就是那种既剔透又纯粹的白。置身久了，就会有一种相形见绌的冷澈，产生剔骨寒凉的卑微和绝望。它是危险的，那么高，人该如何抵达呢？茶白则是更接近安全的白，比白要灰，比灰要更白。是一种在路上的白，给人希望，相信会抵达的白。是一种敛却光芒的白，是芸芸众生的白，有着布衣的温暖和洁净、温良和躬俭。

茶白，茶白。茶，茶也。是取茶的哪一种性貌情致呢？

立夏过后，要喝白茶了。白毫银针，白牡丹，寿眉，各有状貌，却都清爽醇香，汤色淡雅难掩叶底的一抹透绿。抱盏时，一泡可轻轻略过，那种淡色，以往竟没有体察，正是茶白。

难怪，见到茶白两个字，总觉得似曾相识。哪里见过呢？好像有一种味道，是与生俱来的，不需辨别和特意提醒，跟着感觉走也不会错。

那是属于你的。

五、会疼

经常会做一种梦。

一条河。河面很宽，很宽。宽到站在河的这边，就会产生泅渡的迷茫和些微的恐惧。河道很长，很长。长到以为水里蔓延的水草就是天上的绿云。河水很清，很清。清到鹅卵石泛着五彩的光，让人误以为，寻光而去，就是神秘的不可知的另一种美妙的地方。而我站在河边，渡无舟楫。尝试捡到一根横木，无果。一个树枝，无果。一片叶子，无果。不知怎的，自己又是一只蝼蚁，再跳上叶子，天地就开始晃荡起来。

后来，见到一张图片。恒河的宽和天空的大融合在一起，是一团蓝。一个穿着纱丽服的印度女人在河边行洁净礼。看不到她的容颜，看得到她的虔敬。静默，清晰。

忽而被感动了。这多像那个梦。

由此岸到彼岸的那个梦。我们一生泅渡，困无舟楫。什么时候抵达那个无上美妙的境地呢？什么时候？那个我们自己愿意的境地，自足，无碍，平静，祥和。倘若，由此岸抵达到彼岸，我们就会丢掉舟楫和拐杖。回头深望，我们可以看到最初的自己，那个曾经站在此岸的自己。只不过，让人迷茫的河已经不存在了。一梦醒来，我们依然站在原点。原来我们终究要找寻的，是那个能够自给自足的自己，我是我，我亦是宇宙。终于，我们活过了过去，终将还要活过未来。

泫然眼湿。

小时候，父亲带我走亲戚，要渡过一条河。那是我第一次渡河。木筏简陋，我紧紧抓着父亲的手，不久就冒出了细细的汗珠。清澈的河底，鹅卵石闪闪发光，藻荇交织，有着睡不醒的颓绿。中年以后，特意去看过那条河。根本不宽，也不长。已近枯萎。远远望去，像老妪顶上的华发，稀稀疏疏，似有若无地向远方垂落着。

河水缓慢，时光缓慢。午后静静地一盏茶时，我发现，我最爱的松尾小壶壶盖碎掉了一小块儿。想到它的不完整，想到我曾经那么珍爱它，残茶拭它，手摩挲它，一遍又一遍，一层又一层，多少小心，多少情意。它最终还是不够完美了。还有那只钟爱的翠色小茶盏，不知怎的，失手滑落就碎了。

那时正在津门，想到还要往回赶路的爱人，又气恼，又沮丧，有无限的担忧袭上心头。直到电话那头爱人安全抵达了，才放心。爱人说，碎就碎吧。它的一生就是供我们喜欢，供我们享用，然后碎掉的。

壶会疼，盏也会疼，疼的时候是静默的。疼，是敛起来的静默。它们不说话，因为我喜欢，所以我知道它们的疼。

唉，茶盏的碎，会不会是一个梦突然地惊醒呢？

六、茶故人

因着血小板的缘故，每月都要做一个肝胆脾肾的监测。最近，肝上有个小囊肿，脾大了一点点，肾上测出一个小亮点，说是结石。大夫说，都很小呢，可以忽略。忽生隐忧，会不会因为这个小亮点，将来被禁茶呵。怎么办？怎么办？不可一日无茶，茶从前世来，知道故乡事，它是故人呵。

忽记起，那个小亮点在机器上像没有尾巴的哈雷彗星。或者，因为失掉了尾巴，飞不动了。所以，它落下来，成为自己身体的一部分。既然落座了，住下了，要和自己的血肉一起相生相长，既然，好吧。所以要像对待故人一样，待它。和它聊天，和它讲和。倾听它，倾听它的来龙去脉，倾听它的野蛮生长。理解它，软化它。总有一天，化解戾气，它要走出来，看一看，这人间的悲欣和柔软。病着，就思味苦吧，还有苦中的乐。病着，就体味世间更弱小更无助。病着，就珍惜，珍惜过去有的，现在有的。病着，就是要苦到极致，否极泰来。病，是一种修行。

哎，故人，如果愿意，就早一些出来吧。我们坐下聊一聊相见的悲喜，喝一盏茶，一盏人未走的热茶。相逢就此相识，相识就此别过吧。你，茶，我，三个故人，握手，相认，把盏可言欢。不再自相矛盾，不再砥砺冲突。如果愿意，松泉煮水，目送归鸿，看着你消失在地平线，看着你清气上升，羽化为仙。

哎，故人，放弃我们这个浊世吧。远离我的亲人，朋友，我挚爱的人，挚爱我的人，和我不爱的人，都一并放弃吧。

丙申初稿于如如斋

洽

一、水流花开

春风呼号起来，空穴皆开。如狼奔豕突，风沙成烟，一点点吃掉远处的楼顶，近处的树梢，那阵势犹如海市蜃楼，弥漫，辽远，神秘，美丽，危险而不可控制。看一会儿就让人觉得在这美丽危险处会有一位楼兰女子从那里施施而来。

那楼兰女子果然来了。她来时风是柔软的。有时那一树海棠是她，有时一簇连翘是她，有时饱满欲涨的杏花是她，有时一下把自己摔碎在地的玉兰是她。她是谁呢？谁都有可能是她，谁都又不是她。反正她是和春风一起来的。

听风看花时，我正守着窗下的一壶老寿眉。一朵朵描金青花落在汤水里漾晃着，仿佛它们是铁打的衙门，流水才是流水，而茶是甩着水袖的青衣。上班时总是提前一个小时到，喝茶，写小楷。这时已然听见楼道里的声音：开门声，问好声，水房接水声，拖地声，涮墩布声，声声入耳渐次徐来。静谧的老楼也一点点苏醒过来，一伸懒腰，噗，一团温热的晨光扑窗而入。沸腾的人声时高时低，时远时近，我被它们包裹着，隔着一道门。

其实没有比人声更好听的声音了。说这话需要秉持一颗平常心。更多时候，人因爱人，又自觉高明，所以人对人充满了失望。爱深恨切的缘故。鸟和鸟也吵架。清晨一呼一应，有时是高兴，有时却是在争吵。有段时间我曾仔细记录，节奏是如何时表示呼朋引伴，如何时表示愤怒厌弃。兽和兽呢，也争夺。争夺地盘、配偶、权力和荣誉。小虫子也繁殖，草木也凋零。人是它们中的一员，属性皆备。人念人性人情人之痴更愚顽些罢了。

一头沉浸在小楷里是因为读了《心经》。一念起竟不止，经文的美妙让人有盈泪的冲动。而经文的书写是周正的蝇头小楷。是的，我要无限地接近它，朝拜它。生活是沸腾的，总有各种声音在上边冒泡泡。而我是不愿冒泡又怕不冒泡被旁观，冒泡又怕被卷进不尽的旋涡中，自己再也不是自己。索性沉入水底，做一滴不冒泡的水，用墨一圈一圈洇染自己。我愿意烘托着这些大大小小的声音，叽叽喳喳，高高低低。自己不必发出一点声音，而不觉尴尬，也不突兀。那些声音真好听呀，大珠小珠在玉盘里飞溅。有时热烈，嗡嗡的像絮厚的云，有时清浅，就在身边，伸手即得。我是他们中的一分子，又在水底清澈地遥望。

有很长一段时间我甚至不习惯在安静的时空里写小楷。越嘈杂心越静，神思越飞扬。拿起笔像腾足而起的马，一骑绝尘，天马行空。太静了反而疑虑，总听见笔端练舞的声音。有时舞起袖落自然舒展，有时折戟沉沙晦涩凝滞。

“呀，这屋子怎么有股臭墨味道？”有偶尔串门的人说。我的舌头在舌尖打个转，在心里吐了三下，笑起来。哦，好像是有点怪怪的味道哈。

因为非说不可的话很少，我忽然发现好像好久不曾说话了。一时惶恐，不会就此成了哑巴吧？大声读诗。在“为你诵读”里读呵读。只是觉得自己的声音太难听了。人说，好听好听。还是觉得自己的声音很难听。

我的兴奋处是有一道门。不打开时我就飞，隐匿着翅膀飞。怕人见其怪异，姿态也不够好看，门是有效的隔绝和安全。而我愿意时又可以自然地打开，走路，吃饭，睡觉和微笑。多有趣，门里本是拘囿，于我却是自由腾跃。门外本是自由，我却常常是安静有礼被束缚的样子。

父母总是数落自己的孩子“大门里的光棍，窝里横！”我小时候是窝里不横，窝外有时横。一次哥的新衣服被一起玩的同伴撕个大口子。哥不敢回家，肇事者不愿负责，我心疼哥一时气愤，拽着撕破的衣服就去找肇事家长，要求缝补。缝补的衣服像卧着一条大蜈蚣，不过也帮哥挡了几天的骂。

不过，这确乎是一种难逃的命运。娑婆大千，谁最后不是被驯服得老老实实的？谁不是一直作斗争，挣扎，对峙，最后都在时间面前缴械投降，以示弱而告终？

洽是一江春天的水，泱泱淙淙的，流过的地方，花就红了，柳就绿了，沙底的石头也清了。一把老寿眉，上午壶泡，下午炉煮，黄昏时味道达到了最好。融融的，在肉体里流淌一遍，像一江春天的水。

茶笃静洽，唯此才知沸腾的好。天知道，我是真的热爱沸腾的人声的。有了这些声音，我从不觉得孤独和寂寞。

春天真好，水自流着，花自开着。

二、一瓯小镇茶

昨夜下了细细的雨。是那种在你耳膜上蹭呵蹭，有点痒却不会叨扰你做梦的那种雨。清晨醒来时，周遭明媚。山茶硕灼灼地开，水珠子在上面打滑。刚一凑近，“啪嗒”一声，一整朵山茶从高处落下来，土地软软地接住了，还是枝头的模样。心里一乐，梦做多了吧？被梦坠下来。落到地上还不醒，那梦一点也没有散开乱去的意思。

晚上也一直做梦。梦见红花檵木是背着书箱游学的书生，箱太重书太沉，肩膀稍微一倾斜，那书页就一层一层散落下来。风一吹飘呵飘的，带着香。红蒙蒙、雾棹棹的一片。到熹园时，又仔细看了看道旁的花，果真和梦中一样，重重叠叠的，一棵压过来一棵又来，花朵一簇又重过一簇，花边翻卷着。想起临睡前翻看朱子的书，白天又甚觉这花稀奇，就做了含含糊糊的梦。想来是日见夜梦呵。进园子得套上人家的汉服，蠢笨得迈不动。年轻时喜欢汉服，还特意拍过一套写真。齿序渐长忽然对这些全然失去了兴趣。更喜欢平底、粗布，毫不见奇的平常。倘在这些地方发现了耐人寻味，才是真奇处。好吧，让穿就穿吧。穿也没有什么妨碍。

在熹园看水上傩戏，看建筑，看木雕、石雕、砖雕，读家训，弯腰拜师。心里忽然一动，自己莫不是负箧游学的一棵红花檵木？不然怎么会有巷闾空漾的沉思和飞扬？随后就喝到了茶。顺势了解了来自民间的农家茶、新娘茶和文士茶。喝了十多年的茶，对绿茶我总是浅尝辄止。来的路上，早见郁郁葱葱成片成片的茶园了。没有动心，是因为有偏见。我对高处的茶、独处的茶，有凛然的敬意和信任。倒不是别的，茶在高处人欲控制的因素就少，不被人控制的茶才是自由而绿色的茶。

果然婺源随处见茶。

上得细危古楼，美人靠上放眼望去，欸欸绿水，粉墙黛瓦咬合错落。人们闲闲走，河面漂过几叶舟。撑船的女人轻巧躲过迎面而来的一片，猫腰躬身，瞬时从石桥下穿行而过。河边洗衣妇人，捶捶打打，几件花衣服和几片小菜叶一起在河面漂。我疑心她捶衣只为摆出一种姿态，一种安定自然的生活姿态会让人笃信惯性的美好和自足。老铁匠叮叮咚咚地打铁，不抬头，不斜视，仿佛世界在他眼中远远不及一块铁。据说，他的祖辈一直在这里打铁，传到他已经是第四代了。就像一条铁轨，有火车一直沿着它走。火车驮着的，是时间和空间。在适时的档口卸下一些人，又装上一些人，继续走。走是宿命，而铁是永久的伴侣和终点。小铺林立，隔几个就有一个炒茶人。他们的专注和打铁人不一样。打铁人的节奏是一致的，咚咚咚，咚咚咚，单调而响亮。炒茶人需要不断调试铁锅的温度，空手翻转时，那些茶像一群绿色的小鱼，一个旋涡一个旋涡地涌来又散去。搅动水波的手是决定它们命运的桨，热烈而无声。我在旁边不断拍照，又觉得叨扰而难为情。他大概也觉出了我的不好意思，友好地抬头笑笑说，没事，一个上午已经有好几拨拍照的了。我也笑了，和他攀谈。他的手是长满老茧的桨，粗质的纹路，鼓起来的白泡是树木的瘤。

把这咿咿呀呀、叮叮咚咚、宁静颠沛的人世围绕起来的除了油菜花就是茶。茶和花一层又一层地把他们环抱起来。春水漾晃，小镇就是润好的一瓯茶汤，香甜酽厚。那些人呀，是在其中晃呀晃的一片片茶叶。

陆羽的《茶经》中有记载，“歙州茶生于婺源山谷”。婺源的茶原是有悠久历史的贡茶。色香味俱足，家家有茶，路路有亭，亭为茶之驿站。想来，无论如何还是要尝一盏婺源的茶的。

在小镇拍了几张照片，有撑船人，洗衣人，打铁人，炒茶人，把我穿着汉服深躬的那张放在了最后。穿上汉服也知道那人就是你！臭美但是忘了换鞋，穿越错了吧？友们的俏皮话总是让人莞尔。我想，我那深深的一躬，是献给芸芸众生的，是对芸芸的感恩和对生的敬意。

我也是这芸芸中的一粒，我因此而觉出了全部的意义。

三、金丝皇菊

看一本书会因着这书的线索而看了一群书，结果是看着看着就迷路了。有时能够迷途知返。稍作怔神，想起因何而起时，哑然失笑。无他，雪夜访戴的事古今一类。这确乎又是自己的一种读书方式。本也不必非读什么，非不读什么。本也不必非读书，只是于我而言，不读书又能做得了什么。

来婺源是要寻访一种茶，金丝皇菊。这茶在先前的吃茶去系列里写过它。十几年前，惠于友所赠，一盒金丝皇菊伴我整个夏天。一朵一盏，一盏一杯，那花朵在水中浮沉，又一点点打开自己。骄傲硕大，清澈无杂。那种磊磊落落的样子让我感觉，它是大女人，有我愿意接近的一种生命特质。怎能错过呢？

在车上睡了一大觉，睁眼即是一梦到徽州。随处可见的油菜花一下掠夺了你的心志。油菜花到婺源就是来做王的，就是来臣服山川、丘陵、村庄，和一颗颗向美之心的。见过狼牙山的油菜花，盛大浩荡，绵延几百里的样子。看久了会单调。而婺源的油菜花曲折缠绕，任你是山，是水，是村，是云，是人，还是其他的什么，它都会用弧度环住你。它无处不在，一层又一层让你无法摆脱它的柔情和霸道。它的英雄气是绕指柔，它的千军万马都化作款款的陪伴。即兴写一首，“油菜花到婺源，就是来做王的/它们无处不在，天下之滨莫非王土/它们的英雄气都是绕指柔/这一弯那一层，这几弯那几层/把粉墙黛瓦日日夜夜环抱起来/小村落有三月鼾的齁甜。如果足够高/就会发现它的意识流，漫卷流淌/神在这里留下指纹和无法解锁的密码/把自己横腰斩断，把漾漾晃晃的心/呈现出来”。还觉不过瘾，一颗心呀，被香蜜住了。就此作茧，又有什么关系呢？我的迷惑是一波未平，一波又起。尚未解锁时，又是一瓯又一瓯的小镇茶。

有些疲累，腿有些许的浮肿。适时该收神了。回来时，忽然见到道边一大片葱茂的绿地。说，那是婺源一色，金丝皇菊。而车也是瞬时即过，再抬眼望去时，只见一个断臂的稻草人举着小旗子：呼啦，呼啦！

呀，怎么忘了。又是雪夜访戴的翻版。哂笑，又不是第一次！心里默念，借我一枚孤绝于暮色中的小亭子吧，随时安放总是想逃出来的心。一枚就好。

四、内洽五脏

长江水的宽阔让人有点迷茫。或者确切地说，是江面泊着的一艘大船有些迷茫。风雨大作，它们的速度远比船快得多。而船，让人看不出是不是在行走。我们经过风雨时，风雨也在经过船，船也在经过长长的江。我们都是彼此的旅人。车过隧道，呼啸一下，滂沱大雨忽地变轻了。它们飞舞起来，撕扯大片大片的羽毛，化身鹅毛雪飞了起来。

我们的车像夜间飞翔的鹰。过六安时，我知道那里有细细的瓜片香。不过，对于飞翔来说，六安瓜片的香太安逸了。

有时候，我们就是要做黑暗中飞翔的鹰。

五、解渴

黄昏时看了王郭二家的书，有疑虑一直悬着。第二天醒来还想此事，就匆匆洗漱，早早醒好了一壶茶。茶等人，书等人，书里的人等人，真是好。

蠢物，来喝解渴的茶！身倦神疲时，总是听见茶如是说。

六、眉批

喜欢看不同的人看世界的不同角度。他们静静地躺在古书里，方正，耿直，黑着脸。他们纷争，吵架，或假装不说话。又有趣又可爱。实则，他们是从来没有放弃一个问题：宇宙是怎么回事，人是怎么回事。我本身也是一个怀疑主义者，所以愿意隔了万千的时间，万千的山，万千的水，远远地观望。

那天看书忽而肝肠大动，作此记。窗外的花开得正是热烈，而茶却凉了。

己亥春日于如如斋

潜

一、隐者

秋，一天高过一天。我爱极了这危淬的蓝。南窗西边是微渺的黄台湖，卧波其上的是漫水桥。那年竹杖芒鞋，吟啸徐行，今回首烟雨，也无风雨也无晴。漫水桥于我更像虚幻处的一种援引，水的深处是天，天的深处，是无法避逃的蓝。环水而居的是有着优美曲线的山。那些山呵，实在叫不好它们的名字。平滑，辽远，它们的祖母是燕山。它们在南边，我还愿意，呼其南山。

实则世上南山夥矣，我却不曾是哪一座山的阔主，只或是隔山长望的归客罢了。不过古人说，江山风月，本无常主，闲者便是主人。但又何谓闲者？能歆享此刻清风者，概或是也。这么说来，他乡亦故乡了。不过，最让人惺惺的南山，是采菊东篱、悠然而见的那座山吧。那里南山的主人是陶潜。

我想，一个人的名字号，概或便是这个人的大体情致了吧？陶潜是古代深潜田园的隐者。《后汉书》中说隐士，或求其志，或全其道，或镇其躁，或去其危，或图其安，或避世乱，或静己心，或垢俗，或求达而虚隐，不一而足。南山主人的隐，是哪一种的隐呢？或是前途几许、止泊之隐吧。是心怀苍生，全其道、葆其性的皈依。就像鸟儿，止泊之所即是林，翼翼归鸟才是他的人生。为了葆有自然和尚未被异化的真我，他割舍了儒家现实的功利，以另一种方式来实现儒家济世的抱负。躬耕田亩，构筑理想，提出思考和疑问，以期以自己的生活方式、人格架构来呼唤些什么。呼唤什么呢？文化？可是说到底，文化又是什么呢？文化是有时间性的，是漫长的时光之前之后，沉淀下来的稳定人格。陶潜所呼唤的，不是独善，而是众归，是集体的人格。而这集体人格，他所指又是在何呢？济世，勤劳，悲悯，普世的爱与善良。这真是一种大的良善和理想。所以在他的诗里，久久徘徊不去的，既有欣然的冲澹，还有哀世的悲伤。隐，于他来说，绝不是噱头，绝不是伪饰。所以他的淡泊里有落寞，有对未来隐隐的期待。皈依田园，让他和世间和自己都达成了默契和妥协，找到了存在的一个点。陶潜，隐然在烈烈古风中，是千古的寂寞，是一个浑身静穆的背影。

南山主人最爱酒，酿酒，饮酒，无酒不欢。可他却像极了茶。茶，一个重要特性就是时间性。在时间里沉潜，深深浅浅地潜。每一款茶，几乎都历尽波折，辗转，颠沛，最后都潜伏在时光里，等待适宜的水来冲泡。等待适宜的人，将其生命倾其所有来绽放。陶潜通体茶性，他昼思夜想的，不过是时光中一份永恒的心念，等待。以及一份有关心念的永恒时光，等待。想到生命没有永恒，却有永恒的悲哀，这让人心意冷然。

唉，有茶性的人，与喝茶是否又有什么关系呢？陶潜写酒的诗很多，写茶极少。或是他亦饮茶，采菊一捧，晾晒于五柳之中。在某个饮酒的午后，轻拈一朵，一任茶味浮泛开去吧。树有千种，叶有万性。春天的，夏天的，秋天的，冬天的，各有各的经脉和纹络，各有各的绿色和锗褐，各有各的虫咬和水痕。轻飘和沉实只在一风间。

我以为，茶，是所有叶子中的隐者。

二、醒茶

要得普洱真滋味，需要唤醒茶性，让它在尘封的时光中慢慢苏醒过来。需要轻柔和缓慢。像清晨，咬着你的小耳朵的那些轻柔的声音，嗨，醒来。普洱茶较之其他茶类，仿佛历经了更多，从一颗种子，一片叶子，到采摘，摊晾，杀青，揉捻，晒干，蒸压，干燥，以及后来不可预知的马背，骑行。一路风尘，然后尘封。这一切仿佛都在记忆里，是前世。若得今生的再舒展，可能很久，也可能很快。既需要轻柔的风、洁净的空气来唤醒既世的相认，也需要祛除时光里的瘴疠之气、不洁之味。嗨，醒来。一饼好茶，对味的茶，值得千呼万唤，值得柔思相许。

挑选朗日和高空。莲蓬，干花，瓷瓶。醒茶罐净透，干透。取茶饼，分数块，通风，入罐，合盖。一周或一月再看，投水，入茶。如此醒过的茶，茶水相激时，它所潜伏的精魂很容易被唤醒，那茶汤里即可刑天舞干戚，又可飞鸟相与还。泡茶的人，小怅有时，不妨看刑天。小喜有时，不妨看众鸟。如此放出，收回，心境竟可无扰了。

文克尔曼最是钟情古希腊艺术，他赞美拉奥孔雕像时，说那种表情宁静冷峻，而内心却遭遇着澎湃和蛇噬的苦痛，这显示着一种高贵的单纯和静穆的伟大。宁静，冷峻，高贵，单纯，静穆，我常常被这些简单而抽象的符号所迷惑而沉浸。这会是一种什么样的境地呢？面对一款老茶的缄默、宁静，我对它将绽放怎样的姿态不可知，充满了谜一样的着迷。

醒来，该醒的终将会醒来。就像睡去一样，终将会睡去。

沉睡太久，醒来时，需要呼唤。人的出生是一次醒来，是母亲用轻柔的乳香和甘甜的目光把他接引到这个尘世。在尘世生，在尘世病老死，静静地睡去。睡去，是沉潜到另一种全然不知的境地里酣眠，等待唤醒，等待轮回，等待依附的幻形。每个清晨，我都昏昧不觉，愿意自己有足够的明澈。见到草枯草荣，见到草尖上的小露珠，我都在想，草魂找到草了吗？那露呢？

普洱茶，是一种沉睡的茶，是一种有着时光金属味道的茶。那么多的叶子早已青春不再，好在有时光嘉许，有像时光一样的水来眷顾和等待，沧桑就变得那么美好了。

三、止心

那年，众欢西湖。在小桥亭榭上第一次吃南瓜饼、西湖醋鱼，第一次喝到西湖边上龙井茶。只是当时枉然，不识茶，它亦也为我过客吧。友兴致高，吟诗，喝酒，说茶。说盏里龙井。说其深生幽僻，隐介藏形。少风吹，少日照，少污染，少虫害。与世无争，独享烟霞雨露。因之雅净纯然，隐逸舒张。是茶中隐者，珍品。

听着入迷，神思遥远。想那茶，那茶间故事该有多少我不知，并且有些故事无论我怎么走都不会走进去呢？更何况我的愚目与拙舌，哎，吃茶去。

轻啜，不知几泡了，仍有淡淡的清苦味道。

后来我们顺着湖边走，看到那种独特的干净的小茶坊，总是忍不住进去看看，坐坐。我知道，弘一大师早年曾在此间流连，曾是广化寺旁一个叫景春园的小茶楼的常客。常常独行此处，远眺喝茶。那时，他望见的，想到的都是什么呢？他也曾和好友二三，湖心亭夜饮清欢。西湖水平静浩渺，每荡起一层波纹，都会有一层烟云，一层悲欢。1916年冬时，他在大慈山虎跑寺断食二十一日。1918年7月剃度出家，法号弘一。她的日本妻子去看他，恳求他回来。他望着深深的窗外说：“你知道吗，樱子，这世界上所有的至真至美，都在你的心内，向外去寻找，总会丢掉她的。”一切美好和罪恶，大慈和大悲，都止于心间。心归净土，得不二法门。妻子低眉，含泪不语。一觚浊酒尽余欢，今宵别梦寒。往日繁华，就此一别。是呵，你看，且今已是芳草碧连天，我们都在长亭外，古道边。断舍离，心修田。在生命的最后五年，大师的内心充满忏悔与慈悲。他说，南闽十年之梦影，字字之中，都有泪痕。

戏剧，书画，诗词，为人师，为僧侣，无一不在极致处。弘一法师认定的事，就去做，要做，就做到极致。丰子恺敬服乃师，说他“做什么像什么”，是一个“十分像人的人”。像弘一法师那样十分像人的人，古往今来，实为珍稀。他说，人的生活分为物质、精神、灵魂三个层次。弘一法师以自己的生命个体，实践和完成了这三种境界的极限意义。这是一个让人震撼而温暖的灵魂。还有些许疼。决绝，持戒，圆觉，这其间会有多少焦虑、恐惧、沮丧，才能得到这样真正自由的浪漫？忽然又觉得自己不知有哪个角度去疼，有哪些资历去疼。那些所有的历经吗？那些感同身受吗？那些无法言说吗？那些修行的补丁，还是什么呢？虎跑后山，有弘一大师的塔。在最后的日子里，他曾写信给友人，说：“古德云：去去就来，回入娑婆，指顾间事耳。”

去去就来。娑婆，娑婆，弘一法师此刻正幻身于哪一处呢？

走着，看着，想着，念着，多看一重人生人世，就多一份沉实的安宁和静静的自省。

弘一法师在大慈山断食时，写有《断食日志》，记述茶事。其有绿茶，红茶，梅茶。大师所饮，该是有着西湖水的恣意人间，龙井茶的清苦静穆吧。

离开那夜西湖，一晃快二十年了。毛孩个头都需仰面可见，我的额头也不再光洁，你的白发也隐隐闪亮。汩汩光阴，万物皆动。心又是在哪里呢？可止水，得初静也。

后来听说，有一种西湖龙井的茶，叫止心。是不是那时喝过的、被友称为茶中隐者的那道呢？不得而知了。茶为叶中隐，隐中之隐，想来，怎能不是心如止水的一颗止心呢？苏老头说，“幽山庙宇谈玄机，木鱼诵经品止心”。

止心，谁说它只是一款茶呢？谁又能不说，它仅仅就是一款茶呵。

四、走天涯

说到茶之潜性，总觉得茶是有一颗走天涯的云水之心的。不拘囿，不封闭，不自视我高，不自薄我矮。有自我期许，那就是流浪。像一滴雨，一片雪，修行在云朵中。接引它的雷电来了，接引它的阳光来了，那么就出世，入世。由高到低，由低到高，自由，无碍，化于无形。可居高山，可卧深谷，可热炒，可熟搓，可固体，可液体，可供庙堂，可处江湖之远。可雅饮，可俗渴。可近清梅，可入五谷。

孟德斯鸠和杜博斯都说过天气对文艺的影响。文克尔曼也说希腊艺术取得卓越成就的原因之一就是天气。这说法很有趣。大致是说风和景明可以使身体得到最大限度的舒展，进而思维得到舒展和自由。如此推延开去，说，正是自由，“在人初生时仿佛就已播下了高贵性情的种子”。仔细想想，有失偏颇，却可爱有趣。说到底，是指向了自由之心。

自由之心，该是如何的呢？自由之心，就是这样的一份云水茶心？

十八岁的时候，看到桃花落遍春风，慨叹人间如寄。此情耳，是空门。于是湘阴法华寺出家。曾于佛前剜臂燃灯，又燃二指以供佛，得名八指头陀。我不知这是否过于惨烈，也不知这舍身是慈悲，还是救赎，还是有着大悲愿。只是怖栗，只是神秘，只是敬其勇气，只是望而不及。剜却心头倘能无爱恋之情，有悦豫之色，已然是大平大静大造化了。小我之我，更钟情八指头陀师云水茶间，懒携瓶钵走天涯的那一份清逸洒脱。红米饭，白芽茶，倦眠卧石，以云作枕，心寄烟霞，随意可芳歇。乃至江寒水不流，鱼嚼梅花，层影虚幻，动乃实静，静乃虚动也。这样的执杖天涯，是不是一种动中的大静？是否是一种更深的潜，一种无碍无形的潜呢？

饮一盏行云流水的茶吧。茶在水中，水在云里，心可在天涯。

五、月光茶

夜来月色空庭，恍然若水。小时候母亲总是说，在黑夜，凡是发亮的东西都不要轻易去踩踏。我不明白缘何，就故意去试。结果，踩了一脚水，鞋袜全湿。我也这样告诉我的毛孩儿，然后不语。更多的，我虽恨不能倾其生命保护他，指引他，却不能替代他体验生命，不能告诉他更多的真相。很多真相，我也说不明白。毛孩儿或许在某一个夜晚发现得更多，会有更多的体悟。会看到发亮的东西，需要黑夜的陪衬。发亮的东西，要么照耀，要么误导，要么，要么。

月光和夜色多么相配呵。空庭月色之不踏，有不忍，有怀想。想念鸡鸣钟动的乡村，想念月朗空照的深山。月亮在乡村，像四姨洗白的头巾。在深山，像白衣隐士，绝壁映照，出入山间。有月光的夜，宜失眠，宜读书，宜披衣夜游。

倘若月为器，溢满而出的是一盏月光茶吧。人在茶中看，潜在器底的月骨，是不是洗得更白了呢？

临中秋，近月亲茶。

六、钗茶

据说有一种像绿色苔藓的茶，味辛辣馥烈，南方叫登，北方叫钗。很好奇，这钗会是一种怎样的茶呢？想必是茶中的泼辣女，有着厉害的眉眼，刁钻而横行直撞的味道。那也一定会有人喜欢。

想来这世间会有多少我们不知而潜伏起来的好奇呢？

丙申秋深初稿于如如斋

沁

一、知味

今日大雪，却无雪。写了一组“大雪”的诗歌，把先前涂鸦的节气画搭配上了，然后喝茶。想喝森林知味。洗茶三次，然后让它静静地醒一会儿。想起张岱在《陶庵梦忆》里说：“玉液珠胶，雪腴霜腻；吹气胜兰，沁入肺腑。”这话是说乳酪，而非茶。可我想来，却是这眼前茶的滋味。好在一个“沁”字，缓缓的，轻柔的，仿佛这世间所有的好心意都可以用这样的方式渗透到人的心底里，不焦灼，不恐惧，不暴涨，不外溢，不唐突，不莽撞。自然而然就化为玉、为珠、为雪、为霜、为兰、为气。一个动词，忽然间就有了时间的线性，有了轻柔的暖意。

茶醒差不多了。条索清晰，整齐，柔嫩，并非拼配。前世大梦，总要醒来。呼出瘴气、浊气、戾气、渥堆气，以往磨难、坎坷、颠沛、辗转，到此为止，都过去了。对于一心要温柔相待它的人，想必它的眼睛、鼻子、耳朵，连心也会一起柔软起来吧。第一次喝知味是在水光潋滟的湖上，正是天寒远放的季节。一进茶室，主人已候，茶洗杯温，几盏下来，热肠暖肚，两腋生风。一时惊诧，熟普哪有体感这么强烈的？一饮数饮下去，致和浩洁，永永不厌，如秋水浩荡开去。身体很快被打开，洋洋乎不知所言。自此，记下了它。

第一泡乃隽永之水，公道杯里望去，汤质不够清透。再泡，三泡，透若醇酒，亮如幽灯。味之，风尘尽洗，念草木之微，和气深缓，有圆月坠魂之温润。五六泡之后，泥炉煮茶，糯香弥之，有凝髓花脯之气也。午后阳光透进窗子来，烟映满瓯，南山茶事依旧在。不觉心满意足，有此烟霞友，足矣。

知味，贵在“知”字，不知又怎么觉味其中呢？不知，再美的琴音也恍如对牛了。曾用过笔名一知，羞于说出是源于佛教经典，也实在是说不好怎么个一知要义，所以友问，为什么叫一知呢？就哂笑过去，我这个人，做什么都是一知半解，所以喽！做到一知何其难，消除无名妄想，清明觉净，一知一念，念念不动，何其难。这诸多的做不到，让我心生愧赧，羞于作解。知一知而不执着于一知，是胜景。我是那隔着胜景之水，临江而望的一头牛。

这叫作知味的茶，倘有一日，突然喝到森林的草木味道，然后又很快忘了这味道，略其存在，少其探究，只是喝茶，喝茶。那么是否就算是对它知之甚深了呢？

我要等的，是时间的奖赏。

二、帕沙

那年去云南，走了几个哈尼族寨子，忽然就觉得时间被拉长了。在那里，岩石，泉水，大树，你能看到什么，什么就是你。你看到的一切和你一样，都是有灵的。似乎每一种自然之物都蕴含着深远的时间和事件，它们都有自己的记忆和传奇，都有自己的萨满来接通天地。你看它们时，它们就是你，你就是它们。尘氛静，露气凉，迢迢银河动星铓。在那里你会不由自主地合起掌来，一起和这万物祈祷些什么。

树神是哈尼族的崇拜之一。每一个寨子安扎时，都要选出一块好林地，一棵茂盛的常青树作为这个寨子的神树。人们崇拜它，礼敬它，在节日里向它祈祷：举松明火把，敲震天锣鼓，摆长街宴，跳铓鼓舞，诸神呵，请赏我谷，赐我畜，护我寨，佑我人，请给予我们一样的雨、收获、孩子和健康，请给予众生吉祥。隆重而热烈，虔诚而神圣。

我尤为爱树，忍不住对路过的每一棵都要心躬一下，注目一番。仿佛这样就和它微妙的过去建立了一种联系。我想告诉它，我是它的兄弟姐妹，我愿意得到它们的护佑。脚踩树下厚厚的落叶，噗噗噗地，松软又绵厚，不敢放重脚步，怕是一沉下去，整个大地会燃烧起来。

松软又绵厚，是的，你说得对，这茶就是这滋味。

我们一起喝帕沙，思绪飞扬，忍不住说了一句。有人紧跟着也说了一句。这茶是来自帕沙山的茶，帕沙山有五个哈尼族寨子，所居全是哈尼。茶非著名，却是化涩极快，尤为可期可待。主人用高沸之水激发，一到二十泡汤色皆为青绿，皆柔软，皆高香，皆有丝丝缕缕的苦荡，生津线性流畅，不温不火，细绵而悠长。像中年的日子，持久恒定，有层次感，却绝不突兀。松软绵厚，像踩在厚厚的落叶上。

我忽然想，莫非真的有前世，前世的我，概或真的就是这样的一棵古茶树吧？不然，我怎么那么清晰地听到叶子的声音？我怎么那么感同身受一片叶子的命运？如果是，前世的我该有多沧桑呵，多阔大，多辽远。

我为今世的渺小而愧疚，而忏悔，而原谅。

三、妻妾成群

我说，宁可无华服，不可无素壶。喝茶快十年了，不怎么逛商场，茶城必逛也快十年了吧？我是爱好看衣服的，一任喜欢，妻妾成群。我说的好看和名牌、时尚、流行，都没有关系。且是一直抵牾和躲避它们，这种审美甚至波及其他领域，整个人事物情。仔细想想，一则羞于囊中，二则是觉得那些都是配饰，和人的质地无大关碍。而我素常人却无须那些妆点。可是现在，那些好看的衣服也不再，妻妾成群的是那些炉呀、壶呀、盏。我之善变，不知什么时候移情了。

小松尾壶是我的至爱，随我七八年光景，一直侍熟普，妻的位置不可动摇。发稀齿摇都不能撼动我对它的亲切与疼爱。还曾有一把小西施，那时我不知它的好，乱用，后堆放起来了。近几年，阅壶无数，渐渐想起小西施温润可手的好来，又添新壶，决定用它侍生普。只是未待生情，盖子忽然就碎了。沮丧很快就过了，罢了，不得强求。他日修壶处，修好放起来吧。索性添了潘壶侍生普，美人肩侍红茶，一时内心就又心满意足起来，觉得日子肥美，可以把动荡和忐忑放一放了。

还有一些壶，适宜搁置，看看就好。无论线条、造型、字图，各有好处，却用着不放心，不宜拿在手心抚摸，不宜长相久处。相见甚欢的好，能留就留着吧。

最初喝茶时，习惯用不同的盏来看汤色。浅色驮着红茶的晕，最是好。白茶适合用粗粝的大盏或兔毫，普洱适宜依据心情，或深或浅，体味汤色之美、凝脂珠玑之质。有段时间，心意忽然就简单起来。一茶一壶一盏，红茶用湖水蓝银盏、美人肩。熟普用大点的建盏、松尾壶。生普用小建盏、潘壶。最近，新淘一盏，素薄胎质，上一美人，湖蓝盘扣，胸举一花，阳光下，黑色百褶裙隐隐透着盈绿。正是心喜时，随处带着。生普时，盏中映汤色最是好看，恰如月落，盏卧美人。只是，它太薄了，过陈的普洱，它盛得动么？

说到底，我要养的，还只是这三把素壶几个盏。不带图案，不带题字，造型简单，线条温润，足以构成我之欢喜即可。以前喜欢自然而然地向外流淌内心的东西，现在更在意那些柔和的、缓慢的、素朴的、喜欢的东西悄悄向内渗透于心底。古潭有波，也可无波，映着，照着，就好了。

或者有一天，真的都精简掉了。一人，一壶，一炉，一盏，一生即可。

四、色空鼓

周末约茶，茶未入心，被鼓吸引。那鼓叫色空鼓，蒲团之上，鼓槌列旁，谱曲打开的那页正是弘一大师俗家时所作的曲子《送别》。试着敲起来，虽为断涩，却有山中湼湼、雨意蒙蒙的木鱼之乐也。回后找来几曲去听，如空谷梵音，生却幽兰的心意缭绕不尽。槌起是吸，槌落是呼，一呼一吸，一落一起，深沉，空灵。山是禅者，梵音从禅者的心中款款而出。仿佛那我是鸟鸣，是涌泉，是潺溪，是松雾，是铙钹之音，是编钟之乐，是古琴之幽，是禅者心中款款而出的世之好音。又仿佛，我是山，是静默的禅，诸多的好也正洋洋而乎。那空处而起的“我”，旷中而灭的“我”，是我，又不是我。退静两忘，有什么睡着，也有什么醒着。

一下子，喜欢上这色空之鼓来。所谓空不异色，色不异空，又是什么呢？

一代高僧梦参长老心磐身雪，圆寂。各界纷聚五台，祈愿长老常寂光中，乘愿再来。梦参长老曾侍弘一大师左右，大师曾说："去去就来，回入娑婆，指顾间事耳。"乘愿再来，死亡之轻，多么宁静，轻静如一声叹息，廓尔忘言。想起曾看过关于死亡的文章，说是临终前，魂灵要离开肉体，那种割舍是疼的，非常痛。亲人要做的是帮助临终的人缓解痛苦，静静陪伴。打开窗子，让光引照进来。不要用泪水砸到病人，不要用更加沉痛的羁绊让病人举步维艰。如果能够去去就来，天上人间，哪里是为实，哪里是为幻？

我和老伴儿喝茶，轻轻聊天，他说婆婆就这么和他聊起过。一时，心念竞起，泪流不止。

我所有的悲欣皆在色空之中，但修梵者音。

五、大雪山

友说，尝尝大雪山吧。

让我猜猜，这茶或许会有冷冽孤寒之香。友笑而不语，煮水，温杯，洗茶。初闻杯底，有隐而不发的幽气，似蜜若兰，又好像都不是。那香仿佛藏在剑中，不发则已，一发封喉。班章的香霸气外露，冰岛的香蜜若美人，昔归的香恬淡如兰，这大雪山的香，可以猜测也一定是饱满的，一时也说不好它的香怎么归纳。仿佛它在等待被打开。茶汤入喉，一直到三泡仍不觉其香，有清虚的苦徘徊不去。直到四五泡，有香在舌面和上颚回荡入喉，又突然间在喉根部打开，犹如暗夜昙花，香气"啪"地一下，把整个口腔撑得饱满欲破。六七八泡下去，那香慢慢渗透到胸腔、脖颈、腋窝、后背，乃至四体微汗。热肠如沸，幽韵如云。那香真的是高寒冷冽，我行我素，耐心地等到余烬，它才倏然照亮一直想走进它的人。忽然生却豁然开朗之种种。大雪之山涵养的茶，我们低处的人怎能一下看得明白，闻得清楚，觉知其好呢？

冷冽之香的趣味，都是初看无味，再品生趣，愈觉其精髓的。蘅芜苑主人有人说她面热心冷。年少时读她也真觉得她够虚伪，世故，圆滑。"吟成豆蔻诗尤艳，睡足荼蘼梦亦香。"怎么会有这么好的诗句来形容她呢？只是读到她的"雪洞"之居所时，心里稍微诧异了一下，她居然这么素简了静，是我所料不及的。十几岁的孩子就是爱恶一定要分明的，心里打算不喜欢她了，那么就是怎么也不喜欢了。

如今灯下白头，又读再读红楼，铺展开来想一些世事，才发现年少时所不喜的越来越接受了。不吃的芹菜香菜黏东西都喜吃了，不爱的大团锦绣一团和气都爱了。经历得越多，越觉得人心可谅之处越多，可堪叹息，可堪理解之处越多。每一个小宇宙都有自己的日月星辰，沧海桑田，都有自己的宿命和宿命挣扎。我们不说，我们又是大宇宙布下的一个个小星子，我们不说，怕是一说一个小窟窿。一说，苍穹就会千疮百孔。

一个花事了时仍能足睡之人，冷静，理智，淡然，有着静默质朴意蕴丰富的特质，这是否也是对外之浮躁的一种抵抗呢？

哎，大雪山还真的好喝。旋即又不免担心，或许又该真假难辨了。

六、不如

午后看十竹斋小画，觉得别有意趣。忽然就想起先前去友那里喝茶，主人曾赠予一小罐儿刮风寨。取潘壶，温建盏，人生识字忧患始，不如喝茶看画，一片世情天地间。古人说，“白，也是眼；青，也是眼”，不如多一些青眼吧，倘若不能，就闭上眼睛，假装看不见。

丁酉冬于如如斋

清

一、清心

宋代倪思在《经锄堂杂记》里说，松声、涧声、禽声、夜虫声、鹤声、琴声、棋声、落子声、雨滴阶声、雪洒窗声、煎茶声，皆声之至清者。

这让人蓦然心动。声者发乎心，声清者自是发于清心也。清心如水，清水如心，是也。自然万物，都有自己内在的神，能发清机逸响之音时，想必是离神最近之际。但凡能聆听清泠之音的，想必也是有着定慧的福祚之人。

常常昏沉掉举，心旌浮泛。我慢之心，慢我之心如春头跳上枝丫的花苞，不开不罢休。想到自己的不堪种种，便是要吃一吃就在案头的当下茶。让自己化掉，在一壶一盏的清心里，体味松涧声、禽虫声、鹤琴声、棋子声、雨雪声，噤声于至清境。作为自然中的一个小小粒子，我想我愿意是茶芽中的一颗叶绿素。

当年菩提达摩修忍辱波罗蜜行时，面壁枯坐，魂索我行，追问我与非我，我之生死。豁然开悟，合掌大念佛陀圣号，撕掉眼皮处幽然而茂生一植物。寺院沙弥煮叶而食，清汤饮之，顿觉寒冷渐遁，神清目明。这植物即是茶树。仿佛，茶与佛缘是与生俱来的。高峻的山，寂枯的谷，幽深的林，焕如积雪处，才能生长清逸远幽的茶来。

古人说，茶有肥瘦，肥者甘，甘则不香。瘦者苦，苦则长香。茶之回甘，正是在缕缕泛苦的滋味中，体味、修习、沉淀、抛却机心，顺意当下与自然。茶人寻茶、烹茶、奉茶时，忘记了自己，想到喝茶的人会心起欢愉悦然之色，天地便空阔起来，心也会愈发清幽逸然廓而舒展开来。清的心，合尘，纯粹，明净，坦然，寂色而峭然不动。

曹翁自制冷香丸来医治世之热病，有趣而浪漫。春之牡丹，夏之荷，秋之芙蓉，冬之梅，均取白色，取之蕊，佐之节气中雨水、白露、霜降、小雪之水而成。我想，亦是清心之意也。

《圣经·新约·马太福音》里说：

“清心的人有福了，因为他们必得见神。”

二、清欢

“清”，多好的一个音节。舌齿相碰，不必费力，不必激荡，气息稍递便有共鸣。浅息间，就是道不尽的情意深重。欢喜，也是清欢更让人倾心。不浓烈，不矫饰，不刻意，淡淡的微笑，浅浅的欢喜。得失，来回，来则当来，去者自去。轻拿轻放，悲喜不滞。寂静，自然，沉稳。可是，来与去，此岸与彼岸的距离，到底多远呵。人用毕生来丈量，来泅渡，无涯苦海，有时距离在眼前，有时在天边。有时看得清，有时看不清。有时能看清天边，却看不清眼前。世上这种放松的沉，清逸的沉，是茶的欢喜。那是一盏苦海，是茶一生的来去，是清心里的悲欣。

两次去杭州。西湖边上小住，竟觉无所归心处。雷峰塔、断桥、烟雨西子，诸多景致，万般情意，都觉得那是别人的。好则好矣，多是心是心，境是境，相无契合处。故事是别人的，多情亦是别人的。那时不知有一绝胜好去处，韬光庵。纵然知了，那时之心也未必以为绝胜。那时，今日，中间隔着多少山水与叹息，谁人知晓呢。

当年，别茶人白乐天循着野趣，偶遇庙庵，邂逅清欢知己韬光和尚。白屋炊饭，滤泉葛粉，青芥藤花，红姜紫芽，素斋邀茶。山僧好林泉，喜倚石眠，说“白云乍可来青嶂，明月难教下碧天”。别茶人看了，心下莞尔，只好白云庵中就明月，素见素饮，此话不提。好一段清趣雅意，身份无别，学识无别，无无有有，有有是无，无无是有。唯有茶缘，乍见欢喜，久处欢喜，闲淡，静默，皆自如无碍也。

心意深处，还要三去杭州。此心匍匐，深躬韬光庵。不为别的，只想寺庵古树，味清欢之心，得一盏韬光庵的沉沉茶意。趺坐，静默，远耳涛声，能否如石，能否温柔地伏拜在时光之中，让所有悲喜缓一缓，轻一轻呢？

三、清思

柴米油盐酱醋茶，琴棋书画诗酒茶，一样的茶，一样的欢喜。世间所物，原是无俗雅之分的。物是物，人是人，雅俗之别的是物器之上之中的一颗心。

那日和友无端探讨起俗和雅的问题来了。我喜欢俗世，俗世中的一切。这种欢喜是发乎心、止乎理的欢喜。比如，饿了能吃到饭，渴了能喝到水，困了能倒头便睡，肠胃堵了能顺利如厕。我喜欢这一切的俗世如常。如常，多好。踏实，妥帖，最现实的温暖和安静。有一眼望不到边的安全，哪怕寡淡也是好的。关于俗雅，我以为厕上书是雅的，书橱上摆给人看的精装书却是俗的。大碗茶解渴痛快，体味生之淋漓就是雅的，茶席上精品妙盏，扭捏作态，刻意镂饰，比富攀贵，眉眼高低就是俗的。诗词书画为心而作就是雅的，媚世而行就是俗的。不写分行文字，有诗心能与万物同痛同喜就是雅的，纵是写分行却不懂情、不懂尊重也是俗的。千人千面，万物万眼，都归一心。一心为静、为净、为敬、为镜，倘若懂得尊重和知晓，便是雅意和清思了。

那些在俗世中竞相奔走的各色人，纵是远远看着，也是充满感激涕零的。我在，尚在，尚在其中，该是多好。可见，物都是一样的物，人却是不一样的人。这么说也不对，人到最后，也终归是一样的人。不同的是走的路不一样，走路时的形色不一样，走路时心的颜色和跳动也不一样，终点是一样的。

我常常匮乏与昏昧，不知，不止，生却贪嗔之念。日本茶道祖师村田珠光写给弟子的一封信中说，“成为心之师，莫以心为师”，说得真好。可是如何才能得此自由和无碍呢？

清晨醒来时，阳光正好。无数的光透过尘埃和鸟鸣，抵达案头时，透彻无误。贴梗海棠在春节期间把花开满了，开透了。落红成泥，枝头吐叶。叶和花一样动人，好看。看叶是叶，看花是花。有的时候会想，此地此景此物，哪里不可以是观世音菩萨化身而来的呢？眼耳鼻舌身意，它们和我一样俱足。每每这么想，便觉它们看我的眼目慈悲，返躬己身，谦卑和柔软像早春的阳光，融融的了。

午前，给自己泡一盏金骏眉，习惯了。

四、清谈

古有爱茶人张源，论品茶，独啜曰幽，二客曰胜，三四曰趣。我似天生爱幽，若有灵犀，也爱胜，习气相近者，亦爱三四之趣也。

商量好了，要一起看红月亮。前几年，总是冬无雪。邀雪不来的遗憾总是让人耿耿于怀。深冬的夜也总是多了份落寞，少了点清许，和很多蹑手蹑脚的温暖。和友牵手在路边走，月亮还不肯出来，却接到短信。“天晚欲雪，茶聚可否？已有人三两，静候。”我和友相视而笑，去。能饮一杯无的，定是别趣。

小炉欢，谈兴浓。六安，竹叶青，猴魁，火青，黑美人，滋味由轻到重遍尝了。有人提醒说，如此喝茶，也许并不科学。众欢处，说，科学太理性，太硬邦邦，我们要的是感性的轻松和快意。那时，我们明快，对已知和未知的世界都充满好奇和期待。也痛，也苦，但是没有绝望。那时，霾也没这么重。对峙，辩白，对宗教，对哲学，对一切形而上的东西一知半解，因为一知半解而心起争执。一盏落怀，荡涤浊思蠢见，又次第静下去了。

呵，说好，要看红月亮的，千言散尽，十年来最红的月亮已走。可是，又有何妨？茶罢归来，云外几重树，意幽小径。我和友一起仰面望望，都笑了。

湖水太浅，载不动月亮。唯有空，盛满天的空才能让它安神，才能让它在别人注视与不注视中都能从容。今晚的月亮，我们看与不看，它都红着。像冬夜提起的红灯笼，给走在黑暗里的人照明。还会在慧根慧器处，永远通体红润着，亮着，照着人回家。

很多独幽客饮的时候，就敲些小文字，很多的话随口就说给茶听了。茶有时苦，有时甜，报我微笑与沉默。

我爱极了，这沉默。

五、清侣

从生长出第一片叶芽到被倒掉最后一片芽叶，茶的一生都在颠沛流离，辗转反侧。仿佛它是故意的。在没有等来专属于它的水时，它要苦其筋骨，它要做很多劳役，它要历经三灾九难，它像西西弗斯手中的滚石，不断滚，不断落，永远劳役，永无希望。有一天，西西弗斯永不言弃和乐在当下的坦然，让神见到了一种叫作勇气的东西。亮光一闪，原谅了西西弗斯一切的罪与罚。西西弗斯终于推过滚石，永无止境的劳役惩罚结束了。那光亮，就是神赐予一切有勇气之人的希望。茶在等到上好的水时，通体的香气才会舒展开来，才会真正打开自己，才会有真正的使命。人生，才刚刚开始散发味道。

所以，水也是不能随随便便的水。山中水，要取乳泉之水，江中水，要取去人远者，井中水要取汲多者。取火要用炭，次之用桑、槐、桐之类柴薪。唯如此，茶气才完足，才不会有“劳薪之味”也。

茶在水中被唤起的记忆，有关山川、河流、松泉，还有曾经从芽间掠过的一缕风，伏在脚下想做一叶茶的草，采撷它的那双手，炒制它，烘焙它，窖藏它，流动过它的光和空气，还有曾经凝视过它、亲嗅过它的眼耳鼻舌身。记忆多好呵，有了记忆，就是证存了时间，有了时间，就会淘漉瘠老，留有真醇。与水刹那相激的那一刻，每一个毛孔的打开，都是过去、现在与未来的因果。

一杯茶，就是一座山河。神游八极，跋山涉水，天地精华，喝到肚子里，轻慢倒掉，那既是缘分，又是宿命。它还是它，你终归还是你。

日本茶道鼻祖绍鸥说：“放茶具的手，要有和爱人分离的心情。”这种心情，在茶道里叫“残心”。残心，多好呵。我想它是遒劲枯高，精简素朴，物物平等，随遇当下的心。残心才是满心，残心的美，是素心之美。

磐石和素心，都是茶的清侣。茶，亦是素心与磐石之清侣呵。

六、清恩

冰雪天地，茕茕孑立。风吹起长袍葛巾，雪粒在鼻尖上打个滚，旋即化了。天地空旷，人显得格外渺小，又因为天地空旷，人又格外醒目。背后的柴门虚掩着，犬和犬吠都隐藏在茅草木屋里。风炉忽忽，漉水囊，竹筴，越瓷熟盂都静静的，琴音闲置，茶待人归。

一定有这样一个午后，陆羽在风雪天地间，遥目缁素。而在同一片风雪天地间，忘年之友皎然和尚也是踟蹰独行，欣欣而往。品新茶，录茶事，耳目境新，世情可忘。物远云近，茶缘，茶情呵。陆羽生平颠沛，终留《茶经》于后世，想到同样爱诗爱茶的大和尚皎然，想到他们的素饮清谈，共情于茶的痴念，如琢如磨，如切如磋。便会感叹，世间有多少恩情一清如水，不沉重，不相碍，一想起来就让人温暖呵。

当年竟陵龙盖寺智积僧从水泗野边捡到陆羽，收于寺中，严厉从教，苦其所行，“示以佛书出世之业”。而陆羽心在儒学，矢志不渝。师恐其心相悖，拘圄棍打，棍断其背。终不堪困辱，逃夭而去。智积因为平时吃惯了陆羽煮的茶，此后再不饮。经年之后，人赠一茶，啜饮感叹：好香呵，好似鸿渐煮的呵。是人随即说，是的。智积老泪纵横，哽咽不语。智积于陆羽有收养之恩，陆羽于智积有弃逃之苦，这样的恩情恐怕是五味陈杂、欲言难辨的滋味吧？恩重如山，负山的滋味会不会真的让人受之如饴呢？

贞元二十年冬，陆羽死于湖州，葬杼山，与皎然砖塔遥遥而对。

天地茶香，浑沦一壶。

相传，有道家人物叫壶居士的，又有人称他为壶公。空室有壶，白天悬挂，夜晚他便跳进壶里，壶中有天地，壶里一乾坤，壶里是累世的茶恩。想来是杜撰逸事，茶可羽化是人，心若如茶，便知天地大壶，又岂用栖壶而眠？如此想来真是痴笨与愚顽呵。可是，很多痴笨的事才让人记住，才让人笑着流泪。不是么？很多时候，我们自以为得了茶心，却不意而为地一次次地跳进壶中，而忘记天地，忘记天地大乾坤。

唉，茶恩岂易得？

初稿于丙申二月如如斋

柔

一、谢谢你的茶

早就听说他是泡茶高手，擅熟普。因觉喝茶是个人的事，喜好，心情，个中滋味，那都是无关他人的不可言说的体验。所以虽心动却未专门拜访习之。机缘巧合，他听说我亦最喜熟普，便于一日午后约来一茶。

过草径，绕密竹，花木静谧，郁茂婆娑。行至茶室，主人不在，环而视之。简洁书画一二，窗台有一苍根作盆的小绿植。惹眼处是干净的茶具，整洁，有序。由此顿生清凉，心生好感。爱茶的人，亦多是不忍辜负茶器，予以洁净的。于是，比来时心意便又多了一层熨帖。先是和茶师喝生普，闲话一阵。主人来了，虽为初见，未作寒暄，便熟普。

煮水，称茶，洗茶。一洗风尘，二洗启盖，散堆渥之气。我静静地看，二洗时，茶和水都沉吟片刻，然后滤水。醒神，祛茶之坏脾气。一泡端来，问，如何？淡淡的甜。说，那好，慢慢徐来。于是不再问，也不再说话，只是茶。茶味渐次厚起来，醇起来。行至六泡后，打开小茶炉，开始煮茶。一直喝到二十一泡，令人疑惑的是，茶始终是一种安然甜美的好脾性，始终有一种淡淡的甘沉在茶里，汤色纯净透亮。好像，水再怎么沸腾，它也不会将就自己，不焦躁，不自轻，不自戕。该打开多少甜，就打开多少的甜，该关闭多少涩，就关闭多少的涩。直到茶掉水，不能喝了为止。如此柔韧的茶，如此一颗轻柔的泡茶之心。这该是多少次屏息守候，研习水温、茶性、茶器，摸索，锻炼，才能泡出这么接近茶之性情的茶汤来呢？这又是多少尊重和修为才能如此尽心而专注来待我这陌生之客呢？直证安顿，性情之丘壑可见一斑了。忍不住赞叹，这茶，真好。主人听了，微微一笑。的确，今天是泡得最好的一次茶。

黄昏落在湖里，橘色的光透过窗棂照进来，又从我的袖口落下，然后落在一双眼睛里。不知什么时候，一只小狗坐在我的脚下，看见它时，它的眼睛正驮着光看我。忍不住蹲下身来，摸摸它的脖颈，它不吱声，我也没说话。黄昏此刻，刚刚好。老伴儿在一旁很是讶异，只有他知道，我原是天生怕狗的。

初夏，有风习习。落日很像被西西弗斯推了一整天的石头，快到山顶时候，又滚落下来了。而我喜欢这滚落的石头。因为认同并妥协了西西弗斯的命运，对于落下，倍感亲切与安然。想起自己每日习茶，却进益缓慢，全是定静与修为不够呵。原来，我们对世间的爱和理解能力还远远不够，还缺少一种寒夜客来茶当酒的人情温润呵。想来，心有愧意而知尚未精进之处了。西西弗斯的可敬可爱之处，在于勇气，更在于在广漠的空旷中，葆有自尊与自足的微笑。所以，他的光落下来，能照耀。

哎，一道茶竟能让人的心松松落落的。镶了金边的心呵，那么软。和主人道别，他们在花草斑驳的影子中送我们。转身辞行，躬身。

谢谢你的茶。

二、弯弓

教书时，最爱给孩子们上古诗词课。爱看他们仰着头，琅琅而读的样子，有着小猫用鼻子蹭手背的清凉，柔滑又痒痒的。有时会逗他们开心，说赵明诚写诗怎么输给了李清照，说苏轼和佛印如何机锋相嬉相谐，说小轩与谁同坐，说一种情怀。他们听得入神，眯眼笑。我想，我愿意葆有一种天真的理想，更愿意孩子们也一样，在苦难而多变的人世，拥有一种别样的柔软心肠作铠甲。后来，因身体孱弱离开站了十多年的三尺讲台，却常常梦中教书，梦到他们在古人的月光下说话，碧天如水夜云轻。

我在怔神，全是因为看到了一款茶，叫“弯弓”。它是易武茶系中的一款，观形赏色，是款好茶，却不知适于我否。在茶友那里细细品之味之，自觉其香气甚高，有粗粝的肥厚之气，又有小嫩的细腻之美。茶气悠长，有着刚柔兼济的侠骨柔肠，是一种很难一下说清楚下定义的茶滋味。这茶，真的叫弯弓？一时觉得天地间真的有很多不为人知的相互关联，它们秘密存在，不足为外人道也。这茶，确有弯弓的趣味呢。想起自己刚写下的短句，“现有斜阳，需要一个旧巷子/脱漆的门牌号，绿邮筒，窗台簇拥的花朵/石阶上坐着的人，一只猫弓背卧着/像要随时把自己/射出去”，这几天，冥冥中仿佛一直在某个角落响起“会挽雕弓”的句子，是为邂逅这叫作弯弓的茶吗？

我们在人世中弓着柔软的腰，只为遇到合适的弦和手，把自己射出去。我是总觉得，该是这样的。柔软中有刚烈，刚烈中有柔软。美到情不自禁，丑到怒不可遏，美和丑到了极点，都可以毫不保留，倾己而出。为美折腰，为丑剑拔弩张，真性情也。那个写会挽雕弓的苏老头即是。率性，旷达，明朗，有着温暖的生命调子。苏老头也是爱茶人，那时那世，不知易武弯弓为何。若是今生今时，是否可以与之对坐，把盏言欢。谈一谈肉可肥吃，竹可赤写，可以高居庙堂，亦可远处江湖，可以仪态万方，又可身若芥子被莽夫推来搡去。那么多的不可设定都被苏老头弄得大化无形，爱他没有缘由，又是有理由的。

那年，我教孩子们背诵：“老夫聊发少年狂，左牵黄，右擎苍，锦帽貂裘，千骑卷平冈。为报倾城随太守，亲射虎，看孙郎。酒酣胸袒尚开张，鬓微霜，又何妨？持节云中，何日遣冯唐？会挽雕弓如满月，西北望，射天狼。”小孩子们朗声唱读老夫聊发，竟有时光错愕的美，枯树新芽的惊奇，让人莞尔。孩子们多好，鬓微霜又何妨多好，雕弓满月多好，柔软和刚烈兼容一身多好。总之，有着万千心意的好。

三、猴魁

这么多年，竟第一次尝到猴魁。多年前，我很是心有不平，喜恶分明，是一头只认一个方向的小犟驴。于物于人皆然也。听她说只爱猴魁，因平日观其言行多在浮夸，便觉得猴魁也该无甚滋味罢了。心有芥蒂，眼里著相的人就是这么可笑吧？实在愧赧。

一款好茶味，就这样空等了经年。

仔细看看它。其色苍绿，其形如束薪，倘若结一根草绳，便有卸刀而立野夫喘息之气隐若耳边了。又像马刀，像利剑，像古币，在众多茶之叶中很有另出机杼、丘陵中出奇峰之感也。绿得壮硕，大得壮硕，如此之躯，想必会有金戈铁马、大漠雄风的汤水生涯吧。

取玻璃杯盏，煮水候茶。水与茶的角力，不必过长。只是三四泡就会激发一道茶，茶性中所潜藏的集体无意识，就会成为品者的有觉之识，滋长一种经验到超验的滋味来。或者，什么都不用想，喝茶就是了。这么思绪飘摇的时候，却真的忽略了盏中的茶，一时觉得全无滋味。再细啜之，似有高香，而又恍惚。如果不瞬间捉住，又仿若全无。全然一副含而不露、幽而不冽的样子。是一种天地冲和之气，似无味，却深情。唉，怎么会有如此烟霞风致，垒块胸次呢？一个红脸大汉执板唱“懒起画蛾眉”“碧沼红芳”，该是如何的一种别样柔情呵。

我想，一款茶与人的讶异就是世间馈赠人的一份好心意。而人觉得不愧受，想把这份隐秘的快乐投诸到世间所有的寂静之上去，就不算一个局外人。

人世飞扬，都那么蓬勃有力，多好呵。不垢不净，皆是因果。那么，就寂静地尊重那么多的飞扬与不飞扬，沉寂与不沉寂。

四、还魂汤

长日风物，如如斋里寻如如。我总是喜欢清庭洗尘，然后再坐下来，看书，写字，画画，别饮一盏茶。仔细想来，尘土也不是脏东西，只是人心强迫着自己无碍，反倒有碍了。有些微的强迫症，罢了。

于茶亦然。绿茶太嫩，不洗，却也总是心头有恙，仿若抄经前没有沐手燃香这般不踏实。平日里多喝红茶和普洱，洗茶这道程序是万万少不得的。前些天喝了茶友的普洱，他洗茶两次，一次清尘，二次醒茶，且有些时间。再品茶汤，果然滋味恬淡不失回甘，旧味，沉味，尘味，起床的眼屎味都没有了。深以为然，茶，非洗不能喝也。

那日与友喝岩茶。他洗茶，头泡却没有倒掉，而是放置于一个小小的茶瓯里。一时不明白留之所用，也没作声，只是静静地和主人一起喝茶。一直喝到茶老水荒，滋味淡了，情味浓了。主人却端起那瓯里的茶，说，再尝尝这个。这，不是洗茶的头泡吗？主人点头，说，尝尝看。再尝，渐渐淡了下去的口腔，丰神滋味似乎又全回来了。是惊鸿一瞥的惊艳和遗世独立，原来，这世间的美只在回头刹那间。真的是不曾有过的妙不可言。走了一圈，又回到了起点。那主人很像守在地头吧嗒烟袋的老农，眼看着冬天荒芜下去，荒下去，芜下去，却一点也不心焦。全是因为他知道，荒芜的尽头还有一盏原点的茶在前面等。一切都在他的预算和掌控之中，冬天来了，春天还会远吗？这让人觉出平安喜乐的好来。一时郁葱佳气生，再看那主人，甚觉有林中高士之风也。

他说，岩茶，单丛，东方美人这些茶头泡扔掉太可惜了，浸物很丰稔的。这头泡茶汤叫“还魂汤”。还魂汤呀。

如此想来，平日为人待物太刻板了。茶有千般从前受过的苦，留下万般的尘，怎奈我是犹自洗不尽的。那茶不一样，不可抽刀断水，不可记号于船上，兀自寻落水之剑呵。这么自省一番，顿觉松爽，茶的滋味又好上了一层。

很多人问，如如是何意？出自哪里？有什么新章典故吗？我说不好。只是觉得自己既无如如之心，又无如如之态，常常失重地摇摇摆摆在这尘世间。如如，是自己的警策之语也。长日风物，如如斋里寻如如。对，找一找那个镜花水月中如性的自己。

喝茶吧。

五、瑜伽茶

听说有一种瑜伽茶，没有喝过。想见着未必真的就是一款茶，概或是说，瑜伽和茶之间有着千丝万缕的联系，有着皈依的质同和体愿趋向，它们在一起就不贸然冲突，而是有着和合之气了吧。真的有一款这样的茶，也未可知。就比如说颜色、桃脂、靛麻、蔓清、云音、金英之类的，桃脂、靛麻容易想象。而蔓清、云音、金英就需要构筑经验，视觉的，味觉的，听觉的，从而形成一种形而上的审美体验。都是说通感吧。通感这东西很好玩，有妙不可言的清越之美，有打碎眼耳鼻舌身互为存在的化意。化，化于无形而又有无穷生意，是一种轻而上的意识之美。

初习瑜伽，却是相见恨晚，知道这是早就静静等待的旧时相识。瑜伽冥想和休息术时，最是欢喜静默时刻。身心无限地大，有无数的叶绿素顺着血液流淌到各个末梢，自己是一棵静默的大树。根基扎得深些，再深些。枝丫挺拔，叶茂欢畅。那些废气、浊气，顺着不同的伸展方向，从根部归还给大地。是呵，没有谁比大地更能做到不垢不净而涵容一切了。我们，把自己的不堪和负累连同愉悦与平静一起交出去，交出去就行了。唯有大地，能够托起浮生。把个体化为宇宙之灵，与众多的生灵一起存在，这是我们的和谐。瑜伽师每次导语都要说，让你的眼目舒展开，嘴角微微上翘，让你的舌根柔软起来，耳朵柔软起来，身心一起都柔软起来。是呵，都柔软起来，说柔软的话，听柔软的声音，走柔软的路，做一个柔软的践行者。向瑜伽上师致敬，向自己内在的神性致敬，Namasday。

浑然忘我，这是瑜伽与茶的一同归向呵。茶由外及内，而得四体森然、云光潋滟之风逸。而瑜伽由内及外，个体与宇宙相融相契，意在唤醒那个沉睡的美好自己。一切向美之美的路途呵，都是殊途同归。

哎，有没有一款瑜伽茶又何妨？

六、苏格拉底说

写字，画画，写文章，喝茶。我的生活简洁有序，甚至有些刻板。甚或稍作变动，便有说不出的惶恐。惶恐什么呢？还是说不出。世间就是这样，有着很多的说不出。说不出，就不说了。一时觉得，这世上有着那么多我不需要的东西。真好。

后来读书，发现我说的这话，两千多年前就有人说过，希腊大咖苏格拉底面对万物皆备的集市说：“这市场上竟有这么多我不需要的东西。”

撞衫了。

丁酉仲夏于如如斋

濡

一、濡水

夏天，我们心里长草，就又有了一趟草原自驾行。锡林郭勒，呼伦贝尔，多伦，乌兰布统，最后到坝上草原。心里的茂盛在自然的茂盛里打个滚，算是长出来了。还有一个隐秘的小心思没说，我想顺着一条河走一走。发白齿摇了，一些事情已经不想也无须去明白了。还有一些事情却越来越多地盘踞着你，占有着你，你忽然想打开它，解开它。或者，那是来龙也是去脉，是源起和流向，更是我从不自知的一生。

看家乡志时，有一段这样的记载："濡水，唐末濡水改称滦河，濡读音nuan。'令之'其意取自杜梨树枝，枝长刺采摘不便，故'令之'取'梨枝'谐音而来，汉置令支县在今迁安市西北四十里。这里两千六百八十年前曾有一支非常强悍的半游牧半农耕的山戎少数民族。春秋战国有令之国，服山戎。山戎携令之曾灭蓟破燕犯齐，后被齐燕联军所灭，其地归燕。"

心头一动。如此想来，我的血管里有没有流着异族的血呢？这个疑问很多年前就有过。那时写一篇关于"秋千"的散文，查到秋千这个玩具起源于迁安，就是山戎族当时发明的一种玩法。振羽兄那时做《把玩》编辑，稿子要去了，匆忙间疑问就此搁置了。如今再提，实则也无从考究，下不了定论。人从哪里来，是形而上和形而下的终极命题。人们沉郁其中，不过是心怀理想，人类能够消除在种族上、见解上、观念上的一切隔阂。一体性是终极，美好而又充满诱惑，像个梦。蹚梦而行的人类该是多可爱且悲壮呵。

小时候父亲用自行车驮我过滦河大桥时说，看看，这桥在你出生时，它也驮起了河。我仔细辨认桥头的字，那一年正是我出生。如今我已病老，很多东西驮不动了。它也朽迈，静静地退守一边，看着新桥，守着长河，像父亲弯弓欲射的腰。只有滦河水还是新的，刚刚流过这些年头，时间才到哪儿呀！它还要继续流淌下去，直到无数的桥来躬身驮起。对于水来说，瞬间即亘古，亘古即瞬间，它把人间都流老了，依然不动声色，它充满无穷的耐力和隐忍。这河水，何起何灭，又是何时，岂是我的等身长头能丈量得了呢？那么，知道它原是濡水之名，就去走一走，顺着它的源头走一走。哪怕有细枝末节的消息抵达了，你对自己的立足之根就会多一层理解，多一分从容。

我们颠沛在草原上，途经巴彦古尔图山、黑风山，抵达大古道沟，抵达塞罕坝。像笸箩里的一群蚂蚱，有随时被崩出的危险。远山清雾，漫野柳兰，蓝靰鞡，芨芨草，有着过滤的美。羊群驮着棉花糖滚来滚去，它们不吃糖，却对爱上甜的人极具诱惑力。牛马不愿扎堆，它们松松落落地低头吃草，样子优雅。草原给了牛马家一样的感觉，它们格外有归属感。天地浩荡，皆为我草。不用担忧未来，不用焦灼现在，不用争抢地盘，不用掠夺草木，不用表白与证明，就连优雅，那也是人说的，和它无关。它们的自然姿态让人隐隐觉得有一种自足的丰富和神光，人需要从中汲取力量和勇气从而不断更新自己。我神思恍惚，听见有碎裂声，很是担心带来的小茶壶是否经得起颠沛。

你看，那河！

远远的一条河盘绕在草原里，草蛇灰线般，细小绵长，很是胆怯而孱弱。一只赤色的狐狸飞奔而过，有像小针尖样的东西在心头划过，多伦草有着小小的悸动。那河是吐力根河还是闪电河？忽生落寞，一时迷茫看不清。或者，你热爱什么，什么就使你迷惑。

更多时候，我们不愿相信现在的自己，而愿意寻找根源的浪漫，从而得到一种冲动的慰藉。我们原本是具有神性和美好的，捡回来就是了。可是生命的源头并不雄浑与阔大，它平凡渺小得只用一块石头来纪念。我甚至不知所措，不知道以何种方式来顶礼它。但它映照，映照我所历经的一切。天空、大地、远山、湖水、野花、劲草、牛羊，和我的忐忑与愉悦，自省与更新。它生生不息，有着持久而专注的力，你不能轻视它。我的滦河濡水，就是从它那里流淌出来，养我，育我，渥我，惠我，还终将泽披我的子子孙孙。

从濡水出发，抵达吐力根河和闪电河，不过是从水走到了水。一切终于回到了原点。它让你明白，只要你愿意，一切的神性早已埋伏在我们从时间走来的路上，我们睡着的时候，它就择善而居了。

在蒙古大营落脚时，先打开小茶袋，小石瓢并无震荡完好无恙。从家里带了几款茶，轮番泡过味道都好。一叶茶在水里行走，像人遇到故乡的水，自在，宿命，冷暖自知，愿意就此亲切地沉沦。我们一行喝源头的水，在深夜泡一壶茶。围在一起嘈嘈切切，那些轻声和漫语像大珠小珠落在玉盘上。

夜越来越深，仿佛有汩汩的流水声在身体里流淌。老伴儿开车累了，已有轻轻的鼾声。

二、茶母子

据说，蜀地蒙顶山有个永兴寺是尼师道场。宋甘露禅师制定蒙山施食仪，种甘露清茶，那茶即是后来所说“蒙顶甘露”。

那年在成都，晚上去琴台路文化公园的蜀风雅韵看川剧变脸。花花绿绿的舞台，散落的茶客，长流壶穿堂而过，很有壮士横刀、美人挟瑟的态势。当你还在担心会被茶之热情水之沸腾灼伤时，那温润的茶汤已隔桌隔路冲到你的盖碗里，汤入衷肠，刚刚好。长长的路程让茶清醒而冷静了很多。熨帖，都是这样走了很久才得以的吧？茶碗里的茶都是带叶的汤水，并不一次喝干净，要留些等待再次注满。我问，这茶是蒙顶山茶吗？中投法吗？回答是，茶碗里留下的汤水叫“茶母子”。茶母子？新鲜又有趣。不说话了，看戏。

茶碗里的汤水因为有了母水，又有源源不竭的子水新注进来，竟然喝了很久意味不减。温厚，简朴，有着淡淡的好。渐渐地有些意马心猿，高腔，昆腔，胡琴灯戏，小生须生旦花丑，全是一派迷糊，一片灯影。心心所念的，竟全是手中的一碗茶。这茶很有茶米油盐酱醋茶的茶味，亲切，烟火，是一种绵延不息的存在提醒。只要你愿意，是可以一直这么喝下去的。像一颗可以向其无尽索取的心，昭昭不昧，了了常知。世上之心，唯有一心，余则孰心可至呵。茶至寡淡时，竟有说不出的感伤。友说，怎么了，你？

我疑心那茶是不是蒙顶甘露，一心想去永兴寺寻访。奈何夙愿不得，心有憾意，那茶母子的意味却留了下来。如甘如饴，是一种时有若无的乳香。

后来翻阅资料，蒙山石巅上生长一种很像茶的花，当地人取其制茶，清香迥然，是为贡茶。还有一种蒙顶山茶，却是石头上的苔藓，算不得茶。不得尽意，继续查找。得知有记载的蒙顶之茶，有火前茶和火后茶，火前味佳，火后有露芽谷芽之称。蒙顶之茶每年春夏之交才开始生长，阳光充沛，又有云雾盘亘，犹如神明庇佑笼罩。清人王世祯说，蒙顶有五峰，最高为上清，峰巅石下有茶七棵，传说是甘露大师亲手栽种。当时智炬寺的僧人上报茶芽，明供京师只一钱余。甘露大师，智炬寺，这么说，我先前听说的永兴寺并不确定？或者，当年的永兴寺只是智炬寺众多禅寺的一部分？当年七树之围，还有茶树数十，称为陪茶。那陪茶之树是一群小书童吗？

如此豁然，实则凡蜀茶皆出蒙山。

想来可笑，我之愚念在于，执着于真相。而我喝到的沦落到茶馆里的茶，哪里来的甘露荣尊呢？而我一意要寻访的，不过是那天感受到的，不因天涯沦落或是凡俗烟火而缺少的隐隐岿然的贵气，那种贵气是天下母亲滋养孩子的底气。无论是否是那蒙顶的甘露，都是一样的茶母子呵。世上茶之万千，水之万千，茶母之汤水都是一样的，润泽含忍，岿然不动。那茶来自于哪里，是什么茶，又有什么关系呢？让你情牵了，那茶就是你的。

茶无贵贱，只是茶心有别呵。想起曾有尼师赠经书，嗯，读读《地藏经》吧。愿天下父母子女都结善缘。好茶善水，愿相相眷恋永不失散。

合十祈愿。

夜晚，在灯下静静回味着一场场茶事，不禁莞尔。我的纸也一任我的脆弱、矛盾、摇摆、狼狈，和所发虔心，一心一意在接纳呵。我之夜夜敲打，闻得见的是一片草木心。白纸和黑字是不是也是一汪茶母子呢？

三、竹叶青

我对竹叶青没有好感，是源于恐惧。

小时候看过王尔德的童话《渔夫与他的灵魂》。年轻的渔夫为了爱，舍弃了自己的灵魂。灵肉分体的他最后没有经受住灵魂的诱惑，想去看看长着美丽双脚会跳舞的女人。最后渔夫永失所爱，撕裂的心在最后时刻，灵魂才得以安住。可是灵肉一体的渔夫已被海水化掉了。王尔德说，影子就是人的灵魂。没有心的影子会怂恿人做坏事，做了坏事的人会受尽磨难。而渔夫割掉自己的影子就是用了一把绿色蛇皮小刀。

自此，我总是对影子恐惧莫名。唯恐它稍不留神会跑掉，而不受肉体约束的影子，是恶魔。我总担心，有一把无形的绿皮小刀会在你并不知晓的情况下，一点点地在锯扯着你。这种哀矜恐惧虽然随着岁齿渐老会隐藏在时间的深处，却总是不经意间撕扯有声。

直到那天遇到竹叶青。竹叶青是一种峨眉山上的茶，友带着欣喜来，说，尝一尝。我有些迟疑，接下了却久久未动。如果没有记错的话，有一种毒蛇就叫竹叶青。浑身青绿，美丽妖娆带有进攻性，是一种很危险的蛇类。这么和友说着的时候，多年来隐藏潜伏的那种关于切割撕裂声，又“嗤嗤”地响起。友笑着说，哈，放心吧！这茶美丽无毒，像个神仙呢。

我们温器辨茶，坐下来喝。那干茶竟有细小的美。两头尖尖腹微实，像一群找水的鱼儿，随时游。又像春天里刚刚冒出的叶芽，做了一个滑翔的梦，飞出梦境找不到原来的枝头了。它们静如处子又动如脱兔。用轻沸的水来泡，粒粒悬针，色如竹，汤含翠。有月色倾怀、玉雪心肠的好。仿佛它们都找到了自己要找的归宿。味道微苦，久味甘来。香渐徐徐，缓缓而入。较之其他绿茶，香缓了几拍。这忽然让人心动。想起年少，在一群优渥感强烈的孩子中，那个沉寂童话、落寞倔强、绝不以讨好取巧来赢得朋友的小小孩童来。

忽然温热。人所恐惧的从来都是自己。

人有欲望，要满足它，又要时刻节制它。担心一任欲望漫漶给自己带来灭顶之灾。这种撕裂，形成了一种人对自己的潜在恐惧。人需要生活在一种安定有序的肉体里，才能隔海而望。海妖的歌声极具诱惑力，却构不成危险。灵魂和肉体的对抗，是一场有毒而危险的美丽博弈。人需要认清并面对。不逃避，直到厌恶和恐惧不再，直到明白，光是影子的护佑之神。有光在，纵是遮蔽也是暂时的。肉身既是避难之所，那么力量、喜乐，和幸福就一定得到了安全的庇佑。不灭不动，不老不死，心归寂静，亲爱和慈悲就会弥散开来了。就此，灵魂爱上肉身。

草堂暮云阴，那松窗残雪慧然明媚了起来。乳花泛，云脚浮，一盏纳悦了自己的茶，舒缓又自在。

《述异记》里说，巴东有真正的香茗，白花煎服，令人神志清，心思明。可诵可记，终生不忘。那茶，说的会不会就是这竹叶青？

四、横云

爱茶人最终会一并爱上茶器的。

读曼生十八式，为横云所迷。形如饮虹，态若从容，圆润细腻，壶铭：此云之腴，餐之不癯。云，即是茶也。腴，是说味道丰满肥美。癯，是瘦。这壶，是宝钗式的圆润女子，有采采流水、蓬蓬远春的风貌。而我想的，是真的有一块浮云，落在壶里，横卧乾坤。卧着云朵的壶，有如禅思玉琴、真僧听心、秋堂夜水深的意蕴。是好的皮囊里有着好的山水丘壑。哪里能够因“多爱一点儿瓶子里的水”而少爱了“盛水的瓶子”呢？持此壶喝此茶的人也定是能够捉得云来、放得云走的一壶闲。一壶闲境。

我总觉得，那壶里有荡漾的钟声。要是愿意聆听，会一重又一重响起的。

对了，年轻时爱黛玉，年老时更爱端详宝钗了。那原本也是个雪样的女子。

五、恢复元气

最怕壶里有杂味。倘若不小心出了陈杂之味，好的办法是沸水清洗，趁热倒掉，冷水浸泡，也即旋刻。即刻热，即刻冷，即刻倒。这样激发其活力又放松其肌体，障碍破除。很快，壶的元气就恢复了。不用豆腐吸，不要甘蔗甜，好的壶只需化繁为简，就够了。我信任一切只需清水滋养就蓬勃的生命。家里绿植也一律清养，清的水，清的日光。

仿佛，我们可以不把生命浪费在于外的一切“假借工具”上，比如炫耀，比如争斗，比如企图。仿佛，我们更愿意有一种活力，它简单，自由，柔和，从我们的器具之身流入流出，人是被经过。而我们愿意并安然这种被经过，愿意气脉贯通，元气满满。愿意这样纯粹，无为，而充满活力。

是呵，要有祛除杂味的能力。

六、星如茶

画了一只睡在树枝上的小猫。题字：别晃，不想醒。那树枝月华春满，正在月亮里茂盛着呢。它开了满树的粉色小花，一朵朵开，又一朵朵落。不焦灼，不急切，也不沮丧。开落皆然。我对遥远的星空总是怀有深不可赦的怀想，仿佛那里是童年又是归处。

夜如水，星如茶。茶在沸腾，水在静止。四无人声，声在树间。星星是天空的小口袋，上天收容一个人，就系一下亮亮的小纽扣。

我在仰望时，心思清澈，明净。

你看，那么多的星球在流浪。

透

一、鸡屎坨

鸡屎坨？听当地的云南人这么称呼它时，忍不住乐了。

那年爱人买来一些茶，疙疙瘩瘩的样子，说是十五年的“老茶头”。貌丑，铺盏品尝，味却陈醇，汤色油亮，很有弹性的红。不敢独享，和三五好友分而得之。习焉其中，味不得他茶，待茶尽人却意犹还在。后友问，哪里淘得？可再淘否？再淘已不复得焉。

人会慢慢习惯失去、不再复得的遗憾。人会越来越接受以前怎么想都不能接受的一些东西。比如分离。人和人的，人和物的，人和自然的断舍离。比如辱垢。物物其上的，人人其中的，人力不及断舍不得的，就得虚涵广纳。

想念那时那品的“老茶头”时，仿佛茶味在昨，得与不得已然不那么重要了。今忽知曾思之念之寤寐的老茶头，当地人就那么轻飘飘地说，不就是“鸡屎坨”嘛，心一紧一缓，就松了。

和炒茶人聊天知道老茶头有一道工序是发酵。发酵过程中，透气是非常重要的一个环节。翻捡不周，被揉捻出的果胶就会把一些叶芽黏合在一起，自此不分，酝酿出共同的茶气。一些微生物又参与发酵，成了一种普洱熟茶派生的小类副茶。存放若干年后，堆味散尽，果胶质却使茶汤比普通的普洱熟茶更持久更醇厚。

是什么样的器物如何揉捻，使茶芽释放出果胶质的？果胶质把那些翻捡遗漏的芽叶黏在一起时，那些芽叶会不会有天涯沦落相逢曾相识之感？会不会有的情愿，有的不情愿？既然黏合在一起，又会有光，有空气，有灰尘，有细小的微生物渗透到它们的日日夜夜中去。在一种叫作时光的容器里，发生着无法摆脱的量变质变。堆发沉久的气味呛人，避之不及。坚持，忍耐，包容，再见重光时，你中有我，我中有你。生命的气味相契相合再难截然，如此沉静，腴厚，味之不尽，世莫知辨。

成名成品的普洱熟茶占尽天时地利人和，茶味自高。而被命运之手遗漏的那些茶芽茶叶，依然有着自己的生长轨迹。时间到了，味道就会更足了。

每每念及草木之材，喝茶的心便是要晏然风清了。一团茶摆在眼前该是多少的机缘呢？而我恰好喜欢，这又是多少的机缘呢？鸡屎坨、羊粪蛋都无关紧要，质地澄澈清透，才可至静无求，虚中不留。

二、午后茶

去秋开始一直病着，用药间隔越来越密。心总是忽明忽暗，忽灰忽亮。久居于室，窗外的玉兰、连翘、迎春、杏花、梨花都开了，风又吹过一轮。而我，体内的年轮又深了一层。内心深茂的树要顺应节气，秋冬零落的叶子要再回来，无论找没找到原来的枝头，都要回来。

午后茶，要透饮。

日子简单，好像就那么几件事需要做。而我所有的欢喜就在于，就那么几件事需要做。晨起老妈来电话，快来看梨花吧，再不来，它都要谢了。老妈的心思我懂，她知道我爱花草，爱随手拍。她希望我多出去走走，身体就会慢慢强壮起来了。而我总是忍不住焦灼一小会儿。所有的美好总是不待人，这构成了一种美的压力，而我讨厌胁迫。春天的美真的过于庞大和应接不暇，我的迟昧愚钝在于，缓慢，专注，不得有二。

曾有山僧说，茶树不得移植，移植则不生。数颗茶籽落地，也只生长出一茎茶树。所以，很早的时候，茶有“不迁”之名。不迁？心忽地一动，果真天赋灵草，得共斯人知。我曾多次疑心自己前世是茶芽上一只行走缓慢的小虫子，得天地相合之甘露，啖茶之仁瑞，啜之芳馨，嗅其清越。今世恍惚，记忆犹存。

很想种植一棵不迁草。不迁，不迁，这么轻轻唤着，心底该是柔软和雪白的。

家乡有一棵六百年的古茶树。据说，它是北方唯一的一棵古茶树。我只见过一次，却是错开了它的花期。见过好摄者拍过它，蕊在枝条，无不遍开。月白黄心，隐然之香穿越而来。正是《广群芳谱》里所记茗花之状貌。自此心有余念，年年念，又是年年相错而开。这一树的茶花，该是多少的冰雪，多少的灵心慧质呢？世间又该有多少这样的透澈女子，让人遥望呢？她们灿然，柔软，洁白。你看，世界多么混乱，透澈多么难容。可她们依然有着自己的判识，有不屑，有不忍，有知而不语的涵容，有侠骨仙心的性情。越老，眼神越清澈。越老，越懂得取舍，越不自降心性。修到透澈的女人，才为冰雪。概或，太珍爱透澈，才是苦痛的来源。概或，有一种透澈叫洞明。所谓盛开，不过是不忍轻掷这一生的使命和念想。这么想着，眼前便晃动所识所知的一些好女子，她们在自己的身边，既遥看，又深味其中。无论等多久，一定要看一看家乡的茶花开。无求，机缘，不刻意去寻。

松鼠壶，兔毫盏，眼前的这一盏茶，这半晌光阴，该是如何的因缘际遇？止语，沉默，坐久，逆光中吃茶。不落言筌多好。要是没有这些许文字，就更好了。整个午后，茶就更透澈了。

三、草木染

说，咱们去鼓楼吧。

鼓楼附近有个小教堂，那次经过时，唱诗班的小孩子们在教堂外唱《卡农》。那乐音此起彼伏，柔软，绵长，起伏得像静静的波浪。有微风从心底轻轻吹过，心一时沉下来，静下来，像沉睡的大海。大海上有远远的航灯，有跌碎的月的鳞片，有涌动的星光。或者，去那儿，潜意识里就是想再邂逅一次吧。每次路过教堂，我的心总是悬起一会儿。仿佛此生有无数的恶需要忏悔，而我却又不知，哪些可以获得宽谅，哪些不能。哪些是已知的，哪些又是未知的。我甚至不敢在胸前划十字，怕双手一合，就会让上帝见到我左手的忠诚，右手的迟疑。所以，对于教堂，我总是选择路过，从不迈进一步。可唱诗班的赞美、祷告，让人那么宁然，踏实。那是一种低沉的欢呼，高昂的沉寂。

没有邂逅唱诗班，远远的一个门牌极引人。草木染。心动，凡是和草木沾边的就是无端亲切。不错，里面全是靛蓝手工品。挑一条蓝白相间的桑蚕丝围巾，还有长裙，短袄，布包。店家是一位肤色白皙的中年女人，沉静，优雅。她说，一件衣服能找到适合它的主人，该是多幸运。我说，人也一样。我们相视而笑。

在乌镇，曾见扯天扯地垂挂的靛蓝染，以及一个挨一个的染布小店铺。那种蓝拥挤，喧嚣，急于兜售。我一直努力把心靠近，靠近，却怎么也靠不近。像一粒异乡的尘埃落不到故乡的土地。这一家，满屋子的蓝缓慢，悠闲。仿佛时光很旧，却碧透无碍。你买与不买，它都那么安静。仿佛它终生的使命不是待沽，只是为亲近和它气味相投的肌肤体理。这般清明，透彻，微笑着的蓝。

所有色彩中，除却黑白，我更喜欢蓝色，绿色。更多时候，我是浑浊的灰。是只管路过，没有勇气迈进教堂的人。是对一切透澈之物充满敬意的人。

春天，在山叶口一小块田地里，尝到一种草。微甘，微苦，微麻。久久的，一种别样的味道。想起神农大氏。据说，他的肚皮是透明的，尝百草，各种植物的分解反应都清晰可见。以此别谷，别药，教民耕，救民疾，识茶饮。由此奠定了中国人对土地的那份永久的依恋和情结。如此作想，倒是不气馁了。我等，哪里可得透明的肚皮？不得透明又哪里可以甄辨自然呢？

田地主人说，你尝的这种草叫板蓝根，吃的这种叶是一种染料，靛蓝。呀，草木染。

唐时僧人皎然效学神农，亦曾跋涉山水间，尝百草，做记录，由此发现了很多草叶可以用来蒸煮阔饮。香气高，滋味厚。就是被先后称作槚、蔎、茗、荈、茶的草叶。

后来，我们去鼓楼老城小梨园去吃茶。我要的是龙井。碾飞绿屑，枪旗之美。茶汤清透，仿若天地浩荡，有神趣。一时倒是迟疑起来，想到盈透的蓝来。

四、蝉翼茶

友花开送野生茶于我。小心翼翼藏了。想来该是待庄雅之境、高华之襟时，才可两两相对，互不负意。可常有的状态是境地凡俗，襟抱尘埃。又奈何！

友是纯粹而又透澈的人，念想她的热肠，我知道这都是我的“小情怀”。喝茶，一颗心足够了，哪里会有那么多的羁绊？温柔的，虔诚的，感念的，沉了都可以构成羁绊。她若是知道我的小心思，会开心地讥诮我，露出雪白的牙。我喜欢她笑起来的样子。

于是在一个平淡的午后，无风，无雨，取青花白瓷玻璃盏泡茶，喝茶。青花有着柔蓝色，宜此刻的天空。白瓷有着象牙的青白貌，宜此刻的云朵。玻璃，矿泉水，像一个透明的午后，山泉涌，岩石高。人，尽可以是一簇野生的小茶芽，打开自己，放纵自己。小清壶里是自己的江湖。自己是自己的王，自己是自己的臣，自己取悦自己，自己臣服自己，自己讨伐自己，自己宽谅自己，自己和自己茶水合一。孤独而坚定，清醒而透明。

愣神看着眼前的一盏茶时，思绪缥缈，却原来茶和水正是风华正茂。茶汤淡白清醇，薄如蝉翼。味如新沃，犹有婴儿香。轻啜，神理绵绵，齿喉余味。好清透的茶！

一时觉得这茶又“艳”又“静”。

像是一种女子，一身素裹，黑白灰，余则再无半点颜色。可是你在众人中，一眼就觉得她是那么“艳丽”，那种艳惊四座的感觉。如果进一步探寻，还是无他色，不过接近土地起着衬托的颜色。然而，还是那种特殊的味道，觉得她“艳”，艳到无话可说，无法形容。

还有一种女子，身着华服，仿佛集合了自然所有的色彩，斑斓到耀眼。可是你却分明闻到一种气息，那种独自妍丽、笃定沉静、无关世界的坦然大气，那种让人在耀目的纷乱中无缘由地沉下去、静下去的力量。

清透的茶，清透的女子。像饮清露的蝉，像流响出疏桐的翼，清贵。

一位做陶的姑娘说，她要用手表达脆弱而敏感的人间，把有而不拥有的伤感表达出来。这话极动人。什么时候我们能说，我们拥有了什么？我们又在失去什么？就像面对这样的一盏茶，我以为我拥有了她的全部，时光，芳华，茶心。我以为我懂了她，我以为我可以和她心神相契。果真么？“我以为”本身就是脆弱而敏感的，是一种无法规避的感伤。后来看到她的陶制作品，意料中的那样极透明。干净，薄如蝉翼。

翻遍茶盒的每一个角落，唯见“野生茶”这三字来命名。既然野生，无名该是最好的吧。不过，好事如我者，也不妨给她取个名字，“蝉翼茶”。

蝉翼，不是禅意。或者是，无关要紧。

五、容花木

天有情，地有情，山水有情，石头有情，那么直抉肺腑的四月，别无选择，生病吧。情深则病，病久就会开花的。开花是一种最美好的病。在四月，扑扑的、簌簌的、湿湿的、渌渌的。各种花，开出烟，开出雾，落成雨。绿也是那种最清新的绿，遮掩一角的屋，让人恨不得做一日疏林人物，走入春的深处去。

路边的一种梅，虬枝干瘦，无叶花绚，苍朵数数。那花的红，像不小心随时可以点燃周边的火焰。我说，喜欢。爱人说，你是喜欢那种大漠孤烟、长河落日的美。再回头看那些花，明明春和景明，却分明有着大漠的悲壮，落日的深沉。

更习惯四季分明的北方。花开有时，叶茂有时，秋收有时，冬藏有时。你稍不珍惜，这一季独有的色彩和缺憾就和你交臂失之。你叹息，垂怜，可都不用那么大悲大恸。总还会有下一轮，总还有那么多的余地。就连人，也都是可以绵延的。

“天造地化草木生焉。得气之粹者为良，得气之戾者为毒。”天地的情意，真大呵。草木有生意，心体浩然，念天地之广。近粹远戾，此时海棠成风，可以囊花作枕。四月是一个让人心意沉美的季节。

人心可以是一盏透明的壶，我看到四月的心，透明，绚烂。我看到四月里所有的草木都是待摘的茶。沐手，濯足，不可辜负。

六、纳雅音

近几年总是耳背，却遭嘲笑，说是选择性失聪。或者真的是。真的是，又有什么不好呢？对自己喜欢的声音敏感，或是天性，比如茶声。茶经里有记载，一沸声微，水为鱼目。二沸如涌泉，三沸则如腾波鼓浪。倘若再沸下去，便是寂然无声，水老了。每每茶时，我都喜欢看水一层又一层，慢慢变老的样子。听着，就像听到人一层又一层的历史，一层又一层的阅历，一层又一层的声音和样子。

波斯王一心想通读世界史，直至临终也未得愿。史官赶到他的病榻前，说，世界史并不复杂，不过一句话，“他们生了，受了苦，死了”。

这是我听到的最简洁最真实最雅正最透澈的一句话。

初稿于丙申四月如如斋

雅

一、柿心木

清朝有个皇帝喜欢吃菠菜，就给菠菜起了个玲珑的、声色俱佳的名字，“红嘴绿鹦哥”。有一种居住在常山的蛇，因为身体灵活又矫捷，就有了“率然”的名。这在《孙子·九地》《战国策》《神异经》里都有记载。有一种木可以做古琴，叫桃花心木。又心动。木有桃心，琴是否有落英缤纷的心绪呢？桃花敲打耳膜，概或，拨弦的手也是不忍援琴奏落花吧？实则，桃花心木和桃木没有半点因由关联，可是那名字好雅致，让人神思恍惚，有烟波钓叟的忘机之趣。想来，我是如此容易被尘世眼耳鼻舌身意之六根所迷所惑，真是惭愧。而这惭愧转瞬即无，更大的愧意在于，尘间偶得的况味，奢侈得让人落泪。

陆羽在说茶器的时候，提到竹荚：“或以桃、柳、蒲葵木为之，或以柿心木为之。长一尺，银裹两头。”银裹两头算是精致可不提，桃柳蒲葵之木似有所闻，亦不奇。唯这柿心木，第一次听说。是那种在乡间、老屋前、山坡上生长的柿子树吗？那种有着丰稔年华、柿柿如意的树？那种唯到秋季愈发乐丰吉祥的树？柿心之木会是如何的质地呢？这让人痴意大发，似见木心，涟漪若现，一波一波荡漾开去的是甜润柔滑而细腻的光。

木心之心，让人心向往之。

年轻时候，喜欢木。开花的树，不开花的树，结果实不结果实的树，都喜欢。上师范的时候，窗前有棵银杏树。那是独上层楼强说愁的年龄，读席慕蓉，读林清玄，读泰戈尔，千窗落叶层层瘦。树却缓慢，坚定，仿佛也有目光。它的目光又高又远，我怎么望都望不到。有风、有雨、有雪，有时大、有时小，叶子长满枝条，又恍然尽落，我自岿然不为所动。这让我相信，青山、雷电、山崖、雪域、溪流、石卵、山泉、江帆、归鸿，都庋藏在它的深处，高处。它是胸有万千、沉默如海的人。一心修为木，平生踪迹，点点隔世中。

后来发现树木高峻，强大。我之孱弱，尚有一颗叶绿素需要借助一小片光来发酵，来明亮。不妨做一枚草或叶吧，已然足了。断简残篇，亦可木心不死，永世仰望。

酒肉穿肠过，行走草木间。或是偶然，或是必然。直到有一天恍然明白，人行草木间是茶呵。第一次发现爱茶的那一刻，是已过而立仍在不惑之中。一片茶芽遇到沸水相激，刹那唤醒。几世累积的行走，不过是一颗动荡在草木之间的茶心呵。相识总会有埋伏，是潜伏了几世的念想。是早晚都得遇见的遇见。或者，一直怀疑自己曾是茶芽上的一只小绿虫。也未可知。母亲说我是木命，一块木头疙瘩。或者是一片顺着年轮缓慢行走的叶子吧，都好。倘若是一枚小茶芽，是不是更贴近了茶心，是走了近路不用绕远了呢？实则金木水火土，无一不好。本来物无臧否也。说它好，是安于和喜欢被安排了。是冥冥中发现，这或许是最美好的天意。这是垂怜和眷顾，遇到了最喜欢的自己。

那年秋，与友花开行走山野绿道。山确是野的，绿是被秋风追得急切的绿。绿急了，绿过头了，就成了伤心碧，绝情绿，就成了空绿，颓绿。失却信心的绿渐染了渊深的锗褐色，山反而更多了静穆和幽沉。快看，快看，那些山腰的柿子树！煮酒烧红叶，绿低红簸！柿子呵，哎，这些闪亮的眉眼，荒野里的甘甜，秋波心上的红砂痣，大山之中小窗之下小儿女的，喁喁，喁喁。一时讶异，一时欢喜，一时怔神儿。

每每茶时，竹荚弄茶用器，便会思绪缤纷。荒野，明亮，甘甜，青木的隐隐涩香，说不清的味道一起涌来。愉悦而亲切。这竹荚到底是不是柿心木已然不重要了。

二、叶底

重翻王家卫导演的《东邪西毒》来看。适合在静谧处，在戚惶处，在阴雨天，在溽暑里，思味着看。影片所漫溢出的人间不同而又相同的痛楚和挣扎，反而让人更加平静和辽阔起来。不是吗？谁不是在挣扎，谁不是在孤独，谁不是在被安排？尽管这样，谁不是在既渺小又自我雄心地活着？既然有诸多的“谁”，像豪猪一样共存着，像豪猪一样彼此不能靠太近，又不能离太远，那么就有了一种和而不同。因为有了同样的世间和归宿，有同样走向的一个点，而起相互怜惜彼此同温共暖的心意来。《东邪西毒》的英文译名，“Ashes of Time”，时间的灰烬。这名字真是一支利箭，“嗖”地一下，落在时空的坐标处，落在人的心上，微微一颤。

和老伴儿淘茶、逛茶、购茶最多的是普洱。即便是在这样的溽暑日，也想熟普浸润一个午后。泡在普洱温润而透亮的茶汤里，像涵容在落日里的扶桑花，焰灼灼的，被滋养却不会被灼伤。又像壳里的雏鸟，忍不住啄两下，再忍不住啄两下，落日就被啄破了。雏鸟长大了，成了黑的夜。从午后到黄昏到夜晚，因为觉得是泡在植物的汤水里，格外舒展和轻松。天色已晚。点灯，冲壶洗盏前要再看一看叶底。

细嫩、鲜嫩、柔嫩、匀嫩，肥厚而完整的叶底，那茶定是好茶了。用鼻闻过，有着铅华尽洗的淡然与从容。味至尽，叶骨柔韧，叶齿明了，筋脉清晰，绝不暗杂。用手摸过，柔软，绝不萎缩和自暴自弃，是舒展后的平静。叶底倘若如此，不用说，用过的茶汤，浓稠，刚柔，甘洌，都该是唇齿生津的。是的，筋骨茶气，无上的好。实则，茶无贵贱，喝茶遇到相契的茶，就是倾盖如故的欣悦。再想就有奢望，要是白首亦如初遇那般新，该是挚爱了。有时会遇到，那种叶底的茶，就是白首如初遇。叶底实则就是茶渣。是干茶完成它使命后的残躯。是白首，是一生的结语，是弘一法师临终前那一个侧卧，华枝春满，天心月圆。

高潮褪尽，可以将茶底轻轻地托放在小盘中，一片叶子也有尊严，一片再无他用的叶子也有尊严。轻味它的筋脉，骨骼，序齿。目送归鸿的不舍，是对茶最后的敬意。是感恩，感恩陪伴，感恩奉献，感恩邂逅，感恩这一次旅途风尘，感恩茶有时是你，有时是我，有时无你无我。

想到尊重。尊重发乎一颗心，有时也关涉到形式。内与外的和谐，人与自然，人与物，人与人，唯有发乎心的尊重，人才有越来越多的自尊。一个小小的目送，有着千折百回的情意和优雅。

这样的告别心意，让我一下想到 Ashes of Time，莞尔。时间会成为灰烬，温暖却可永存。

三、雅供

清佩文斋在《广群芳谱》中说有一种茶花，月白，心黄，幽而香，蕊在枝条之上，无不开遍。渴见！花若美人，闻其清骨，便思睹其容其貌，恋美好色，常情耳。书斋有素瓶，至今空矣，若得此茗此花，可清供也。想想总是好的，想想亦可怡情，怡情之乐就不在得失间了。美的好的东西那么多，唯有那些你能想起记起，似乎在哪儿历经过的，才是你的。不对，那东西也还不是你的，只是你自己当下的美好心意才是你的。全是说废话，就连人自己，或者也不过是冥冥中谁的一句废话或病句罢了。

据说在一座叫作大雷山的余脉中，生长着茶之花。清越幽香，绝自可人。虽古人亦有茗花玄赏的玩趣，此种花却不能斋中清玩。童子摘而供，瓯钵之中不得活也。心在山野，餐霞饮露，晏然清风，若移植，绝不强颜欢忭。好烈性，又决然！

呼茗不来去就茗，愈发渴见了。

四、兮姐姐的茶

“质朴”，青花瓷片上用繁体写着。粗麻绳细细经过，缚好。初见，一下心动了。想到兮姐姐挑选茶时，是不是也会因为这两个字和这不规整的小瓷片心意荡漾了一下呢。有友调侃说，把茶留下，那瓷片送我。想来也是心动了。而所有的好不是茶盒多雅致，而是想到共同和共通的那份心情。雅致的东西多了，哪里又会有那么多的心动？

兮姐姐肤洁体修长，端然又婀娜，隐然书卷气。四月时候漫步三里河畔，路过牡丹园。牡丹众多，各自妍丽。而我尤喜白牡丹。实则不光白牡丹、白月季、白海棠、白芙蓉、白梅、白荷、白霜、白雪，甚或白露，都喜欢。不是附庸古人要配制冷香丸，只是气息幽人，喜难自持呵。同气相求，同声相应最自然了。兮姐姐于我就是这样吧？

“素心如简，是人生中的底子。返璞归真，才会印心清嘉”，见到这句子时，莞尔。

茶是白茶牡丹，宜藏。

五、大雅

公元前六到五世纪，真是个奇妙的时代。释迦、孔子、老子、柏拉图，他们在宇宙不同的点，像恒星一样自信而执着地共同发散着自己的光芒。让人类文明几乎同步完成于同一时代。人类囊盈而握，子嗣绵延，有着终极不悔的追寻。那时寰宇该是如何的浩荡和璀璨，该是如何的沉静而纯粹。他们偶尔抬头是否会想到，后来的人仰望星空时，那种对光芒的理解和追寻，那么义无反顾，又那么跌跌撞撞？和他们一样有着对未知的好奇和遥想。隔着浩瀚，隔着深蓝，不同肤色、不同种族的人类，都有一种共同的启蒙，美。都有一种共同的命运，路漫漫，吾将上下而求索。那时的通信和信息远非今日，难道人类智慧的开启，美的懵懂追索，冥冥之中真的有一种神谕和暗示？西方和东方几乎同时开启一扇门。对于人类，美和慧都是公平的。世间所见的美，或者是我们在特定的某一时刻被突然唤醒了，是邂逅了几生几世前那个自己所有的历经。我想，那个时代是大雅时代，是少伪饰、寸心不违的率真时代。所以，才有后世莫能相继的大美。有美有慧是雅，有大美和大慧是大雅。

茶是大雅的衍生品。魏晋南北朝时，尚茶之风已有，唐宋蔚然。佛教带动了茶业，寺必有茶，教必有茶，禅必有茶。后又随着佛教，中国的饮茶习惯传入日本。茶是雅客的清凉乡、自省地。惊起波神，唤醒梅魂。宜丛桂，宜辛夷，宜玉兰，宜松竹，蔽霜雪，掩秋阳。远劳薪、恶水、污秽。虽居山中，阳气渗漉，美恶相悬。落在盏中，亦不可轻慢。且不说江边水、泉下水、悬瀑水之不用，只是风炉、罗合、则、夹、巾、碗、盏、漉水囊、纸囊等一系器皿，都不含糊。茶道的仪式感，金木水火土各自的珍贵，都有各自的妙趣和庄重，让人无端生却自省和形而上的皈依感来。如此，茶之雅正可见一斑了。

可是分明茶落百姓家，来不及那么多讲究了。路边大碗茶可能给焦渴的路人一份甘心和继续赶路的勇气。一盏案头茶，壶简盏陋，可能让一个爱书的人清逸一个午后。融在雪花里、雨丝中，能饮一杯无的黄昏里，这样的茶或则也无贵器名水，却也让人心意融融，人间怡乐。对味的人赠送对味的茶，全是一片月对芙蓉天边落雁的余清，和余情。分明更见雅致。

琴棋书画烟酒茶，柴米油盐酱醋茶，该是一样的茶呵。都是一片叶子，又一片叶子。可见，风雅全不在茶，而在喝茶的人，世间所有雅物，全不在它的内部构造和质子分布，也不在它的外形状貌，而在使用它的人。记得以前写过论俗雅，说："世间所物，原是无俗雅之分的。物是物，人是人，雅俗之别的是物器之上之中的一颗心。"现在还这么认为。

如今，雅，也是一种嫌疑了。仿若浮夸、仿若虚饰、仿若附庸、仿若又是真的。一个对汉语有着宗教情结的人，对那种潜伏着美感天机的汉字，被过度消费，尴尬无比，伤怀无比。

雅有大雅，也有小雅。实则无关乎大小，全在一片心意。秋虽至，溽暑仍在。读诗经吧，专美于前，客子光阴，纸上有人。

六、小俗

人依五谷而生，是俗字。俗字多好呵。有谷香之气，有人间烟火，俗世俗情，温暖踏实，不得离开俗字呵。大俗者，乃装雅者。不可说。大俗者，是自诩为雅者，不可说。大俗者，是装俗者，亦不可说。装雅，装俗，都不可说。既然说雅，就得提提俗，不过那么多不可说，还是闭嘴为妙。争取做个小俗之人，心意就足了。

说了半天雅才发现，说到底，回到俗世，享受俗世的小悲欣，才是平生最大的奢求。柴米油盐酱醋茶，在最是庄雅的大宋，早是井栏酒栅之间的流行曲了。元代更是点石成金，写进元曲杂剧："教尔当家不当家，及至当家乱如麻。早晨起来七件事，柴米油盐酱醋茶。"

还有更潦倒，自嗟自嘲的：

"倚蓬窗无语嗟呀：七件儿全无，做什么人家？柴似灵芝，油如甘露，米若丹砂。酱瓮儿恰才梦撒，盐瓶儿又告消乏。茶也无多，醋也无多，七件事尚且艰难，怎生教我折柳攀花？"

苦难中的诙谐，怨悲中的轻松，这是土地上生长出来的智慧。读元曲，常有会心一笑和长久的沉默。

哪种茶都是人自己的生活。自己吃自己的茶去。

丙申初秋初稿于如如斋

盈

一、驯茶

和老茶人聊茶，他说没有被驯化的野茶都有小毒。人若轻易品尝，容易产生麻痹和些微的中毒症状。而越是珍贵的野茶越是单株，只生长在岩石缝，泉水边，山坡上，近天远人，风霜雨露皆是清虚之气，很难有人染足。微毒？是的，久囚尘寰，对过于纯净过于深远过于高耸的物事总有些微的不适，甚至眩晕。

那年我们遥望雪山，危淬覆顶，玉气扑面。仿佛再紧紧呼吸一下，就有碎玉的裂响把天的湛蓝豁破。纯净，澄明，高耸，冷澈得让人不敢呼吸。还未及顶，俱已眼花心迷，百症缠绕。什么餐霞饮露，卧云听风，都不是诱惑了，均化作手心鼻尖颗粒珠圆的冷汗。平时健硕高大的同行友一下伏倒在地，不肯挪半步。去他个神仙，谁爱做谁做！我们要回到人间，我们要属于我们的广阔大平原。众笑，说，不必难为情，当年昌黎先生登华山，也曾悚然不敢落足，卧地而哭。我们，不必气短。可是，真的是气短呵。

概或，人们喜欢的，是那种没有车马喧的结庐人境。人境，才是人最踏实的落脚处。现代文明不仅豢养了嘈杂、怪声，也豢养了人的怯懦和惯性。瓦尔登湖，只是一泓精神的湖，梭罗也只是抽象的符号，人们没有能力把他还原为具象。他的小土豆，缺了腿的四角椅，漫坡紫色的小花朵，足够人去幻想去意淫。是人想了想又裹足的一刹那。人们越来越适宜做一个空想的叶公，越来越满足肉体的舒适，习惯懦弱。南山可以悠然，却不宜深涉太远。

人一旦觉察将被一种无法形容的巨大所包围，所吞噬，都将恐慌。是那种将入大化被融掉的恐慌。这巨大可以是无限的广袤，无垠的深远，无法言说的高和陡峭，更重要的是那种凝固其上的静。不容置疑，没有回响的静。这静也和喧嚣一样让人怖栗。人太渺小了，纵使可以心修篱笆栽种菊花，可以把天下都装在心怀里，却依然对茫漠和未知有着束手无策的恐惧。纵是英雄也气短，纵是丈夫亦怆然。念天地之悠悠呵。

可是，人从未就此绝望过。人对自我的褊狭和懦弱，有着不可克服的屈从。却从不妨碍对清贵的渴慕，对偏执的自省。对于自然而然生发出来的野性，既对抗，又防护，既阔斧相斫又温柔相待。讲和，让自己和自己不再左右奔突，上下忐忑。物物相驯，可终极是在不断自我驯化中，得到永久的安宁。

从来佳茗似佳人，好的茶就是好的人，好的男人，好的女人。

一款清贵的好茶，是那个自己心目中愿意的自己。那个有着微微小毒，自由，蓬勃，轻盈，充满张力，与天地，与一切清升之力厮磨耳鬓的自己。这是生命最清最贵的那部分，却不是全部。她需要有接引的眼耳鼻舌身意，来入娑婆，来完成既定的轮回。她需要有熟悉的烟尘，气息，味道，形色，来打开一种密码，形成一种默契和沟通。她在等待另一个具形的她来驯化。与人为伍，为人所用，形神合一，成为人的一部分，也让人成为草木的一部分，参与她辗转的余生。

想来，这或者更多的是人的一厢情愿和多情。不为人知，餐风饮露，虫豸为友，烟霞为伴，又有什么不好呢？是呵，这世间的好或是不好，人在说人言，兽在说兽语，草木不言，只有风声。

二、白莺

澜沧江中段有山叫白莺山。白莺山与无量山隔江而望，断崖缺石，木秀云腴。百年千年的古茶树林立其中，草木仙骨，茗事渐兴。茶友自山中来，茶自古树中采。辗转到我的案前，就是几小片。

白莺，白莺。知道取白莺山之名也。可痴人幻想的毛病又如何能改！一种白色的小鸟此刻落在我的书房里，不能，不忍惊动它呵。想它该是如何的明如翦之生生燕语，又该是如何的溜的圆之呖呖莺声。总之，该是忽焉而至的好味道。

不敢独享，爱茶友来，小心拿出，用黑瓷白里的小茶具冲泡。一泡，二泡，三泡渐出味道。可是又觉得味蕾被打开得快了一点，茶气高昂，却少了婉转，回来的味道杳杳无计。虽未锁喉，却少了相逢一笑、恩仇尽泯的甘味回旋。

好生遗憾。太轻了。

没有听到好听的鸣啭声。想来是机缘未到，我的茶前白莺飞来，又飞走了。

三、美人髻

在西双版纳几近户户做茶。一种层层盘起的茶饼让人心里一动。多像初嫁时的美人髻呵。长长的时光辫子被轻轻盘起，就有了岁月，有了命运，有了所有的好日子、坏天气。一个女人真正的成长，正是从那一刻开始的。美人髻里，会有多少不能展开的情节呢？倘若能思，会不会有一种美丽的不安呢？

茶，尤其普洱，为什么都要压成饼呢？茶人说，散茶一旦和空气接触，或被氧化，或沾染空气中杂味，茶性渐失，则无味或坏味了。

想来，唯有同类，才能紧紧又相偎。茶味相投，你中有我，我中有你，才会在漫长的时光中，淬化互助，发酵出独属自己的茶气来。这是茶的好人生，好人生就有好味道。无瘴气，无戾气，一款好茶就是被无数的好款待出来的。一款好茶就是和同类绸缪束薪，白头相并。有耐心一起构筑美，有耐心一起摧毁美，有耐心恒久地沉默和忍耐。在时光里坚持，像时光一样坚持。“我的心，还没有安睡”。在你确乎所有一样的叶子都静下来，进入安眠的皈依状态时，脑海里忽然冒出古埃及墓石上的一句话，就觉得一切都还没有结束。

再见美人髻时，握茶锥的手竟有些迟疑了。不知从哪里打开，担心打开的方式是否适宜。茶锥闪着金属的光，仿佛坚硬，又仿佛脆弱。是呵，和时光相比，有谁能比它更柔软又更坚不可摧呢？而茶，经过时光涵养，哪里还有锋利和对峙，打开就是了。轻轻撬起一块，发髻开始松落。仿佛有什么将要在这一刻醒来，仿佛故事中的故事又要开始。仿佛，一切都是仿佛。

世间之物，总会有一种你我互动又互异的情致，是刹那心动。比如此刻的我，我对面的一饼茶。就像白昼落在夜的深处，杏花雨落在小巷深处，无赦的月光白落在庭院深处，一枚叶子落在水的深处。

天下无奈之事，有为凡手焙坏的好茶，为俗子妆点坏的好山水，为庸师教坏的好子弟。而我此刻要做的是，暂抛尘埃，摒除虚念，一心一意，剔茶取心，以矿泉之水了尽茶之滋味，是也。

四、瑞花

雪是冬心里飘出来的小花朵，是祥瑞之花。下雪了，心莫名就轻盈起来，仿佛连一只活泼的小鹿都放不下，有什么要跳出来，要到哪里去。再作沉静想，仿佛也没有什么可以特意要去做的。

有闲书里说，当湖德藏寺有一祭坛，叫水陆斋。设斋祭祀时，倘若施主足够虔诚，茶中自现瑞花。花纹俨然，清晰可辨。也没记载谁见过，或见者众矣，不必一一在册。总之让人神往。茶里瑞花，该是如何模样呢？是不是做一件事，只要足够笃定，足够虔诚，就有可能在任何角落里开出细碎的小花朵来呢？好轻盈的想法。

后来每用茶，都忍不住格外作观照。看茶汤茶色，看浮沫，看光影掉进来。有的时候，也能看见自己掉进来。心思纯净、宁默安谧的时候，就觉得那茶汤里映现的都是瑞花的模样。

冬里瑞花让人思涌，茶里瑞花叫人止涌思静。都是祥瑞之花，好美的瑞花。

五、煮雪茶

小雪日，看雪。

众爱雪矣。有的真爱，有的假爱，有的半真半嗔着爱。大家都在说爱，不妨就只看不说了吧。不是刻意，也非曲高，也非和寡。只是觉得一件事大家如果过于热衷了，就容易让人怀疑与不安，也更容易让人失却判断而被情绪所鼓动。上师范的时候，宿管老师查夜。灯灭夜暗，明月窥人，大家一时笑渐不闻声渐杳，由动如脱兔状切换到静如处子态。霎时楼道里一片安静。不知过了多久，辉儿“噗嗤”一下乐出声来。紧接着超儿乐，雁儿乐，大家随后都跟着乐起来。发声不一，调值不一，调类不一，直乐到樵风乍起的气势来，上下铺的床恍若楚天里的船。后来有人说，到底在乐什么呢？不知道，不知道。越笑越想笑，只是觉得大家的笑本身很有趣。一直记得这件趣事。是的，大家很容易被一种公共的情绪所感染，很容易投入到一种从众的行为方式中去，从而忘记始终和判断。这让人警醒。更愿意置身事外去看待一件事，更愿意最大限度地接近本相。曾经很害怕一件事，就是自己非常喜欢的东西，突然间别人也说喜欢。那个“别人”偏偏又不是自己欣赏那一类型的。于是懊恼不已。懊恼什么呢，一时也说不清楚。是类似撞衫的尴尬，还是觉得对所喜之物的亵渎？友总说我有精神洁癖，概或真有此患也未可知。

看雪了，想些什么，又说了什么呢？看雪只需看雪，不可心旌摇驰。有雪色，那就不妨设闲窗，铺简席，煮一壶雪色茶。其实不知如何窖藏雪水，所烹之水也只是素常矿泉水。面前的茶，愿意叫它雪色茶，全是我一厢情愿退而求之以为雪色落茶即可也。乳花泛，云脚浮，松窗残雪，一时竟以为自己在草堂暮云间。一沸鱼目，二沸连珠，三沸鼓浪水就老了。如果雪被煮老了，会如何呢？

年轻时候喜欢看林清玄，听他说过煮雪的故事。据说在北极，天地冰雪，人们一开口说话就结冰。彼此听不见，只好回家慢慢烤来听。那时候觉得有趣，好玩，美丽。怎么，话还会结冰吗？话还会被烤暖吗？结了冰雪的话是好话还是坏话？想不透，就不想了。

今我来思，依然不透，却觉得格外动人。天地之寒，人力不及，难免话刚出口就成冰雪了。这是无法规避的宿命。是的，人老了就懂得有些东西是你永远无法规避和解决的。冷冻了的话，无论它有多么透澈的筋骨，洁白的愿望，因为它的锋利和寒冷，人出于本能都要搁置，要远之。可是无论好话坏话，善意还是恶意，愿意给对方以时间和耐心，愿意等待和回味，愿意用温暖来烤出雪的质地来，愿意用“慢慢”来消弭掉坚硬和冷漠，这是仁者之心呵。是雪色，是仁爱之色，如何不动人呢？

想到洁癖，想到病患，有些可能也是自己无法规避的。那么就彻底柔软下来，外化下来。说好听的话，说柔软的话，不说违心的话。如果不能做到，那就沉默，不说话。

坐茶良久。黄昏提着一副好嗓子，金黄的哨声落在湖面，远处的雪色像落在一盏茶汤里。雪色茶，多好的茶。

六、伴嫦娥

晚饭后，我们看见月亮出奇的圆，出奇的大。才知道原来我们遭遇的是近十年来最圆满的月亮。月满天心的圆，月满天心的亮。

古有妇人，见初满圆月，万户皆清，就说，不要贪睡，莫负蟾光，更不要让嫦娥嫉妒人间的周全美满。喜茶的女伴们，我们一起出游，与茶，与夜，与月，来一次陪伴嫦娥的冰心游吧。这么想着，随即动墨于彩笺上，呼茶引伴，童真雀跃影于纸上。

忽就心动。衣食住行，吃饱穿暖，名利往来，翕然穿梭，总该有点无用的、有趣的，甚或可笑的小心思才好。什么时候，我们也一茗一炉，相从卜夜，来一次“伴嫦娥”的冰心游？不必居远，就在黄台湖畔吧。

铺墨，展笔，小粉笺。笨笨地学学古人。

丙申冬日于如如斋

攸

一、菩提叶

家里绿植落下一片叶子。干净，剔透，没有一点受伤的样子。叶脉清晰，金黄娑婆，叶根部住着青山，河流，有万象氤氲的气象。让人笃信那里也住着什么，有十亩桃林正灼灼颜开。愣神刹那，喜欢它了。随手题句，“诗句不曾题落叶，恐随流水到人间”。一片沦落到人间的叶子，既然来了，此刻又恰巧在我的掌间，就把它先前的愿望记下吧。不过也恍惚，这是懂它还是不懂呢？

对于叶子，有着天然的亲切和喜欢，甚于花。这两天心念常常所见多是那一片叶。老伴儿带我从医院出来，说，喝茶去？好。

喝茶，聊茶，人至微醺。主人拿出几片透明的菩提叶，说，去玩吧。原来是菩提叶茶漏。薄如蝉翼，轻若锦纱，这样的白，又怎么忍心用呢？叶根部用竹篾包裹，题句，一花一世界，一叶一菩提。忽而肝肠大动，怎么这么巧，心念所见了？幻化成羽了？

总爱枉自多情，总以为自然万物都是有情意的。在这万千情意中，生长在大自然中的鸟兽飞禽，草木沙石更容易爱人，容人，信赖人。人只要稍微动了心，它们就会敞开自己的秘密，瞧给人看。人就会明白它们的疼痛和欢欣。它们和人一样，都有自己的路要走，都有自己的起点和终点，都有自己的偶然和必然。那么，先后落在我掌中的叶子，我用欣悦把它们串联起来，是必然中的偶然吧。或者也是偶然中的必然。一厢情愿地以为，它们，它们是一起的。我们，也是一起的。

没舍得用，把其中的一片也用小楷写下，“诗句不曾题落叶，恐随流水到人间”。等哪天兴起，要用其中的一片来滤茶。想来也最是相宜。茶就是一片叶子啊，叶叶相遇，纵是冤家，也该是有着欢喜因缘的。

所谓菩提，即是当下，即是心生欢喜吧。

二、又见白莺

前面写过白莺。说，“我的茶前白莺飞来，又飞走了”，那是空落的欢喜遗憾。

又见。老伴儿说，他喜欢了。信任老伴儿对茶的感觉，于是静心体茶。前三泡色浅，略带烟味，有着淡淡的杀青味道。四泡开始，茶汤金黄油亮，茶味干净。甘甜一次次从喉头返回舌尖口腔，回旋开来，毫无杂味，不见第二种味道。原来，这茶这么干净，纯粹。就这么喝下去，将近十道了，它依然我行我素的样子。不激烈，不跌宕，也不冷漠。静静地，微笑着站在那里。好像就这么站一世，它也会依然如故。直到二十道，喝不香了，它依然不掉价的样子。它那么单纯而专注地葆有了自己的本色，这让人既爱又恨。爱它所有的美德，恨它无懈可击，无法接近。我们不能从它身上的“小”来体现自己的优越感，所以有一种本能的排斥。这种排斥是无法企及的敬意啊。它的冷静，持久，稳定，专注，让人心悦诚服。

一时惊艳于这样的性情，一时有些感动。爱极了。

有一种女人，无论身处何境，纵是险绝之地，也从不蓬头垢面。衣着干净，整齐。谈吐缓慢，坚定。保持着自己有底线的妥协和宁静的自尊。那该是真正的优雅和骨子里的清贵之气。民国往事，多少男人女人都是这样的心性啊。他们有趣，风雅。表面孱弱，实有原则和底线。继承民国优秀基因的一些老知识分子，他们在“文革”中深受迫害，却不忘刷马桶时，让自己的指甲干干净净。睡牛棚时，不忘点亮一盏读书的灯。

茶亦如人，有一种人需要静心相品，才能真正懂得，那种发自骨子里的香气，那种沉淀的香。才会让人觉得，所有的等待和找寻都值得。

又见白莺时，我听到了它的低回婉转。我为发现它的美和好而暗自庆幸。会错过多少不懂得不珍惜呢？一定很多。所幸，我还能留住一些什么。

三、起床气

小时候，我有很重的“起床气”。尤其是晚上做了噩梦、早晨被唤醒时，就会无缘无故地哭闹。那时候常常做一种在天上飞的梦。不知为什么，不知飞哪里，要从此处飞到彼处。什么都弄不明白，总之是要飞。飞到中间，却被放逐。毫无依傍，毫无着落，没有一片云来接着。于是拼命喊叫，可是谁都无动于衷。能听到风声，风也无动于衷。就那么飘呵，飘。绝望而无助。一睁眼，见到母亲在眼前晃，嗔怨顿起。你们都在，怎么不去梦里解救我？母亲见我哭闹，总是笑着说，这丫头，又犯魔怔。问，又做梦了？可是无论如何我都不能把梦完整地讲给母亲听，说不清那种荒诞，那种无助，那种被时空抛掷的恐惧感。如今，我当了二十年的母亲，就能完整清晰地讲出来吗？实则，更无力更无助，更有一种宿命的妥协。好在有母亲，那轻柔地呼唤，醒醒，醒醒。这世间还有什么可怕的呢？

或者，这起床气是对外物异于己身的一种敏感？是人在裂变中对世界的一种冥冥体验？说不清。实则，茶也有自己的起床气。

普洱茶的起床气最严重。茶从被种下，到采摘，到杀青、揉捻、渥堆、日晒、干燥，然后被马背、火车，各种路输运到各种方向，然后沉寂下来，一睡多年。直到与打开它的人相对，与等待它的水相遇，它才真正展开又一次生命。这次生命才是它等待多年的使命。在它一气睡下时，环境、温度、湿度，这些梦中的情景都在悄悄改变着什么。都在增长着它的阅历，改变着它的脾性，成就着它的丰醇。大梦谁先觉？只等那个懂它的人来唤醒。当年诸葛先生就是被刘玄德茅庐三顾而唤醒的，俞伯牙和钟子期是被琴弦的余韵唤醒的，米芾是被一块石头唤醒的。还有多少醒来呢？有多少的醒来，就有多少的呼唤。普洱茶的醒来，也需要人轻轻地唤上一声，嗨，老伙计，醒来可好？

不能用沸水直接浇灌冷梦。普洱茶前，需要濯水轻轻洗茶。还在睡眼惺忪的茶，听到人的温柔好心意，也会柔软起来，忘记前尘旧梦，给喝茶的人一个甜蜜的微笑，倾怀以报。

洗茶不仅能祛除茶的起床气，滤去浮尘，也更能诱发茶把自身的茶多酚、氨基酸最精华的部分舒展开来。洗茶，静候。是含苞待放，二八年华的好呵。

四、茶氲

氲，是指气或光色混合动荡的样子。茶氲，是茶汤表面漂浮的油雾蔼烟。茶氲也叫汤氲，陈年普洱老茶，或武夷岩茶的汤色上常常出现。视觉上的这种白色雾气让人自觉身置森林或幽谷，有阒寂的清气和超然于外的散逸。仿佛茶魂乍现，一时相遇无措。实则也确乎是茶中精华，比如胡萝卜素、脂肪酸，以及一些挥发性香气浮于汤面。倘若茶器素白，热气缭绕，沉淀已久的东西就都缓慢打开，美现于外了。倘再有阳光锦上添花，则更见趣味和样貌。

氲，是茶之灵。

万物皆有灵。树有灵、鸟有灵、石头有灵、蚂蚁有灵、草有灵。会说话的，不会说话的都有灵。人呢，人也有。不过是，有的灵会走失。走失灵的万物，就会过于庞大，过于自信，过于膨胀，从来不知畏惧是什么。好在灵喜欢那些善于自省的万物，喜欢不断找寻自己的万物。灵是一种温情的空旷，容万物转身，容忏悔之形。清晨，小麻雀在窗前“啾啾”地鸣叫。或者它也担心，如果不经常喊喊自己，就会把自己的灵弄丢了。而我，在有风无风清晨都能听到麻雀的呼喊，便觉安稳。是呵，还能听到，还有耐心听，还相信一些什么，就安稳。茶也有灵，茶的灵就是氤氲其上、体味其中的盈盛之气，是天地因和合而生的光影气泽。是茶氲。

没有那么神秘。说到底，茶氲游走在是与非之间。你信它，它就是实实在在的物质存在，是物质之上的一点点寄托。是人自己愿意敬奉之上的一种仪式和情感。不信，它就是一种光的折射，一种错觉，一种角度，一种虚幻。

很多时候，也总是在信与不信间徘徊。我宁愿相信万物有其灵，却又常常觉得灵会游走得太快。它常常没有耐心听到良善和疾苦，看不到更多的奔突和寂枯。它甚至无善恶，无净垢，让人觉得自己是被灵忽略的可怜虫。心走丢了，攸游，攸乐，攸心的悠然无碍、自得喜乐就像海市蜃楼，无根浮萍。

再见茶氲时，淡定了许多。我之幸运，全在一心。很多上好的茶，从不见茶氲。但它们一样都有自己的灵。静心，就会聆听得到。

五、肉桂

年轻时曾喝过大红袍，以为醺冽，有种硬硬的东西哽在喉间。自觉岩茶的烘焙味太重了，一下压住舌尖，锁住咽喉。年轻的味蕾哪里承受得住厚滋味，这一放就是很多年。再提岩茶，间或喝掉一些小罐茶，间或牙祭，滋味虽不似当年，却也说不上喜欢和钟情。

淘茶时，友发来消息，让帮忙看看肉桂。肉桂，一种高香的茶。辛锐持久，于碧水丹山、硝风深壑中保持遗世独立的冷傲。喝过，能记起那味道。

茶人说，你说对了。宋元以来，武夷山三十六峰，峰峰红岩，岩岩有茶，无岩不茶，无茶不岩。溪水绕带，九曲回环，烟雾弥漫，岩泉不绝，烟霞供养的武夷岩茶自然得天地精华，为精气所钟。这么神奇？茶人点头，说着一盏肉桂已在眼前。

素瓷小盏里，晃漾着一坨金黄。鼻下轻嗅，有淡兰之清，亦有桂之甜香。郁郁扑来，隐有仙气。再啜，徐贯而入，贴着心肺，甘尽又回。并不生猛，反而有着温柔的体贴。再试一两盏，汤色渐橙，两腋清风，有平矜解燥之气感。比之绿茶，味厚，比之红茶，韵足也。是那种岩石与叶两厢味绝的境地。我问，这款茶是老茶，可是？是，1907年的茶。怎么，喝出它的幽香了？是的，这香绝不幼稚，没有浓烈的冲撞感，不锁喉，甘爽醇厚，有一种悠远的余地。但凡能香到这境界的，别无他处寻，只在时间里。我们都不说话了，低头喝茶。若有所思，若无所思。

铅华尽散，叶底厚实而有弹性，整齐无杂。相对完满的结局。

有些好奇，如何藏茶。茶人说，当地茶农在过去会找一些粗坛子埋茶。像封酒一样封茶吗？是的，女儿红一样。听得心意蔼然。这上天入地的茶，我更喜欢它埋在泥土里的等待，安然，纯净，有着泥土的香。

泥土的香，万香归处的香。让人无法说出喜欢，喜欢二字太轻了。齿龄渐长，也不会轻易说出喜欢和不喜欢了。

六、水仙

去冬，忽然迷上了画小画。窗外雪静静地落，案头一支香也静静地落。心痒难耐，画呵画。让头戴花环的小姑娘坐在小雪花里，把熟透的金黄放在谷雨里，让白露的美人滴落在人间，让吴刚丢掉斧头只醉酒桂花，让小松鼠坐在莲蓬里吃莲子，让两只小鸡头颈相绕说悄悄话，让一只鹿晃下漫天星星，让玉兰、让牡丹花开，该清绝清绝，该繁盛繁盛。我的愿望那么多，怎么画都画不完。还画了一株水仙，题上“雅蒜先花”。说清雅水仙不过是大蒜而已，也够俗气了。还作俏皮想，水仙是不是装蒜的鼻祖呢？

实则我想说的水仙，是一种茶。因为提到肉桂，就离不开和它相比较的水仙。在岩茶中有一种说法，香不过肉桂，柔不过水仙。

老伴儿曾从厦门带回几盒水仙。那时执念正深，喜欢一种茶就再无他茶，正是金骏眉当时。喜它的利落无杂，俊逸温和，有着淡淡的苦味和忧郁的甜香。很像一场要结果的恋爱，有着爱上层楼偏说愁的单纯和美好。所以那水仙尝了尝，便放下了。纵有岩韵骨香，对于执意掩鼻欲走的人，哪里有耐心识得？

那天喝完肉桂，又尝水仙。肉桂重闻香，香气高昂，有着辽阔的美。细品水仙，它的香静悄悄的，有着蹑足而至的美感。好像陌生人的善意，一点点渗透到人的心里，让人莞尔。它更重视入口的感觉，所有的好需要人静心回味。它是内敛的邻家小妹。

想起装蒜鼻祖的事，愈发觉得自己俗气了。俗雅之事，绝不在事与物，而在人于其上的态度。要说俗气，只有人才相配，与物又相何干。

丁酉早春于如如斋

致

一、送诣

东汉许慎在《说文》里说，致，送诣也。送诣者，送而必至其处也。要送，就一定送到了。这情意让人心往。倾心执手，不是客套，不是虚托，是山回路转不见君、雪上空留马行处的不尽之意。是山高水长、前路漫漫、马蹄潇潇、雪上空留的怅惘和深情。是久久不曾转身的一个背影。哦，就此别过，天涯各自宽，云水各自长，珍重。

这是送别的一个极致。其间千折百转的情意，今恐难味。古人的时间仿佛总是过得很慢，驴背上，山水间，一段路可以走很久很久，一本书也可以读很长很长。逝者如斯的感叹，仿佛也只为感叹。今人的时间不知为何过得那么快，要做的事情那么多。哎，哪里奢得这样的情致和心怀呢？因为难得，思极大美。

每日临帖，习小楷。觉得最有情致的笔画就是“捺”。笔墨要送，出而不悔，而其间的情意却是不舍和徘徊。送而不留，送到不能再送处，意挽狂澜，戛然而止。深切的不舍让墨端有了含而不露的温婉，字也就雅情雅意起来，眉间若有清月朱砂痣，明媚而生动。字也就不是字，人仿佛也不再是刚才的人。万物情意，相融相契，仿若溽暑微风，世间的坚硬一下都柔软起来。一时惊觉，送诣，是冰冷必然中偶然的小温热。

午后茶，松尾小壶是专门泡熟普的。随身多年，壶盖有了小磕痕，愈发轻拿轻放。投茶，送水，斟杯，所送之所，所达之处，无不情意，无不专注。云故乡亦是茶故土，彩云之南是普洱的故乡，因之叶大涩苦。恰因涩苦，回甘更甘，更有持之以恒的耐力和久长的回味。送出的苦到尽头，回来的味道自然格外素朴和醇厚，是舌上的甜。普洱茶的回甘较之其他茶类是最持久的。但是刁嘴的老茶人口腔很难被打动。一旦被劫，必生喉韵。好的茶汤不仅仅徘徊在舌尖、舌底、舌面，更是入咽进喉，甚至食道和肠胃。直到调动人的整个身体，四肢百骸得以茶气氤氲，浊沉散佚，清气上升。恰如灯下故人来，千里乡路，万里清风。茶香挂杯，敛苦转甘。好的茶，也是有着送诣的深情之致，用曲深婉来抵达人心的。

黄昏过后，远山微黛，深湖平阔。忽起温热。这一天的黄昏就这样被送走了。这唯一的一天，不可复制的一天，独特而又平常。世间花朵一辈子会开多少次呢？有多少次的开就会有多少次的落。就像这黄昏，不会再有今天的黄昏了，落在黑夜里，也是不可复制的一次黑。而我全部的欣悦在于，它在我的目光里。我是它的一个背影。它也是我的，一个背影。我们转转身，就是明天了。

二、素茶

那年从九华山下来时，比丘尼师父送禅茶给我们，说，素茶，救渴解颐。素茶，想必生长在寺院里的茶，都叫素茶吧。这般揣度，恭心收下了。春天时泡开一盏，清远宜人，芳冽不散。几盏下去，沉疴轻苏，人一下松了下来，轻了起来。隐然察之，青白色。茶色贵白，端然好茶。后来有好友寻茶，精心挑了小瓷罐，装满送之。却不知合不合友之口味。

据说，旧时曾有高僧誓要燃顶修行，自蒙顶山结庵种茶。终得全美好茶，“圣杨花”“吉祥蕊”即是此来。只是少之甚少，得以供奉佛与菩萨。九华禅茶，师父是用来招待烧香拜佛的善男信女，普通极了。可我一直猜想那茶也是得山岚之风，得以聚高光，出乳壑，聚天地和谐之气，乃佳木灵草也。师父自种自采，炒时又是素菜油。解众生焦渴，苦中取甘，也全然一片向佛素心呵。人间是何茶，我也只道佛茶，素茶。

后来，听到关于九华山隐城寺素茶的传说。一个叫大方的和尚自种禅茶得到推广，很有名气的绿茶“老竹大方”即是也。老竹大方最初的名字就是“素茶”，因大方和尚而扬名，更名。素茶，原来不是通称，而是专指。

可我还是愿意相信，素心而来的茶，素心而泡的茶，素心而饮的茶，都是素茶也。想来，又该是如何才算一颗素心呢？

单纯，明净，简约，淡泊。概或是了。可是，人哪里那么容易做到！那该是一种事到极处的清醒吧。这种清醒，和知识有关，和修为有关，关乎更大的是人的慧根。西方霍布斯的性恶论，洛克的人心白纸论，东方荀子，其他诸子，也都善善恶恶争论了那么久，都不会有一个永久的结果。一切发生的都在消失，一切消失的都还会周而复始再发生。一个人倘若能够心如琉璃，境通万物，能够直抵事之质地物之本源，才是一种真正的明澈和了悟，才是一种人心的极致处，素淡之心吧？“心正则神通，神通则意明，意明则可洞察万物，知其本真。”这样的人，一定是神光蒙恩的人。

想到自己是蒙尘的人，那种趋光的愿望和感伤便会与日俱增。

愿每日得素茶，修素心，增慧根。绚烂繁华处，亦是素淡归行所。

三、冷面草

宋初《清异录》是本很有趣的集子。说，有个叫苻昭远的人不爱茶，与同僚举办茶会时忍不住感叹：此物面目严冷，了无和美之态，可谓冷面草也。

以前读到这儿的时候就想笑。看来，世间万物可谓无好无坏。喜之则好，恶之则坏。可以想见苻昭远那种捻须喟叹，哪里好，值得如此成风成气？冷面草，多有趣的说法。让人一下想到冷美人。美则美矣，太冷了，严肃得如冰雪。再大的热情一靠近就化了，一炉雪早不见雪模样，流着眼泪给你看。人有冷热，草亦然！

也确然。茶之好，爱者几乎口不能言，成瘾成癖。却不能一任喜欢到极致处去。需要斟酌适度，节制而自足。畏寒怯凉者，不宜绿茶和白茶。红茶，结石者不可过饮。黑茶，血压低者不可过饮。饭后，药中，生理期，都不可相茶与共也。春宜绿，夏宜白，秋宜红，冬宜黑。也不可过分依赖一种茶。如此，喜亦不能极致，恶也不能全盘否定。物为我用而不受其累，该是好的。

茶还有一个有趣的绰号，曰“森伯”。是说初饮时，牙齿森然，久品后，四肢森然。概或，这是一个爱茶人起的，因为了解和懂得。就像小时候，同窗们各自起绰号。或者给自己的老师起。亦曾为人师，所以也曾有“雅名”。那天我好奇，问孩子们给我起了什么名字。他们痴痴笑，不说话。

后来，批改作文时找到答案，“玫瑰杀手”。天呵，这就是他们眼中的我？还好，虽说气质比照玫瑰少了娇艳，属类不错，植物。虽说杀手的属类不对，气质不错，绝非傻白甜。这么一想，都被自己晕倒了。

四、温柔茶

“本质上，茶道是一种对残缺的崇拜，是在我们都明白不可能完美的生命中，为了成就某种可能的完美，所进行的温柔试探”，读到这句话时，正是头痛昏昧、不得入眠时。

温柔的试探，好动人。

索性起来，泡一壶茶。茶里陈味一味绵荡开去，舌底鸣泉，曲笛、笙、箫、唢呐、三弦、琵琶径自鸣响开来。高低错落，舌底的苦，水袖轻舒，百炼钢化为指尖柔，成为舌尖的甜。生津，如此曲折婉转，口里的江湖正是一出唱、念、做、打的水磨腔。

原来，一盏好茶可以如此生津。而生津是一段幽雅、舒徐、委婉的路程，是一块好光阴。好光阴都是在心里的，就像欣赏昆曲。听昆曲，要持静。叫好喝彩都要在心里而不得喧哗出来。倘若不懂或不自持，反而会扰了演员的心神，哪里出毛病了，有乱弄的嫌疑了？

一盏茶的好，需要有一颗温柔而持静的心意相对，因为时光沉淀，彼此默契而无言。恰如翁媪白发，一个眼神，一句玩笑，尽可醉里吴音相媚好。至于光阴中的辗转与曲折，不必赘言，不必详尽备述了。

那年去苏州走园林。很少直线，很难有一眼就望到头的小路（一眼就望到头，没有悬疑，没有想象，没有出其不意，该多无聊）。花明都藏在柳暗里，一波三折，起起伏伏，连光线都是明明暗暗，多是折线和曲线。廊道迂回，枫亭唱晚、幽竹清荫、叠石流泉、长虹卧波、弈棋问杏、对影邀月，各掩其中。每一处的小和大都各自安好，仿佛从来不必担心和急切未来，总会有一种温柔把世间该有的这一切都环抱着。那些弯曲的手臂可以无条件地永不释怀。人行其中，也可以像这里的小石头小草木一样，睁着婴儿的眼睛，看头顶多角的天空。就连那些看似无用的小空间（苏州园林里有很多这样的空间）都让人讶异。越是这样的无用处，一些平常而又珍稀的东西愈加散发出独特的魅力。比如光、空气、雨声，比如清风、明月、我。寸地有深山，寸土有野谷，使人静默，使人沉寂，使人入静笃、思真境。如此曲径，如此徘徊，极致幽深之美，这该是对人间如何温柔的试探呢？

想到世间原是有着那么多的温柔相待，那么多情意款款的取和舍，那么多的相互顾惜和体谅，心意重了，身体轻了。

因为一壶温柔茶，我愿意放下所有的刀枪剑戟，把尖刺和利刃磨圆，磨钝。以“试探”的小心翼翼，温柔相待草莽丛生的时间，世间。

五、清泉白石茶

倪云林是个非常有趣的人。他是把洁净做到极致，乃至成癖的人。据说他喜爱七宝泉的水，每日命人担水两桶，前桶饮，后桶濯足。后桶缘何不饮？莫非皆因挑者背对，时有体气排出？这想法有点顽皮。不过，倘若不洁之人，面对又如何？口腔之气一样不洁也。屁虽臭，可实在是五谷发酵之气也。本质上说和酒糟渥茶也无太大差别。这道理我猜他是懂的。只是，天下道理都太硬邦邦了。人有时可能喜欢的是道理之外的那点小意外，小心情。倪瓒所居之处亦是雅洁到极处，叫清閟阁。阁外数桐，家中小童日洗三次。逢秋风乍起，必以针缀杖，轻挑落叶，掩埋成冢。这情意让人蔼然。黛玉葬花，倪瓒埋叶，全无性别之别，都是极致之人极致之思，一叹耳。只是我常常猜想，不知那冢有甚名乎？落风冢，叶冢？倪瓒家的落叶该是心性高的叶，他家的秋风概或也是有着多窍慧心的风吧？

云林洗树葬叶这事，大家都知道。也为后世所津津乐道。有人专门画画，叫《云林洗桐图》，古雅韶秀，清逸精微。主人倪云林捻须飘髯，茕茕然，若天际冥鸿，人物风流可见一斑。

倪瓒素亦喜茶。曾游于惠山，一时兴起，用核桃、松子仁，与面粉调和成石头状的小块，放入茶中品饮，称为清泉白石茶。古人确有茶中佐料来饮的，而我只喜素饮，茶中不可放他物。纵是色味俱佳，也颇不习惯。恰如禅定入境心，无端惹飞絮。我之境地全然不在化境中，无法也。我的好奇和欣喜在于，古人的风雅，是雅趣到骨头里了。

想来，那清泉白石茶，要的就是那种石潜泉底、清澈无碍的清透吧？至于泉声和松香只是佐料耳。

六、秋天的叶

初秋的叶带着金色的边儿，神光镀过一般。还没来得及看看风的模样，“咚”的一声落下来，听到了。脉络清晰，酮体饱满，我想那绝非叹息，是生命充盈，以一抵十，此生足矣的隐然。秋天第一片落下的叶子，像小舟，早早地停靠在渡口，等待有缘人，渡己，渡人，渡秋风。春天过去了，夏天过去了，秋天也即将过去，冬天会来。冬来，也将会去。

站在秋天的窗口，我拾起一枚落下的叶子。金黄，通透，像隐藏了千年秘密的琥珀。每一道纹络、走向、密布交织的神经，都是风干而不死的故事。欢喜的、悲伤的叶绿素仿佛随时都可以被激活，它等春风轻轻一呼唤，就又都绿了。

一片没有入茶的叶子，没有那么多的辗转和奔波。简单，明净。一叶入茶，春茶肥嫩，夏茶醇厚，秋茶浸透了阳光的味道，多有松烟味。更多的是历经，是体验，是沧桑，是沉淀后的静好。至秋茶，饮秋茶，似乎连味觉都一起饱满起来。

在叶子的背面，小楷手录八指头陀《送春》诗：“一枕烟霞睡味赊，不知春去野人家。数声啼鸟幽窗外，惊起山僧扫落花。”

我怎么，一下就觉得是到春天了呢？那扫落花的，帚下“扑扑”响着的，不是山僧，不是花，是我。

初秋，此致。

丙申初秋于如如斋

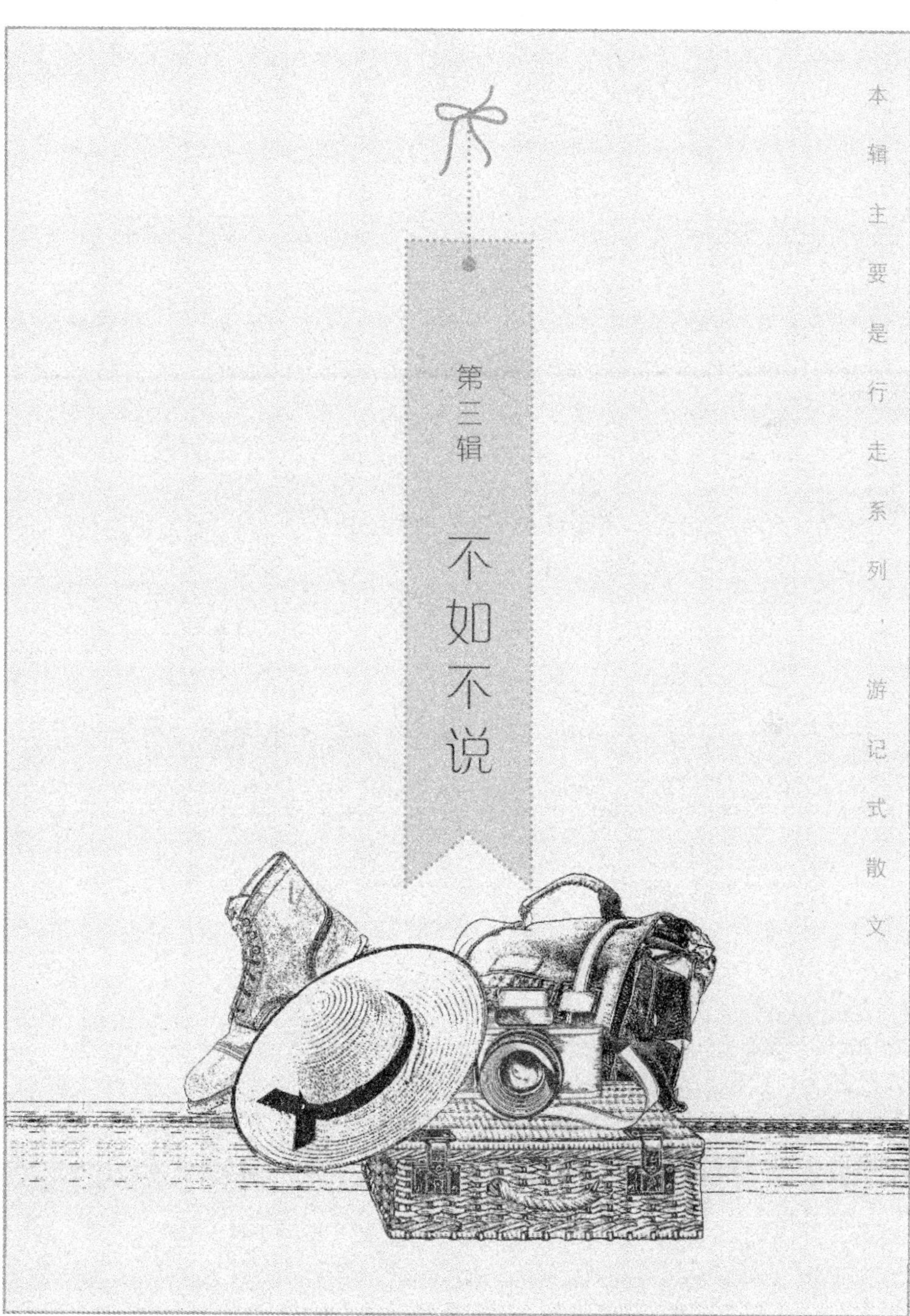

第三辑 不如不说

本辑主要是行走系列，游记式散文

不如不说

——九寨印象

一、题外风月

很多残碎，无疑是令人生痛的。人谓之美，多是西方文化的罪感之说。罪感文化的核心就是通过深彻的苦痛和决绝的撕裂体验，以期靠近神，从而得到精神的愉悦而解脱。而中国人相信圆。太阳落了，还会升起。春去了，还会来，四季轮回。天永恒，地永恒，人永恒，生命可以绵延不绝。这就构成了独属的气质，悠然，不绝望，是一种乐感文化。

伏羲作琴瑟，神农作琴瑟，女娲作笙簧，与麋鹿共处，人生而耕，耕而食，冷而衣，衣而织，皆无相害之心也。一切都有着确定而祥和的生意。就连神话，那些有着人类童年气息的心念和信仰，遇到毁灭，也似乎并不急于悲观。纵是破碎，也不惨烈，依然留有委婉悠长的醇厚意味，一唱三叹。

九寨，就是遗落人间一唱三叹的神话。

男神达戈磨风月，成宝镜，送给深爱的女神色嫫。因为魔鬼的到来，宝镜碎而散落人间。世上幽谷，茂林密树中有了碎片残骸，也就有了无数晶莹剔透的海子。有了九个寨子，有了遥遥而望的两个雪神。九寨亦因破碎而成，而美。

那天，我站在九寨碉楼的同心桥上，眺望远处的达戈雪山，想起神话，想起风月。鲁迅谈风月，有“月黑杀人夜，风高放火天”的冷峻。曹翁也谈风月，看似月白风清，实则也是杀人越货，像海妖莎琳的歌声。而风，微风，清风，就连秋风也是萧索中带着诗意的。月，又在多少诗人，或不是诗人的梦中开着花、结着果的。总之，风该是好的，月该是美的。可偏偏风月相遇，在古典在现代人的思维判断里，没有彻底地成全一份美好，甚或一片杀机或残破。这是个有趣的话题。或者，也涉及原罪，涉及人类自我意识的觉醒与蒙蔽。

云南的玉龙雪山我去过，晶莹又剔透。而达戈雪山，是雄健的。云雾叠嶂，扑朔迷离，缠绕得很。我想，或者那雾裹在小猫的足上，轻手轻脚蹑足而过。可是那云，又该是多少只小猫呢？

二、又是古道

曾在普洱市的茶马古道，结识了一匹叫“黑风”的骏马。它驮我，亲我，昵我，让我感觉它是我来生的弟兄。它陪我走着那一段历史，或飞奔，或疾驰，或轻缓步履，或喃喃低语。我初识的惊恐与陌生，全都消解在它漂亮的大眼睛里。是的，黑风有一双绝顶慈顺的大眼睛，那里所传达的信任与温情甚或它一身黑绸缎般的皮，甚或它独具魅力的鬃毛。那是一双我在人世见过的最值得信赖的眼睛。因为这样的眼睛，让我放弃戒备，把一段旅程全身交给它。它无声，甚至不嘶吼，只是默默陪伴，轻微喘息。让我时而恍惚，我就是马帮的汉子，刚刚还在酗酒取暖，六十八度的浓烈老酒。刚刚躲过因贸易货物而起的纷争厮杀。刚刚喝酒的兄弟，突然失足坠崖。就在刚刚，有匍匐大地、五体朝圣的僧者虔诚走过。还有褴褛的老妇，转着经筒，六字真言。大大小小的经幡在远处、近处、高处、低处飘着。蓝天在上，黄土在下，红的是火，白的是云，绿的是水。而黑风，是我寂寞旅途中的女人。

此刻，黑风又在哪里呢？我还在路上，在另一段的茶马古道上，彳亍而行。有时候，怀念只是一种情绪。对动物，对植物，远远要超过对人的信任与念想。那是我生只一瓢饮的纯粹。是的，我再也没有遇到一匹像黑风那般俊逸的马。

“黑茶一何美，羌马一何殊。”耳畔总有真真切切的昆曲唱腔，从不确定的地方飘来又向不确定的方向散去。

坐在铁壳马车里，在九曲十八弯的茶马古道上，我们一行扭曲着往上爬。我们在通往海拔三千米的九寨路上。

三、别问我是谁

到了，我却晕了。此身何处，浑然不觉。

友说我是高原反应。买来“红景天”让我喝下。后来央视报道说，这种药是旅游陷阱，没有多少实际意义。可我却觉得，那真的是一剂清凉散。友笑我愚顽，而我的贪嗔在于细微处的温暖。

次日晨，曦日未及，远山青巍。微雾如带，绕颈缠腰，自然赐予山之哈达，山是神的子民了。此刻，深情而贪婪地大呼一声，长吸一口，空气是滋润而清甜的。我在山中，也是神的子民了。

（一）倒影

镜海的倒影是多么美呵。

几乎可以汇聚天下所有美好的词汇。它把天空映照起来，让空中有着绵羊白的云也不再飘走。它还把森林也拦腰截住，林中悄然红去的叶，叶上瓢虫的小秘密，它都不想放过。还有苍郁的山、山中松鼠、笨拙的熊、轻敏的猴子、爹起尾巴的野雉，湿润的土地上有它们或深或浅的足印，也都一一映照。就连轻微的风，它也掩去涟漪，像那些涵在胸中的石块，只见纹络，不见情节。水草丰茂，把海子当成了草原故地，疯狂地长，却始终没有迈出故地一步。还有鱼，那种像柳叶的小鱼漂着浮着，仿佛你摇一摇岸上的树，它们就会动一动。

自然的赐予多么慷慨。而这所有的一切，都被包裹在一块蓝和绿都那么危险的玉中。

它想映照他们。映照赐予自己的这么一小块。它觉得最大的相知就是彼此映照，相知是一面镜子。镜海，一片小小的海子，并不大的一块小水域。它的贪痴与奢望并不大。可是，就因此念，它把自己究竟磨了多少年呢？

我置身事外，怔怔地望着它，错愕，讶异，不能呼吸。或许，映照也是不必的，来则有象，去则无影。但是我依然忍不住热泪盈眶。

我还能做些别的什么事吗？

友说，拍一张吧，把人放进去。我说不。人的参与是那么多余与赘足，不要惊扰。

（二）微小

空气中跳动着那么多微小的快乐。阳光一照，它们统统泛着光，珍珠的光。

我坐在栈桥上，微眯着双眼，向远处望，向高处望。嗡嗡的水声冲荡着耳膜，一波又一波。那些小水珠不时被溅起，落在发梢的时候，很顽皮。落在鼻尖的时候就化了，还没有落下在空中的时候，我看见它们闪着五彩的光。

我不想走，赖着，就想这么一直坐下去。

我的背后是一滩一层，一层又一滩的梯海。那巨大的水声仿佛从天上来。而天地之间竟那么容易沟通，一层水，接着一层水，天地就通畅了。舒缓，自然，庞大却不凌厉。我想数一数，自己到底坐在几层水上。传说中的浮屠是七层，故宫的台阶是九层，我工作的地方是三层，居住的地方是二层，我却从来没有像此刻一样，很想认真清算一番，我到底在哪儿。

我的前方，是无数的山，树。已进老秋，那绿依然虎虎有力。或者，有杂花生出吧，肉眼太肉，竟未通透。我看见那么多松软的小苔藓，我是忍着，有点心疼踩踏而过的。日本人种苔很讲究，非枯寂处不栽，非寂寥处不生。对于过于幽寂而敏感的心，如果不是情非得已，谁忍心随意踩踏呢？

是的，此刻我是坐在珍珠滩的栈桥上。我也很想，一坐千年。让自己成为一粒珍珠，泛着并不刺眼光芒的珍珠。或者，做一粒像珍珠样的小水珠也是好的。

（三）空色

所有的颜色中，最喜欢无色，即黑和白。这些年来又逐渐喜欢上了灰。各种层次的灰。比如月灰、芽黄灰、鸵灰、淡青灰、浅蟹灰、兰莲等等。灰最是好脾气。任何尖锐的颜色，搀兑上灰，便柔和温婉起来。

而我在牵想自己嗜好的时候，面对面的却是无限纯粹的蓝，层次渐变的绿，亮丽的黄，没有瑕疵的白，各种深浅驼着的灰。大块大块的色彩，不谦让，也不争夺，彼此存在，独立而又和谐。我不禁扼腕，叹息人间色彩可以如此大胆而不虚妄，不勾兑，不妥协，自然而然地散发着神性的光辉。

蓝的是水，白是落在水里的云。绿的也是水，还有水上的山，山上的树。黄的是树上的叶，和叶的无限处朦胧一片。灰是嵌在水里的，层层叠叠的石，或类似石头的水中坚守者。而我的惊叹绝非仅此。

那是一群倒伏在水里的树，是一群集体死亡的树。隔着水，我那么清澈无误地看到了死亡，和死亡之后获得的永恒。当然这永恒又是相对的，渺小的。于我是巨大的。这些在几千年前不知什么原因倒下的树，如此庞大。躯体庞大，根系庞大。像动物的遗骨残骸，仿佛恐龙，又似大象。那么多年前，这里一定发生着什么，一定有不为人知的秘密，也一定有道不得的悲欢，逃不得的杀戮。而此刻，我见到了它们米色的美，纯净而安详。

有人告诉我说，这些树倒在水里后，因为得到了钙化，从而获得了永不腐朽的存在。

当我们出生，就已经确定了死亡。死亡不过是在时空之外的那一处，而那一处的美丑不得而知。而我们对陌生总是心存疑惑和胆怯，又因把握不住而凭生苍凉和美感。我们像被抛掷在时空坐标系里的一个点，孤立而又无援。隐隐地，我们被一种来自神秘处的苍穹所召唤，我们辗转，哀叹，努力画出仅仅属于自己的那一道弧线，来完成生命的接引。

由此及彼，此岸彼岸，人是走在向美的路上。由此，我更加确信无疑。这一片海子，这无端平起的颜色，这镌在水里的死亡和永恒，我似乎开始平静而又悦喜。

《心经》里，最爱这句子，“色不异空，空不异色，色即是空，空即是色”。这是在说万象，又说万象之源之灭。哦，仅仅表面之意，跳脱着看，也是最切合五花海的。空，色也。色，空也。

（四）宽阔

诺日朗，在藏语中是伟岸高大的意思，是男神。瀑布以此名，就注定了其雄浑开阔之美。是的，诺日朗瀑布是中国最宽的瀑布。

初见，我想大声喊，是想试一试我的声音能否抵达它的宽处阔处。还想知道，它裹天携地，心跳得厉害不厉害。只是没等开口，人已淹没其中。它声若战鼓，气如长虹。无数的飞起，无数的溅落。连阳光都穿它不透，道道彩虹缠绕其中。光为影铺路，影为光辉映，声色叠加。天光水色，仿佛有无数的瑞鸟翩跹起舞。

我只好欲言又止。让浩荡和祥瑞沉下来，再沉一些。

原来，宽阔可以这么轻易地消弭掉一个人的野心，让人静下来，再静一点。

芦苇簇拥着一条河。我固执地认为这河仅仅就是一条河，没有传说没有象征。芦苇就是花白的野草，也不具有人附加其上的思想。我的路过，也仅仅是路过。我走了，河还在流。秋尽了，野草也会再生。没有看到熊猫，也没有见到犀牛，只有几只黑色的老羚羊，慢腾腾地在走。

别问我是谁。就这样走着，离开，继续走着。

四、夜阑听雨

是夜，客旅山腰，是在拔地两千多米的高处。白天累了，友和我说着说着话，就寂悄无声了。我总有飘荡的感觉。一会儿觉得自己睡在云中，随即便猜想，是白天遇到的哪一朵云上呢？而这一朵一片，怎么恰巧也没有归山呢？又怎么恰巧驮着我呢？一会儿又觉得是在水上客船，云低，江阔，没有西风，没有雁叫声。离天那么近，我很想摘一颗，两颗，三颗，一捧的星星。

就这样，寤寐思服，心为诚开。星星真的串缀成雨，淅淅沥沥落在我异乡的窗台上。中年听雨，夜更阑珊，无眠，还是无眠。

已近子夜，雨还在温柔地坚持着。可是，它到底在坚持什么呢？我说不清，却感受到它无坚不摧的力量。像日日夜夜无数个寡淡的日子，坚持着，温柔地，持之以恒。至于它到底要什么，我也说不清。我能给的，是我日渐松落的牙齿，日益塌软的腰肢，涂抹霜色的头发，一敲就碎的骨头。除此之外，还有肉体之上比它更温柔的坚持。

没有哪一刻比此刻更让人有时空错落感了。

古人说，“四方上下曰宇，古往今来曰宙”。而我真切地感受到，我悬在宇中央，处在宙上的一个点，是蚍蜉，是蝼蚁，是微尘，是此刻坠落的一滴水，口不能言。

那就不说吧。听雨。

当年，王阳明先生游南镇，友人指着岩中花树，问："天下无心外之物，如此花树在深山中自开自落，于我心亦何关？"先生说："你未看此花时，此花与汝心同归于寂；你来看此花时，则此花颜色一时明白起来，便知此花不在你的心外。"（《王文成公全书》卷三）

夜深中念及这一桩公案，心下莞尔。宇宙是吾心，吾心在，宇宙就在。吾心明媚，宇宙即明媚。想到偌大的宇宙就是自己并不完善的心脏，而它深切地，咚咚有声地属于自己。此刻，自己可以是它的王。旋即，心生无数卑微的柔软和温润来。

心动了，也不过是别人未知的宇宙轻微摇晃一下，没有什么的。

我在猜想，九寨于我是什么呢？是深山花树吗？或者是的。我未曾极目时，它是寂的，而我，九寨未曾极目时，也是寂的。

就此睡去吧，别无他话。

甲午初冬于如如斋

或者，唯有一叹

——龙门石窟散记

一、序幕

公元493年，秋雨霏霏。魏孝文帝亲率步骑兵三十多万南下，从平城出发，迁都洛阳。改官制、禁胡服、断北语、改复姓，革除鲜卑旧俗，倾情而全面地接受汉族文化。龙门峭壁上的石头也忽如一夜苏醒，纵横千米，绵延五百年，形成了中国造像艺术的巍巍大观——龙门石窟。

昔我往矣，今我来思。霏霏丝雨落在额头时，我亦恍惚，这秋雨莫不是走了千年吧？此刻抵达，抵达此地，此物，此人，是否别有心意呢？

路的中间有蝴蝶钉，把清代的老路和七十年代的新路紧紧卯在一起。新旧绞合，长长的甬路就有了一道长长的疤痕。人行其上，会有伤口愈合的沧桑感，仿佛一脚踩下去，就会生痛。生锈的铁色蝴蝶又像涅槃过的，冷静，优美，坚实，又让人相信，走吧，别无他处。足下生蝶，行走忽然具有了飘逸的想象力和虚幻的美感。

二、半壁佛音

门，轻轻一推就开了。

推开门的，是一道水，叫伊水。开合相立的两扇门，一是龙门山，即西山。另一是香山，即东山。回家的水自由开阔，舒展缓慢，全无中断天门的楚江水那般豪情热烈，是近乡情怯的温暖和静悄悄。春秋时这里称阙，到隋炀帝时，因宫门对阙门，而得“龙门”名。

西山脚下，仰望停云，峭壁林立，是偌大的一派佛陀江山。龙门石窟开凿于北魏孝文帝时期，经历东魏、西魏、北齐、北周、隋、唐及至北宋，将近五百年。南北长达千米。1300多个石窟，2345个窟龛，题记和碑刻3600余品，佛塔50余座，佛像97000余尊。林林总总的石佛，高可至17.14米，小可到2厘米。北魏造像达到30%，唐像60%，余则10%。

北魏和盛唐是石窟艺术的高潮阶段。

我们被水推着，过古阳洞、莲花洞、宾阳中洞、火烧洞、石窟寺，脚底泥泞，呼吸仓促，带着扑扑的风尘，走到一尊尊佛前。每一尊佛都在微微笑着，有着不可获解的深意。他们骨清态癯，面修鼻挺，衣纹繁复而飘逸。宁静、冷清、安详，笃定又深不可测。他们和人间烟火仿佛那么近却又那么远。近到让人相信他是从我们中间走出去的，远到走出去就再也不回头，一回头就是隔着长河站在彼岸，我们遥不可及。我们需要匍匐和仰视才能在他的目光中得到安顿。人世之苦之哀之叹之疲惫之迷狂之颠沛之呻吟，都化作轻轻的一伏。来吧，该来的。这一千多年来，多少人把一世悲欢、二世三世百千万生的祈愿，行走和出离，都卸下来，虔诚地放在这里。合十，阿弥陀佛。佛，是一种能安慰人世的理想，人是佛足上的一颗黑痣。

北魏以后，百年寂然。唐时重又苏醒，盛焉百年。人世盛衰，佛亦沉醒。唐造像兴盛，佛像自北及南绵荡开去，直至伊水东岸，东西两山，遍布诸佛渊默的微笑。唐时窟龛约占整个龙门石窟的三分之二。佛从北魏到盛唐，从容貌到姿态都更开阔舒展了。他们面额圆润，饱满蔼然，从容而亲切。仿佛不必拘囿，就可以把你的心拿出来呈贡给佛，接受他的指引，他也含纳你的忏悔和祈愿。仿佛，他在对岸正慢慢地向你走来，他的目光高于你，又普照你。他们严肃、祥和、矜静、朴实、刚猛，他们化作人世万千，以万千的姿态拯救和度化你。他们，就在你的身边。或者，晨起开在窗前的一朵小花，就是一尊菩萨。可是，谁又说得清它又是谁的一件护身符呢？龙门唐雕中，最蔚为壮观的是奉先寺。长宽各30余米，本尊佛像高17.14米，头高4米，耳长1.9米。其面丰阔，当你立拜时，他是严肃的。跪拜时，又是微笑的。让你觉悟：秉持一颗柔软而谦恭的心，万事万物都会报你以微笑。

阿难像立体饱满，谦和亲切。余则诸佛也是神采各异，自出机杼。明亮，悦喜，弥漫着盛唐的飘逸和清丽，健康和自信。

很诧异，这些佛像的石质如此干净，法相如此细腻完美，又是如何在崖壁上雕凿的呢？同行人说，雕像的材质是古生代寒武纪和奥陶纪的石灰岩层。石质坚硬、结构紧密，很适宜雕刻。而雕凿的手艺人都是世代相袭，技艺如独门武功一样，秘不外传。

绵延两里长的崖壁，手艺人断断续续雕刻了五百年。我不知那该是怎样的一双手，怎样的一种心意。定与夺，取与舍，凸显与隐去，尖锐与对峙，都隐匿于一种绵延而浩荡的幽微之美里。他们用粗粝的手小心翼翼地把佛从石头里取出来，奉献给人世。他们本身，是不是一尊尊的佛？

耳畔锤錾之声霹雳在耳，锤锤于心，犹如诵经。千年之后的人，忍不住喟叹，不能自禁。

三、隔水而望

步过漫水桥，来到东山脚下。遥望西山石壁，那些洞窟仿佛一只只眼睛，要说些什么，又止住了。偶有飞鸟穿梭其中。或者，它们误以为那是它们的巢。或者，那里真有它们的巢。而我却觉疼痛，飞过一次，即有一次提醒，那是剜眼之痛。

半壁石窟佛龛，10万多尊佛像，现存完好者不足十分之一。抛却自然侵蚀，余则皆为主动戕害。佛头被硬生生砍掉搬走，搬不走的，不惜斜刀斩落。我不能占有，你也不能有。我有了，你还是不能有。你的，我要抢走，还要理直气壮堂而皇之。谁让你美呢，谁都有占有美的权利。谁让你美呢。我有锋利的刀斧，所以就有砍杀掠夺的优势。日本人来了，法国人来了，英国人来了，美国人来了，带着红袖的人来了，无数只横向挥刀的手，斩落美时，理直气壮。刀光带着戾气，剑影佩着狭隘。佛头微笑依然，仿佛在说：放下屠刀，立地成佛。放下吧，放下。

最后放下的是伊水河上的一抹夕阳，它“咕咚”一声，沉下去了。像被砍落的佛头，血染一江河水。

美被处斩，被支离，被破碎，被异首他乡，是人世大悲。一直以来，美都是残痛的。不，是怖栗让人惊厥。这一次，佛没能渡过自己。不，他在舍己度众生。

天眼洞窟呵，这些密密麻麻的小蜂窝。那些甜，那些蜜，飞到哪儿去了呢？巢壳徒留，伊水的潮声涌进其中又涌出。是等待盛放什么，还是拒绝盛放什么？

佛影依稀，水风如镜。

四、古人的浪漫

伊水依稀处有人垂钓，又兼细雨。山水空蒙，很像一幅画。一时错愕，恍恍然那画里垂坐的钓翁是这半壁东山的精魂主人，香山居士。画外的我像一个展卷者，唏嘘感叹，却挪迈不得。

白居易，字乐天，号香山居士。一世辗转，一生俯仰生姿。少小英才，二十九岁入仕。从长安，到江州司马，到忠州刺史，再回长安，做司门员外郎、主客郎中知制诰、中书舍人，又自请杭州刺史、苏州刺史。外放，外放，天高皇帝远，山水自人心。一路颠沛却是青春做伴好还乡。苏杭情味浓，嗜酒、蓄妓、赋诗，夜夜笙歌，人间天堂。这让人很容易忽略他的政绩，只有走在白堤上，仿佛才忽然记起：原来，香山居士曾在这里治水修堤，造福一方。可是，就是这么一条体现他政绩的水堤，也不是那么一板一眼，郑重其事。春天来了，桃又红柳又绿。“樱桃樊素口，杨柳小蛮腰”，左樊素右小蛮，香山居士倜傥又性情。他在“长恨歌”中行，在“琵琶行”中大珠小珠落玉盘。或者，人们歆羡过，也腹诽过。但是先生或许不以为然，端起的酒杯隔了千年还在洒，信笔的诗文隔了千年犹在响，与我何干？

或者，我们也是喜欢的，却躬行不得。喜欢的是人行无穷空间时，在时间上怅惘一叹，然后又举杯邀万物的超脱和笃实。人，纵是怎样高蹈，都要食五谷做人事吧？庙堂之高看天下，江湖之远乐其身。又有几人能行呢？

快活过头了，被皇帝弄到洛阳。于是，伊水的东侧，有了香山寺，有了白园，有了诗魂。在佛的对面，有了一群生动而快活的人。

七十白首已古稀，生离大不过死别。元稹、刘禹锡，这些生命中最珍爱的挚友相继离世。撰写墓志铭所得润笔六七十万钱，全数布施于洛阳香山寺。卖马，放妓。马，反顾而鸣，不忍离去。樊素哭，小蛮涕。一场情深义重，不忍离去。散了吧，都散了吧。自此，无挂碍。

七十四岁时，刘真、卢贞、张浑、胡杲、吉皎、郑据，众乐乐。举棋，垂钓。能饭否？尚有齿。齿摇否，危危然。嬉戏曰“尚齿会”。后九十五岁的禅师如满，百岁之人李元爽，相继加入，号称“香山九老”。后传世有一幅“九老图诗”。快乐，是一种能力。七十五岁终，葬于龙门琵琶山。他曾说，“洛阳四郊山水之胜，龙门首焉”。一个人连葬身之地，都是他喜欢的。可想他的一生是欢欣之生，所悲之处，都被化掉了。

善始善终，他都奉行的是生命快乐的原则。庙堂乐，江湖亦乐。渴望放逐，或者是人的一种本性。无论在哪儿，他都把自己放出来了。千年以后，人们还在兴致勃勃地说起他，不远千里来看他。或者，这也是一种放逐。他会怎么想？

有什么可看的，又有什么可谈的？

五、余音

东山人世，万物自听，梦绕山川人不行，都是远道望乡客。西山诸佛，远远看，静寂听。一切皆是“空中之音，相中之色，水中之月，镜中之像”，佛要说的，是言有尽意无穷。万壑水声，大空寂寥。

我想，某一天的清晨，或黄昏，先生抬头见山，目所绸缪，思所身盘桓，心意流转，漂泊了一世的心，终于落定，回家了。他是微笑着的吧，心之所属，又回来了。佛是故乡，佛在心上，佛是人世中的人。

一稿于甲午国庆

二稿于己亥春如如斋

注：所引数字材料皆出自景区宣传册。

梅在孤边

——孤山小记

一

夜里，梅花落了满满一坡。商量好似的，月光洒一层，梅就落一层。宫粉、绿萼、玉蝶、骨红，纷沓而来。散而庄，淡而腴。骨抱着朵，朵抱着骨，风轻轻一吹，整座山孔窍皆香。梅在骨朵时，气为清。打开时，质为腴。疏影偃卧，暗香浮动。

藏书三间，唯有一榻。一榻侧旁皆是书，很小的一块地方足以容身了。窗前松影叠加，万叶婆娑。昨夜风大，难怪一夜飘飘忽忽的，梦好像都被吹起来了。起身提笔，九九消寒图里，添梅一朵。华枝春满时，一年即一个轮回了。粗服敝屣，趁着春天，趁着霞光，他还要再种下几棵。

就这样，梅一边落，人一边种。梅花从冬天开到春天，万花尽妍时它就悄悄隐退了。很奇怪，梅花不开时，林逋的梦就不到。他就铺溪影，写梅诗。边写边扔，诗稿随处散去。

梅花以梦的形式和他相见，仿佛梦中相见的梅才是真正意义上的梅。花在他的梦里开，也纷纷扬扬地落，像雪一样轻，像雪一样重。他要不断种梅，仿佛这样梅就会在梦中如约而来。梦中的梅才更接近他的纯粹。而纯粹是什么呢？或许也没有认真想过吧。或许那是他掬起的一汪清澈。有时高举过头，有时藏匿于袖，他把它安放哪里才好呢？是呵，何处安放呢？泉里有他一直躲避的另一个自己，那个倒影忽隐忽现，却让他觉得踏实而亲切。或者，他的一生都在精心维护着这样的一汪泉。林逋一生种梅三百六，种不动了，梅也落尽了。

后来，他把三百六十株梅卖得的钱包成三百六十个包，一日一包作当日开支。他一直觉得那是持家老妻所给的散碎银两，可令他不窘迫、不低眉，一直能过他想要的生活，一直许他能维护自己想维护的东西。

那天他在水边对梅随口吟了一句“疏影横斜水清浅，暗香浮动月黄昏”。梅枝在水里漾晃一下，便沉寂下来。那是风过了。

是的，就是这么清浅一句，后世文人士子听到了，听到了悄起春水，春水悄起微澜。宋诗的平淡之美就此成风，梅也因此走入他们的笔墨和精神。宋前，文人士子多爱屈原的香草、陶渊明的菊。

不过，这也仿佛和他没有关系。诗，写完就扔掉了。话，说完就忘掉了。别人怎么看、怎么想、怎么做，那是别人的世界。

或者，他曾对世间有过焦灼的发问，不过这发问在心里冲撞摩荡久了，就成一座谷。把自己喊出去，对面的峭壁又把自己传回来。空谷回音，自己接受自己，别人再来已经容不下了。

他就这么把清澈和纯粹做到了极致。

梅花有时会开到毗邻。云亭后是玛瑙坡，坡上有寺。智圆禅师常常循着梅香，泡一盏粗茶于古刹廊前招待这位隔壁的梅主人。琴尊书礼，诗赋酬答，参禅食淡，二人常常是在朗笑声中相聚，又在朗笑声中拂袖散去，形迹不拘。

日暮，禅师见两只飞鹤盘旋而起，湖心鸣唳。蔼然一笑：先生又在他处游。林逋和禅师几乎同时看见了旋鹤，同时听到了鹤鸣，会心莞尔，掉棹而返。家里来客了。

夕阳把自己泼出去，洒到西湖水上时成了粼粼碎片。寸鱼小槎，恍然镜中。书童远远看见西湖水托着一叶小舟，舟渐近岸，系橹楫，着陆，先生回来了。两只长羽飞鹤敛羽翩跹，雪云一样的翅膀唰啦一下打开又合上。低颈闲步静静地遁入梅林。

林逋的客人很多。不论是薛映、李汲，还是范仲淹、梅尧臣，疏士闲僧，布衣白丁，他都一以待之，温颜真诚，从不厚此薄彼。他也从不刻意拒绝与世人往来。他隐化他们之中，隐而不避，少了做作尖峭和凉薄矫情。多出来的是那种亲切随和的人情味。他的人情味里隐匿着他对生命全部的至情深澈。苏轼说他是神清骨冷无尘俗，我想是在说他那不自觉常常隐匿起来的一汪泉。他自然，洒脱，他的兰若之境在人间在自然，较之宗教少了严肃更多了一些亲切。

古之隐者有因隐而隐隐于林，有因隐而隐隐于世，有因仕而隐而出仕。没有对错，只有选择。也不必抑此高彼，妄加评判。人都有自己的宿命。林逋是极爱这尘世的，也极爱这尘世中的自然。他与尘世达成的默契就是君子之交其淡如水。他把尘世和自己都定位为君子。淡淡地悠游于世间，怀抱的却是一颗华枝春满的深心。这种和解有着宁静而庄重的洒脱。

过小寒时，梅花全部开了。清明前后，又大面积撤离了。那年美人林下，高士山间。美人离开，高士也即将告别。和谁告别呢？

临终前对着满山梅林说："二十年来，享尔之清供，已足矣。"他死后，孤山再无古梅。抚鹤欲绝，说："我欲别去，南山之南，北山之北，任汝往还可也。"鹤久而不去，悲鸣泣血。"鹤冢"就卧在主人墓旁。

我想林逋是寂寞的，不过这种寂寞渐渐化为孤独。孤独是一种悦喜。是扑着众人的目光一意孤行，方向相背，却依然怀揣温热，渐入太和。用情处，必深情。

据说，元时林逋的墓被盗，棺中只端砚一块，玉簪一支。一直以来，大道不孤。

二

历经过绝望的人对人世的态度，一是充满了韧性的爱，是绝望都不能摧毁的对自己的信心。二是决绝地弃世弃己，皈依宗教。林逋是历经绝望而找到自己的人，所以他有能力爱世间爱世人。纵是娶梅为妻，养鹤作子，也是一种生活方式的选择。他的骨子里是温热的深情。苏曼殊却是历经绝望，并且让绝望终身伴己的人。即使犬马声色，狎妓纵酒，僧俗两悠游，绝望依然是他生命的底色。他从未真正走出过绝望，他对世间有着深情的绝望。

孤山东麓有亭翼然，被郁郁古木偃仰烘托着。那是林逋的放鹤亭。离放鹤亭不远山之北麓是苏曼殊的墓地。关于苏曼殊，世人说他是诗人、作家、翻译家，更多地记住了他是情僧、诗僧、画僧、革命僧，僧僧不彻底。是的，他爱过很多女人，很多女人也爱过他。只是每到那些女人向他表白，他都遁逃得远远的。他愿意享受那种相爱不能爱的悲剧式的爱情，仿佛也愿意制造这样的爱情幻觉。他写诗，画画，也曾参加过革命，但都是浅尝辄止，虚晃一枪，从不深入。当然他还出家，宣扬佛法，但却烟雨青楼，纵情放荡，从不遵守寺规戒律。他一直游游于僧俗之间。总是不放心把自己放在一处，觉得世间情不对等。世间是一张绷紧的弓，他是远远弦惊的鸟。世如流水，他的一副肉身皮囊是浮萍。

林逋是一旦认准就会把事情做到极致的人，他是笃定的。苏曼殊和他正好相反。苏曼殊的血统里，一半中国，一半日本。或者正因如此，他一生动荡，怀疑。动荡是说他一直云游漂泊于水上，更主要的是说他的内心一直处于动荡之中。他和世间和自己都是永不和解。永远颠沛，焦虑，抗争，又逃避。他始终紧紧抱着自己不肯放，也抱着尘世不肯放，两个不肯的摩荡与冲撞让他充满着宿命的痛苦。不是看不清是做不到，人有天生的宿命和性格缺陷。他很清楚他死死抱住的都不是他真正想要的。他焦灼，不断肯定又不断否定，紧紧抱着，又狠狠舍弃。他对世界和自己都是隔靴搔痒。他被陌生感包围着撕裂着，从而被摧毁。

林逋与生活的和解有着渊明澄澈、静穆邈远美学基调。苏曼殊的挣扎有着曼珠沙华的绚烂和荼蘼，带着忽忽不灭的死亡气息。像一颗弃子，不服，却无法逃脱被抛掷的命运。林逋是清醒而冷静的，苏曼殊是感性而放纵的。

但是他们都生活在自己的审美境界里，他们自动和俗世建立起一种屏障。这种屏障让他们觉得看世界有另一重样子，是可以有另一重样子的。他们对生命的感受更敏感也更强烈。他们都是生活在别处、游离于俗世的相对自由、相对审美的人。他们在世间都用过最深彻的情，又都因情深而胆怯。

看过苏曼殊的字画，清隽飘逸，有着难得的出世的冲澹之气。一时怀疑，这是出自那个动荡不安的苏曼殊吗？或者，这是他内心深处一直向而往之而不能达的境界。他的笔墨比他自己更忠实自己。他在临终前写下“一切有情，都无挂碍”。是的，自此走上的会是更孤独、赤条条无挂碍的路了。

林逋与苏曼殊都不是决绝地弃世弃己。那个隔着西湖水，和苏曼殊塔遥遥而望住在虎跑后山上塔里的弘一大师，是决绝的。他用宗教的形式来超越绝望。用克己律行来树立一代禅师的风范。他临终前曾多次和友人淡淡地说，去去就来。

很多人很多事都去了，却不知从何处回，何时来。想到这儿，娑婆潸然。

走进他人的世界是一种危险的事。这种危险是：会有一种猝不及防的神思游离，觉得那里是一处美丽的深渊。明知美丽却不能深陷，明知不能深陷却执着其美丽。

三

下苏杭好像有三四次了。但是一直觉得和这里很隔。对于一个北方人，这里水美，山美，人美，空气也好，但是总有一种难言的情愫让人缱绻。我对缱绻素来充满警惕。喜欢那种大漠横立，千里孤烟，长河落日。觉得这样会让人平添豪气。虽说豪气是平添的，也无实在的清气上升，却不会让人沉沦和颓废。这里不一样，稍微不小心就会让人沉下去。而沦为什么呢？说不清。但是沉沦是一种让人恐惧的状态。

这是个心结。还是要再一次来。那天黄昏我们到达杭州。没想到正是限号，只好在规定的时限里把车停好，打上出租。司机师傅问，去哪里？是呀，去哪里？孤山。孤山呀，孤山有什么看头儿，这里遍地是景点，哪里都好呀。不，就去孤山。

似乎在那一瞬间更加确认了我要走进什么，了结什么。

孤山被黄昏的幽色驮着，有着桃容柳眼的好。上得山来，夕光着树。顺着被杜鹃簇拥起来的小径走，人和小径就一起被色彩托起来，被一直送到西泠印社的古门前。落锁，深门幽闭。用手抚摸门旁廊柱的篆刻对联，觉得自己被那最后的一捺推得很远。我有刻刀刻石朱砂印，却一直不能真切地走进。或者，那皆因敬仰石头却不具备石头的属性，我是木命。前些年狠心舍弃自己的一些爱好，第一个弃之的就是篆刻。但是都不妨碍对这寸盈天地的尊敬和喜欢。一直想来一直擦肩而过的就是这西泠印社。而今又来，依然被拒之门外。忽觉遗憾已了。是的，这门外之景已好，自己不是被杜鹃托上来的么？可以放下了。

我们顺着山路走，边走边看。看苍树，看刻石，看古墓。在放鹤亭、清雪庐、六一泉、四照亭，看夕阳。看檐角勾起的六角的天空。一位着汉服的白衣少年从山的那一边走来，说前面的画馆也已经闭馆了，再往前走就是山顶了。

从山顶下来，绕过那些林逋追慕者的石碑，再往深处走就是长长的白堤了。我们折湖而返。

晚樱的花瓣又重又满，惠风拂过，一瓣一瓣轻轻落。有的落在行人的头上，肩上，脚下。有的落在石凳上，木头小径铺了薄薄的一层。轻处还有轻深处。晚凉而归，忽然豁然，有心闲事稀的畅快。上山的路太长太重，裹了时间的双脚也过于沉。湖边古树看惯了夕阳西下，古今断肠人也从未离开过天涯。夕阳过翠坡，咕咚一声越身湖水，散作漫天霞光。湖岸的椅子有的空着，有的一人，有的两人依偎，有的几人成众喧哗嬉笑。他们的背后都有一束长长的影子。我在经过他们时，他们也在经过我。我是觉得这真好。

空椅子真好。人来又去的空真好，空去人来的满也真好。

四

东接白堤，西连西泠桥，孤山形如水上卧牛。只是那牵牛的绳儿呢？我们却被一种无形的绳牵着，走进走出的，有着微不足道的感慨。是的，我们的感慨总是微不足道。道，只是为了释怀。只是在他处来警觉自己，假借自己。

五

整座孤山未见一树梅开，我们来的不是时候。却分明看见孤山被一树一树的梅簇拥着，被一树一树的孤独簇拥着。而每一树的孤独都是最美丽的怒放。孤山充满孤意且情深。初见，平、淡、枯、质，再看，奇、美、腴、绮，这不是孤山，不是梅吗？这不是每一个众生吗？

眼见的是杜鹃。孤山的杜鹃，是绛紫、赤、酡红、茜色、绯色、秋香、明黄、缟色、雪色，一层层浅下来的。仅是颜色就有十来种。春天会不会因为这样的鲜妍明媚更是深了呢？

可是杜鹃在孤山，怎么有寄人篱下的感觉呢？

己亥春深于如如斋

深　　处

——锡林郭勒之印象

一、驿站

他，一副美髯，眉目清俊，果真神采飘逸。当年，成吉思汗用蒙语说，“吾图撒合里”，这一初见，竟是和异于己族的蒙古政权半世相随。和他画像并列的是道教全真派掌门丘处机。他们的诗，有七律、有五律，统统镌在旁边，“驿马程程送”“天涯何处不相逢”，像隔世的对白。

先前，我该是在哪里见过他们的。又是哪里呢？站在伊林驿站遗址博物馆里，有种说不清的烟尘的、汗马浃背的味道。勒勒车吱吱地响，近来，又远去。草原的辽莽，征尘的寂寞，像被压过的深深的车辙，坚硬而固执地向天边无限地接近。站在画像前，读他们的诗，总是试图走进他们的心，或者只是生活中的一个小细节，也好。

是的，驿马程程，相逢何处，又是在天涯的哪一端，哪一种形式来晤面呢？此刻，这里的遇到，和将近千年前他们具有历史意义的遇到，有殊又有异。近在眼前，又只能一厢情愿地遥遥而望，有仰止的陌生，有印象重叠的亲切。可是，毕竟相逢了。那欣悦，不管千年万年又是一样的。

他叫耶律楚材，蒙古成吉思汗、窝阔台汗时的大臣。字晋卿，号湛然居士。契丹族。当年，成吉思汗遇到了他，精通儒佛文化的他又用漂亮的汉文替可汗诏书，得遇道家宗师丘处机。我不知他们初遇时该是如何的相融相契，就如他们不知以后遭遇何挫何折一样。总之，相遇了，儒，释，道。汉民族文化之衣钵，融汇交融在一起，底色那么暖亮。敬天，重地，不杀，爱民，让这个马背上的民族彪悍骁勇的外壳下，目光开始柔软和悠长起来。

1264年，忽必烈迁都燕京，即今北京。1271年设燕京为大都，建国号为元。在耶律楚材主政下，颁布《站赤条划》，建立站赤制度。站赤，即驿站也。《永乐大典》记载，“站赤者，驿传之译名也”。驿站制度的建立与完备，活络了元帝国整个经济的神经和脉络。当年，持玺节，佩虎符，乘驿马，各个民族的商人盘亘其中。喝酒，饮马，卸甲，易货，由此而来的各种地域经济文化相碰撞，异化又趋同，像无数的小河汇入大海，大海又支出无数弯细的手臂，向外伸去。中国文化，愈发丰赡而饱满了。驿站制度之完备是当时世界之翘楚，是最先进的信息传递方式，是如今物流业的先祖。以后明清两个朝代，驿站制度基本都是延续于此。至于政治，军事上它承载了多少帝王的心思以及匠心的考量，就此略去，也丝毫不影响它在人类漫长历史中的分量。

不得不说，这种级别的相逢，是厚重的。历史尘沙纵是湮埋，那珍珠般的色泽也是熠熠生辉，不能掩盖的。

试想，有多少驿站，就会有多少的英雄吧。各路的，形形色色的英雄。马背弯刀的，商道易货的，就连从人心生长出的文化格局也是有英雄级别的。而英雄，在某种程度上意味着以壮烈和不妥协作背景。历史残酷，而残酷的又何止是历史。耶律楚材，可以算是在某一时期文化和政治意义上的英雄。尽管，很多人知道这个名字仅仅源于小说，小说中那个因小说需要虚构的他。君王替更，朝代易主，他的胡须依然飘逸，却式微渐短，终是抑郁而终。

日暮天寒将进酒，走吧，我们需要继续上路。有多少的英雄，自然也有更多的湮埋脚步的尘沙。我们总是要走着，在路上。

博物馆的外面，我希望逢着一树柳，那种柔软而又骨力十足的柳。那种随意攀折，随处便可芳歇，任意蓬勃的柳。柳下的故事已然不再重要，重要的是，在相逢和离别的节点上，它们曾依依。在寂寂的长途中，在相互交易锱铢必较的成就感中，充满了形而上而又最素朴的情感。

没有见到一棵柳，只见一辆勒勒车，作为观赏的对象，寂寞地横在那里。斜阳西下，时间的缝隙里，或者有茶马古道的茶香，我情愿相信。

二、起伏

所有的线条中，曲线最美。我想是有着自然的逻辑和依据的。

锡林郭勒的路上，本没打算去迈一脚就是蒙古国扎门乌德市的二连浩特。更没想到，去伊林驿站遗址博物馆，那里居然高高地悬挂着耶律楚材的画像和诗歌。计划是直线的，目标明确，草原。而直线有了起伏，成了曲线，就有了出乎意料美的邂逅。

如此思忖的时候，车子疾奔在阔长的路上。路，阔到像一条洁白的大河，长到似乎生长到了天边的云里。这条大河蜿蜒在浩荡的一片绿色里，又像草原颈间的哈达。我的思维跳跃而又混乱，想把一切尽收，而叹心胸太小不足含纳。仿佛稍微颠簸，心底徒生的小碎片随处便可震可落。两边的草原，谦默而充满善意，始终坦荡，坦荡得像君子。

君子自然是坐怀不乱的。

山，是黛色的。于天边连绵起伏在一起，很多。有遥遥无期的邈远。她们静静地，仰卧成一道干净的曲线，像女人的胴体。优美，健康，是长大的女儿，是年轻的母亲。那气场温柔而又强大，肃穆中散发着乳香的味道。洁净，恩慈。沉溺于时，被一种无以名状的氛围包裹着，一点话都不想说。心出奇地净，像一座素朴的寺庙。

草原是君子？不，我想该是从另一个角度阐释更贴近。草原是父性的，是父亲是孩子。他们需要用恒久的定力和虔敬托起，托起母性。

直来直去，直线型思维和交往方式，总是令人放松而欣悦的。却不得不承认，汉民族传统意义上的美感在于曲径处，方可通幽。譬如说，戏曲中的水袖、唱腔，古代园林中的小桥、流水、影壁、游廊，它们都是有线条的，线条都是起伏的曲线。而这种美感取向，虽然不崇高，却动人，像羞涩的脸红。

不可救药地浸淫在这种血脉传承里，这种审美意识和判断，如盛夏日日痕阶绿那般顽固。线条意味着美感，起伏的线条意味着幽胜的美感。而每个母亲的线条，也曾经是起伏的。

小小的起伏，喜欢。这里，或可引导我们找到自然的密码，以及心中的那点光亮。

三、敬天

车行久了，有点乏味和困怠，尽管两旁的草原依然绿着，山也在。偶有小松鼠蹦跳着穿过公路，动作敏捷而轻盈。它们快乐地对世界充满善意：纵然疾行，人怎会忍心伤害呢？

对于小松鼠的盲目信任，既温暖，又有着一厢情愿的担心。还有那些慢腾腾横穿公路的羊群、牛群、马群，我不知道它们心中，是出于对人的信任还是漠视。

恹恹的，似乎睡着了。

朦胧中，有天籁之音从天边悠悠而来。听不懂唱什么，只是辽远，只是幽长。友推我，说，下车吧，好客的主人在请喝下马酒。

雕花的银碗，蓝色的哈达，新奇的蒙语，似乎是在梦中。歌声出自眼前的两位蒙古姑娘，一人手捧哈达，一人敬盏。眼睛大大的，肤色微黑透红，额头有几粒痘痘，让人想到草原粗粝的沙。

友左手端碗，右手无名指蘸酒弹向天空，再蘸，弹向地面，又弹酒抹额。最后双手端碗，一饮而尽。我们依照此仪此式，依次行来。马奶子酒味道浓郁，胃口素于清淡的人，实在说不上甘美。可是盛情醇厚，又如何拒绝呢？

一行人全不胜酒力。没过多久，全晕全倒，一路呕吐。我和另一个被特赦的女友见状，幸灾乐祸起来。说，天哪，你们真给中原男人丢脸，就这酒量还敢闯草原？

他们脸膛胸膛都是红彤彤的，像烧着一团火，随时喷出来。说的愈说，睡的愈睡，愈发兴奋，愈发松弛。那酒弹天指地抹额头，是敬天敬地敬祖先吗？我问。有人含糊不清地回答，是，是的。还有人说，嗯，也敬自己。

很快，他们都不说话，睡着了。车行遥远，我们还要继续赶路。回味刚刚的下马酒，摩挲着手中的哈达，柔软辽阔。像捧着海，擎着天。这蓝色的哈达，是一片蓝天吗？扯一块蓝天相赠，这襟怀，这热情，这份淳朴的自然之意，该是以如何的戚戚之情酬答呢？

以后的行程，我格外仰望，草原的天。

草原的天空，高到危，就连颜色也是危蓝危蓝的。这种危到极处的蓝，既让人有战栗感，又让人有征服欲。我想，人就是这样在自然面前一点点沦陷的。因为自然有着无数的可以探讨的神秘，这完全可能构成好奇。而好奇完全可能导致贪嗜。所以，这种沦陷，需要人有一种节制而清醒的态度。

古希腊狄奥尼修斯国王宴请大臣达摩克利斯。达摩克利斯既得意，又充满自足的惬意。酒酣处，达摩克利斯才发现自己的头上顶着一把利剑，寒光烁烁。而悬挂它的，是一根马鬃。顿时，一身冷汗，落落而逃。

“你怕，没有了达摩克利斯之剑，

你将无法制服一匹脱缰野马，

一匹无所顾忌直奔你那最隐秘禁地的野马。”

我想，人心中都住着一匹野马。

友不知什么时候冒出一句话，这里的空气真好呵！我突然想到自己居住的小城，以及诸多繁华处，上空盘亘不去的霾。

四、黄昏

草黄蹄涩，马喘余声。

牧场真是大呵。我们的车子在草原上颠沛了两个多小时，不见一户人家。如果不是前面的车子带路，还真以为往天边开呢。没有路。走的人不多，自然没有路。一时狼烟又四起，车行压过的，是牧民拉水时留下的硌人的车辙。

《说文解字》中说，“天，颠也。至高无上”。脑海里冒出这话来，把自己也逗乐了，和此境遇实在是风马牛不相及。不过，的确是的。天在我们的头上，至高无上，此刻，在慢慢地低下来。一点一点，靠近我们，慢慢地。这种慢，竟让人有毫无预设的疼痛感，心蓦地生起恐惧和哀伤，又有点悲壮的美感。仿佛随时，我们都要被天收去，然后被融化掉，化成无形，无影又无踪。至于什么时候，不能确定。

偌大的草原，除了我们的车，就是羊群，牛群，四合的暮色。我们在草之巅，云之巅，小如蝼蚁。天边，以及天边更远处，火霞燃烧。

快看，快看！驼群！友大喊起来。天地氤氲处，万物醇化，驼群缓缓地移动。像燃烧后散落的灰烬残片，风轻轻一吹，飘荡着。我们停下来，怔神儿望着。我觉得有痴神就坐在山的那一边，焚稿断痴情。同行的摄影爱好者，开始啪啪地拍片。迎接我们的当地朋友说，驼群，还真的少见呢。

终于，我们被夜色拾起。前面那辆车走成了一个小亮点，车子颠簸得厉害，晃一晃，像萤火虫时起时落，飞呵飞。晃着晃着，便不见了。方向顿失，手机也失去信号，我们迷路了。只好返到驼群出现的地方，打开车灯，静静地等。

他们回来找到我们，晚上九点，到了牧民家。篝火已起，饺子出锅。归家的羊群安静地卧成一片落地的云，草原狗来回逡巡，像忠诚的卫士。微风过，膻腥的味道阵阵袭来，我开始呕吐不止。

五、倾诉

话一说，歌一唱，可以让一个外表平凡的人不平常起来。可是到底不平常在哪儿呢？令人生疑，前世或是寺前静卧的钟吧？或是谛听海潮的耳朵？还是八月里的校园，尽情捕获了草声、花声、空旷声？这种声音让人充满无穷的想象力，实在魅惑得很。

迎接我们的蒙古小伙儿，没有过深印象。只觉讷言，却细心周到。我们一行人的食宿他都安排得妥帖而温暖。四十多岁的样貌和沉稳，后才得知他是八零后。晚饭时，酒又是大碗的，就连水也是大杯大盏。男人们酣畅淋漓，高声阔语，要的就是一派热烈和豪情。

喜欢看烧得通透的木头，那种红玉剔透的感觉。那种忍不住抚摸，又止于烈焰之外的灼烧感。还有那种渐渐灰下去、暗下去的温凉感。这让人既无助，又有存在的仪式与庄严感。烈焰之中，不断晃动人的脸，让人产生天地恍惚的错觉。关于火的古老与年轻，关于祭祀与牺牲，关于人的伟大与渺小，关于人与火的对立与相亲。人簇拥着火，火热烈着人。这种簇拥的热烈与燃烧的寂寞一样深。

我喜欢，就这样静静地守着一堆篝火。在同样静寂的草原，在同样静寂的草原上空，和一群刚刚生长出来的星星，一起静寂着。

不知什么时候，感觉空气嘹亮了起来。像绵长的水声，一波又一波，一波深似一波，由远而近，汩汩而来。似从达里诺尔湖流出来，从蓝天的云朵中流出来，从枣红的马背上流出来，从洁白的羊颈间流出来。流动着，深长而又幽邃。渐渐，觉得自己被浣洗了。纯粹而无言，对，那种情到深处转无言的无言。

友欢快着，雀跃着，说，快来快来，他们在对歌。

歌唱时的他们，讷言而淳朴的一群蒙古汉子那么充满魅力，是的，魅惑得很。草原是迷茫而又孤独的，草原上生长的是草一样的寂寥和怅然。歌词简单，歌声雄浑，绵荡着赤子之情。草原喂养的孩子，他们的歌唱最有资格接近天籁。

被浣洗，是的。有什么在抖落，有什么在升腾。

有东西哽在喉间，也想不管不顾，畅天顺地地歌一歌，唱一唱。可是，除了艳羡，就是徒生艳羡。“天籁不来，人力亦无如何！”我的马头琴琴弦上，没有草原上的风深情地走过。

后来发现，在随处可见的小酒馆里，都能听到各种蒙古长调。那天我们吃着手搓莜面鱼儿，隔壁酒桌上，两个蒙古汉子一直在唱。视若无人，像对着大草原尽情而辽远地倾诉。

倾诉什么呢，我说不清楚。

六、未见

人最无奈处，便是命运，命运就是天道。

人是要抗争无奈的，直到抗争不动。

在路上，遇到了那么多的风车，漫山遍野的风车。友在旁边解说，风车发电的原理。我听得一塌糊涂。觉得满坡的风车充满童趣。觉得草原的下面伸着无数只柔软的小手，他们举着，跑着，和巷子里街道上举着风车玩耍的孩子别无二致。只是，我们看不见。

人，在自然面前始终是孩子。既然是孩子，就有无限的生命力、创造力，来改造未来，憧憬未来。可以撒娇可以嬉闹甚至可以固执犯错。母亲涵容，静静看着，一声不吭。只在必要的时候，拿出家法惩戒。母亲的惩戒，是最后一道告诫，必要的时候，就得顺，那叫顺天行道。

天道这东西，看不见。或者摸摸我们的心，自问一下，能知一二。

我们出来，没有见到达里诺尔湖的蓝，也没有见到栖息蓝上的各种水鸟。就连草势据说也不如去时的好。可我分明又觉得，是见过的。

在哪里见到的呢？书本上，影像里？都有可能，也有可能是在梦中。

很多事物，明明不曾亲目相睹，却又似曾相识。就像那些廊前的燕子，我不确定，去年飞来的那只和今春的这只是不是一只，只觉得，见过了呢。

草原，是一个深深的绿色的梦，深的。颜色是深的，情怀是深的。人在其中，不觉也深起来。

甲午夏末草记

温暖的行走

——曲阜印象

一、奄

三千多年前，商王盘庚率领浩浩荡荡的队伍，“往哉生生”，从一个叫奄的地方，荷物，载人，驭牛，过黄河，向西南下，在一个叫作殷的地方驻扎下来。从此商盛。盛极而衰，后，周室兴。又衰。在这一桩盘庚迁殷的故事中，有一家族参与了这里所有的兴衰荣辱。他们从奄来，又从殷避祸迁回到这个地方去。来与去，出发与归来，这期间已然沧海又桑田，已然注定悲喜双遣，古井有波。已然注定，这里是一个家族的起点、终点。可是谁也不会想到，这个地方也将是在形而上的意义中，汉人心理文化之源不可避开的一个点。起点，会不会是永远的终点，或者不可预料。

奄在鲁地，当时一定是个很美的小城。小城中有连绵起伏的小山，有七八里那么长吧。山影潼潼，黛色如烟。角落里有叮叮当当打铁的声音，巷子深处有搁置的酒海，倾斜的晒纸板凳时高时低，磨坊里时时传来女人的说笑声。初夏的黄昏，桑麻林染着红晕的光。黄发垂髫各有悠然，各有欢乐。要是能永远停留在这样的时光中，该是多好呵。可是，偏偏有战乱，有纷争，有抢夺，有掠杀。有许许多多莫测的人心。有人的地方就有江湖，有江湖的地方就有诡异，屠杀的戾气，动荡的不安。商周文明留给人的只是一声叹息，一世回望。

此时，需要一种社会图景让人来描绘，来叙说，来展现，让人奔着这样的光亮去实践，去行走。人的心需要沉静下来，有序起来。人心需要教化，人性需要归置。诸子百家沸沸之言，粒粒珠玑。“天之未丧斯文也，匡人其如予何？”“获罪于天，无所祷也”“夫仁者，己欲立而立人，己欲达而达人”。说这话的，就是想拯救世间的一个人。见证奄这个地方历史的那个家族里，果然就出现了这样一个人。孔子，名丘，字仲尼。出生于山东曲阜。

奄，古地名，今山东曲阜。

二、大煎饼

踏上齐鲁大地时，已是暮色。安静的小站空气湿润润的，初冬的空气里隐隐含露，仿佛有一种轻柔的谦卑和礼让。远处已有间或的灯火亮起来。人形匆忙，从同一道列车里下来，又奔向不同的方向。一时茫然，不知哪里可以放足。环而视之，四面皆山，是那种平远并不高峻的山。这似乎也缓解了初到的惶惑与少许的不安。依稀有声，嗨，你来了？

是的，来了。很久以来，一直想用这里的热土温一温自己的脚印，一直想用自己的脚印量一量地图上那个很抽象的点，到底有多宽、多深，又多远。眼睛看到的，足下到底又能迈进去多宽、多深、多远。地图上的那个点，抽象，闪亮，理性。而我想要的，是感性，丰满，立体。我需要捕捉一些小小的细节，靠近一种呼吸，那种能增强作为人的自信，让人觉得生而为人的自豪的一些什么。我还想进一步理解他，那个叫孔子的人。理解芸芸众生中的他，不是各种版本典籍中那个抽象的、变形的、神圣化的，抑或歪曲了的他。虽然我知道，触摸真实，该是多么困难。而困难，有时是一种触摸不到的具有美感的诱惑。

很快，我们找到住处，联系到了出租。出租车师傅矮小敦厚，热情礼让，躬俭守时。他带我们去一个亲戚家开的田园小酒店。果然饭菜实惠，舒适，快要饿昏的几个人饕餮之相，难见文雅。大家最爱吃的就是大煎饼，甜，软，劲道，米香似乎和别处又是不一样。小料也精到，样多式巧。就这样，曲阜先用大煎饼来款待我们这些初来的乍到者，心意美好。他憨厚地笑着问，吃饱没？我们大呼，好，饱。约定明天要他带我们去孔林。

第二天清晨去孔林路上，步行街人影寂寥。或者是因为我们出来得早。于是一家又一家地逛小铺。剑、墨、扇、书等都是那种符号性的小东西，没有什么趣味，也不见多别致，于是漫漫，一走而过。倒是路边煎饼小摊更引人。两人对面分坐，各人手执煎饼柽子，肩臂抡圆，像打太极。认真，仔细，配合默契，似乎共同完成一件工艺品。热气让他们的脸时隐时现，分明感到他们劳动的快乐。我们一行看呆了，虽刚刚吃过早饭，都想再尝尝。主人细心地停下来，为我们精致地切分若干小块儿。

大家笑，我们都成了大葱，被煎饼裹住了。

三、尼山砚

被迷住了，是因为砚台。好多呵。其实不是因为多，是因为那些小砚台个个有奇思。一块儿粗糙的，没有经过打磨的顽石，轻轻一碰，半腰斜倾下来。原来，那是砚台的盖子。圆形凹进去的小槽，静静地温润着，显示着石头内在的光华。这多像有着大家气象的素朴之人。泯然于众，稍稍接触，内在的质地就会呈现出无法掩盖的光芒来。

挑选了几小方。店主是个年轻的小伙子，是当地小有名气的篆刻家。请他篆字，“静观”“如”“知水仁山”。“静观”有些松了，“知水仁山”还好。最喜欢那个“如”字，静笃儒雅，果真有不取于相、如如不动之状貌也。呵。难道孔孟之乡的汉子果真更能理解孔子所说的那句“成性存存，道义之门”？

小伙子答应很快发货。心急。因着喜欢，总是担心邮寄过来的会有什么两样，担心久不能收货，担心会磕碰，担心，担心得啰里啰唆。

很快就收到小砚台了，包装得非常仔细，需要用剪刀慢慢剪开。还附赠了四块松烟墨块，墨块上有“学而不厌，诲人不倦”的金字。

四、孔庙的树

孔庙的树高大，明亮。

无论是盘旋在众多碑刻上的树，学堂檐前掩掩之树，蹲立在台阶旁的树，还是通过漏景之窗看到的树，无不苍郁庄严，有一种八面威风、我自岿然的气象。仿佛，它们的一呼一吸就是千年百年。吐新纳故，生长枝叶，运行汁体。一层年轮，几番世间。仿佛也从来都不用惧怕缓慢，反而因为缓慢而获得了一种更加悠长和深远。

据说，这里的树种有桧柏、银杏、榔榆、龙柏、紫玉兰、广玉兰、罗汉松等不一而足。而我想找到的只一棵。张岱说，孔庙里的树具有奇异之光。当年孔子手植一棵桧柏，历经千年，晋枯，隋复生，唐又枯，宋又生。金枯。元复生后，一直蓊翠至今。

我想找到这一棵，逡巡，徘徊。良久，却始终不知到底是哪一棵。

微风轻过，叶子一片又一片落下来。金黄的叶子落在朱红的漆木板凳上，板凳下，湿润的土地上，像寸寸箴言写进经书。明丽，晃眼，意味深长。当年，众弟子围坐聆听，孔子会坐在哪棵树下呢？那时那刻，会不会像今天这样，有着彩色的落叶在空中飞，那一片片彩色的落叶会不会也落在弟子们宽大的衣衫上，落在心里，落在大地的心里。

找到一棵树哪里那么重要。初冬的明媚像一颗老人的心。

五、说说他吧

巷子里走走。磨坊、铁铺、酒窖、木车、花轿、皮鼓、乐舞、射箭、杏坛，还有高大的女贞树。各安其安，各乐其乐。有序、亲切、友善、仁爱的市井之音。这似乎很贴切他的理想，他理想中的社会是不是就是这个样子呢？以孔子为鼻祖的儒家，体系太庞大。自孔子而出，儒家分化出了那么多的学说和派别。那么严肃，那么凛然，却不是孔子的全部和初衷。或者，这也是孔子始料不及的吧。

谈到鬼神，孔子总是避重就轻。他愿意把对天的那种蛮蒙的、怖栗的、壮美的，又充满浪漫主义的神秘和敬仰，渐渐拉回到人切切实实生存的土地上来。他希望有一种理性的、温和的、纤细的、饶有意趣的世间生活、伦理感情。既然“知之为知之，不知为不知”，既然“未知生，焉知死”，彼岸的事，鬼神的事，是另一个世界的事，而人的选择只能一次。既然做不到神，不妨就先做好一个有着七情六欲的入世的、最自然的人吧。人，从，众，人的相互排列和依靠，构成了种种关系。关系意味着人和人之间必须持有一定的态度。既黏合又独立于这种关系中，使人世葆有温情和暖意，这距离就是一个“仁”字。互动，慈爱，友善，是一种永远的理想状态。孔子谦恭地说，他追求了一生，还是不敢说集仁于己身呵。

消解原始巫术，建立理性世界，孔子更愿意用一种温柔的疏导（礼、乐、射、御、书、数的教化），把人外在的服从变为一种内在的需求。让人在最俗常、最伦理、最实际、最真实的心理感受中得到满足。这让中国古典美学也以此为点，延宕开去，绵延至今。优美或壮美，阴柔或阳刚，绝不是柏拉图，也不是亚里士多德，没有宿命的恐惧和绝望，也没有悬崖断裂般的崇高。无论如何，我们总是要温柔地相待这世界，温柔地化解这世界以及世界之上的各种阻碍与隔阂。这世界千丝万缕的联系，以自己为原点辐射出去，构成一个圆，是仁的理性光辉。很难说，这样的文化心理结构，是对是错，是利是弊。这似乎取决于历史是否对应，是否融合，是否需求。

孔子就这样温情脉脉地把人从神秘的宗教里拉出来，进入一种更明快、更简洁、更乐观、更理性、更清醒、更有秩序的人的主体世界里来。人完全可以服从“仁”的教诲，冷静、合理、满足、节制、内省、自疚。人可以不借助神的力量，靠着个体的自我觉醒来达到不计成败，孜孜不倦，荣辱不问，来实现此生功业。清醒而平衡的汉民族集体无意识已经在悄悄地形成。这种自由意志容易让人获得作为人的自豪感和优越感。孔子之后，儒分而八的事，暂不叙说，可择时另谈。

孔子精神的回响，是中国文化（当然还有道教）以柔克刚的同化力量。在人类文明的进程中，野蛮人一而再、再而三地觊觎、侵犯、干扰，都没有销蚀融化掉中国文化，反而使中国文化像大江入大海，苍波浩瀚，与宇宙同存。清醒，独立，因为包容而更加宽厚，深远。这样的精神烙印像图腾，足以构成一种暗示和习惯。让人相信有一种平静悠远深沉的力量，以一种河流的形式流淌突奔在汉人的血脉里，并且依然一脉相承，子子孙孙无穷匮也。

在六艺城，我们坐上小电车走了一遭孔子的游说之路。

战乱，纷争，狼烟四起。孔子的游说之路注定不平静。诸国国君均以礼相待，备衣食厚禄，甚或高官，却没有人认真重视和采纳他的政治理想。一个从五十五岁到六十八岁一直在路上的小老头，四处碰壁，依然奔走。碰壁四处，奔走依然。一次，在猝不及防的遭遇冲突中，学生找不到他了。有人说，在东门看见一个很丑的小老头，累累如丧家之犬呢！孔子听说人们这样谈论他，笑着说，好呵，好呵，丧家之犬好呵。找不到家的狗那么狼狈，找不到家的人，当狗又如何呢？关于生命存在，又有几人可以和孔子对视？又有几人可以倾盖如故呢？

我忽然对这个在俗世里行走的小老头充满了无限敬意。这种敬意无关乎他作为“圣人”的创始之功，无关乎以上种种累述。这个温暖、乐观、豁达、为理想坚持不懈的感性小老头，有着迷人的生命情调。作为普通人的情调，他的温度更让人欢喜。很难想象，崇尚理性的他，生活中却是那么感性。全然没有世俗的计较，透着可爱的高贵。

六、尾

恍惚明白，我的欢喜，或者在于陌生人之间的那种温情脉脉。孔子这个有趣儿的小老头说“老吾老，以及人之老。幼吾幼，以及人之幼”那么真实。人之爱，爱至亲，是本能。而我们要修习培养的是爱，爱人，爱众生。陌生人之间的脉脉温情，不正是孔老头心里的那点念想吗？他的念想那么多，而我最爱这一个。

曲阜几天，一直是那位司机师傅陪伴。他于我们仿佛既没有乍见之欢，又无久处之厌。一切都那么随意、自然、舒适。临走时，却突然涌起一种道不明的别惜之情。他送我们自家种的绿萝卜。动车上果然口渴，打开一看，早就去泥，洗得清凌凌的。咬，脆甜。一阵温热。

潜意识里是想寻找些什么吗？或者是的。而我要找寻的，找到了，不是么？

人，永远走在不断完成和永远完不成的运动变化中。那么在不可避开的俗世间，能不能走成一个小小的萤火之光呢？我们要有信心。

丙申五月于如如斋

云覆千山不露顶，雨滴阶前渐渐深

——九华山散记

一、竹海

车子依道而旋，窗外细雨，绿烟朦胧。一时竟恍惚翠罗纱帐，自己是坐在宋人的一首词中。似要耽溺，却不时从迎面拐弯处突来一车，唬人一跳。就这样，车子螺旋着，已到山顶半空。

云山墨戏，元气淋漓，仿若置身于米芾之山水，而我却不是画中蓑笠翁、砍柴樵，而是尘满面、灰满心的红尘凡客。山气、云峦、雾霭，寺院的黄昏静悄悄。友是这里常客，一条黄狗吠吠而来，旋即便不作声，乖顺地领着我们上山下坡，小径羊肠便到了寺庙。因为怕狗，一直怯怯地尾在人后，不敢造次。友笑笑，说，没事的，它乖着呢，知道你是闻法而来，不咬你的。

梅雨时节。屋棱瓦檐湿湿的，水随时都会滴答，滴答。师父们在禅堂诵经打坐。我们到客房悉心等候。一直悬着的心，稍稍静下。东墙有照片，得识比丘尼师父，开朗安详，有松雪之健。几案有茶果，散落的几只小茶盏。环而视之，简单，整洁。南窗一抹翁翠，下边有炊火之烟一层一层地笼来。

隔窗望去，才忽然醒悟。刚刚车上见到的一派朦胧翠烟，都是青青绿竹。呵，真的是一派绿烟。“宝鼎茶闲烟尚绿，幽窗棋罢指犹凉”这联子，放在此时此刻，也是好的。于是执意要出去，仔细端倪这竹之始微。细细碎碎的叶，盈着无数的水珠。不是潇湘斑竹，只是再普通不过的竹，放眼它背后，便是一派蓬蓬勃勃铺天盖地的绿之海。两绿夹道，簇拥着我们盘旋而上的那些绿，嶂烟迷蒙的那些绿，收拾万象无能逃的那些绿，都是这细碎小小的竹叶呵。

一怔神，仿佛千百的流浪，此刻云归故乡。

二、酴醿

一直雨，不下山，不登山，只得蜗于庙中禅房。晨起听钟，黄昏闻雨。友说，走走吧，我们寻些好玩的小东西去。

红灯挑起小巷，小巷铺展弯弯曲曲的漆亮石板小路。人不多，似乎也不少，熙熙攘攘，却又是静悄悄。仿佛，谁也无意喧哗，默契地守着一份安宁。湿漉漉的，间或有顶伞而行的，也有我们这般，举雨漫步的。不同的铺子里，传出不同的梵音，却也并不杂乱，很快洇湿在空气里，尾音袅袅。

捡了几只檀木小手链，淡淡的木香似隐若无，心生欢喜。一只赤红莲花银锞子的小手链又是爱不释手。可惜，只这一串，无法带回分享给友们。又换了双松软的平底布鞋，把那羊皮软底靴丢在手袋里带回了。一时，轻盈无边。

总是感觉有月色的。友说，哪里有月亮。灰瓦粉墙的徽式建筑，错落，林立，参差出高低不平的美来。信步，总是觉得要遭遇一番什么才对，遭遇什么呢，又不知。

嗨，你看，那不是一团月吗？

山影隐隐于一派夜色中，巷子深处，一截粉墙内，横逸出一团清幽幽的白来。月上青山玉一团，可不正是吗？

友笑我痴，疾步走去，那一团月，是一簇幽幽的香，那香是一簇幽白的花。

这不是佛典中，传说的酴醿花吗？一时，心意怅然又莫名地荡漾起来，眼窝竟湿湿的。佛典有彼岸花之说，即曼珠沙华。据说就是这酴醿花。它白色而又柔软，若有所见，恶自去除。她开在三途河边，阵阵幽香，得以复苏前世的记忆。她花开彼岸，花叶相错，见花不见叶，见叶不见花。一时竟沉沦，我是此生的花，还是前世的叶？她所接引的，是我的前世，还是来生？我要复苏的，是今生的前世，还是来生的今世？我能忆见的，又是什么呢，是那花叶因缘吗？还是所有生生不息，又自生自灭的因果？我不能忆见的，又该是什么呢？是求而不得，还是得而又弃？此岸彼岸，这化不开的结，我沉溺于漠漠红尘中，欣喜而又哀伤。念及，愈发心意苍凉而又大悲大痛起来。

“微风过处有清香，知是荼蘼隔短墙”，谁能说得清，故园的索寞？

后来，和好多人指认，他们都说，这花很常见呵，哪哪哪都会经常遇到的。这朵让人流泪的花，他们都说，是最普通最常见的花。

三、诵经

住持比丘尼师父，性格开朗，声若洪钟，全无女子之态。早课回来，用丝线缝一些咒语吉祥物件。但见一只只黄色的小袋子颇多，说，可不可以帮您缝一些呢。好呵。虽不会女红，却虔诚，想是做功德一般，分外仔细。师父夸好，又是格外心胜。

师父说，午后去佛堂诵经吧。友跟着去做早课，午后定是也要去的。暗自惴惴，怕自己不懂规矩，不会唱喏，惹人笑或犯忌，都是不当的。见大家都说去，也不好独自往来。午饭后，便去诵经。

见人打揖，便打揖。见人磕头，便磕头。悄悄看人家如何仪式，心下紧张，恐出错。直到稍稍坐定，方安神。友恐我着凉，用一打坐棉垫将我的腰围住，示意面前的经书从哪里看。师父领唱，钟鼓钹磬响起，于是唱喏一片。虽是汉字译过的梵文，仍是只能看个大概，总是这句不待看过来，众人已到下句。于是，不再跟唱，悄悄地读，看。不多时，便是思若浮云，蓝天宇际空空荡开。惦记着前日见过的，山脚有茶园，拐弯处，似乎是菜园。

四、茶园

好大的一片茶园呵。

当年，金地藏招道侣于峰前，汲泉烹茗，烟岚出没，飞瀑泉清。想必是缓火烘，活水煎，瓯中又弄花。散淡逍遥处，杂花生树。遥闻暮鼓茶香，令人神驰漾漾。

细细地抚摸一叶茶，闻过，淡淡的。掐下，嚼着，却说不好是何种何类茶。叶已老，油绿，有沉淀的香。这片茶园里，当年，又是怎样的手抚摸过它，采摘过它，又倾心咀嚼过它的滋味呢？

这里，仿佛我曾来过，不知何时何世。

远山幽幽，峰影绰绰。那边，是不是传说中的煎茶峰？

临行，师父送佛茶。回来用矿泉之水烹泡，仿若烟生九华，果有烟霞之滋味。

五、肉身殿

终于放晴了。

九华街是个小镇，是喧闹的世俗。匆匆走过，便是神光岭肉身殿。佛经上说，金地藏金乔觉是地藏菩萨化身应世，他的肉身在此安放，也叫“地藏塔”。

山脚望去，殿宇巍峨，仰不见顶。石塔层层，汉白玉铺地。需拾得九九八十一级台阶方可进入肉身殿。塔式翘檐，若勾穹碧。有树影隐于殿后，仿佛天上生长的丛林。

地藏誓言：“众生度尽，方证菩提；地狱不空，誓不成佛。”拾级而上时，便觉自己在一点点走进大愿大悲中，心渺小得就化了。虔心而行，终睹肉身。心下一念，佛，原本就是和我们一样的血肉之躯呵。殿宇庄严得让人不敢懈怠。依律行事，出得殿来，已是大汗淋漓。殿外法号鸿鸣，有佛学院的众弟子五体投地，全身伏拜。见时，已不知绕殿几圈了。

下山时，有小游戏大家玩。前面是佛像，蒙眼去摸，看你佛缘几许。也去玩，却是摸空。天，高得危蓝。光洁的栏杆下，有芭蕉郁郁，如玉似蜡，难怪古人用绿蜡来形容裹卷不胜之态。栀子花也香得裹着人的足，人间烟火的白。一级一级走下去，但见远远近近大大小小的寺院林立，虚虚实实，若有如无。真的是“莲花佛国”。

心动慨然。莲花是佛国的，倘若我们的心上多一份善念，是不是脚底就会盛开一朵莲花呢？如果步步莲花，我们自己是不是即为佛国呢？

六、写生

想看凤凰松。

三五人一径去了。又是午后，长谷深深，了了人烟。茅屋草舍间或点缀，白宇黄墙错落而立。但闻飞瀑潺潺，只见白练垂天。任是如何矜持，也远远跑去，恨不得一下拥入山水之中了。

飞瀑呵，我的心跳该如何才能追上你的脚步？

野兔的脚步快，唰，一道烟，已纵深青。水石激荡，携藤拔草，想顺水而下。友说，嗨，你想大漂移吗？这里可没载你的筏子哦。当然，你若想以身殉水，自当别论。

瞋目，罢了。

苔色深一脚浅一脚，爬满了崖壁。一朵云横在谷口，有光斜进，遮眼望去，微芒。一朵黄色的花明艳艳地开在崖顶。有鸟呼啦一声聚来，旋即，又呼的一声散去。

《大珠禅师语录》中说，“青青翠竹，总是法身，郁郁黄花，无非般若”，我等归鸟，总是迷巢，自当如是，如是。

远远的，一只凤凰栖落在水边，那是一棵蓊碧的针叶松。

有美院的学生端坐着写生。画树、房子、水流、瀑布，还有身边不知谁栽种的一棵月季。

自然之种种生色，可又是谁来预设和铺陈，谁来如此栩栩而写的呢？

七、菜园

晨起，和师父们一起进斋房，吃早斋。

端坐，肃容，止语。

大家依次坐下，有小师父轮流盛菜，盛饭。有一上了年岁的师父突然噎住，旁边的人不动声色，递上水，轻轻帮其捶背。

饭菜是一样的多。见他人均已匆匆而下，我的还迟迟不净，心下生急。不敢浪费，又自觉腹饱，只得硬着头皮。友见窘状，悄声把大部分饭菜倒入她的碗中。心下既愧疚又感激。

饭是稻米，馒头。菜是山笋，小土豆。好吃。

几天下来，地形都已熟悉。那些笋，小土豆来自寺庙下坡拐角处的那一片菜园。那天清晨，特意去过。土地潮潮的，一个上了年纪的师父正用镐子，敲碎土块，把地细细地平整过。刚刚雨过的菜地里，一股土腥子味，还有各种菜叶青草相杂的绿色味道。高处藤蔓，低处匍匐，到处都是叶子，各种形状。似乎没见什么青菜。但我曾见水池边，一个大大的瓷瓮里，盛满了小紫薯。是那种圆圆的、拇指大的紫色小圆球，让人心生喜爱的那种。

脚下就是云。东方既白，霞蔚蒸腾。

八、黄昏

黄昏时分，晚课尚未开始。有三三两两的师父来回走动。

禅房旁边，堆满了高高的柴。有的坐在池边浣洗衣缕，有的轻轻劈柴。

落日融融，斜晖披在她们灰色的僧服上，像袈裟。

一小师父从山边走来，一捧野花，放入堂前一钵清水中。我发现她的眼角是笑着的，脸色红润而有光泽。只是那青春的色彩一闪而过，出来依然是端肃整容。

舒展身气，神思飞扬。远眺着渐渐的迷茫，我在想，这里胜境，是以云为蓬、以雾为荜的苍苍大庐。庐中音声谷响，如梦幻影。无边刹境，叶落即归根便是安详与洒脱吧。

闻法坐在我的旁边，一动也不动。

九、闻法

闻法是条狗。很普通的一条黄色的狗。

按照狗龄，已至老年。那天，就是它甩着尾巴迎接我们的。

小时候曾被狗扑过，吓得高烧不止，每每噩梦，都是狗在咬。于是，总是惊怕，从不敢切近任何品性的狗。闻法对我算是友好吧。似乎懂得我的距离，也从不主动靠近我。

每日暮鼓晨钟，听闻佛经，它似乎也是得法得道般，心性善良而宅厚。那次我们去肉身殿，它非要一直尾随，怎么赶都不走。友蹲下身，轻声对它说，闻法，回去吧，我们一会儿就回来。它睁着大眼睛，依旧跟着。经过一家客栈时，有一条梳着两个小辫子穿着花衬衫的京巴狗，对闻法狂吠不止。正担心，两条狗会对仗。却见闻法耷拉着头，乖乖离开，顺着墙脚花根处走开。

每天晚上，我们都要步行到小巷，去友的友那里喝茶，看好玩的东西。无论夜多深，闻法一直在寺庙的小路上等我们回来，见我们歇息，它才安静离去。

那日，我耽溺漫天的星，不急着回。他们都已岔过小路，我还在山巅，对似乎伸手可及的星星心驰神往。山中的夜，神秘而又富丽堂皇。让人常常忘了自己。待回过神来，众已不见。这才匆匆去赶他们。远远地，拐弯处，我听见闻法叫了一声。走到近前，它正蹲坐在路边。见我到了，才站起继续赶路。

我的心暖暖的。呵，闻法在专门等我吗？

是的，后来几次，我都故意滞后，闻法都悄无声息地等待，直到我走过，它才放心跟在后。它对我故人般的情谊，早已让我的心软软的，缴械投降。一次，竟抚摸它的脖子和头，给它挠痒痒。闻法一动不动，享受着我对它的亲近。

原来一切预设的戒备，都是自己的心魔。

我们终是这里的过客，要走了。

又是落雨。

千峰万峰，云覆山顶。雨滴答着，从阶前一直到路上到不可知的雾气里。竟是说不出的眷恋。脚步和来时一样的重。闻法一直送，送到羊肠小道，不肯回。我贴贴它的脸，竟有泪哽住。

我看不清，这泪是在闻法的眼中，还是我的眼中。

癸巳年于客轩

淌在画里的河

——三里河行记

人之初在母体中孕育，决定了人最古老的记忆，就是关于水。概或人终其一生之奔波，之劳碌，之悲欣，都在他最初的水里。那里解构着他全部的生命密码，纵横着全部的生命纹络。说到水，我需要从超越时空的限制，到事物的本体，从共相到殊相，从理性到感性来找寻。只有这样才是踏实的，沉静的，才能真正在自我关照中得到豁然，得到舒展，才能真正亲近宇宙大德。我愿意坐在自己的小窗里，一张眼就望见它了。它在脉脉地流，日日歌，夜夜咏。谁听不到都没有关系，我听到了，它就是我的。我不需要翻山越岭，不需要轻撑小舟，甚至不需要近乡情怯，它就在我的眼里，我就在它的情怀里，轻松，舒缓，安然。呼吸它，它的心跳，也是我的。它普通羞涩而阒寂，饮者知清，游心悠远。它的天光云影是我娑婆摇曳的一部分。

岳孤山下，岳孤水。《迁安县志・古迹篇》载，远古时它就在。流淌就如宿命，动如醉，静如梦，它提着细小的足尖孤独地舞蹈。直到期遇滦水，一头扑进母亲的怀里。滦水轻轻一抱，一晃，众欣有托，吾爱吾庐。有一天，它忽然长大了，它要流着母亲的血液，带着母亲的气息，挣脱母亲的目光，流成自己的河！赤子之心是自由而独立的，一心向前奔呵！在人面前，它从不设防，而人曾经的迷惑、无知、不节律、虚妄尊大又曾让它藏污纳垢，瘦了，黑了，清澈不再，几近夭折。“逝者如斯夫，不舍昼夜！”如今，我们站在时间这头，大化纵浪，朴茂生幽，生而为人的自豪和自尊忽又生却继而邈邈绵荡开去了。

年年走，季季走，从不曾厌倦。去时的花谢了，今年又在原地开了。今年的鸟飞走了，又会在明年飞回来。而人呢，总是希望年年能相见，熟稔的小花小草小叶片能够年年相亲相认。年年，我们都能彼此照见，多好。年年，这永无止境的重复，多好。年年，这绵亘不息多好。如果，非要形而上，行走或许也是一种无法言说的找寻。找寻什么呢？人类丢失什么就会找寻什么。

把字刻进石头里吧。石头清凉，警醒，冷静自知。墨里有石香，石里浸墨事，人们把往事写在石头里，有冰心可鉴的决心和捍卫守护的觉醒。人的自知自明自省，是一种力量。

长堤幽幽，莲一朵一朵地睡在岸头，把河道睡得弯弯曲曲。梦里有多崎岖就有几多花明，一圈一圈，一层一层，梦境就睡在高高的铜像下。梦不醒，铜像不动。当年，骏马秋风，唐王东征。路此遇困，挥枪指地，清泉顿涌。人马困渴，立时解之。千年的征烟，成就了一条河，成就了一段传说。得饮的战马，仰头长啸，一望千年。如果此刻，恰好有一颗水珠落在鼻尖，人会不会恍惚，那是铜马抖落的呢？唐王御封三里河为“铜帮铁底饮马河”。暑日愈冷，严冬不冰。遇旱有水，遇水不泛。自古，它本就是一条护佑生灵的吉祥河呀。“御赐神泉”保留了挥枪取泉的一瞬。那一瞬的凝固，便是生生不息的祈愿：赐我谷，赐我雨，赐我安，赐我人世太平。“侧身天地长怀古，独立苍茫自咏诗”，有梦在，心就不空。

顺着河的目光走，脚步愈发情深。岁月纵深，前方总有风光无限。长长的堤岸，有无数的脚印在重合。昨天的，前天的，一直深下去，深到战马的驼铃叮当晃荡。“昔我往矣，杨柳依依”，离别的脚印有数万，就有几倍于数万的亲人之别。一别一站柳，断柳落地生根，那绿色余音袅袅，不绝如缕。托起如烟绿的，是低处的萱草。开得正艳，一片一片，那是母亲盛大的心。

花朵敲开人的心扉是再自然不过的事。春天时，微风漫过人的脚踝，杏花、连翘、桃花、梨花急火火地开，它们欢快地叫喊着，把人的心肠都喊软了。榆叶梅有着肥嘟嘟的红，心事不说破也要撑破了。世间到处都是花朵“怦怦”的心跳声。河水如镜，看它们成群结队地从自己的心上走过，波澜不惊。四月里，河岸有篱笆墙，却根本围不住牡丹的香气。它们动用整个肺腑的气力，霞动万里，香倾河岸，倾城倾世。

此刻最令人动容的，是太阳花。它们把岸堤当作了家，归心似箭，完全没有节制地一味铺展开来。到家了，哪里还需那些裹足不前的小心翼翼？不用姹紫嫣红，不用装出自己不擅长的颜色，一律金黄！清澈，纯粹，单纯得近乎有些单调。那又有什么！那么强烈的生命意识，那么灼热的自我表现，那样澎湃的自说自话。热烈，孤独，又宁静。大地里生长着梵高割掉的耳朵，谛听万音。再抬眼望望，又仿佛有他冷峻的眼睛在高处，看哪里像在哪里。薰衣草腾挪出紫雾，躲在水的外边，看芦苇从一点点茂盛，看遥不可及的心意茂盛得一层又一层。

河水一直很从容。岸边整块整块的颜色落进水里，都被它轻轻地洇染开来。远树近草的影儿，都在水里开阖有度，大化于无形。干、湿、浓、重、淡、清，用墨极具章法。远远望去，一轴青绿山水一径铺展开来。人既想在画外，清醒地欣赏。又想一下跳进去，做一棵草、一桩柳、一块石头，随便什么都好。就这样被浸着染着，别问我是谁。

河上还有桥，桥中观景平台，曲折迂回，被一重一重地折起。如果记忆可以折叠，就用小城的桑皮纸，一重一重地折，古孤竹，古令支，老马识途，棒打龙头，耻食周粟……只要打开看，安然置于桥上的就是彩绘的古老和现代的传奇。小城人的心思，安静，古老，坚韧而持久，置美于心。

此时，此地，又此身。我相信最初给万物命名的人，一定是心存爱意的人。他顺着它们该有的本性给予赞美，给予轻柔的抚摸，给予阳光、空气和水。不知是谁说过，“真正的美极为柔弱，却不可征服”。

我相信，在梅花下喝茶的人，一定是心有寺宇的人。那年冬天，大雪纷飞，我和友走在三里河边，能听到彼此的脚印声，“咯吱，咯吱”，又清冽，又温暖。

初稿于2010年7月5日

再稿于2018年7月1日

向美之美

——安新庄小记

一

或者，唤醒真的只是一瞬的事。

文明予人礼仪和周到，亦蒙蔽了人内心初始的天然。人类错用文明，于是患上失忆症，集体漂泊。烟波江上空泛愁，日已暮，那乡关又是何处？一颗心，不知该妥帖地放在哪里。一个戏己为只有五棵柳的人，西窗醺然间，自说自话。这世间原有一处桃源，落英可缤纷，阡陌可交通，鸡犬能相闻。只是，那么多的人，像那渔人一样，走着，走着，就弄丢了。于是，找寻像一个巨大的隐喻，于山野间，茫然无着。所有关于梦想，悲喜两端，无语念想，沉沉守望，都让人心起丝丝的苍凉，淡淡而伤。

是呵，哪里可以返乡？我们都是“漂泊着的异乡人”。所有的生命意旨，都那么微茫惨淡。

第一次踏足这方土地，无数来自时光深处的哗啦啦脆响，不绝于耳。收回目光时，只有这漫坡的陶器碎骸，散发着几千年前的初始气息。惶惶然，竟有盈泪的冲动。

原来，她一直都在，天地洪荒她也一直在。

所有的找寻，不过是一种精神的流浪，一种少年叛逆的出离。我一直不曾离开的这燕山余脉，她深藏着无数的情节和秘密。却是置于眉睫前，竟不知蓝田玉暖，良玉生烟。我只需呵，用家乡清凉的玄水，浣洗尘埃，濯净手足，便可鼻息相贯，寻到那同宗的归属。恰如那河边的落叶，可循着它的脉络，找到因叶而起的果，因果而生的根。

二

安新庄村，隐藏在大山深处的小村庄，恬静安谧。老槐亲切，守着光阴，依然翠目。刚进村时，见蓬门屋檐，一老者出神而倚。目光平静而深邃。他，似乎在凝望。远方有什么呢？有穿越时空的微笑，在和他对接吗？全然不可知。他远眺，我近目。静静的，有流水声在骨骼里，浸出皮肤的纹理间，汩汩而淌。

本土专家把我们带到一片废墟处，说，5000年前，黄帝时代，这里曾有氏族部落聚居。红陶碎片，明时青砖，阳光散碎的鳞片跳动在漫山的坡上。树影斑驳，不动声色。远处的小火车隆隆地穿山而过。仿佛我们就是脚踏千年前的光阴穿梭而来。仿佛，此刻正站在庄周的梦边，不知自己身在何处，神是为谁了。

捡拾碎陶，神之于心，莹然在掌中。细瞧竟有流水线纹。怦然一动。莫非刚刚进村时，心底蓦然涌起的静深流水声，就在暗示我已然踏入了一条河？

是，一条时间的河。陶纹上的笨拙线条，是水纹，是音乐，是舞蹈，是原始的呼吸，是我要触摸的人类最童稚的心跳。此刻，置身其中，掬一汪清波，有点不知所措。

那一定是个春天。阳光、空气、泥土、丛林、清风，山以水为脉，水以草为发，烟云神采，生命如此活泼明快！天地与我同生，万物于我同一，人物无隔。

自然广袤呵，一切立时可取。和水，抟泥，架火焙烧。凝固，冷却。金木水火土，五行运化，淬炼在一只只陶器里，欣然而就。盛水，做饭，贮种，把那延续生命的谷种高高擎起，用红火的泥土用圆器的陶罐。

快看！这是一只鬲足。

鬲有三足。只见其一，未见其二。是风化成泥，还是散落不知所以的时空里？概或，此刻，几千年前的此刻，几百年前的此刻，也正有这样的一双手，剔掉泥土，不断怀想，这里到底发生过什么？

矮墩墩的鬲，瓷实，拙朴得就像守在它旁边煮黍的女人。昨天雨过，树枝尚未干透。不若寻些松脂，或可团起一种叫作火的东西。用不了多久，即可聚成通红的焰，危蓝的焰心，舔舐鬲底，奔向口沿，逼出谷黍体内的香。用不了多久，族落里那最骁勇的男人，会和大家一起循着香气归来，众欢的喜悦就会像那跳动的火苗，扑扑地沸腾起来。

男人们回来了！抬着战利品，一只野豕，几只野兔。箭镞的血还热着，石网坠在漆黑的夜里摇晃。独不见那为之守望的男人，鬲被打翻，碎了一地。女人野兽般冲着无底的黑嗷嗷嚎叫，屋檐下的石网坠，仿佛又暗一层，冷了一层。风呼呼地吹，茅草屋摇摇欲坠。抑或，这一片碎，是陶埙？

呜咽低沉的声音响起，所有人都陷入了一种暂时的沉默。这沉默，无助又哀怨，狞厉又可畏。一切都是那么玄妙莫测，一切都是那么无法控制和把握。人于自然，那么渺小无助，充满哀怨。生命，是一种无法抗拒的怖栗。

人从自然中来，必须要臣服于它。自然，既有肌肤相亲的温柔又有痛彻肺腑的决绝，它是如此可亲又令人敬畏呵！

乾称父，坤为母，好吧，那就把所有的敬奉擎给天地自然。动容发心，歌之，舞之，蹈之，咒之，击鼓拊石，如醉如狂。蛮野而又热烈，虔诚而又自由。血祭天地，让父母听到孩子那颗虔敬的心跳！

人类的童年，悲欢迷惘，又是如此的至情洋溢、天真烂漫呵。

回神过来，碎陶于手，依然流水线纹。这凝固的流水，依然藏着我参不透彻的初始密码，不立，不动，不息。

三

泥土是坚硬的，虔诚和朝拜的心，能否唤醒鸿蒙的滔天大梦？

可信的有史记载，始于司马迁。开篇五帝是以黄帝为始。那史之前的，便是无数的神话和传说。细思量，却是当时已惘然，一切的一切都是美的幻觉。

物我不分，万物有灵。人类的想象浑朴天真，充沛无羁。人类于童贞之时笃信，大自然中定有一种动物，或植物，和自己的种族有着千丝万缕的联系。它具有一种非凡的生命神力，护佑着自己的氏族。把这种笃信，化为一种信仰与表达，作为繁衍自己种群的自然宗教时，出现了图腾。

呵，这图腾，是不是一种美的幻觉呢？

黄帝是五帝之始，图腾之说纷纭。其一，周代《献侯鼎》铭文载：“天鼋，即轩辕也。”如此，未必不可信。

《红楼梦》中，那原玉之石的浑世宝儿，一急便要诅咒发誓，“明儿掉到池里去，叫癞头鼋吃了去”。如此，他又哪里是混沌，分明是七窍玲珑。懂得若去，定是要回归到那宗祖的美好念想之中去。

心念即此，莞尔。不必究其竟，只得这遥远的念想就够了。

迁安，安新庄遗址出土了新颖别致的多角砍砸器，状如龟形。有专家得出论断，为黄帝图腾，天鼋。专家说人文始祖黄帝曾在这块土地创造文明。小小村落里口耳相传着黄帝的传说。新石器时代遗址静卧其中，旧时燕子，飞落寻常百姓家。

翻阅史料，肝肠大动。

触摸祖先的脉搏，很想循着那本厚厚的《史记》，掀开历史一角，得凤爪龙片之半语。那个叫黄帝的人，到底是怎样的一个人？泱泱华夏，有记载的历史，从他这就那么神意地一笔漾开。他的文化启蒙，是不是我们苦苦思求的乡愁原点？

他统众族，立中华，播百谷，制衣冠，造舟车，定算数，启音律，创医学，是个了不起的至德之人。率领臣子们观天象，察花草，把产生并孕育生命的神奇自然称为“天”。人，应该头顶举天，按天行事，任何事都应该循乎自然的“天”道而行。

足够了。黄帝的大德，就在于他深情地嘱告后人：循乎自然，顺天行道。

天地玄黄，他站在漫漫长夜的尽头，予未来一个意味深长的眼神。文明，不是戕害，是顺意而为，是求美之天道。

思来，眼热心潮。

想到自己血脉中流淌着这样先人的热血，那种感念，竟是无从言说。

四

这时节，绿色如此丰满。

田里，陌上，桑叶沃若。鸟雀儿“突”的一声，这边枝子抖，那边早已红了桑葚嘴。啾啾啾，连叫声都是红得滴答起来。采桑姑娘看了笑，低头，懿筐柔桑，早已满满。甚或，未及笄高的黄发小儿，也是快乐无着，像游弋于绿波中的小小鱼儿。

“沙沙沙”，雨下得正适宜，芽吐得正绿。鸟雀呼晴，唰啦啦，瞬间天又出奇地朗润起来。叶子透亮，嫩新荧荧。蚕把绿雨搬到小匾里，“沙沙沙”，躁动着空气里的不安。春天这么近，时光那么远。

风卷田蓬，恐怕是这一扫，明朝即刻破茧而出，垂天衣羽。希望，是多么让人心生喜悦呵。

姑妇相唤，叶足蚕盛，缝娘女工们总归要坐在一起，纺轮、纺坨、骨针、骨锥自是一样少不得。麻绸匹缎，比一比，谁手巧，谁更麻利。相互取笑一番，为谁做的嫁衣。劳动是一种奇妙的本能，少不得欢声笑语。

是呵，总是该把最美好的想象，给那样的一段光阴吧。

这一切，看在眼里、喜在眉头的，是那个叫嫘祖的女人。她放下手头的纺轮，看着身边织就的如水帛锦，一弯朗月悬挂心中。

当日，她谏诤黄帝，种桑，养蚕，创抽丝编绢之术，兴嫁娶，尚礼仪。为她的男人统一中原，功不可没呵。更重要的是，她铺开人类文化的一隅，织就了一个温柔而高贵的底色。服饰、书法、刺绣、纸张，哪一种不是在这底色中，一朵朵，一桩桩，绽放奇葩呢。

她，是该受到后人的顶礼膜拜。是的，后世尊其为“先蚕”。

明万历年，《永平府志》载，蚕姑庙，迁安西十五里。有蚕姑庙村，城西南十五里。庙供蚕神，即黄帝正妃嫘祖。迁安安新庄遗址出土大量陶器、石器、骨器，乃纺轮缝纫等工具。

呵，这里曾有一片繁茂的桑林呵！青山，水涯，款款远去的，一个女子的身影，凄迷在时光的风烟中。这烟雨不知走了多久，抵达此时，已是千年。

家乡，盛产桑皮纸。

当我拿起笔，砚端流淌着那些粗粗细细的黑白线条时，一幅水墨世界，便在心里氤氲开来。桑木的味道，青草的味道，晚风，晨露，捣汁，晾晒，诸般声味，如此踏实妥帖。宣纸里是雪夜，有无数的梅花，细嗅幽芬，清隽莫名。夜月访雪，夜月访雪呵。

书写吧，关于自然，关于故乡。

五

小城，生我养我四十多年，竟有那么多没有踏足的地方，竟有那么多直指眉心的温暖，都不曾流过我。既惭愧，又平生很多无名的力量。

继续走，用一颗赤子之心，践行五体投地磕长头的心约。这，似乎是一种涅槃和重生。

把自己的浅薄投入一场无形的大火中，作鸟而欲飞。听到茹毛饮血，战鼓擂擂。听到初耕农作，鸟鸣花语。那图腾烙在额头、心间，甚至是发端，驱抹不掉。我们从这图腾中来，终归还要回到这图腾之中去。那里，沉淀着无法回避的生命纹理和气脉血因。先祖们把自然密码凝固成图案，后来者需要用温柔的谦卑解读这神谕。

此刻，从未如此真实地触摸这方大地的温度。那种众心所向、集体的认同和归宗引领着你。你会觉得，不再孤独。

是呵，匍匐于大地，以一颗谦卑的心，聆听万物。去掉虚妄的凌驾心，才能逐渐淡化人与自然的隔阂，才能因空而纳万象。生命会在自然生生不息的大化流转中，呈现一种圆润自足。

泥融燕子，木末芙蓉，野渡舟横，桑舍水田，无人，无我，有你，有我。无处不在，无往不行。

庄子说，宁可如龟一样，曳尾于涂，亦不高悬庙堂。苏轼也笑，言自己是纵壑之鱼，麋鹿之姿。他们如此自在可爱，庙堂之高，江湖之远都得自然之大妙，身心俱融。

是呵，那些被文明废置的枯山瘦水，寒芜里，兀傲着一种特立不倚的精神独立。那种生命勃发与自强，泱泱着原始的美。如果失却了这种和自然共振的能力，就是失去了生命母语。人类会陷入一种集体失语。

人类童年，以本己的状态而存。本，是人类的乡愁冲动。是生命深处指向的一种精神回归。冥冥中，最初的原点和遥远的未来，一直都在遥遥而望，深情呼唤。苍茫宇宙中，心被唤醒，就有了无限的冲动和力量。是呵，有声音从远古而来，在召唤，回家，回家。

隔了漫长，那眼神，所蕴含的生命意旨，已然到达。

品物流行，生生无穷。天人合一，是我们中华文明的起点和归宿。人类若足够清明，就不该疏远和背离曾经，那些苍梧古木，乱山野蝉，都曾与人类息息相通，生生与共。如果失却往事，就失却了未来。

看呵，这里曾是一片黍地。

黄粱黍香，时光的炊烟袅袅而过。谷黍熟过，人睡着，又醒，又睡。原本一梦，只是这梦，无始无终。我们只需找到自己的梦端，就知道那梦的豁口处是人类的余地。

六

深秋的美让人静默无语。千年大梦，我们最终没有放弃，也不会放弃。尊重、理解、建设、补充、和谐，当这些词语还原为它们该有的质地时，大自然呈现出了纳悦之美。她终将对人之美意而舒展而释放出仁慈的光芒来，她终将用脉脉温情庇佑我们的山山水水、子子孙孙。千年之后的今天，我们走在落叶上，噗噗噗的，脚下像絮着温热的火。

我们是寻找美丽的人。美丽乡村办的姑娘们给我们介绍如何顺意民心，如何来建设他们的美丽事业，然后笑着说。

哦，美。美是什么呢？美有万千，有万千的美说不具体。佛拉卡斯托罗说：“造物主在创造人时所根据的那种普遍的最高的美的理想之后，按照事物应该有的样子去创造它们。”“应该有的样子”就是物事所要抵达的美吧。在“原来有的样子”和“应该有的样子”之间，就是美的历程。

青砖，灰瓦，万千颜色回到这里，就宁静而安谧了。到家了，不必刺目，不必耀眼，不必骄傲。铅华尽洗，或者连洗也不必刻意，放松就是了。一片叶子找到了秋，就有了抱团取火的安全。翻过时间，久别的泉水、大树、岩石、玉米、妇人，都走在时间之上。回家，就是圆梦。

记忆是个人的，而梦想的一致性又是集体的。多年后，一定有人收藏并展开集体记忆。就像今天，我们抚摸石器、陶器、骨器，谛听昨日之流水，感动于永恒的生死不灭。一个节点，一段时空，因为一群拥有向美情怀的追梦人而温暖、透亮、饱满。时光有着无限的柔软和火红的张力，他们的行走，就有了足音，有了大地的回响。

从哲学意义上说，我们，一直都是走在向美之路上的。

丙申深秋修改于如如斋

彩云之南·寻梦（四篇）

人们说，云之南，是彩云的故乡。对于一个魅惑于云之上的人，以为那里是浪漫是想象是漂泊后的故乡。遁开北方雪意的茂盛，飘在湛明蓝透的层层云朵之上，才觉得飞机是一只祥瑞的鸟，团团白云是它素软的羽。那么，就这样衔梦而飞，邂逅蓄谋已久的南云之梦吧。

弦音嘈嘈，琵琶半面

——古城丽江之印象

一架水车，在古镇的街头，悠悠地转着。云无心，水清闲。似乎既不关乎古老，又不关乎现代，快板慢拍，它只守着一汪历史的褶皱，从从容容，安然接受赭黑的痕痕道道，埋下一个又一个深深浅浅的故事。它无声得近乎神秘，神秘得又那么幽远漫长。在这片古老的水国云乡里，任何执杖纳履的天涯游客，一旦驻足，那就什么也不要说，不必问，只需用玉龙雪山的圣水把心涤荡成蔚蓝色即可。

水，是古镇的精魂。穿街绕巷，有多少个街，有多少道巷，就有多少条水，多少弯渠。阡陌交通的小路，纵横交错的水网，一霎时，以为小镇是飘在水上的了。疑心，这小镇从古老里飘来，在三朵神仁慈的微笑里，世世安好，岁岁静美。淙淙的，环佩有声，似乎古镇所有的灵动妩媚皆是因水而明眸善睐了起来。水的脚步总是比人快，就像光阴。如果想留住，那就让心停靠吧。坐在小巧玲珑的桥头，时间就是静止。渠边一蓬嫣然的红，窗下一簇荡漾的绿，随便的一个视角，便可是景入境吧。古镇的水有情，花有意，水花相映，柳眉低垂。漾漾，潺潺，雅润的水风情万种。

顺水而建，水的一波三折，使古镇的土房木屋错落有致，既古朴深邃又轻灵飘逸。一座明清时的老式阁楼下，一位上了年纪的纳西老人，一把纳西胡琴，喑哑地在黄昏如泣如诉。沉浸于这样的凄凉浑朴中，我固执地以为，老人诉说的是一个凄美而久远的殉情故事。是东巴经里那个为爱情而死去的“久命”。恍恍然，以为游主骑着白马在雪山徘徊处，听亲人们深情地呼唤和祈祷。琴音缭绕，四音合璧，戛然而止。纳西老人微笑地望着我，放了琴，不说话。吧嗒吧嗒，自顾燃起了一锅烟，于是所有的至美与纯情，所有的神秘与苍凉，都在老人的一锅烟袋里，寂然无声，袅袅地燃着。

踩在古镇五彩石板路上，路面干净得让人舍不得听见自己的足音。四方街，富有民族工艺的小商品琳琅满目，手绘、披肩、风铃、石器等等不一而足，热闹却不喧哗，似乎卖与不卖，都无关紧要，重要的是，不要破坏了那份悠闲和自得。

呵，是什么时候，微风席卷着夜悄然而至？一盏盏红灯笼在鸟儿归巢的嗓子里悄悄挂了起来。飞檐翘角的阁楼里，光影灯影人影突然就扑朔迷离了起来。雕花的木窗半合半开，人们静静地对坐。一壶纳西米酒，一杯小粒咖啡，一盏普洱茶，夜，就这么泡开了。浓郁的，芬芳的，怀旧的，新奇的，刺激的，各种味道，氤氲着古镇的夜。选一个喜欢的位置，还是临窗吧。这样，窗内是景，窗外是世界。聆听，怀想，亦可以什么都想，什么都不想，发发呆吧。没有人会用异样的眼神来看你，你就是你，你可以成为古镇的故事，也可以成为故事的看客，一切的一切，随心喜意。反正丽江是一个藏在故事里、酝酿在故事里、没有谜底的谜。普洱两泡茶，沉睡的茶性被悄悄唤起，和水一起温润，丰满饱和到晶莹剔透，若葡萄红酒般的光亮润泽。于是，人生的快意潜滋暗长，眼前景道不得，都化作茶杯里的风波，轻啜慢饮，甘苦自知。与君青眼客，共有白云心，这话，是茶醉说与丽江古镇的吗？

月，轻轻地滑落，到柳梢，到流水，到小桥，到窗楣，到茶前的小杯。一个呵欠，古镇可是睡了？梦中摇响的可是纳西打跳的酒歌？

渐行渐远，那一路的驼铃

——茶马古道印记

“黑风，黑风……”

曦光中，黑风猎猎地抖着它的长鬃，甩落一地的粼光碎片，一双温慈而幽深的大眼，就那么默默而久久地对视，对视我的呢喃。那仿佛是对接了一种来自远古的亲切和血涌。呵，黑风，这一段飘着茶香与盐汗味道的古道，我们同行。就像当年马帮弟兄，对他的马儿那种生死与共的亲切和疼惜，我的心，已经和黑风一起，月黑风高，崇山峻岭。

黑风不动声色，驮起遥远的来客，一如它的先祖驮起瘦瘠的荒山枯岭。只是不知，今日的哒哒马蹄，是否印合了镌刻在天路上曾经的生命图腾。山高林密，巴掌大的一块天，蓝得让人提心吊胆，那弯着的一眉月，钩钩的，摇摇欲坠。鸟道羊肠，曲曲复弯弯，上上复下下，似乎能听到几百年前，马帮队伍粗重的喘息。新的一天的晨，该是多么美好与惬意呵。卸下昨日的凶险和厄舛，它带着无限的憧憬和希望。“啾……”马锅头一声嘹远的口哨，他的马帮队伍，整装待发，一种征服的豪迈油然而生。悲壮的烈酒，对饮这清洌的晨风，一灌而下。对，征服，征服这年又一年，日又一日。每一轮初升的太阳呵，就是胜利的勋章！眼前，忽闪着的，是昨夜沟谷里，燃烧的嚯嚯烈焰。还有苍远暮色下，隐藏的绿幽幽的贪婪。来吧，马帮汉子发出比野狼更野的阴森长啸。咱，只管大块吃肉，咱，只顾大碗喝酒！酒醉，胡言，也许生命最本质就是抗争，就是生死较量！一滴大大的生泪砸在火里，悬崖边上，被摧毁生命的残弱老马，土匪帮中，被鲜血践踏过的草芥一命……这些又怎是刻意忘就能忘掉的呢？……人睡了，在荒山顶，在饥肠辘辘的山道上。未燃尽的篝火旁，灰藏起了火，带着血丝的野肉孤独地烤在不再燃烧的灰烬上……呵，只要有太阳，太阳还在升起，那就不怕，马帮汉子的血就会被蒸腾，目光中就会燃烧噼里啪啦的剽悍火焰。超越，征服，是射向一切阻碍的利箭。一闪铁骑，踏弯山梁，踏出历史，铿锵的回响是不朽的文明诗行。只有踏上这有茶有马的漠漠古道，一个男人才完成了顶天立地的蜕变，汉子的骨头才铮铮有声……

这样的浮想既无法连篇，又无意成序。多少个唐宋之夜，多少个明清之晨，霜冷风寒，羌笛幽怨。沐风栉雨中，月缺了圆，水肥了瘦。马帮羁旅的乡愁，总在某个时刻软软地散落在草木洌洌的清香里，失落着莫名的忧伤。黑黑的普洱呵，多像竹楼木屋下，姑娘散落又盘起的青丝幽幽。每一坨茶，从摘到发酵，都是与众不同的一场悲欢离合的故事。而每一个故事，又是那么的相同。

赶马人出走没有家，
山川河谷把身安；
夜晚的草地是马儿的乐园，
温暖的火塘是赶马人夜晚的伙伴……

这马歌鼓荡在耳膜，有说不出的忧伤和旷凉……

不见长亭又短亭，走着，除了古道还是古道。驼铃阵阵，这条路如此纤瘦而又漫长，留下的风烟，除了脚印还是脚印。或者，还有转动的经筒和朝圣的梵歌。一切被走在脚下，生命已经至高无上。

黑风，我清凉的手轻轻地抚摸着它黑亮的脖子，撒开马缰，它开始如箭般冲向远方，所有的颠沛，如从历史深处冲来，散逸着马锅头的汗味、烟味，连同剽悍隐忍的智慧之力……

拉市海，这一段茶马古道的尽头，纳西小伙子正摇着蓝碧的湖，唱着深情的纳西民歌。马帮，似乎已经太过久远。他的生活只是若这剔透的拉市海般纯净而悠然。而那天与湖之间的一道蓝光下，那明朗而自信的神态，分明，又写着传承。

蓝月谷，白水河

——关于色彩的印记

我想我不能不，以自己的方式记下这里的色彩，关于水的色彩。它总是大块大块地洇染着你的神经。欲罢不能，欲说还休。

从没见过这样的一种蓝，那是一种绿得狂野的蓝；

从没见过这样的一种绿，那是一种蓝得恬澹的绿。

是临水照羽的孔雀因为贪恋清透，遗落了它开屏时葱茏的梦？还是不要哂笑孔雀的丢三落四吧。冲动，哪怕是轻微的冲动，都可能忘了自己，或者忘了自己的什么东西。白水河静静的，漱玉般地淌，我不知道自己顺水落了什么，又拾了什么。

冥冥苍穹，你涵容着蓝天的剔透，绿坪的空灵，把自己卧成一条龙。玉龙雪山呵，作为白水河浩大的背景，你的缄默，恰恰是凝固的雪和山最得体的独白。

风总在某个时刻软软地呼唤，雪醒了，悬挂的冰风铃也被串串摇醒。叮叮，咚咚，汩汩，一路透心而来，豁达地释怀出白练的白水河。完成了从高到低的姿态，完成了从坚硬到柔软的涅槃。这样的绵延是彼此分开得很远很远，还是山无棱水无尽一生一世的缠绵？

冷衫素面，嶙峋的影子抽象画般地倒着。如折戟沉沙，不知荡涤多少日子的冷兵器，幽幽地哑着岁月的光。白水河的白水，只顾粼粼的，映透时空。冰林折断的赭黑处，寂静在发芽。闭上眼睛，是玉龙第三国里袅袅的天音。只需一米的阳光，天涯咫尺，就是天堂。远山，草甸，浮云，飘浮在水岸。

不见一只鸟，但一定是有鸟铺天盖地地飞过了。不然，这里怎么到处都是浮想翩翩的翅膀？一些鸟儿，巢在树上；一些鸟儿，泊在水里；一些鸟儿，却注定系翅于云上。牦牛单调而寂寥，它的钟情，一定不是过往的、一惊一乍的合影人群。

蓝月谷，是雪山不经意零落的一个滢蓝的眼神。于是，点点，碎碎，便泄露了雪山心底最柔软的秘密。白水白石，清亮地缠绕，便是最纯净的民谣，最圣洁的传说。当它以一种响遏行云的姿态去冲向甘海子时，它是素洁的白。当它弯弯成一船瘦月，倾听山谷的跫音时，又沉静成一汪蓝，一汀绿。

渊源，决定着事物的本质，本质决定着生命的亮色。

流淌在蓝月谷里的白水河呵，终是一场圣洁的洗礼。

离简单最近，

离纯粹最近，

于是，它丰赡了。

天外之石

——石林印记

我相信，那是一片倒挂在天端云外的石之林。

面对这场浩大的茁壮，竟有些手足无措。似乎所有的生长既在想象之中，却又在意料之外。

是呵，这里是森林。当你被万种嶙峋的石峰石剑包围，你以为你是彳亍于潘神的迷宫，怀着惊悚和诧异终于走出这一个，却发现，还有下一个更神奇更魅惑。最后，你发现，原来走着的，始终是这片森林里，一棵矮脚树上飘落的一枚叶。你以为的整个世界，仅仅是一只蝼蚁在一枚叶上的旅行而已。石之林，以它众而非众的姿态，把自己雕刻成不再流动的海，不再移走的林。

亿年前，此时此地，正是一派汤汤之海。

鱼贯地穿梭于这曾经的海底森林，我们多像没有记忆之前，沧海里洄游的鱼。把自己放逐于流浪的方向，找寻的渴望从沧海到桑田，从一尾鱼蜕变到一个人，依然那么梦想如初，依然那么蠢蠢欲动，这是人类永远的宿命，既残酷又充满着无限的美感诱惑。喟叹，不知自己此时是在沧海还是在桑田。

渺小感和轮回感，使你再找不到自己。一切被贪嗔怨点燃的欲望不知何时被无声地熄灭在一群冰冷的石头上。

不，这里的石头是有温度的。

它有着自己的质地和骨感。它高高矮矮，抑扬顿挫出属于每个人独有的画，独有的诗，独有的曲。

那是一队辚辚的车马吗？是不是在文明还没有被规划之前，驮着的是英雄最初的骁勇和肝胆？

侧目而坐的将军，一只手举起的战靴，倒出的可是战火和狼烟？

那一定是只高擎在半空的风筝，只是，它的根却不知系在何处。

可那根拴住白云的线，定是一位母亲傍晚的炊烟。炊烟后面是她蓝香的眼神。

成捆成捆的柴呵，是撒尼人背在竹篓里的日子吗？阿诗玛背篓里的是永不凋谢的花。

那是在礁石上吹笛子的少年。这一坐就是亿年，从海底到石川。不知可有烂柯人的慨叹？或者也只能是空吟罢了。

既然把自己静穆成一尊雕像，那就任由人当或不当的臆想和猜测吧，无语和沉默是石头最有力的武器。

那一夜，石头里开出了莲花。

风过，飒飒作响，这风，不知是哪朝哪代。

遗忘掉沧海里的故事吧。已经以石的表情固守了一份永恒。那些在海底曾经仰望着天空的情节，都已是浮出水面的音讯。海平线深深地在每块石头上勒，紧了又紧，曾经的仰视是骨子里一道深深的痕。

说它是唐朝的诗吗？

说它是宋时的词吗？

说它是抽象的画吗？

说它是交响的曲吗？

说它是无字的书吗？

它依旧沉默，既不肯定又不否定，它只是大自然无声的语言。它以林的姿态茂盛着。所有的思索和它无关。

红海滩行记（两篇）

寂寞的狂欢

——红海滩之浮光掠影

是寻着一声浩叹而来？海的浩瀚，还是草的长叹？九万余亩毗邻成片的红色草之魂，正铺开一幅令人眩惑的巨帙，追逐着海，朝圣着天。

它是如此辽阔的静。它静得如此强大，乃至让你产生片刻的压迫和恐慌，生怕，会有意想不到的生命脆响，或者这平静中孕育着一种强大的风波。继而，那种叩寻秘密的忐忑紧紧地攫住了你。仿若听到，一颗渴望美、渴望热烈的心，叮咚一声，悬坠其中，旋即又灿然成其中的一棵碱蓬草。

可是，谁又能说，它不是有着巨大声响的？如此铺张的视觉冲击，不是一场纵横捭阖的交响乐？而所有的音符，正是这辽东湾的碱蓬草。碱蓬草从春天开始，由绿到嫩红到嫣红到酡红到酡紫，愈老弥烈，乃至生命的醇熟，醉成一腔女儿红。醉人怎就先醉了自己？它忽略了个体的存在，以簇拥的方式，席卷了天空的热情、海洋的热情、大地的热情，在大海蓝色的肌肤上，肆意地渲染艳极的生命。根在燃烧着，烧透了海，烧透了云，烧成了一片霞，烧成了一种无法抗拒的蛊惑。像是天空被谁撕开了一角，落霞铺天而降，以更大的寂寞覆盖着海遥遥的孤寂。逐海而居，听闻海浪的喘息，一阵阵的涛声，被它甩落在身后。畅想，高歌，一路缤纷。生命永远是一个无解的命题。

流动，唯有流动，

流动成不眠的浩大，

流动成不绝的微笑，

流动成不曾老去的夙愿，

流动成不息的信念……

筑滩为守，歃血为盟，滴血的草，在历史的祭坛上，奠葬着难喻的疑惑和悲壮……只有盐碱催生的草呵，才有如此强悍之力，才有如此生生不息！它吸纳着阳光紫色的光波，秉承了紫之高贵，苦难中的坚守和舞蹈，竟如此淋漓，如此硬朗。它是一场由柔软到柔韧的生命之流。

逐海去，逐海去！

然而，它分明又是那么柔软呵。

柔软到可以轻轻地托起黑嘴鸥的玉羽银翎，可以柔柔地抚摸丹顶鹤随时遗落的歌声，还有天鹅的影子，白鹭的足音，鸿雁的眼神，杜鹃的啼鸣……还有先祖游弋的鱼、长鸣的雁。寂寞中，它如母亲般，深刻地体味着海的跌宕和风起云涌。倾听，涵纳。或者，它还日复一日地应和海潮腥咸的叹息……

生命隐藏在另一处的，是个秘密。踏着滴血的痛楚一路行走，回望，才发现，这些琐碎的脚步，已经铺就了一份锦目回程，生命早已清风入怀。

它是如此热烈，又是如此宁静。对立的交织，可以如此和谐。

这里的辽阔，纤尘不染。

这里的想象，弥新不老。

人生何尝不是这样一场生命的幻象？我们不必急于揭示它的真相。一双烛照人生的慧眼，一颗傲然于时空的慧心，一棵小草的力量就足矣。最大的幸福，不就是一颗随处可生的平常心吗？

2010年7月17日

发表于2010年7月18日《菏泽日报》副刊。

举眼风光，独寂寂

——辽河芦苇荡之浮光

绿呵，这一倾无余的绿！

莫不是洗劫了这个季节所有的绿？几十万亩，如此巧取豪夺，如开山君主般，俘虏了这世界上最壮阔最渺小、大大小小背井离乡了的，所有的绿。囊盈麾下，满眼河山，蓊翠一片。辽河三角洲的芦苇荡，此刻，如喝透了新焙的泛着绿蚁的生酒，连同时光也发了酵，到处氤氲着绿意。

和着这博大和醉意，沉淀这些四海归家的绿，水，始终生生不息，涵纳成最深的福祉。这里是鱼雁的故乡，不知多少个清风月白之夜，鱼雁的先祖，芦笛声断，望乡尽。鱼传尺素，归雁传音，路迢迢，山高水阔空不见。芦苇，花白了大片大片的等待。

或者，是因为饮过苍凉，秋野长天，长空雁叫，西风紧。似乎只在一夜之间，芦花开了，敲着冬天的门，呼唤着一场雪。像一只巨大的雪软着翅膀的鸟，展逸着双翅，静卧在这青波之上。柔软，肃穆，静静地了无声息。素羽碧水，芦花把自己开成了秋季里的最素净的美。

蒹葭，多么带有清气草味的名字。流淌在这凄迷背景里的追寻，缥缈而又神秘。那种可望而不可即的诱惑，于溯洄溯游中，朦胧成最意味深长的美感。伊人的美有不尽的可供想象的风情。或者，与伊人的相隔，并非遥山遥水，因为遥远，并不需要万水千山。几步，便可横亘沧海。我愿意相信，它是爱情，除了爱情，还有比这更美更含蓄更热烈的吗？可是，这里不可预知的假设太多。是一厢情愿的锲而不舍？还是两情相悦的隔山隔水？因而我更愿意相信，那伊人，是每个人心目中的隐隐约约不绝于求的理想和完美之格。于是这追寻，便不打折扣地美在这曲折迂回的过程了。

芦苇，秋霜素衣，可是知晓忧伤就是它的宿命？从最古老的诗里散逸在这河边，不管是叫蒹葭还是叫芦苇，便是注定了的。

……

“回头自笑风波地，闭眼聊观梦幻身”，眼前的芦苇荡，依然葱茏着绿，依然还是盛夏里。波澜不惊，依旧宁静而缄默。或者，是在酝酿，来年蒌蒿满地之时，剑样的芦芽思想般穿破贫乏。

因为心是空的，忘记自身的存在，簇拥才起了浩荡。多一份簇拥，就多一颗空着的心。或者，愈是簇拥，心就愈发空寂。而恰恰是空，才涵盖了一切的博大。唯空乃容，唯容乃大，唯大才静。人类精神乃至文学的最终归宿，就是宗教。当年达摩祖师，一叶芦苇，泛空而行，尘江浩渺，众生普度，就注定芦苇是要承载生之要义的吗？

然而，无论是赞美还是诋毁，人为地赋予芦苇诸般象征，亦是人类的自作多情。究其然，人类的一厢情愿是多么的固执，有着掩耳盗铃般的可笑呵。

……

天苍苍，水泱泱，突然就有了凌万顷之茫然，心似乎也空了。

蛙鸣，鼓弋着芦草的青，此起彼伏，鲜嫩欲滴。芦苇花深，渔歌曲长。一桨小橹，吱呀呀飘出这境……

2010年8月6日

洛水之畔，寻牡丹

那年，隔了夜，湿了雨，寻访牡丹。

脉脉的洛水，悄无声息地淌。折戟沉沙，翰墨史册，连同帝王清梦、渔樵耕读，都寂寂于河底，一任流波，缓缓地汇集于黄河，以一脉清流的方式默默地注入大海。黄河的渊薮，铸就了一个民族的性格和所有生命的底色。执着，信念，一切美好如初。或者，不该让一条河来承载什么，无论是历史还是光阴，它只是一脉地流罢了。流淌，该是它的本色。当年，老子在这里寻到了上善之水，而我，除了茫然，还是茫然。不过，顺着洛水行走，却也总是意味深长，脚步总不能那么潦草，那么轻慢。晨曦里的洛水，如缎素锦般。寻访牡丹而来吗？是呵，眨眨眼，这光滑的绸面上，分明，镌绣着立体的牡丹。大朵大朵，隆重而热烈。一萼一萼，都是精美大绣。这，莫不是幻觉？

呵，不。洛阳一夜，花重满城。

这里是牡丹的天下，不，天下都是牡丹的。不是吗？牡丹正以一种夺人的气势，抢占了满目的春色。大块大块的色彩，悬烁于枝头，傲美逼人。姚黄魏紫，胭脂鹤翎，飞燕走雪，璎珞粉香，撑破了四角的围墙，满町满园满城地香。这样倾其所有，不留余地，把整个春天开怒的架势，是怎样地灼人，如何地震撼呵。梅花水仙细细袅袅地开过，轻轻地把春开了个头，迎春、玉兰、桃杏梨，渐次入境，花事也繁。可这些仿佛都是为了牡丹的隆重登场做准备，无论如何的香，淡抹浓妆，都是略显单薄。唯有牡丹，开得这么自信，这么旁若无人。是呵，当年的长安，正是它名动京城，为之若狂，妇孺皆醉，插花而归，倾国倾城两相欢。牡丹，真是盛世之花呵。

三国时，曹植夜路洛水，一夜迷梦，不期然得遇洛水女神宓妃。她踏水而行，踩花而歌，“凌波微步，罗袜生尘”，好一派仪静体闲、姿态万千呵。梦醒，挥笔一就，千古名篇《洛神赋》便烨烨于文学之史。从此洛神之容、之态、之姿，被辗转于各路名家之诗词。人们吟哦、叹息，延伸出一个又一个美来。牡丹，一直那么静静地守望在洛水边上，用莫及的视线和安详的心，掬一河的深情，年年岁岁，生生不息，如约般铺展一场毫无节制的心灵盛宴。得洛水之神韵的，能不是牡丹？花开这般极致，这般饱满，概是洛水之神幻化了牡丹？或是这牡丹即是前世的洛神？都未可知。

以贬黜之身到洛阳的牡丹，丝毫没有“夕贬潮阳路八千”的尴尬和寂寥。当年武曌一纸皇谕，命百花齐发，唯有牡丹不为所动，该开才开，当落则落。皇颜大怒，贬它于洛阳。牡丹反而更得地气，如干将莫邪淬火般，调动自己所有的精华，轰轰烈烈，生之壮观一览无余。

这是一种凌厉之势的美，这种掠获，既有快感又极易疲惫。强烈的视觉冲击后，便是一种深深的落寞。当你拥有了逼人的霸气，一定会少了恬淡的柔和，尽管都是以美为前提。于是，莫名地抗拒。把心收了收，不为它完全打开，不为它沉溺，似乎这样才可以保留自己。

然而，“砰”的一声，随着一朵花沉沉地坠落，击碎了自己所有的矜持。那该是如何的沉落！刚刚还是烁然于枝头，一层包裹着一层，完满、热情、骄傲、硕大，可此刻，我分明听到生命碎裂的一声巨响，散落一地，猝不及防。整朵整朵地落呵，就如它曾整朵整朵地怒放。依旧那么义无反顾，它把难言的疼和不知所措全都留给了你。牡丹的选择，生命的两极都是绝美。它拒绝妥协，拒绝妥协它所有的不屑。它超越了衰老，忽视了死亡，拒绝了委顿。留下的，永远都是最美。它以决绝的方式保留了自己的自尊和骄傲。

我，再也不能不为之动容。伟岸绝不在于骨骼和力气的小大，而在于自身的格局和境界。细小也有招摇，庞大也非无格。生命的尊贵，不在于形，而在于气。这是牡丹与人之憬悟吗？

牡丹，常常因为李白赋在金花笺上的诗，便以为它是富贵的，因为富贵而拒绝它，因为众爱而排斥它，这种褊狭，该是多么荒谬和自以为是呵。

闲日里，曾消遣看《闲情偶寄》，再次读到了牡丹，“是花皆有正面，有反面，有侧面。正面宜向阳，此种花通义也。然他种犹能委曲，独牡丹不肯通融，处以南面则生，俾之他向则死”，蔼然一笑，好一个“俾之他向则死”！牡丹的格，原是早有知音。士为知己者死，花为知己者生，牡丹其实一直不寂寞。

上古时代，牡丹还是野花，百姓家的水际竹间多有丛生。这样想来，那时的大自然该是多么瑰丽而清新，鲜花如织，绿草若茵，还有欢蹦乱跳的小兽，知名的和不知名的都无关紧要，它们，都在自由地生活……这不是人们最初和最终的梦想吗？有时，老百姓也会把牡丹当柴烧。想那花柴烧出来的米粟定是也飘着牡丹的香气吧？

洛水之畔的找寻，不知道所得有几，却总是仿若见到仙子，幽然凝眸，嫣然一笑，随后便披了纱隐去……是从马逸的《国色天香图》里枝蔓出来的吗？

2010年5月22日

发表于《牡丹》，《西部散文选刊》转载。

雁点青天字一行

——上庄印象

当年，唐王该是如何的激扬蹈励，英勇神射呢？他在这个地方安营扎寨，清洗盔甲，望着连绵的小山会想些什么呢？他希望他的铁蹄所达之处，莫非王土，率土之滨，莫非王臣。他会不会想到千年之后，这里会是一个化干戈为玉帛、卧在时间之上的一个安恬小梦呢？色彩，线条，印迹，影像，已经在千年前就有了种种暗示：南来北往的雁呵，会有两只，只属于这里。并将赋予这里以大雁飞翔的姿态，赋予这里义无反顾而又充满固定意义的辽阔之美，乡愁之思。

这么胡思乱想的时候，是行走在上射雁庄的路上，听唐王射雁的故事。贞观十九年，唐王率众，自洛阳始，征讨高丽。路此，洗甲，射雁，雁落于丘，后得上射雁庄名。印象上庄。路过一块碑刻的石头，很快，上庄就到了。

呵，上庄颜色。上庄果真是有颜色的。

黑白灰是底色。虽然没有南方小桥流水的灵动和儒雅，却有北方的温和和质朴。那些颜色多好呵，黑白可以叫作无色，是终极色。而灰最是好脾气的一种颜色。可以作为背景，也可以独立成色。作为背景的时候，任何一种色彩和它搭配起来都不会突兀，再坚硬再锐利的颜色都会被它软化掉，变得温暖清新柔和起来。作为独立担当的色彩时，它又那么宁谧而高贵，不仰望，不低俯。一走进上庄，直觉的色彩，就是万色归家。隐隐地，这里有一种柔软而蓬勃的气息弥散着。

初夏的绿虎虎有力，似乎在怂恿着什么，扩展着什么。大大小小的青果，累累可爱。可是到春天时，是不是就不忍驻足和叨扰这里了呢？想想看，小村卧在山脚里，万亩桃花簇拥着。花开絮梦，不沉甸甸地睡一会儿，怎对得起这大好春光呢？桃源之梦那么遥远而又贴近，局外的渔人怎忍心因贪恋和好奇就处处志之，以期拥有呢？秋天，秋天呢，小村会卧在油彩画里吧，有柿子树守在路口，日日夜夜为游子指路照明。冬天或许会更好，大雁卧雪，稍一松动，树就高了，黑色的房子也长起来了。

我愿意在这里耽于想象，在这里放松。她那么新，那么可期可待，就像我们疏离了很久的一个梦，需要不断回忆，寻找。曾经有过的，未来要有的，都要一一寻找回来。我们总是在时间中惶恐，在时间中老去，又在时间中得到抚慰。而所有的愿意，是因为这里似曾相识。世界是多元的，预示着有更多的角度来看待它，也意味着，因为过多和庞杂而迷乱，或被撕扯。我们需要找到一个点，一个能让人自给自足的点。终其一生，在经文上，在深处的那个我，在陌生的人群中。小村村头的墙上赫然入目两个字：乡愁。仿佛一下就洞穿了人群的漂泊，让人的心一下软塌塌起来。

我确信，这里值得期待和信赖。这里有更多更厚的色彩，是她真正的骨脉和气格。

我们顺着大街小巷走，街道顺坡，因势而建。花草左一蓬，右一束，高处的，低处的，萱草、大丽花、木槿，都有着天然的活泼和欢乐。街道和墙壁整洁，小院篱笆墙，有倚在墙内的核桃树，有爬出墙头的枣树、花椒树。一切都是各享其福、各安其乐的样子。人意对自然的顺势而为，让这里呈现出一种安宁、和乐和良善。仿佛就连蒙童稚子都知道，那墙壁，那山上的树，脚下的草，身边的花，它们都有自己的整洁和尊严，不能随便乱涂和践踏。

在村史文化馆逗留的时间更长一些。那些收集起来的老物件，像每个人身上的胎记，可以复活一切和自己生命相关的事件、时间和气息。它们带着珍藏在你心里的土星子味，掀开过去的一角。劳动的味道，以及因劳动大家聚在一起的默契、欢乐、忧伤和苦难。卖豆腐的梆子，做土坯的模子，洗衣的棒槌，盛针线的笸箩，织布的梭子，捻麻绳的拔垂，纺车、石磨、老挂钟、钱匣子、坛子、铁称、旮石灯、手推子，记忆无处不在。带着感伤、亲切和温暖，那么远那么深的岁月仿佛一下都回来了。我们又回到流鼻涕、玩泥巴、跳房子、做女工，回到可以和世界赤心相待、坦然无碍的那一段时空了。我们的亲人，我们的故人带着和自己骨子里一样的气息又都回来了。他们朗声大笑，他们蹲着喝粥，他们挑水、砍柴，她们河边捶洗衣服，灯下挑灯搓麻。都回来了。每个人都有自己的胎记，每个胎记都有自己的密码，每个人的乡愁又都是一样的乡愁。

远处的油葵还很矮，油油的一大片。那是一种我总以为是向日葵的花。花开极盛时，绚烂，夺目，直抵人心。身在其中，你可以把自己当成梵高，可以把自己当成梵高喜欢的太阳，是它们其中的一朵，还可以置身其外，把自己当作画的鉴赏者，知而不语。或者，什么都不是，像叶子下面的小瓢虫，享受着微微的风，都好。

总以为自己是个被故乡抛弃的人。忽然明白，无论何时何地，经常梦到的地方，就是故乡。匆匆行走，在我们将要离开的刹那，回头一望，小村青瓦粉墙上，松影掩映，“河北省美丽乡村”的圆形小图徽格外醒目。

豁然。这个小印章莫非就是那通往桃源的洞口？我们做了那么多落英缤纷的铺垫，最终要把这惊鸿一瞥的光亮化作永恒。可以顺着这光亮走进去，也可以走出来。光亮里有阡陌，有鸡犬，有黄发，有垂髫，有天，有地，有你，有我，有我们共同的皈依。嗨，玉米妇人，黍麦姐妹，石头兄弟，土地上生长的万事万物，让我们互相打声招呼，兄弟，姐妹。这样的一个圆，分明是一个族群最淳朴最古老的、处子般的集体记忆，是一种永远浪漫的愿望和怀想，是图腾。我们需要躬身一拜。

我情愿相信，桃花源式的浪漫，绝不是人类一种原始冲动。那是一种别样的悦喜暗示，是一种没有形状却有声音的允诺。消除战乱和纷争，消除隔阂与对立，消除人与人、人与自然的相互戒备和伤害。我们敬天地，重人力，希望得到自然的庇佑，让我们收获雨水、种子、安康和孩子。这是人类一体性的渴望，一个整体的视野，一个终极的梦想。

平原印第安人会跳一种太阳舞来祈福，祈祷吉祥、安康。那样的时间里，我脚下的这一方土地上又在发生着什么呢？不得而知。而我只知道这个小村庄是一只沉睡的大雁，或者曾经受过伤害，或者，一直沉睡。三生约定，今时醒来。这片小小的土地蕴含着无限深远的意味：失落的故乡，永恒的追寻。而我们一茬又一茬像玉米一样从大地上生长出来的子民，从古至今，从未放弃过对大地的专注与痴情。一捧薪，一把火，永世相传。走着，走着，不意而为地走成了一个又一个小亮点。我们从这里出发，还将在这里抵达。厚德，自强，开放，创新，人们将忠实于自己的内心而生活。

鸿雁展翅，远处，深处，是梦的故乡。这是我们的福祉。

哎，我的小小乡村，我的小小炊烟。

丙申初夏于如如斋

清风，明月，我

——与谁同坐轩小记

一

很多年来，我像作了标记的渔人，恍恍然总有一处牵念，那牵念是再回去。标记是隐形的，提醒也总是在忽忆处。那些划痕浅而执着，我需要更执着的心，来轻轻抹平，来了断飘忽的念想。三下苏州，我想要再寻的，无非就是一座小亭轩。

暮春的傍晚，风是微醺的，带着香樟木的味道，在平江河上飘呵飘。月色正皎皎，有春雪团簇的朦胧。岸堤垂柳，轻摇慢晃，石家桥的倒影和明月像两个相交的圆，一会儿融合，一会儿又漾开。我的深呼吸是备好的陶罐，舀一瓢清清漾漾的月色，或者不是什么坏主意吧？

第二天我们刚刚进得拙政园，迎面漾漾晃晃的竟是几团春月。重重叠叠，忽明忽暗。我一时恍惚，是昨天那杳起的月色吗？再定神时，原来是一树绣球荚蒾，它们把影子从体内搬进搬出，时而雪白，时而幽暗，有一种旧时月色的错愕感。用雪团花影月色来迎人，果真不负人的一片好心意。或者它们错认，以为来的是当年的旧主人？

哪里来的旧主人？分明是欺客新。小园春色乱生，余花落处皆是翠色烟老。亭堂轩榭，楼阁峰馆错落林立。一时迷惑，不知何处放足而起。唯有定神，跟着路走跟着心走。但见堤平野杏，松林平冈，花圃，竹丛，草堂，茅亭，曲池柳院，一派田园。听雨轩处皆是芭蕉，海棠春坞处皆海棠，芙蓉榭皆芙蓉，还有缠绕半云的峰，被翠色浮起的阁，林林总总高高低低处处皆景。顺着弯弯曲曲的水，和像水一样弯弯曲曲的廊桥，我们从疏朗处走来，水渐渐多了起来。苍苔裹足，笋欲成竹。纵横的水系像乱舞的丝绸，一时汗津津。不知要穿过哪条檐廊哪座轩榭，那要寻找的小亭轩到底藏在哪里呢？见山楼前，执扇着汉服的小女孩浅浅笑着，她的妈妈也浅浅笑着给她拍照。廊桥小飞虹，水阁小沧浪，远香堂，雪香云蔚亭，忽远忽近，忽高忽低，不免生得一份倦怠和焦灼。问人，说，这是从东园转到了中园，再到西园，就是要去处了。

急的是什么？你急它就在那儿。不急，它就在那儿。急，无非是怕，怕落空。它若在空中，又岂是你落下的？这么想来，清风濯思，远远近近的景致一时明瑟旷远起来。上峭石，过假山，穿游廊，步绕苍竹，石之瘦漏透皱让人驻足。那是在瘦削中峥嵘出的一份独立，骨感，幽秀，妍美，丰满的精神状态，而非病态的拖沓和疲惫，也非逼仄和促狭，它的饱满需要逃过眼障和心障的遮蔽。石上的那些苔，不能扫却的都有清冽的卓世之美。人因爱它而亲近它，因为亲近它，它又枯萎。它的美就在一意和孤行，就在避人和幽居。人要爱它就要理解它的孤独和苍凉。我曾在书房里无数次养苔，皆不活。忽而明白，我的俗浊不能养苔，只能养己。但我理解它卓世的孤独，尊重它一意孤行的苍凉。这一切皆因我爱。神思飞扬时，正绕过小山，在一小亭里休憩。

抬头一望，隶书：与谁同坐轩。

二

这是坐在那个叫“与谁同坐”的小轩窗下了吗？

溢满的欣悦像久别重逢。我把要满溢的东西往下按了按，好像唯有这样，跑出来的东西才会乖乖回去。给欣悦以宁静似乎才是自己的欣悦。细细打量。

小轩窗上是清姚孟起的隶书题额：与谁同坐轩。是出自苏轼的《点绛唇·闲倚胡床》。顺着小轩窗望去，框内景是对面山上的笠亭。窗下石桌，石桌下石凳。轩窗两侧悬挂的是清何绍基题写的对联：江山如有待，花柳更无私。是出自杜甫的《后游》。左右两轩门，一门对着倒影楼，另一对着三十六鸳鸯馆。鹅颈椅和半栏构成屋面和石凳相隔仅容一人通过。轩顶对翼展开，朱砂红灯垂下丝绦万缕。灯罩、轩顶、石凳、石桌、轩门、轩窗、题额、屋面、鹅颈椅，几乎所有的造型都呈扇形。坐在鹅颈椅上望去，是游廊抄手，面对的是月洞门。临池的水托起柳影、鱼影、絮影，有半塘香翁的好。

风乍起，一池春水皱。忽有雾重烟轻皆尽散的虚澹之气汩汩涌来。一时明白，曲径通幽正是呵。所谓幽处自是含蓄又内敛的。那么容易就被发现了抵达了，岂是幽？又岂是美？而我刚刚走过的正是这曲线，和我不曾意识到的美。

曲线是把直线，你那一意奔向目标的焦躁、急切、捷径，揉乱缠绕甚至打结。那乱中的序需要你耐心，忍住寂寞，一一解开还原。你在还原事情本来面目时，时间会慢慢消弭掉你的功利心和速度感。慢下来才发现，或许目标也不是那么重要。重要的是当下和路边的风景不要辜负，要好好看，好好体验。就像人一生下来就是走在死亡的路上。那似乎是一个点，我们不必急着去奔向它。要做的，是化直为曲，来体验它的多角度、多层次。这种多维度的思考方式是凭生了空间，是在有限的时间里有了更多维的体验。这无形中让人更立体，更丰满，也因视野开阔而更有趣。而有趣，让人获得了更多自由的悠游的体验。

这也是中国美学里的柳暗花明说。柳暗花明的美学思想是东方式的侘寂之趣。这种“寂”的趣味又不同于日本，日本的寂是伤感而绝望的。中国的寂是落寞而超脱的，是永不绝望。

一亭一轩皆是不愿公之于众的小小一隅。是在庞大的有序的儒学里逃逸出来的小小一枝。是老庄的散淡和规矩之外的小小心仪和惊喜。是柳暗后的一点花明。是一种自我放松和救赎式的潜意识。古人对于山水自然的寄托和求助，皆是一种类似宗教意义的救赎。自然山水是人最终的归宿，人们对于生命的起点和终点的追问也常常在山水中得到答案。因为得到答案而能安怡自处。人就是这么把自己放在曲折之中，又在曲折之外。

想起刚刚经过三十六鸳鸯馆时，说那里是听昆曲的绝佳地。卷棚顶的结构设计就是为了音响的效果好。水上忽就有《游园惊梦》里皂罗袍的唱腔咿咿呀呀地响起来了。顿挫急徐，千回百转，柔漫悠扬，像天空撒满了花，每一朵都是一种命运。一个水磨腔把人的心弄得曲曲折折，忽明忽暗，这种节奏就是曲径通幽柳暗花明的曲线之美。

既到园林，又怎不知春色如许？或者，什么声音都没有，都只是幻觉？也未可知。

三

小轩中的题额说，与谁同坐？

是呵，能和谁一起坐一坐，说说话，或者什么都不说，只是坐一坐。那种坐一起不说话也不觉尴尬，不说话也不必猜疑和戒备，不说话彼此欣赏不说话，不说话彼此尊重不说话。这种发问绝不仅仅是对知的找寻，实际上很多人是主动放弃的。我想，小亭轩里的心事是对那种独立、平等、自由、无碍的心向往之。它对世间充满了犹疑，不确定，它把自己藏于万水之中，把自己放在最低处。它在最低处充满理想，一切活泼的、丰稔的、饱满的因在低处而有了无限的时间和空间的可能。这种安全感是在于它的小和藏。

想来，不被所知该是多惬意的一件事。当年苏轼被贬到天的边涯海的角落，自知此去天风海涛再无回。他说，“云散月明谁点缀，天容海色本澄清”。是的，天容海色已然不需点缀，不需了解，不需赞美。他被一群醉鬼莽汉在墙角推来搡去，他泯然于他们之中。他把自己的光都蒙上尘土。尘土是干净的，光是干净的，尘和光一起，把自己埋葬，该是多幸福的一件事。是的，他要用别人看不到的干净把自己埋葬。他要用褴褛、无知、嬉戏来粉饰安宁。他在这种万众一色中获得了尘世的安全感和不被排挤的形式。是的，一种形式。人是需要一种外在形式的和谐，这种和谐可以有效地保护内在的那颗高高擎起的心。他的藏和不被知里，也是有着巨大隐痛的吧？隐痛多深，撑起的心胸就多阔。心胸多阔，宇宙就多冲邈和浩荡。这种不寻求理解的幽怀，是一种自尊，一种气度。正是这种逍遥无待的气度，让他在诸多苦难中完成了自我。我，是他撑起人世之全部时间和空间的支点。不必假借于外，我即是宇宙。宇宙即在我心中。于万人之海中藏于一身，泯一身于万人之海，这种胸襟和修养让他对万事万物流衍一种赏爱。这世间哪里还有什么不好？这是一种不妥协不绝望的柔软，是外圆内方。

中国人信奉的是圆。这圆是道教的太极鱼，佛教的轮回，儒家的外圆内方。圆是一种自给自足，是月印万川，当下自足的圆满。据说，圆是一种最完满的曲线。

四

苏轼自己作答说，清风，明月，我。

我和天地万物一起，就很好了。人不自小，也不自大，就很好了。想到这儿不禁莞尔，这个澄明旷达又有趣小老头。

一窗揽众风，一门收数景，一面吞千云，一轩吐万境。从小轩窗向外望去，远树、近花、苍苔，像是小轩疏放出去的胸臆，亲切、平和、粲然，有着空待的静谧。当我收回目光时，恍恍然，又万物俱拢。那寒雨，那峰烟，那渔蓑，那柳波，都在一揽一收、一吞一吐中，往来如梭，尽成胸中丘壑。

杜甫说，江山如有待，花柳自无私。人，可以是自己的江山，那花柳自是有情无私，无数心花桃李发。人又可以是宇宙江山的点点花柳，把自己的小荒置于天地间，朗朗乾坤，荒天迥地任心驰游。

小，是那么幽寂。大，又是那么逍遥。不自小，不自大，可以小可以大，是人的一种自由和自信。以微囊众，有江海余生的空阔与飘荡。

小轩窗，不思量。而人，是花颜扇底的一缕风，是池前月中的一痕影。小轩是我，清风是我，明月是我，我又是谁呢？我是你，你是他，我是我。我们是彼此的故人。

五

境心摇晃，我需要跳脱出来。我需要站在他境观此境。

山吐月，水驮楼，园里的飞虹小廊曲曲折折，人在其中有揽辔登车之感。绕过回廊缩束的小水，登上对面的小山，遥望和俯瞰下的小亭轩仿佛更好看。

一把小扇点缀于绿云浮水中，听天翼舒展黛檐，仿佛不小心就会把天危脆的蓝挑镂成空。它的玲珑如空中之音、镜像之相，刚要说起时倏忽就散了。凝神时，它又实实在在地出离在那儿。水远烟微，一点苍鹭。仿佛双翅轻轻一扇，漫远清风就忽忽地飘来了。

六

回来时无比松悦。

渔人在找寻的过程中，记痕越来越浅。浅到已然忘记那初衷。因为那初衷从来没有离开过渔人，已经不需要标记的提醒。只要愿意，随时随地就可以顺着落英缤纷，得山入口而豁然。那阡陌，那桑麻，那良田，那美池，那黄发之乐，那垂髫之嬉，都在一片豁然中。

是的，清风，明月，我。我是我的渔人，我是我的桃花源。

“寻云到起处，爱泉听滴时。”有时候我会偷偷原谅一下自己的执拗。

已亥初夏于如如斋